U0939286

负法行者

徐兴邦　李乐新　著

山東文藝出版社

目 录

第一章
有惊无险

海州市中级人民法院民一庭会议室。

这是一个庭审专用的小型会议室，设座三十余个。此刻，全庭人员已经到齐，会议室坐得满满当当。坐在主持人位置上的人，看上去四十多岁，脸膛方正，庄重中透着刚毅。但凑近了看，神情刚毅的脸上隐隐透着一丝倦意。

他是民一庭的庭长郑立峰。

郑庭长见人员已到齐，微微挺了挺腰板，开口说道："现在开个全庭人员会议，把上半年我庭任务的完成情况，向大家通报一下。"话到此，他略停了一下，脸上微微溢出一种满足感，随后他提高了一下嗓门，"我想同志们可能也预料到了，是个好消息，我们庭实现了时间过半，完成任务过半。"

许多与会者听到这，长舒了一口气。

郑立峰："同时，我还要向大家通报另一个好消息，我们上半年审结的案件，判后全部达到了服判息诉，院里案件评查小组，通过抽查百分之十的案件评查结果，我们所审的案件全部被评为优秀。"

这一消息显然更令人激动，所有人均感到了兴奋。

郑立峰也被大家的情绪感染，他从椅子上站了起来："这是不是应了我那首量和质的打油诗了？"

众人哄地一笑，同时不太整齐地背起了郑立峰编的打油诗：

量与质

无量何以质，
无质徒量积。
量质若两肢，
或缺不可立。

这是郑立峰在总结工作时，就如何看待审结案件的数量和质量时，即兴吟出的，因为很恰当地说明了法院，或者说法官，应如何正确看待案件数量和质量的关系，因此，很快便被法官们传开。此时此刻，这首打油诗，再好不过地反映出了民一庭法官们的业绩。

众诵声毕，众人发出会意的笑声。

突然，一股锥刺般的钻心疼痛袭来，郑立峰的脸一下子皱成了疙瘩。他缓缓坐下，头向胸部低垂挤压着……

坐在前排的女副庭长付霞，马上反应过来："郑庭长，你怎么啦？"她说着一步跃起，来到了郑立峰身边。

众人也都被眼前这一幕惊住了。

几位坐在前排的，也呼啦拥到郑立峰身边。

"怎么了，郑庭长！"

"郑庭长，你感觉哪里难受？"

……

付霞凑到郑立峰脸上审视了一下："郑庭长，你的心脏有问题吗？"

郑立峰紧锁眉头，微微摇了摇头。

付霞语气果断地："不对，你这症状像是要……"她脑海中顿时闪出"猝死"两个字。但她马上刹住，说道："轻动，轻动，慢慢放下，赶紧打120。"

惊慌的人群中有人应道："我来，我来。"一位年轻的法官冲出门外，躲开众人的喧嚷，拨打了120。

办公楼十楼居中的两间房，是院党组会议室。

此时，党组成员正在开会。

主持会议的是党组书记贾志雄，他正在作主旨发言："同志们，今天，我们要再召开一次党组会。大家共知，咱们院老院长退休后，组织上提名我为院长候选人，但履行手续得有段时间，市委决定我为党组书记的通知却及时到了，所以，我这个党组书记，也只能召集党组会来研究部署相关工作了，在座的各位都是'老法院'了，相信大家也都能理解。现在我可以告诉大家，市人大常委会今天开会，决定我为代院长，一旦完备了手续，咱们该开党组会时就召开党组会，该开院务会时就召开院务会，我呢也该参加审委会时参加审委会。"

众党组成员理解地点头微笑。

坐在贾志雄右手位的，是于如石副院长，他是党组副书记，二把手。他适时接上话茬："理解理解，因为这是法院，是国家的司法机关，我们理所当然，应该在严格执行规定上为社会做出表率。"

"是的，是的。"

"应该，应该。"众人回应着。

贾志雄一笑："各位理解就好，所谓理解万岁嘛。"他话题一转，"那今天向各位通报一下上半年工作任务完成情况，尔后，咱们再研究研究下半年的工作。"说着，他从笔记本中拿出两页纸，上面密密麻麻记录着一些数据，他在上面扫了一眼说道，"我这个人，最喜欢用数据说话。这里是有关部门刚刚统计出来的一组数据，大家听一下。"

突然，砰砰的敲门声清晰地传了进来。众党组成员都不约而同地把目光聚焦到门上。

贾志雄停下话头说道："请进。"

门被轻轻推开，探头进来的是民一庭另一位副庭长，叫张中凡，一向持重、老成、做事周全。

刚才，他见副庭长付霞在突发情况下遇惊不乱，安排得井井有条，他一方面暗中佩服这位比他小五六岁的搭档的工作能力，另一方面好像也没发现自己有发挥作用的机会，直到他听到让人赶紧打120时，他才想到，出了这样的情况，应该向院领导及时汇报，于是他的目光扫向付霞。正好，付霞的目光也向他投来，二人目光碰触的一瞬间，仿佛互相窥到了对方的想法。

他说道："我去向院领导汇报一下。"

付霞点了点头，表示想到了一起。

于是，他便急匆匆来到十楼。

"什么事，张庭长？"贾志雄问。

张中凡往前凑了凑："各位领导，打扰了，有一件事，我们必须马上向院里汇报。"

他深吸了口气，略微平抑了一下跳动过快的心脏："是这样，我们郑庭长突发急病，不省人事。"

"怎么啦，好好的怎么得这么大的病？"不知哪位党组成员急促地发问。众人把目光急切切投向张中凡。

张中凡："一上班，郑庭长召集全庭人员，通报上半年任务完成情况。因为我们庭任务完成得不错，全体人员都很高兴，郑庭长自然也很高兴，他还有点激动地站了起来，可就在这时，他突然眉头紧皱，弯下了腰，样子十分痛苦。"

"那现在呢？"于如石副院长一下子站起来，脸上显得焦急而又惊恐。

张中凡："付霞庭长很有经验，她观察了一下，怀疑郑庭长可能是心脏犯病……"

"哎哟，心脏……"诸位几乎同时发出声来，但却都把那到了嘴边令人悚然的不吉利话咽了回去。

贾志雄："那打120了吗？"

"打了打了，付庭长和几位年轻同志，已把郑庭长慢慢平放在地上，正在守护观察，估计120一会儿就到。"

贾志雄："那好，于院长，民庭属你分管，就辛苦你了，你代表大家先去看一下，要配合医院，全力救治，有什么情况及时向大家通报。"

"好。"于如石副院长边往外走，边示意张庭长在前，一起走了出去。

海州市人民医院。

三楼，手术室门口，付霞和民一庭的四五名法官，或坐或站地等候在门前。

刚才打120的年轻法官，在门口走了两个来回后，站在付霞的面前："付庭长，郑庭长身体一直挺好，怎么突然就得这么重的病呢?"

付霞看了一眼那年轻的法官："胡小军，你没听大夫说，这种情况，最容易出现在像咱们郑庭长这样的人身上，长年累月工作压力大，干起工作来没白没黑，人称拼命三郎，不注意休息，不讲究劳逸结合，再加饮食也不注意，这种病就会悄悄找上门来。"

胡小军听着，口微张："妈呀，这也太吓人了吧!"

付霞："这不是吓人，这是事实，是科学，你们这样的年轻人，现在离这种危险还很远，但也需要这种提醒，这种警示，要以科学的态度对待工作和身体。"

胡小军笑了："多谢付姐的提醒。哎，付姐，你也快四十了，和咱们郑庭长是大家公认的黄金搭档。郑庭长人称工作狂，你呢，大伙又都说你是女汉子，工作起来，比男同志还猛，你是不是尤其要注意了，可别也和郑庭长……"

胡小军突然意识到，话说得有点冒失，赶紧刹住，做了个自嘲的鬼脸，目光不由自主地扫了扫在场的几位法官，略显手足无措。

那几位法官有的似在嘲笑，有的似在怨怒。

胡小军无奈地垂下眼睑。

付霞一笑："谢谢胡小弟的提醒，我会注意的。"

这时张中凡插上了话，适时打破了这多少有点尴尬的局面："你们有没有听到，刚才大夫说，咱们对郑庭长的处置，几近达到专业的水平，而这一切，关键人物是谁?"

"是付庭长。"

"对，付庭长对郑庭长突然犯病的处置，那真称得上是临危不乱，环环有序。"几位法官同声应和。

付霞连忙摆了摆手："打住打住，你们别拿我开涮了。一句话，郑庭长人好，领导得我们民一庭风正心齐，遇到这样的突发情况，大家献计献智，齐心协力，这才是我们民一庭值得珍惜的。"

手术室的门开了。

两名着白大褂的护士，推着躺在病床上的郑立峰，缓缓向病房走去。

几名守候的法官紧跟在后面。

付霞在手术室门口没动，她想，主治大夫可能随后就出来，她要了解一下大夫的看法和意见。

果然，两位大夫边聊着边走了出来。

“大夫，是你们二位，给我们郑庭长做的手术吗？”

一位年长的大夫站住，微微笑着说：“是的，你就是付庭长啦？”

“是，不过……”付霞被大夫一问，弄得有点蒙。

年长大夫一笑：“没什么，只是我和你的同事们交谈，大家无不对你多有称赞和佩服，所以，我也特意想认识一下你，仅此而已。”

付霞听大夫如此一说，略显羞涩：“大夫，我只是想了解一下，郑庭长的病……”

年长大夫：“简单说四个字，有惊无险。所谓有惊，这种病一来就十分凶险，如果措施不当，耽误黄金时间，那后果就十分严重，这叫谁遇到都会惊出一身冷汗；所谓无险，这一次幸亏你们庭长病发后，你们采取的措施正确，及时求医，如果不是这样，那后果可就不堪想象了。他已有两根重要血管堵塞严重，随时都有生命危险，但这次我们给他放了两个支架，血流已经恢复正常。再加你们这位庭长，年龄不算很大，身体素质好，我们的手术也很顺利，可以有把握地告诉你们，他在医院住个两三天就能出院。”

付霞一脸的兴奋：“那太好了，谢谢大夫。”她未等大夫接话又问道，“那以后有没有什么注意事项？”

年长大夫：“当然有，这种病近几年呈明显增长和年轻化趋势，这说明现代人的生活方式、生活节奏和工作压力，都与这种病有密切关系，因此，出现了这种苗头的人，必须引起高度重视。像你们庭长，已出现了这么严重的情况，今后更得要格外注意才是。”

付霞听到这，脸上的兴奋消了去，但她未忘必要的礼仪：“再次谢谢大夫，我去病房看看。”

年长大夫：“好的，稍待一会儿，麻药效力一过，你们庭长就该清醒了。”

付霞和二位大夫挥了挥手，向郑立峰的病房奔去。

从高空俯瞰，在新城与老城的交界处，坐落着一个二十多栋居住楼组成的小区，既方正，又气派。

近些年来，得益于我们国家的发展，得益于人民收入的增加，加上刚需和改善居住条件需求的叠加效应，房地产市场持续繁荣，雨后春笋般地崛起的居民楼，成了城市发展的一道亮丽的风景线。

我们看到的这个小区，就是这数不胜数的新建小区中的一座，它叫“贵浩花园”。郑立峰家就在这。

此刻，郑立峰的家中只有两人，一位是他八十岁的老母亲，一位是小他两岁的妹妹。

老人手拄一根四脚抓地式拐杖，在客厅中缓缓走动：她的头发已经全白，且稀稀疏疏，背有点驼，看上去，显得苍老而又孱弱。此刻，她走几步，便抬头瞅瞅墙上的挂钟，像等什么似的。

妹妹端着一个盆子，从卫生间出来，里面是她刚洗好的几件衣服，正准备到阳台上晾起来。她见老娘又在瞅表，笑说：“娘，这才三点半，离俺哥下班还有两个多小时呢。”老娘嘟哝道：“俺知道，俺就是盼着他早点回来。”

妹妹:“娘，你都快成了想儿疯了，一天见不到我哥，就跟掉了魂儿一样；可我哥呢，偏偏又是个工作狂，一年四季，就是案子案子，好像一耽误点时间，就亏欠案子似的，哎，您这娘俩，俺算是服了。”说罢，她开始晾衣服。

“咋啦，闺女是不是累得委屈了？……”立峰娘瞅了瞅闺女的背影，微微叹了口气，“也难怪呀，你哥说你是操心命，这些年来伺候了我和你爹，又得伺候你的公婆，你说咱们一家人这都是什么命啊。”

闺女见娘又要伤感，便走到娘身边：“娘，咱不说这些了，这不都过去了吗。你该坐坐歇歇了吧。”

娘颤巍巍地回过头，娘俩的目光碰撞在一起。娘昏花的双眼似乎有点湿润，她直视着闺女：“你爹临走前，最感到亏欠的是你嫂子和你，临咽最后那口气前，他抓着我的手跟我说：‘咱俩这一辈子生了两个孩子，都很听话很争气，这是咱俩最大的福气。立峰的媳妇进咱家门没几年，孩子还没拉大，就摊上咱俩病病歪歪，可人家无怨无悔，真受了罪了。立荣为了顾家牺牲了不少，我走后，你和立峰千万千万要照顾好她们，好让我的在天心灵得以安宁。’”

立荣听着娘的话，眼泪涌了出来，她不敢再直视老母。她知道，娘再往下说，必然就要说到老爹去世半年后，她正值中年的嫂子也因急病撒手人寰。而且大夫说，嫂子的病是典型的操劳过度，又没有及时诊疗所致。她把脸背到一边去，带着难以抑制的哽咽说：“娘，为人谁不是爹娘生爹娘养，大了伺候老人，天经地义，应当应分。”

老娘听了闺女这话，难抑动容：“哎，老天爷公道哇，摊上这么多糟心事，要是再摊上孩子不孝顺，那就只有死路一条了。好在俺家的孩子个个孝顺。”

郑立峰所在的病房。

此刻，郑立峰已完全清醒过来，他见四五位同事立在床头，甚为内疚：“你们这么多人守在这里，实在不好意思，再说，每个人手头都有一大堆案子，这会影响工作的。”说着，他想坐起来。

众人齐俯身上前：“庭长，你不能起，再躺躺。”

付霞示意大家不用阻止他，几位年轻法官领会付霞的用意，便扶他坐了起来。

郑立峰坐稳后又说道：“好了好了，我现在浑身轻松了，你们赶紧回去吧!”

付霞故作生气地说：“庭长，大家快被你吓死了，你这是住院，做手术，不是休闲度假。你没恢复过来之前，同志们谁能放心走开，你不是常说，同事同事，胜似兄弟，我们可都是你的同事。”

郑立峰笑了笑：“也是，谢谢你们了。”

付霞：“那这样吧，大夫说，你这种病，只要放了支架，血流畅通了，就没什么大碍了。既然这样，我们就只留一人陪你，其他人回去工作。怎么样，庭长，可以吗?”

郑立峰不好意思地笑了：“付庭长，别取笑我了，我这一病，里里外外还不全依靠你和同志们，我全听你安排。”

付霞也笑了：“难得，我们庭长也有服气的时候。”

郑立峰：“是的是的，我是真服气了。哎，付霞，说句心里话，我可是经常从内心佩服你的泼辣，利落，冷静，周全。”

付霞倒显得不好意思了:“庭长，咱们可不兴廉价的恭维。我们准备走了，你说吧，还有没有事。”

郑立峰：“没事了，没事……”他的话突然噎住了。

众人有点愕然，唯独付霞几乎笑了出来：“庭长，你还有一事得托付我们去办，对不对?”

郑立峰不好意思地说:“是的，是的，真是难以启齿，我这个家庭……”

付霞打断了他的话:“不要说了，我再帮你编个谎话，稳定住老人家就是。”

郑立峰:“拜托拜托。”他的表情既有无奈，又有惆怅。

付霞：“那这样吧，小军留下陪你，我们就回去了。”

胡小军响亮地应道：“好的，付庭长。”

郑立峰也赶紧扬手，示意同志们快走。

郑立峰家。

此时，老娘正倚立在晾台的窗前，昏花的双眼一眨不眨地盯视着花园大门口的方向。

贵浩花园的门口，进进出出的行人和车辆渐渐多了起来。立峰娘像欣赏一幅画卷，久久地伫立着，凝望着，因为在那川流不息的人流车流中，会出现她那骨肉相连的儿子——郑立峰。

她看了一阵，也许是有点累了，她离开窗户：“荣啊，几点了?”立荣看了看挂钟道：“娘，这才刚四点多一点，离我哥下班回来还得一个多小时呢。”

立峰娘：“哦，不知咋回事，俺今个儿特别想你哥，连俺这心都跳得比平日快。”说着这话，老人的左手还按在胸口上试了试。她真的感觉到自己的心脏跳得比往常快。

立荣听到这话，顿时警觉起来。“娘，您可不是心脏……”她不好直说，但娘毕竟是八十岁的人了，她赶紧凑到娘的身边，“娘，你有没有不好受?”

娘说：“没有没有，八成是我想你哥想累了。”

立荣："娘，你千万别吓唬人。"

一辆警车在市区的公路上急速前行。后排座位上，坐着付霞和一位年轻的女法官。

警车走过两个路口后，路两边的高楼多了起来，楼间距大了起来，在城市居住的人，一看就判断出来，这是新城老城交界处的明显特征。

付霞往远处一望，贵浩花园已清晰起来，她再一次叮嘱身边的年轻女法官："小周，咱们这是去演绎一幕善意的谎言，可不能演砸了。"

小周灿烂地一笑："庭长，付姐，您放心，我会演好这个角色的。"

司机这时来了兴致："小周，你只要演好了这个角色，以后有机会，让庭长推荐你去电视剧里扮演个女一号。"

小周："高哥，若有那样的机会，我绝不会让你失望。"

三人都笑了起来，笑毕，付霞的脸上却沉重起来："俗话说，人生没有十全十美，咱们郑庭长这个人，人好，事业心和责任感又强，但是，他的家庭却困难重重，特别是他唯一的儿子，对他极不理解。现在他身体又出现了这样的问题，这叫谁摊上，也是难以承受之重啊！"

三人无语。车驶进了贵浩花园。

立峰家。

立峰娘也许真的累了，她主动离开了窗户，想向回走动。

立荣见状，忙迎上去扶着："快到沙发歇歇吧，你站这么长时间累了吧。"

立峰娘："嗨，人老就是不中用了，站在这望望你哥，腿都发酸发麻，这还叫个人吗。"

立荣："俺说叫你坐下等，可你就是不听，你不想想，你什么年纪了，再说，俺哥该来他还不来吗。"

正在这时，响起了敲门声。

立荣："你看你看，说俺哥来，俺哥这不就来了。"

立荣一兴奋，站起来就向门口走去，突然她意识到了什么："哥有钥匙，从来也不敲门呀。"她自语着，停住了脚步，有点警惕地问道，"是谁呀？"

“我们是法院郑庭长的同事。”立荣听到这，赶紧走到门口，把门打开。

付霞和小周站在门口。

门里门外，三位女性的目光碰触在一起，心思却各不相同。立荣一见哥哥单位的两位女同事这时上门……她的心不由得咯噔一下，莫不是哥哥有啥事，脸上的表情也发生了微妙的变化。而付霞和小周此时在心中一再提醒自己：千万要沉着，要坦然，不能露出一丝破绽。

还是有充分思想准备的付霞先开了口：“立荣姐，你不认识我了?”

这一问，倒使立荣的紧张心理一下子放松了下来，她赶紧上前迎了一步：“噢，是付霞妹妹，付庭长，快请进。”

付霞和小周应邀进屋。

付霞进屋就冲着立峰娘走过去，她凑到老人前，拉起老人的手：“大娘，你还好吧，我是付霞，小付，是郑庭长的助手。”

立荣也凑过来：“娘，你认出来了吧，付庭长不是来看过你?”

立峰娘：“认出来了，儿子常说起你，说你是个好人，是个能人。”

付霞意识到是火候了，于是她把话切入了正题：“大娘，立荣姐，今天我和小周来还有个任务呢，是这样，我们郑庭长接到上级法院的通知，要去省法院汇报一个案子，因为时间紧，郑庭长自己来不及告诉你们，所以委派我来转告你们。”

立荣：“这就是说，俺哥今天不回来了?”

付霞：“不是今天，恐怕得两三天。”

立峰娘这时也听明白了：“立峰他两三天不回来吃饭了。”

付霞一笑：“是的大娘，不过你放心，现在到哪里吃饭都方便。”

立峰娘：“这俺知道，就是，哎……”她的话音里流露出十足的无奈。

付霞：“大娘想他是不是，我们理解。不过俗话不是说，人在官府，身不由己吗。”

立峰娘听了顿时没了话，她皱纹纵横的脸上浮出孩子般的无助和无奈。

此景此情，早在付霞的脑海中浮现过，但她觉得如不用这样的话封住老人的念想，也许后续不好控制。但她此刻看到老人的表情，还是有点歉疚，她只得把目光移开老人的脸，投向一直站在一侧的立荣脸上。

立荣的脸上也有一种惆怅和为难的表情。

付霞对立荣的表情，倒是既理解又有破解之术："立荣姐，听说你的公婆也是你照顾。"

话说到了立荣心中的纠结之处，她坦言道："可不是，俺公婆的情况还不如俺娘好。俺是顾了这头又顾不了那头，顾了那头又闪了这头。就说这次，俺哥这一走，俺……"

付霞理解地止住立荣的话："姐姐，没有过不去的坎。这不，我和小周同志来，就是来帮你的。从现在开始，小周就来照顾大娘，晚上就在这和大娘做伴，你抓紧回去照顾公婆。明天上午，你再过来，怎么样？"

立荣一听，激动又惊喜："这，这是很好，只是……"

付霞一摆手："我们是同事，你就什么都不要说了，明天的这个时间，我来替你，郑庭长什么时候回来，我们什么时候撤回。"

立荣俯到老娘的脸前："娘，你听到了吗。"

立峰娘也听明白了："谢了谢了，难怪俺儿常说，在家靠父母，在单位靠同事，遇上好同事，比亲兄弟姐妹都好。"

小周接上话："大娘，庭长在单位也常这么说，所以，从今天起，你就把我当你的闺女就行了。"

老人激动了："哎，好好，好孩子，好闺女，好闺女……"

第二章
常态波澜

有水的地方，就有波澜；有人的地方，便有矛盾和竞争。这是规律，也是世情。海州市中级人民法院当然也不可能是世外桃源。

但是，此前两三个月来，海州市中级法院却经历了一个相对比较平静的时期。

这是缘何？

作为一个单位，一把手的更替，往往意味着由上而下一系列变化的开始，但是人非圣贤，新的一把手对新的岗位，新的工作，特别是人员的调配，必须得经过一定时间调研才能了解。因此，单位中常有这样一种共识，新领导到任，人员变动自然进入一种冻结状态，至于这个冻结时间的长短，则没有统一和明文的规定。

在海州市中级法院，老院长到龄退休，贾志雄被提名继任，海州市中院也就自然进入这么一个阶段。所以，全院干警不管处于哪个岗位，不管心中有什么想法，都只好暂且放下，静心地等待。

但现在，一个人的工作调整，犹如平静了一段时间的水面被投下了一块石头，荡起了一圈涟漪。涟漪扩展开来，慢慢荡满整个水面。

这个人就是郑立峰。

昨天，院党组会专题研究了郑立峰的问题。根据医生的介绍，给心脏放支架，虽然效果明显，病人也会顿感轻松，但这毕竟是手术，也是伤元气的事，对病人身体的影响也是不言而喻的，因此，注意休息尤为重要。然而，郑立峰这样的人能安心养病，凡是了解他的人都不会相信。

为此，党组成员们还真的纠结了一阵子。

分管民事审判的于如石副院长，是大家公认的能将。用他的话说，岗位不管大小，都是人干活，如果只知使用，不知关爱，总有一天，干活的人会心灰意冷，影响的是工作，孤立的是领导。他朴素而直白的认知，深得干警们的赞同和认可，因此，于副院长也是副院长中威信最高的院领导。此刻，他尤其为难和纠结。

民一庭作为承担典型意义上民事案件的业务庭，人员配备比较足，承担的审判任务比较重，从某种意义上讲，民一庭审判任务完成的优劣，关乎中院全院，甚至关乎全市法院民事审判工作完成的数量和质量。

于如石分管六个庭室，民事审判是任务最重的一块工作。但自他分管以来，中院乃至全市法院的民事审判工作，在中院民一庭的带领和指导下，工作开展得高效顺利，有条不紊。

于如石深知，这很大程度上，得益于郑立峰和付霞两位庭长的作用，而这块体量大任务重的工作，却成为他分管工作中最省心放心的一块。

常言道：千军易得，一将难求。和平环境中，工作上又何尝不是这个道理？一个好的领导者、组织者，往往就能带出一支好队伍；一支好队伍，也必定能出色地完成所担负的任务。

院党组的本意是，给郑立峰调整个工作压力比较小的岗位，以便于他身体的康复，但大家讨论来讨论去，总觉得这是个难事。谁能在天天年年案件成堆，人少案多的现状下，找得出轻松的岗位？当然万事皆有区别，总不能是一刀切，相较之下，有些业务庭室业务量尤其大，工作压力自然也就更大一些；有些庭室相对而言，案件量少一些，压力自然也就小一点。但从另一个角度讲，任务轻与重，压力大与小，又与在岗人员的责任感和工作态度有关。正所谓，眼中有活儿的人，永远没有清闲；眼中无活儿的人，活儿堆积如山愣是视而不见。这是我们常见到的现象，在相同的条件和环境下，有的人长年累月处于紧张繁忙之中，而另有一些人，却总是给人一种轻松无事的印象。而郑立峰，就是那种责任感极强，事业心极强的人，所以，大家一致认为，哪个岗位给他，他也不会太清闲。但不管怎么说，基于他身体的实际情况为他调换一下岗位，这至少反映了院党组对这样一位同志的关爱。

大家把目光投向了审监庭，因为大家知道，近几年来，审监庭的案件相对来说是比较少的。审监庭的全称是审判业务监督庭，这也是适应我国民事诉讼法专章规定的审判监督程序要求而设立的一个业务庭，顾名思义，这是针对法院已审结案件又发现问题的案子，进行处理纠正的业务部门，用法官们简单明了的话说，审监庭的法官是监督法官的法官。

由此可见，这也是一个十分重要的业务庭，对审监法官的要求也是较高的。首先，得能发现问题，尔后才谈得上纠错或弥补，因此，各地法院都是挑选年龄偏大、审判经验相对丰富、业务水平较高的法官配置到审监庭。

海州市中级法院前任的审监庭庭长老仲，便是从各方面条件看都十分适合担任这一职务的人。他从事了三十多年的审判工作，刑事、民事、行政、经济几大审判岗位都待过，可以说是海州市中院法官中资格老、业务知识全面的稀缺性人才，所以在五年前，他走上了审监庭庭长的位置。

一转眼，五年过去了。

老仲庭长也到龄退休，把庭长这个位子空了出来。

老仲庭长在审监庭这个位置上，干得是平平稳稳，且全庭承办案件数逐年下降。单从数据看，从领导到各业务庭，皆大欢喜。按正常的逻辑推测，审监案件减少，这反映了案件质量有提高，反映出当事人对海州两级法院审结生效案件的服判息诉率高。审监案件减少，还让其他业务庭的法官们心中坦然，因为审监庭受理的案件多，就意味着改判案件会多；改判案件多，就涉及承办案件的法官多，在当今纠错追责机制已趋完善的情况下，案件被改判，承办案件的法官就要承担相应的责任，试想，哪一位法官希望自己办的案件被改判呢。

因此，审监案件越来越少，进入审判监督程序被改判的案件越来越少，这是法院上上下下最希望见到的现象。

然而，世界上任何事情都不会是绝对的。在海州中院，就有部分法官对审监庭的工作持有不同程度的异议。

这些法官的判断是，在法院案件年年仍在递增，信访形势尚未扭转的情况下，唯独审监庭的案件在减少，这有点不合常理。

他们的推测是，已过知天命之年的老仲庭长，发挥了和稀泥的特长，采取了外推里压，大事化小，小事化了，不了了之的对策，以此来求个老来心静，平安退休。

老仲庭长素来就有“老仲、老仲，无事不中”的“美誉”。到了这个阶段，到了这个年龄，选择多一事不如少一事，少一事不如没有事，岂不是皆大欢喜吗?

当然，这一切均是推测，孰是孰非，只有天知道。

现在，院党组把这个岗位给了郑立峰。

民二庭法官柴胜男，三十六岁，到基层法院开了个庭，因案情比较复杂，一直开到晚上八点才闭庭。

基层法院为开庭人员准备了工作餐，但她被一天的庭审搞得精疲力尽，面对饭菜，她几乎连张嘴吃饭的劲都快没了。她只勉强吃了几口，就一头钻进警车，赶回家中。

她很快进入梦乡，而且做了一个梦：浩瀚无垠的天空，长风作响；浓淡不一的云团，翻滚着、变幻着，迎面扑来，转瞬又飞驰而去。她仿佛变为一只苍鹰，翱翔在空中，接受着风雨的洗礼；呼呼的长风，迎面吹在她的脸上，时而强，时而弱，时而凉，时而热。她的身体仿佛不受控制，被风雨裹挟着飘在半空中，上不着天，下不着地，忽上忽下，奇怪的是在她的身前身后，滚动着那么多的云团，而且那云团还都是黑色的，遮挡得看不见天际；突然，这近似混沌的天空仿佛被无形巨刀一劈两半，一边是乌云滚滚，风狂雨猛；一边是晴空朗朗，风轻云淡。她将目光转向一侧，另一只褐色的大鹰正从那朗朗碧空下的白云间飞来，而且，那褐色大鹰身姿更加矫健，飞行得更快，只一会儿，就赶了上来。

两只鹰的目光碰撞在一起。

她极力想摆脱身边的黑云，靠向晴空中那只雄鹰，但是不行，她的身体和那团团黑云之间好像有一种吸力，谁也摆脱不了谁。而那只雄鹰却微笑着看了看她，非常轻盈地往前飞去了。

第二天她上班后，夜来梦中的情景却依然历历在目，人都说梦易忘，而这次她做的这个梦，怎么她一点也没忘记呢？

难道，它预示着什么？

随着同事们的到来，她很快获知了一个让她想不到也不愿想的消息：民一庭郑立峰庭长调到审监庭任庭长，民一庭付霞副庭长接任民一庭庭长。

这消息无异于一根针深深地刺疼了她的心。

十多年以前，她和付霞同年迈进了海州市中级法院的大门。她们二人均是高校应届毕业的法学研究生，被海州中院招聘选中。

报到那天，她们二人又是脚前脚后走进了中院政治部。

一样的年龄，一般高的个头，匀称的身段，俊俏的面庞，俨然一对同胞姐妹。以至于政治部接待她们的小胡一开始误认为是：一人来报道，另一人是相伴而来的姐妹。当政治部为她们办好了相关手续，将其分别送至院里已研究过的具体庭室后，这酷似姐妹的二人，便成了当时院中的同事们热议的话题。很快，各种议论便归结为一句话：海州中院升祥云，引来两只金凤凰。

付霞被分到了民一庭，柴胜男被分到民二庭。由此，两人便在各自的岗位开始了比翼双飞。

这二位拥有法学研究生学历的女性，自然不是学识学问上的弱者。她们怀揣一展抱负的理想，来到了审判实践的舞台。丰富的法学知识，聪慧的大脑，充沛的精力，不甘人后的性格，使两位很快就在审判岗位上展示出了她们的优势，成为各自所在庭的业务骨干。自然而然，两位的心中，也把对方视为竞争的对手。但时间一长，两人在同事和领导心目中，也还是渐渐拉开了距离。同事们对付霞的看法是，她除了审办案件多质量好之外，更具备女性的亲和力，处理急事难事，更具有沉着冷静、果断干脆的特质，在共事团队中，深孚众望。而柴胜男的同事和分管领导对她的看法则是，有学识，也聪明能干，但却暴露出十分明显的高人一等的优越感，凡事容已不容人，时有万事独我行，目中无一人的自负之态。这样一来，她和共事的同事们，和所在单位的领导，便无形中有了一种隔膜，这自然也影响了她的进步。这不，几年下来，付霞走上了副庭长的位子，而她却还只得在普通法官的位子拼搏。这一次付霞又进了一步，成了正庭长，这对柴胜男，自然不是一般的刺激。

面对这一消息，她像吞了一口没嚼好的食物，噎在喉咙中上不来下不去，好不难受。她站了起来，想舒展一下手臂，但马上意识到，这太失态，被同事们观察到，岂不更令人心烦，于是她强抑制住自己的情感，缓步离开办公桌，向外边走去。

走廊上此时已无人，同事们已全部走进了各自的办公室。她向后梳捋了一下自己的头发，双手明显感觉到面颊有一种滚烫，她只得顺势用双手在脸上上下搓了搓，脸上的烫热仿佛释放了不少。她想，不能在走廊上长待，该回去了，但她明显感到自己的脸上还是热乎乎的，不用问，肯定也是潮红潮红的。她的脚步有点犹豫，正在这时，她的目光扫到了一个门虚掩着的小办公室，这是民二庭的一间小办公室，里边安置了三张办公桌，庭里三位最年轻的同事在这办公。

她不由自主地移步至虚掩的门前，往里瞅了瞅，里边只有一位女同事静坐在办公桌前，正专注地看着翻开的卷宗材料。她轻轻推开门，走了进去。

看材料的是一位年轻女法官，她感知到来了人，一抬头认出了柴胜男，赶紧招呼："是胜男姐，有事吗？"

柴胜男连忙摆手："没事没事，我从你们门前路过，见门虚掩着，就进来看看你们在忙啥。"

"咱能忙啥，阅卷呗。"说着，年轻女法官的双眼敏锐地注意到了柴胜男潮红中又浮现着倦意的脸，她仿佛猜到了柴胜男今日的心境和进来的目的，她故意问道，"胜男姐，你昨天到县里开庭去了？"

柴胜男也正好接上了话头："可不，一件证人证据多达几十人件的案子，我们早上六点多到街上吃了点饭，七点多就赶到县里，一鼓作气近十个小时，总算把庭开完了。结果把你姐我累得浑身就像散了架，到现在还没恢复过来。"说着，她顺势又在脸上搓了搓，解嘲道，"人们只看到我们身着法袍，端坐台上，威风凛凛，可有多少人知道，当我们精力高度集中，一连几个小时开完一个庭时，那个疲劳劲，真不亚于干了几个小时的重体力活。"

年轻女法官对这些话也颇认可，便附和道："胜男姐，你说得太对了。这叫隔行如隔山，一行不知一行难，胜男姐，你说对吧！"话到此，二人的共同语言好像一下子多了起来，气氛也融洽了许多。

柴胜男毕竟心有所忧，她凑到年轻女法官面前："小梁，听说郑庭长的工作调整了，你知道吗?"

小梁："知道，我是昨天下午听说的。这次呀，大家都说，民一庭真是个幸运庭，你看郑庭长一病，院党组高度重视，马上给他调了个相对轻松些的岗位，倒出来的庭长位子呢，付霞姐就顺势升位，成了正庭长。大家都说，人家这才是名副其实的黄金搭档呢，同升同晋。"

小梁兴致勃勃地说着这些话，柴胜男刚刚强抑的情绪忽又波动起来，她全身有一种无法形容的不适感，脸色也热辣辣的，感觉好像在呼呼冒火。她抬起无力的手摆了摆："小梁，我有点不大舒服，回了。"

小梁也注意到了她的表情变化，赶紧站起凑到她的身边："胜男姐，你这是怎么了，我送你回去吧!"

柴胜男站住稳了一下："没事没事，你快阅卷吧，我没事。"

小梁见她很坚决，便也不再坚持："那好，你慢走，姐。"

柴胜男缓步往回走，口中却不由自主地喃喃自语："黄金搭档，帅男美女，黄金搭档……"

小梁清清楚楚听到了这话，她顿感惊诧地张大了嘴，见胜男慢慢走出去，门被咔嗒关上，她不禁叹道:"吃醋了？不至于吧!"

郑立峰家。

立峰娘一如既往地准时凑到晾台的玻璃前，用昏花中又似满含泪水的双眼，专注地凝视着小区的大门口。

她在期待着儿子的车的出现。

郑立峰开着车，驶进贵浩花园的大门。

立峰娘认出来了。也怪，在进进出出的车流中，她竟能一眼就能认出儿子的车，这对于一个八十岁的老人来说，多少有点令人费解。

立荣曾好奇又有点调皮地问过她："娘，您凭啥一眼就能认出俺哥的车?"

老人没有正面回答她，只是微微一笑:"等你到俺这个年龄，你就知道了。"

熟知老母亲这一习惯的郑立峰，也总是在驶进贵浩花园大门后，立即身体前倾，伸出右手，向着自家的窗户打个招呼。

不管对方是否看到自己，这种模式已程序似的定在母子身上。

家中，老娘看到立峰的车子进了大门，她知道，再过三五分钟，儿子就会站在自己的面前，于是，她颤巍巍地离开了晾台，准备迎接儿子。

立荣正好忙完了晚饭，她一出厨房门，看到正在转身的老娘：“娘，哥来了？”

“来了，来了，俺看见了。”老娘边往客厅移动边说。

“那你别着急，慢慢走。”说着，她迎上前，搀扶着老娘的胳膊，娘俩一并慢慢移步到客厅中来。

郑立峰如期打开门，出现在老娘和妹妹面前，似乎有些勉强地笑了笑：“娘，我回来了。”

老娘连忙应答：“回来好，回来好，荣把饭做好了，你快洗洗手，咱们吃饭。”

“哎。”立峰应答着娘，走进他住的房间，换衣，转身又到卫生间洗了洗手，最后，他又撩起水，洗了两把脸，走向餐桌，三人分别落座，开始吃饭。

吃饭的气氛有点沉闷，甚至是有点压抑。平常娘仨坐在一起，总有些自然而然的家长里短的话题，但今天，却谁也没有开口。

立荣从与哥哥一照面就察觉，今天哥哥的气色不好，但她不好意思直问；老娘虽年事已高腿脚不便，但其老人家大脑尚不糊涂，儿子脸上带着忧郁，老娘也有觉察，但老娘也觉得直问会有点唐突，毕竟，儿子已是过了不惑之年的人了，也算得上有个一官半职，动不动就像对待未成年的孩子一样，追问训斥，显然不妥。

而郑立峰呢，他今天实在有点精力不济，像干了一天的重体力活似的，浑身酸软，懒得开口。

就这样，三人各自端着各自的饭碗，闷闷地吃着，只是偶尔瞅得空隙，默默地望上一眼。

饭毕，立荣利索地洗涮，然后换上衣服。她还要赶回去，照顾公婆。

立峰送立荣到门口，立荣换上鞋，回头向哥哥使了个“出来”的眼色。

立峰跟随在妹妹身边，走了出来。

“哥，遇到不顺心的事了？”

“没事没事，只是工作有点累了。”

立荣好像找到了缘由，说道：“哥，你现在不比以前了，动手术，是会伤元气的。我和娘都跟你说过，这种时候，就要向领导提出，安排个轻松点的活，可你，总是逞强。”

立峰非常理解妹妹的心情，他觉得也该向她说一下工作变动的事了，不然，这位心地善良但嘴不饶人的妹妹，会怪罪自己的。

立峰：“我的工作领导已给调了。”

立荣一听很高兴：“是吗，那好呀，新的工作是不是轻松了？”

立峰：“能轻松点吧。”

立荣：“能轻松点是什么意思？”妹妹听着哥哥的话中好像有话，便紧追不舍。

立峰是个素来实话实说，同时又是个视工作为人生第一要事的人，这其实说的是他的真心话，但妹妹明显听出了弦外之音，不依不饶。

立峰只得跟上解释：“是这样，领导给我调的岗位是审监庭，审理的案件数比我在民一庭要少不少，室内看材料多一些，开庭少一些。不过，我还没到新岗，是不是真轻松，那得到岗一段时间后才知道。”

立荣终于也听明白了哥哥的意思，她着急地说：“俺的亲哥哎，俺算看透你了，到什么岗位也是工作最重要，用你的话说就是，人生的价值就是工作，只有积极工作才能体现人的价值。照你这么说，什么岗位也没有轻松的时候。”

立峰见妹妹的样子，也笑了：“好了，好了，哥哥谢谢你的关心，我会尽量注意不累着，这行了吧！”

妹妹这才无奈地松了口气：“好像病长在别人身上似的。”她正欲离开，突然又折回身，“哥，请保姆的事人家说有目标了，等几天就领来让咱们见面。”

“好，好，你快走吧，家中老人还等你伺候呢。”立峰摆摆手，撵妹妹快走。

立荣这才回身，匆匆离去。

立峰望着妹妹的身影远去，折身往回走，他排遣不开的那种情绪重又浮了上来。按说，也没有什么大事，那么，这种说不清道不白的情绪源头又来自何处呢？

其实他也说不明白。

他眼前浮现出了下班前的一幕：

当他调任审监庭庭长的消息传开后，别的庭室，别的法官怎么议论，他无从得知，他没有看见，也没有听到。但这个消息一传到民一庭，他的同事们却是一副副难以名状的复杂表情：是兴奋，又不是，是留恋，也不全是，是悲伤，似也不全对……

当然，他理解同事们此刻复杂的心情。他由民一庭调审监庭，算是不升不降，内中还体现着院党组对自己的关爱，说来是令人欣慰之事；而他一走，倒出的位置推上了付霞，由副转正，反映出院党组对民一庭的法官尤其是付霞本人极大的认可，可喜可贺。

常言道：人生有三缘，有缘情相牵。或血缘，或地缘，或机缘。缘缘都会拉近人与人的距离，缘缘都会让人生情生谊。

在三缘之中，机缘可以说是最不确定的，当然，也是最为丰富的：因为同学，结下同学缘；因为服役，结下战友缘；因为一起共事，便有了同事缘。

郑立峰的机缘，说起来也比较简单。在20世纪最后十年的第二年，他考上了一所政法院校。四年的同窗共读，他和来自全国的三十余位莘莘学子，结下了深深的同学情缘。但一毕业，同学们便各奔东西，落足在祖国的四面八方，再也难得一聚。时间一长，大学同学的那段情谊，便也被时光悄悄压在心底。

来到海州中院后，他被分在民庭，从任助审员开始，便和全庭的同事们兄弟姐妹般并肩工作在一起，睁眼案子，闭眼还是案子，开完这个庭，另一个开庭任务又来到了，正是在这种无休无止没完没了的工作中，他和全庭的同事们的关系水乳交融。他的工作，他的水平，他的为人，深得同事们的认可和好评。自然，他的进步也平稳而顺利，助审员、审判员、副庭长，六年前，正式担任民庭庭长一职。六年庭长干下来，他得到从院领导到兄弟庭室的一致好评，大家公认，他是一位既有亲和力又有凝聚力的好领导。他自己的感觉是，全庭绝大多数的同事，认可他的能力和领导品格，但不排除个别同志，或因误解或因对人对事的见解的不同，对自己有着这样那样的意见。当然，这很正常，十全十美的人和事是不存在的。

面对这样一些同事，让他离开，他的心中也是如同打翻了五味瓶一样，说不出是个啥滋味。但是，他这一走，又为付霞提供了走上正职的机会，这又是个值得高兴，值得庆贺的喜事。

民一庭所有的同事们，会如何对待这次人事变动呢?

临下班前，有的同事已提出，全庭的人员应该找个饭店聚一聚，给付霞贺一贺，这提议得到了一些人的赞同；但也有的同事或许顾及郑立峰的感受，表现得有所顾虑，时不时从他办公室前走过，找个理由瞟他一眼，或故意到他办公室搭讪几句，似在观察他的反应。

这一切，郑立峰都看在眼里，他知道，这种场合，自己尽量回避一下是最好的选择。何况，他也确实感到疲劳，于是他起身走到付霞面前说道："付霞庭长，祝贺你。我有点累，家中老母亲还在等我，我先走一步。"

他未等付霞应答，便转身离开了大办公室。

付霞怔怔的，一时未找到合适的话回应他。

家门口到了。

他站在家门口平缓了一下自己纷乱的思绪，掏出钥匙，打开门。

老娘站在客厅的中央，手拄着拐杖，昏花的双目正直视着他。

"娘，您站在那里不累吗?来，来，我扶您到屋里去。"娘无语，只是顺从地慢慢转身，向卧室方向挪动着，但她仍时不时扭过头，看立峰一眼，那意思很明白：刚才你们兄妹俩说什么了?

立峰略一思忖，他意识到，他刚才和妹妹交谈的事，他不说，明天妹妹过来，也会如实向老娘汇报。于是，他扶着老娘坐下去，开始细声慢语把刚才兄妹俩交谈的内容交代了一番。

第三章

真情难陈

安顿好老娘，郑立峰悄悄退出卧室。在门口处，伫立良久，他深情望着老娘佝偻的身躯，心中浮出一种难以名状的感情。在他的印象中，父母是生活中和谐而又默契的搭档，父亲一年前溘然长逝了。虽说父亲也是年逾八十的人，仙逝也是人生必然的归途，但他一去，家庭中毕竟少了一人，仿佛一下子冷清了许多。老娘虽然脸上和嘴上均表现得十分坦然和平静，但郑立峰却总能从母亲的脸上和微微的叹息声中，读出老娘心中的失落和无助。

他转身来到自己的卧室。

这间卧室，是他和贤惠的媳妇同床共眠了多年的地方。以前，不管是劳累了一天，还是出差风尘仆仆地归来，一走进这个房间，便有一种温馨和舒适迎面扑来。她的笑脸，问候的话语，备好的家居服饰，一样不缺，久而久之，对这间卧室，他不但有了亲近感，而且有了依赖感。可是半年前，她竟突然撒手人寰，走时又匆匆而别，甚至连对他、对自己的儿子都未来得及嘱咐几句。

她走后，他仍住在这间卧室，而且他固执地认为，这间房间的一切都留有她的身影、她的声音、她的痕迹、她的气息……所以，所有布局陈设都原封不动地保持着，这是他对她的尊重，他对她的怀念，他对她的追思。

除此之外，他还对她有着一份深深的内疚。何谓夫妻，夫妻就是被姻缘之绳紧紧捆绑在一起的一对异性男女。结合之后，二人便合二为一，从此便你心中有我，我心中有你，相互扶持，相互关照，同凉同热，同祸同福。然而，自己心仪的她，大夫竟说是因积劳成疾，导致心力衰竭，突发重疾而逝。直到这时，他才像被锥深深地刺中一样，猛然惊愕，愧悔不及。原来自己一直以为媳妇泼辣健康、无病无疾，甚至在她刚刚离世时，自己还对亲朋一个劲地说，怎么事先一点先兆也没有。这哪里是没有先兆，分明是自己忽视麻木，没心没肺呀。想想吧，两位古稀的老人，一个学业繁重的孩子，一个对家中大事小事手不沾心不想的老公，生活中的一应事项，吃喝拉撒，衣食住行，生病长灾，一日三餐，里外打点，这一切的一切全包在她身上，这是何等的劳烦？摊到谁身上，都难免有身疲力竭的时候，而自己竟没看出，更没想到。更令他思及便痛不欲生的是，当时上高中的儿子曾正式向他表示，妈妈很累，要不就雇个小时工，要不就让自己帮妈干点家务。当时他听了一笑，只想到了儿子大了，知道疼妈了，却没有认真去想一下当时媳妇的身体。而当媳妇急病上身，被邻居叫了120，医院通知他到场时，他因为正在开庭，传信的同志连催了三遍，他才不得不中止开庭。等他赶到医院时，媳妇只剩下最后一口气，见了他，两眼滚下了两行晶莹的泪珠，缓缓握住他的手，讷讷说道："我不能为老娘送终了，儿子我也全托付给你了……"说罢，她永远地闭上了双眼。

儿子了解到这一切后，把平时对他的不满和母亲去世前他未及时赶到的怨愤叠加在一起，向他一股脑倒出："你心中就只有工作、工作、工作，我妈的死与你不管不问有直接关系，我恨你，我没有你这样的爸！"儿子返校后，真的没和他再联系一次。

这一幕幕，郑立峰每每思及，便撕心裂肺般地难受。平时，他可以努力压抑这些回忆，但是，每每遇到事情，或夜深人静的时候，这些情景却像水浮的葫芦一样，压也压不下去。此时此刻，他的眼前，又一次过电影似的闪过这一幕幕的情景。他驻足在床前，墙上挂着儿子义轩十周岁时，他们二人和父母、儿子的合影。照片中的她，已过了而立之年，她鹅蛋形的脸红扑扑的，透着水灵的光泽，丰满的体形，匀称的身段，处处透着成熟女性特有的魅力。

而今，他和她却天地相隔，再也没有牵手厮磨的可能。

多少次，他对着这幅照片，或在心中默念，或喃喃自语："媳妇，我对不住你，祝你在天堂安好。"

而今天，他再一次深情凝视着媳妇，却脱口说道："媳妇，我该怎么办，我该怎么办哪……"

华州大学。

从校门口向里望去，一条宽阔的马路伸向远处，目光所及，粗壮挺拔的桦树树冠，在高空中握在一起，仿佛为马路撑起一条绿色的廊冠。树荫下，一群群年轻人正匆匆走过。

时间将近中午，下课就餐的时间到了。大学生们前前后后向一座庞大的两层建筑物走去。

那建筑物上面赫然写着三个大字：大餐厅。

真不愧是大餐厅，一层几乎有一个足球场大。里面的餐桌餐椅，齐齐整整，浩浩荡荡，俨然一个偌大的列阵待阅的营盘。周边，则是无数个售饭的窗口。进得餐厅的学子们，各自根据自己的喜好，择选着合意的饭菜，尔后则就近寻得位置，吃起饭来。

三个男生各自端着一个盛满馒头和菜肴的餐盘，边寻觅合适的位置，边前后招呼。个头最高的一位走在最前面，显示着他身高腿长的优势。中间的一位，不高不矮的个头，不胖不瘦的体形，肤色白皙，是个典型帅哥，女生目光的焦点。他就是郑义轩，是郑立峰的独生子，也是该校法学院的大二学生。还有一位，则个头明显矮了一些。

走在前面的大高个找好了位置，餐盘一放，向他们喊道："义轩，小明，就这里了。"

二位也赶紧应答："好的，好的，志江，我们来了。"既是对大高个刘志江的回应，也是对摩肩接踵寻觅座位的同学们的告示：我们来了，此处免坐。

三个人很快相继落座，开始用餐。

志江吞进一口米饭，说道："思政课老师说，咱们政法院校，就是为国家法律部门输送人才，请问二位，将来的意向是什么？"

义轩和小明相互看了一眼，谁也没有回答。

志江："搞什么假深沉，想上哪儿就上哪儿呗，有什么不好说的。"

义轩和小明几乎同时："那你先说说。"

志江:“我，实话说，我想当警察。”

哦……这倒多少有点出乎义轩和小明的预料。

义轩:“那你为什么不报考公安院校?”

志江:“是我爸妈的意见。他们觉得公安没白没黑，太辛苦，不如在法院检察院稳定。”

小明:“那当律师呢?”

志江:“律师，这倒没考虑过。你想当律师，小明?”

小明:“怎么，不好吗?”

志江:“我还是想当警察，惊险、刺激，那才是老爷们的职责。”

义轩:“其实人各有志，各有利弊，这事咱们就暂不讨论了。”

志江:“哎，你肯定是进法院了，你老爸就是中级法院的高级法官，到时候，他还不为你谋个好的岗位。”

小明:“那是肯定。有个好爹娘，胜过本事强。”

义轩:“胡说八道。”义轩的脸一下子拉了下来，显得极其厌烦。

志江小明都有点意外。

志江赶紧打圆场:“别恼别恼，咱们同学之间，亲若兄弟，畅所欲言，言而无忌。是吧义轩?”

义轩站起，一脸严肃:“我不一定选择法院，就是选法院，我也不去他那个中院，我也没有那样的……”他话噎住了。

志江和小明知道义轩的妈妈去世不久，他们悟到刚才的话也许勾起了他的思母之情，于是两人赶紧岔开话题，化解眼前的尴尬。

志江:“吃饭吃饭，今天中午，这红烧茄子配米饭，味道真不错。”

小明满脸的歉疚:“义轩，对不起，坐下吃饭吧。”

义轩被他俩这一劝，火也消了下来，慢慢坐下，开始重新往嘴里送饭。

餐厅门口，一位同学手里拿着一份快递，看到志江、义轩和小明，直奔他们而来。

尚离二三十米，那同学就把快递高高举起:“义轩，你的快递。”

志江和小明私下高兴，这快递来得太是时候了，正好化解眼前的尴尬。

志江站起，故意高声再问:“瑞华，是义轩的快递吗?”

瑞华边应答边来到他们几人面前。

义轩站起，狐疑地边问边接过快递："是我的快递？哪儿来的？"

说罢，他的目光快速扫了一下寄件人。他看清了，上面落款是海州市中级人民法院民一庭。寄件人是"俩阿姨"。

这时候，他身边的几位同学也把目光锁定了寄件人的名字：俩阿姨。

俩阿姨是谁？

"义轩，这俩阿姨是谁？"志江问。

义轩一脸茫然："我也不知道。"

瑞华："那就打开看看。"

义轩赶紧把快递夹在腋下："去去去，回去再看。"

三个同学齐声笑起来："隐私隐私。"

海州中院民一庭小办公室。

这是个两间一套的房间，付霞和五名法官在此办公。午餐过后，付霞首先回到了办公室。她坐到办公桌前，喝了口水，双手向后捋了捋头发，是整理头发，也是舒缓疲劳，尔后又简单整理着桌面的东西。饭后她会伏在桌案上迷糊一会儿，算是休息，这是大多久坐办公室的人的习惯。

付霞刚想休息，同室办公的年轻女法官董心怡走了进来，她见别的同事尚未回来，便急趋几步，凑到付霞面前："付庭长……"说完她自己扑哧一笑，"你这个姓真是，永远当不了正职似的，我还是喊付姐吧！"

付霞也一笑："姓什么这可不是自己说了算的，你喊我付姐就行了，姐姐可没有正副之说吧。"

董心怡："好好好，还是俺付姐好，这可不是俺不尊重不认可你这个正庭长。"

付霞故意一板脸："我是那种人吗？"

心怡："正是正是，若没有付姐你这样的胸怀，也许您也走不到今天这个位置。"

付霞："好了，别恭维你姐了，说吧，什么事？"

心怡回头看仍未来人，便进一步凑近付霞："付姐，你说义轩收到咱俩给他的信，会有什么反应?”

付霞似乎对这个问题也没底，她抬起头看了一眼心怡：“我也想知道。”

俩人无奈地相视而笑。

付霞：“出于善意之为，终会有理想回报。你说是吧!”心怡默默复诵完付霞的话：“付姐，有你这句话，我心中充满了信心。”

郑义轩漫步在大学的足球场上。此时，正是午餐后的休息时间，偌大的操场上只有三三两两的人在散步，显得空旷而又清静。

他撕开快递，里面只是薄薄的几页纸，很显然，这是一封信。他把折叠的纸展开，一封打印的信件便映入他的眼帘：

义轩同学你好：

首先，报上我们的姓名：付霞，董心怡。我们想，你应该不陌生，因为从你不到十岁我们就认识你，你那天资聪颖和白白胖胖的模样给我们留下的印象之深，每当思来仍历历在目。毋庸置疑，你生在一个幸福美满的家庭里。你的爷爷是一位桃李满天下的老师，你奶奶是一位持家有方，性格开朗，待人接物极富大家风度的女性。

你在这样一个家庭中，从小便享受着比较优裕的待遇。你父亲每每谈到你，也都令我们有孩子的同事羡慕不已。但是，天有不测风云，人有旦夕祸福，一年前，你的爷爷离世了，虽然说他老人家是寿终正寝，但是你爸爸妈妈都是极孝顺之人，他们既留恋思念你的爷爷，又怜惜你奶奶的年高孤独，所以，他们用了好长时间才从悲伤忧愁中醒转过来；更令人痛心疾首的是，半年前你才值中年的妈妈也溘然长逝，这真是晴天霹雳，出乎所有人的意料。经这一击后，你原本幸福美满的家庭犹如坍塌一般，陷入了极度的痛苦之中。作为同事，我们人人感同身受，人人感叹人生命运的多舛，但是，我们却又人人感到束手无策，徒留悲伤。

至此，义轩同学，我们要来说说我们的庭长，你的爸爸了。

作为庭长，郑庭长是一位有水平、有魄力、勇担当的好领导。中院的民一庭，除了担负自身需要审理的案件外，还担负着对全市基层法院相关民事审判的指导和监督；每年全市两级法院，要审理各类民事案件两三万件，每年遇到新情况新问题层出不穷。我市法院民事审判的最高权威，郑庭长可以说当之无愧，他任中院民一庭庭长五六年来，全市两级法院民事审判工作，无论从数量和质量均上了一个台阶，受到省高院的肯定和表扬。全市两级法院从领导到民事审判法官，公认他是一位集专家型、学者型、技能型于一身的实干家。

郑义轩读到这里，把手中的信笺高高举起，从心底发出一声长吼。他不知有这样一位爸爸是该骄傲还是该怨愤，也不知自己的长吼，是压抑日久的爆发还是情不自禁的宣泄。

此时此刻，他自己说不清楚，恐怕也无人能说得清楚。他的吼声极高，传得很远很远。

此时，正是初秋季节，秋风飒飒迎面吹来，有一种舒爽的凉意，但晴空之上那轮灿灿的骄阳洒下的金辉，覆在人的身上，又有一种明显的热辣感。不知是心绪使然，还是太阳的功劳，郑义轩的身上脸上渗出了细密的汗珠。

他重新展开信笺，看了下去。

作为一名男性法官，我们庭长身上既具备男性的坚韧、大度和勇于奉献，更具备一名共和国法官的责任感、使命感和担当精神。

义轩同学，你也许认为，我们这是在恭维自己的领导，我们也觉得，这种干巴巴结论式的概括，未免太过于廉价和苍白，那就让我们说几个具体的故事吧。

第一个是正负数人生。郑庭长曾说，人之一生，十分短暂，而且在这短暂的一生中，又有一半左右的时间属于消费期。如一个人从出生到成人到走上工作岗位开始工作，也就是开始创造价值，往往要占去人生的四分之一至三分之一；而从六十岁退休，到寿终正寝，又有二十年左右，这又是人生的四分之一或者三分之一。所以，一个人真正为社会创造价值和财富的时间，不过三十年至四十年，而在这个时间段里，又只有三分之一的时间才是工作时间。由此可见，人之一生可创造价值或曰财富的时间，是多么的短暂，如果一个人，在这有效的工作时间里，不珍惜分分秒秒，就是浪费苍天赐予一个人的创造价值的权利，同时，也等于在浪费自己有限的生命。因此，每一个正拥有有效工作时间的人，都应该让分分秒秒的有限工作时间，发挥效用，从而为个人、为家庭，也为社会创造财富，这是正数人生。相反，虚度光阴，无所事事，甚至偷奸磨滑，应付公事，弄虚作假，熬天混日，只想索取，不想奉献，这样的人就是尸居其位，浪费韶华，这样的人生，就是负数人生。

由此，我们把正数人生和负数人生，称为庭长创设的人生账单。

深奥吗，一点也不深奥。浅显庸俗吗，更不是。

他这一通理论，我们听了，静心想想，句句入心，句句入理。于是，他的这一理论成了我们全庭同事的座右铭。现在，我们全庭的法官都形成了一种意识，每当我们坐到办公桌前，就自然地想起庭长的人生正负数的理论，就会意识到要赶紧工作，不能浪费人生。这也是我们民一庭人人年年超额完成审理案件任务的一个重要原因。

第二个是他关心同事的故事。我们庭有个军转干部，其家属是从农村随他出来的，文化层次低。婚后她就承担起了一家人的吃喝拉撒，洗洗涮涮，久而久之，她承担家务被丈夫视为理所当然，且时常对她有挑剔嫌弃的情绪。郑庭长了解这一情况后，就一直心心念念要找这位同事聊聊，要尊重妻子，注意家庭和睦。一次，妻子身患重感冒，浑身无力，站都站不稳，结果未给他和孩子准备饭，这位同事回家知道后大发雷霆，摔锅砸碗，其妻不但没得到他的安慰照顾，反而挨了一顿臭骂和埋怨，怨屈在心中顿起，她扯被捂头号啕大哭一场后寻死觅活，幸被邻居劝住，这才没酿成后果。郑庭长知道后，怒发冲冠，拍案而起，说这位同事太不像话。他把那位同事叫到办公室，两人谈了整整一个上午。最后，郑庭长和那位同事一起回了家。

后来那位家属说，那天，郑庭长陪着同事，一起向她赔礼道歉，共同承诺，再也不会发生欺负她的事。事后家属逢人便说，她的男人竟有这样像家长一样的领导，她感到了从未有过的温暖和感动。

义轩同学，说到这里，我们的心也悬了起来，我们是否又一次刺痛了你那颗受到深深伤害的心灵；我们甚至能听到你此时发自心底的诘问：他既然那么优秀，那么尊重女性，为什么对无怨无悔、默默承担着繁重家务的妈妈却不管不问？为什么在妈妈需要他的紧急时刻，他却姗姗来迟，差一点连妈妈的最后一句话都听不到？

义轩同学，我们只能说，我们非常理解你，但是也希望你能与你父亲换位思考。人生三大不幸，你是丧母，他是丧妻。这种痛苦，你和你父亲是同等的。

俗话说，清官难断家务事。我们作为法官，断得了法理，断不了感情的事。但那天发生的事，我们想把我们看到的说给你听听。

一是关于你爸被人连叫三次才休庭赶往医院。你是法律系的学生，你明白开庭的严肃性。而郑庭长是个极重视维护法律的严肃性的人，一般情况下，一旦开庭，没有特殊的情况，绝不会草率休庭。

那一天，面对前两次同事招呼而没有休庭，我们想，他应是根本就没想到，你妈妈的病来得如此快又如此严重。我们的同事第三次叫他，是直接冲进法庭，宣布休庭将他硬拉了出来。你爸得知你妈的紧急状况后，竟双腿酥软，一下子瘫软在地，是两位年轻的法官将他拽起，一起扶他赶到医院的。

二是你妈去世后，你的爸爸几乎被击垮。虽然男人爱面子，自尊心强撑着他没有趴下，但他的忧伤，他的自责无不时时流露出来。一段时间，他每天来到办公室便闭门不开，端坐办公桌前痴痴发呆，口中喃喃低语你和你妈妈的名字。你爸爸把你们三人的一幅照片拿来放在抽屉中，时时拉开抽屉，目光久久注视着那幅照片，有时泪水就滴落在照片上……

义轩同学，我们写信的事你爸并不知情，也冒昧地说了不少。最后，还有一件事，也是庭长坚决不让我们告诉你的，但我们觉得应该让你知道。

最近，你爸也突然病倒了，他的病也来得很急，很凶险。幸亏病发时全庭的同事正在开会，采取的措施正确，送医院送得非常及时，才避免出现可怕的后果。你爸心脏中两根主要血管出现了淤堵，若不及时处理随时有生命危险，于是医生果断为他植入两个支架，这才化危为安，真可谓有惊无险。好在淤堵一排除，症状便消失了，你爸现在已经基本康复，开始上班了。你也放心吧！

义轩读完信两眼紧闭，就地蹲下，把头深深埋入臂弯，是悲、是痛、是气、是怒，还是……他不知此时此刻心中到底什么滋味，他忽地站起，顺着满腹的怨气吐出四个字："活该，报应……活……"当他再想重复一下前面的话时，却再也说不出来。

他哇的一声哭了，哭得浑身抽搐。

郑立峰迈着疲惫的脚步来到了家门口，他打开门刚迈进一只脚，立荣迎面笑道："哥，你看我把咱妈的保姆领来了。"

郑立峰立足一看，这是一位眉清目秀，年龄看上去不过三十左右的青年女性，穿着朴素但得体，迎着他的目光，微微一笑，透射出一种难以形容的青春灵动气息。

听到立荣引见，她很知礼节地问好："郑大哥好，我叫刘小芸，我来照顾大娘。"

郑立峰连忙应着："哦，哦……"他的语气中明显有点慌张和犹豫。

立荣似乎看出了哥哥的异样："哥，快放下包，换换衣服吧。"

郑立峰连忙应着，向他的寝室走去。

立荣也跟了进来："哥，你看这个保姆还行吧？"

郑立峰一脸的严肃："行不行是一眼就看出来的？"

立荣："那就试一试呗。"

郑立峰："就是有点太年轻了。"他坦白地说出了自己的顾虑。

立荣似有准备："我就想到你会这么说，不过，我已经如实地向她说明了咱们的情况，人家说无碍。你说，咱还能说什么，难道雇保姆还有嫌弃保姆年轻漂亮利索的？"

郑立峰更加正色道："说什么哪，没正经，我……我是担心娘那么大年纪了，她这么年轻没耐心。"

立荣笑了："这我可要告诉你了，小芸来到咱家才不到一天，咱娘就相中了，悄悄和我说，这闺女好，一看就面善，勤快，贴心。”

郑立峰：“真的？”

立荣：“当然真的，不信你问娘。”

郑立峰：“好好，只要娘愿意就行。”

立荣努了努嘴，转身退了出去。

郑立峰换上在家中穿的便服，略有所思地站着静默了一下，慢慢抬起头，目光停留在墙上挂着的几年前照的全家福照片上。那上面，有父母，有爱妻，有十多岁一脸幸福感的儿子。而短短几年竟少了两人，家庭的氛围也发生了天翻地覆的变化。每每看到这幅照片，他总在心中喟叹：人生如梦，旦夕祸福，奈何奈何。

随后，他又逐一扫视着室内的一切，书橱，衣架，挂钟，墙上的风景画，床铺的摆设，一切的一切，处处留有妻子的痕迹和用意，他默默自语：“不能变，不能变，谁也不准动……”

他似乎想到了什么，拉开门走到小芸身边。

小芸正在整理客厅，意识到这位新认识的主人有话要说，便赶紧停下手中的活：“大哥，有事吗？”

郑立峰：“噢，我想告诉你，我的那间卧室你就不用打扫了。”

小芸：“知道了。哎，大哥，是只有今天不打扫吗？”

郑立峰：“不不不，你什么时候也不用打扫那间房。”

小芸多少有点愕然：“哦，知道了。大哥让俺打扫哪里，俺就打扫哪里。”

郑立峰感到刚才的话可能有点唐突了：“哦，你也不要多想。那个房间是我一个人的自由空间，里边好多摆设我不愿变动。”

小芸嗫嚅着：“俺知道了，俺听大哥的。”

第四章
送迎迥异

按照院党组研究的意见，今天郑立峰正式到审监庭任职。

郑立峰特意早到了会儿。此时，上班的同事们尚未到岗，他最后一次走进了自己民一庭的办公室，把门悄悄关上后，倚在门上，静静地环视着这间陪伴了他近六年的办公室，思绪万千。

人，是个奇怪的动物，历经六年的相依相伴，对这间房子，他仿佛也产生了感情，不是仿佛，是真真切切地有感情；此时，这屋子和屋里的一切，好像也有了生灵的情感，他俨然听到它们用特有的语言在向自己诉说：主人，你为什么要走，我们舍不得你。

他感受着这里一切对自己的依恋之情，低声吟出几句诗："六年相依若体衣，一朝相离心亦寒；莫念旧情坦相告，新主胜我在眼前。"他这么说既是自慰，也是实情。按院里的规定，每个业务庭只有正庭长安排单间办公室。他搬走后，这间房子自然由付霞搬进来，所以，他对这房子的新主人既有信心也有祝福。

随着上班时间渐近，他听到了电梯开门关门的响声。

他突然意识到自己一个堂堂中年男子，怎么这样伤感起来，像一位多情的小女子，可笑，可笑，不行，这叫同事们看到，岂不羞死。

他赶紧挺直了腰杆，抖搂了一下精神，开始检查他准备带走的东西。

东西十分简单，他个人的书籍等被装进了两个纸箱中，他的电脑及桌上常用物件也被装进了手提包。等会儿同事们一到，道个别，他便搬到三楼审监庭庭长的办公室了。

他见再无别事可做，便坐到他那坐了六年的转椅上，闭目养神起来。

走廊上，付霞和董心怡及两位法官，边交谈边向办公室方向走来。

董心怡："付庭长，你说郑庭长来没来？"

付霞："很难说。"

走在身后的一位年轻法官接上话茬："听一听，答案立马就会见分晓。"说着，他紧赶几步，抢在前头，来到了郑立峰的办公室门前，把耳朵贴在门上，听了起来。

付霞笑道："小阮，你看你就像个间谍。"

众人笑出声来。

小阮顺势搞怪："再高级的间谍也被你们这样的同事出卖了。"他仍未离开，耳朵贴得更紧了些。

董心怡："行了行了，郑庭长要是真的来了，早开门逮你个正着了。"

小阮离开门，扮个鬼脸："本来以为郑庭长来了，说句恭维话，结果，嘿，没来，我呀就敞开嘴巴说几句心里话吧。"

此话一出，令几位同事们多少有点惊诧，都把疑惑的目光集中到了他脸上。

屋内的郑立峰也听到了他们的对话，但他坐在椅子上，却没有起来的欲望，刚才听到小阮这话，他倒愣了一下，不知是该听下去还是该赶紧开门，打破这尴尬局面。他后悔刚才不该不开门迎接同事们进来。

小阮下面的话又开始了："咱郑庭长这个人哪，有不少优点长处，但缺点也突出，工作狂，拼命三郎，一根筋，死认真，带的一帮人，唉……累死也自甘不如。"他把话停下，逐一看过各位的表情，突然有点变了声调，"其实，我真的是舍不得郑庭长离开，一个人有幸跟上一位能干活，会干活，干活好的领头人，这是多么大的福气啊！"

众人一下子释然："是的，是的。"

付霞适时打住了众同事的话头："好啦，咱们别站在这里了，都回各自办公室，等郑庭长来了，咱们再一起送他。"

众人应着，便分头欲走。

咔嚓，郑立峰的房门响了一下，众人皆原地站住，目光齐刷刷投向郑立峰的办公室。

门开了，郑立峰出现在众人面前。

"郑庭长，你早来了？"

"郑庭长，你原来一直在屋里？"……大家轮番发问着。

郑立峰点了点头，算是回应了大家的发问。其实此时此刻，他真的也不好说什么，只是微笑着看看他的这些同事。

付霞："好了，好了。郑庭长来了，那咱们干脆进去吧，看看有什么需要帮忙的。"

众人响应着，走进了郑立峰的办公室。各办公室的人陆续到郑立峰办公室道别，不一会儿，屋子容不下了，门外也站满了人。

郑立峰见状忙在空中挥了挥手："各位民一庭的同志，再听我一次意见。我只是办公室位置变了变，由咱们民一庭所在的十一楼搬到审监庭所在的三楼。行装简单，我想，让付霞庭长和心怡、小阮三位同志代表大家，帮我把两个纸箱、一个提包送过去就好，感谢大家的盛情，谢谢，请各位回办公室工作吧。"

民一庭的同事们了解自己的庭长，话既如此，大家便遵从了郑立峰的意见，纷纷转身走回各自的办公室。

海州中院审监庭在三楼。

此时，庭里的法官们已陆续到岗，审监庭只有十几人。两个小间，除去庭长独占一个房间外，还有一个小房间，里面安排了一名副庭长和两名法官，另有三间大办公室，安排着庭里其他所有的人员。

在平日，这时大办公室早已是一片忙碌的景象，有的在打字，有的在阅卷，人人无暇他顾。但今天，多少有点异样，法官们都心不在焉似的，你瞅瞅我，我望望你，欲言又止。

终于，一位年长些的法官开口道："我说，今天郑庭长是不是应该到咱们审监庭上班了？"

这句明知故问的话此时反倒没有一人感到多余，众人参差不齐地回应：

"是啊，是啊。"

"院里几天前就通知了。"

"据说，政治部专门找了张超民副庭长谈了话，做了安排。"

"那……"大家用眼神交流着心中的疑惑。

年长法官："既然是这样，咱们是不是该去接一接？"

众人齐声响应："对呀，对呀。"

"可咱们张副庭长为啥没有安排呢？"年长法官叫苏长福，他是审监庭年龄最长的法官，也是众法官公认的与世无争、默默奉献的老黄牛式人物。

在审监庭，苏长福对任何事任何人的是是非非长长短短，都是闻似不闻、视而不见，但同事们却公认老苏对任何事任何人心中都像明镜似的，清清楚楚，明明白白。

郑立峰到审监庭来任庭长，这恐怕是出乎全院所有人的预料的事，要不是他身体突然出现这种状况，谁也不会想到他到审监庭来，因为凭他的能力、水平、人格魅力，他都是承担繁重任务的几大主要业务庭庭长的不二人选。

消息传到审监庭，也在这不多的十几个人中，引起了不小且一直持续到现在的波澜。

像苏长福这样有坚定的职业操守、又尽职尽责的多数人，内心感到十分高兴。此前在老仲庭长主政下的审监庭，形成了事事低调，不与任何业务庭争强斗盛的特点，虽然工作节奏比较缓慢轻松，但眼见兄弟庭紧张繁忙的现状，无论从良心和价值感，还是从自身的历练和进步上，审监庭的法官们似都有些欠缺，因此许多人希望来一位有朝气有魄力的领导，改变目前这种平稳且沉闷的局面。

但也有那么三四位，对这种压力不大、节奏不快、舒舒服服的日子挺满意，不愿有所改变，甚至有点害怕改变。

而有一人，他的感受更与众不同，这便是审监庭现任副庭长张超民。

张超民出身于一个农民家庭，其父曾任过多年的村委会主任，这是个历朝历代在官本册上都找不到的官职，但在本村上千乡亲们的眼中，却俨然是一个威风八面的大官。

处在这样一种环境中，张父更有一份比别人深切得多的体悟。张超民的老父认为，是官强过民，不管官大官小，有个乌纱就比没有好；做官就做说了算的，做得了主的，所谓宁做鸡头，不做凤尾，这是他的为官秘诀之一。儿子出生后，他就把超越普通民众、光宗耀祖的心愿，直言不讳地放进儿子的名字中——张超民。

这些认知，伴着小超民从小到大，也深深地烙印在了他的脑海之中。

张超民的确不负父亲的期望，他从上学起就成绩不错，经过十余年努力，一路从政法学院毕业，进了海州市中级法院；又是一个十余年，他从一个普通法官晋升为审监庭副庭长。按常理，他的进步不算快，但也算平顺。三十多岁的副庭长，在中级法院里头，也算是幸运者。

从他当上副庭长第一天起，他就盘算着何时把个副字去掉。正好，老仲庭长年事偏高，合了他的心愿，所以在配合老仲工作上，他是极尽所能，唯命是从，因此也深得老仲庭长的偏爱，甚至发展到了老仲私下承诺，将力荐他接自己班的程度。

这不，转眼老仲真的退了，老仲也履行了承诺，向院党组极力推荐了张超民。

这段时间的张超民，天天侧耳倾听着好消息的降临。然而，晴天一声雷，院党组决定让郑立峰来任庭长，这一消息不亚于一颗炸弹，几乎让他晕了过去，清醒过来后，又似一块异物卡在胸口，上不来，下不去，好生难受。

他把所有的愤懑、怨恨一股脑儿倾泻到尚未到任的郑立峰身上。

曾有人说过，人类，是天地万物中的圣灵，是高级动物。但现实中，我们却也时不时发现有些人表现出来的行为，从某种意义上讲，与人类获得的赞誉并不匹配。

在官场上，把自己的不得意归罪到无辜的人身上，就是低级趣味的事。试想，这位不来，还有那位，为什么这个位置就只能是给你的呢？

张超民有着浓厚的官本位意识，他的言行自然也就时时表露出来，同事们对此便也习以为常，心中有数。

也奇怪，对像张超民这样的人，大家却常常以调侃敲打为乐趣。你不是渴望副变正吗，那在这个副字还没去以前，大家就非要突出这个“副”字不可。

于是在审监庭，无论男女老少，在喊张超民时，便都商量好似的在庭长前面加个副字。

在苏长福隔壁坐的一位中年法官先搭上腔：“老苏同志，您年龄长，德高望重，要不你就带个头，咱们一块去迎接郑庭长？”

苏长福：“这不是不可以，我只是想，别和咱们张副庭长安排冲突了。你说是吧老高兄弟。”

老高连忙应着：“也是，也是，还是长福老兄想得全面。要不这样吧，叫佳佳跑个腿，去问一问张副庭长，如果他没有时间，那咱们就代劳一下如何？”

“这主意好。”大家七嘴八舌赞同着。

坐在门口的佳佳一听大家意见如此一致，马上起身：“我现在就去。”说罢，一闪身，像一只小燕一样飞了出去。

再说郑立峰，让同事们回去后，他抽身回到办公室。这时他点名留下的三人早已在等他吩咐任务。郑立峰笑道：“你们几位稍坐，等会儿劳烦你们帮我把这两个纸箱一个提包送过去就行了。”

三位同事看看地上的两个纸箱，再环视一下办公室，整个办公室仿佛没有任何变化，从墙上的贴画，到房间的用具一应俱在。

董心怡：“郑庭长，这房间的东西你就没有心仪的？”

郑立峰：“不不不，这里所有的东西我都喜欢。”

小阮：“那你怎么不选几件带走？”

郑立峰很坦诚地说：“这里的东西不是院里配的，就是咱们民一庭添置的。这些东西都是咱们民一庭的，谁来当庭长，这些东西自然归谁使用。”

这话说到这份上，董心怡和小阮都不知该如何接，两人你看我一眼，我看你一眼，尔后又共同把目光投到付霞的身上。

付霞在他们三人交谈时，独自踱步来到了书橱前。这是背墙面桌五门一组的红木书橱，里面整整齐齐摆满了书籍。

在民一庭，法官们都知道，郑立峰对书有三爱：爱读、爱购、爱收藏。此刻付霞站在书橱前，不禁感到郑庭长的三爱确实名不虚传。她粗粗浏览了一下，除去院里统配的业务用书外，绝大部分书都是他自购的。

付霞转过身："郑庭长，你自己买的这些书也不带了？"

郑立峰一笑："买书就是为了读的，这些书我买来后都读过了，就留到你这儿吧，再说，老仲庭长办公室的书橱也不一定放得开。"

付霞也笑了："这太好了，不用自己花钱，无偿读书，受领了。"她略一顿又补充了一句，"不过这书我们可以读，但所有权不发生变更，你什么时候需要，可随时来取。"

几位都笑了。

小阮开始催了："咱们郑庭长早晚要走，如没有什么可再收拾的，咱们就走吧！"

付霞看了一下手机上的时间，摆了摆手："不急，不急，我再看一下郑庭长有没有落下该带的书。"于是，她旁若无人似的顺着书橱认真审视起来。

小阮是个急性子，他见付霞不急不慌地在审视书橱，心中着实有点不理解，他想再次催促，但话到嘴边又意识到不妥：这不等于撵老领导快走吗。他欲言又止，着急地来回踱起步来。

郑立峰和董心怡此时却仿佛读懂了付霞的心思。

付霞审视了一遍后，又悄悄看了一眼手机上的时间，这时已是八点二十分了，也就是说，已经正式上班二十分钟了。她离开书橱："好吧，我没有新的发现。"小阮和董心怡各抢先搬起一个纸箱，付霞只得提起手提包，几人先后走出了办公室。

此时，付霞的心情既微妙又有些无奈。

刚才她之所以故意拖延时间，实际上是在心中期盼审监庭能来几个人迎接一下。虽说这并不是什么原则性问题，但这毕竟也是人之常情，事之常理。那样无论对于民一庭的同志们，还是郑庭长本人，都是一种尊重，民一庭对审监庭，也会有更高的评价，然而……

至于郑立峰接任审监庭庭长引得张超民十分不满一事，付霞也已有耳闻，但这事怨不得郑立峰庭长，何况，面上的事还是应该做的吧。

付霞和郑立峰并排跟在董心怡和小阮后边，她用眼瞟了一眼郑立峰，郑立峰倒表现得十分坦然，于是她按捺不住说了一句："郑庭长，审监庭的环境可能不同于咱们民一庭，个别同志……"

郑立峰微微一笑："付霞庭长，你放心，我都有数。再说，院里是安排我去当庭长的，并不是去受个别人的白眼的。"

付霞笑了："那就好，这我们就放心了。"

佳佳赶到张超民办公室门前，连敲了两下没有回声，她又用手拧了一下门把手用力一推，门还锁着。她顺手举起手机一看，已过八点十分，她略感疑惑：怎么还没来？这时她耳边又响起刚才老苏和老高二人的对话，她窃窃一笑，转身回到大办公室来："老苏同志，张副庭长还没来上班呢。"

众人都抬起头，侧耳静听，但大家心中满是疑惑：怎么单单这个时候迟到了？

老高这时冲着苏长福努了努嘴："老苏，出山吧。"

老苏从椅子上站起，表现出一种当仁不让的豪气："走，咱们接郑庭长去。"

众人闻声，齐刷刷站了起来。

苏长福连忙摆手："别别别，院里有要求，这种内部调换，不准搞大张旗鼓地迎送，我看就由我和老高再加上佳佳，代表大家去迎接就行，大家看怎么样？"

众人齐点头表示赞同："好吧好吧！"

三人刚凑到一起，推开门准备去迎接郑立峰，就见张超民气喘吁吁地跑过来："你们这是去哪？"

苏长福："哎呀张副庭长，你可来了，今天不是郑庭长来上班吗，我们见你没来，正准备代表你去迎迎郑庭长呢。"

张超民："我这真是关键时刻掉链子，今天有这么个大事，偏偏遇上堵车，这不刚刚赶到，那我就和你们一块去吧。"

苏长福："那当然好，无正庭长时，你主持工作，现在正庭长要到任，你带头去迎接，这是理所当然。"

“好好好。”几人正欲走，突然又都站住了。原来，从电梯里走出了小阮、董心怡，他俩一人搬一纸箱，随后，郑立峰和付霞也跟了出来。

一切都明白了，郑庭长已主动到任了。

张超民不失热情地上前：“郑庭长，欢迎您的到来，我早就想好，今天一上班带几个人去接你，嘿，结果在路上堵了车，刚刚到岗，不好意思。”

郑立峰大度地：“不必讲究俗礼，从今天开始，咱们就要一张桌子办公了，不要客气。”

张超民：“那是那是，既然这样，咱们就到办公室再聊。”

“好，好。”众人簇拥着郑立峰走向原来老仲的那间办公室。

钥匙就在张超民的身上，他掏出钥匙打开门，身子往边上一闪，做了个请进的手势，众人依次走进办公室。

小阮把纸箱一放就嚷开了：“哎呀，张副庭长，这屋里是个什么味，都发霉了!”其实众人都闻出来了，只是没有吱声。

付霞凑到张超民面前：“张副庭长，院里通知两三天了，你也不安排个人打扫打扫。是不是忙得忘了?”

张超民有点尴尬了：“这，没想到，没想到。”

苏长福和老高、佳佳，听着刚才几句话，脸上似在发烧。

苏长福故意提高了一下嗓门：“咱们张副庭长工作太忙，疏忽了，来来来，咱们先打扫卫生，再谈工作。”说着，苏长福便带头抓起一块抹布，张罗着干活。

这时郑立峰插了话：“免了免了，谢谢老苏、老高和张庭长，还有来送我的付霞庭长和心怡同志。我建议，留两位年轻同志帮我打扫一下，这样吧，小阮、佳佳你们两个辛苦一下，其他人各自归岗，怎么样!”这话说得无可挑剔，同时也圆了这尴尬场景，众人都表示遵从。

只有董心怡，站在书橱前，像发现了什么，没有动身。

付霞也注意到了，又退了回来。

董心怡：“庭长，书橱里的书好像少了不少。”

付霞问张超民：“张副庭长，你知道是怎么回事吗，是不是老仲庭长带走了?”

张超民这时脸已涨红得像猪肝一般："噢，书，书的事，是我把几本工具书还有几本我喜欢的借去看了，郑庭长来了，我搬回来就是。"

付霞点了点头："是这样。"她话一顿，又说道，"张副庭长，我们郑庭长临来，可是把所有书都给我留下了，并且把他个人买的好多书也都给我留下了。"

张超民只得略显惊讶地："是吗?"

苏长福扯了一把老高，留下了一个藐视的表情，向大办公室走去。

郑立峰再次出来打圆场："好了，好了，书就是买来用的读的，我如需要，让张庭长拿来就是。你们也快回吧，回去工作。"

付霞这才拉起董心怡，向郑立峰挥手告别。

就在这一刻，在千里之外的华州大学，在我们已熟悉的足球场上，两个年轻人正在并肩缓行。一位是郑义轩，另一位看上去明显比他大一些，也显得老成一些——他叫刘小瑞，是刚研究生毕业留校的年轻辅导员，郑义轩的这个班，也是他任辅导员带的第一个班。此时，学校已进入上课时间，足球场上因正好没有班级上课，所以显得空旷而宁静，只是偶尔有小鸟，在足球场边上的树丛中飞来飞去，传出美妙的鸣叫声。

前天，郑义轩接到付霞和董心怡给他的信后，思想激起了难以平复的狂涛巨浪，他悲伤、愤恨、无奈、自嘲。他的这些反常的表现引起了同学的注意和担心，他们料定他肯定遇到了什么难事或烦心事，于是便报告了辅导员。刘小瑞收到同学们的报告，也深感问题严重，不敢怠慢，决定抓紧时间找郑义轩谈谈心。

此时，正是刘小瑞老师找郑义轩来谈心了。

两人并排沿着足球场的边缘缓步前行。

刘小瑞有点拘谨，这是他任辅导员以来第一次遇到这样的情况，谈心能不能顺利，最终的效果又会怎样，他尚无任何把握。所以，当义轩应约来到球场后，他却一时找不到满意的话题切入。

义轩呢，自打一听到刘老师要找他，便猜到了刘老师找他的原因，他心中抵触，所以并无一字出口。

刘小瑞想，总得主动打破这种冷场，像是为自己打气，深吸一口气，开口道："义轩同学，最近是不是遇到了烦心事？"

义轩微微点了点头，算是对老师提问的回应。

刘小瑞松了口气，义轩肯回应使他的信心陡增："义轩同学，古话不是说吗，天有不测风云，人有旦夕祸福。不管是福是祸，既然来了，就要勇于面对，你说是吧？"

义轩扭头对着老师："刘老师，这道理我也懂，但是，明白道理和置身其中的感受是不一样的。"

刘小瑞见义轩愿意和自己探讨沟通十分高兴："义轩同学，能把事情具体和我说一下吗？"

郑义轩深深地叹了一口气，头微微下垂了片刻，复又抬了起来："刘老师，您先看看这封信吧。"说着，他从上衣内袋里掏出了那封信，递给了刘老师。

不过十多分钟，刘小瑞便读完了那封信，不，个别地方，他甚至读了两遍。他终于明白了义轩同学淤结于心的那个疙瘩。但不知不觉中，一种同病相怜的悲情也笼罩上来，他的两眼充满了晶莹的泪珠。

刘小瑞停下脚步，两汪泪水沉甸甸地滚了下来，他掏出一块纸巾擦拭了一下，加快步速，追赶早已走在前面的义轩。

"义轩同学，我现在理解了你刚才对我说的话。"刘小瑞追上义轩，说着这句话，人却一下子伏在了义轩的肩膀上，一只手搭过了义轩的脖颈，越抱越紧……

义轩被老师的这一举动弄懵了："老师，您这是怎么啦？"

"义轩同学，你愿意听老师给你讲个故事吗？"

义轩虽然有点茫然，但对老师要主动给自己讲故事当然不好拒绝："愿意。"

刘小瑞此时的表情凝重中带着伤感："从这个故事发生到现在，十年多了。"他的目光望向远方，仿佛穿越到那一个不堪回首的时刻。

咔嚓，轰隆，一辆小型面包车在山路的一个拐弯处，与一辆迎面而来的农用机动车刮擦，两车错身之后，小型面包车方向不稳，一下子翻落到几十米深的山沟中，车身与山沟中的石头相撞，顿时引起爆炸，一团大火瞬间吞噬了面包车。一场惨烈的交通事故就这样发生了。

郑义轩：“那车上……”

刘小瑞：“车上除了司机，有一家四口，父母和姐姐弟弟。”

郑义轩急切地：“他们怎么样？”

刘小瑞：“司机和父母当场死亡，姐姐和弟弟命大，车向下翻滚时被摔了出来，拣回条命。”

郑义轩：“真惨哪！”

刘小瑞：“更惨的还有呢。”

郑义轩瞪大了双眼。

刘小瑞：“本来，这是一个幸福、充满期望的家庭。父母正值盛年，特别能干，两人承包三十多亩山坡地，又种茶又种果树，每年辛勤的汗水能给这个家庭带来不错的收益，他们先后盖起了六间大瓦房，置办了种地必备的农具和机械。他们有两个孩子，一男一女，相差两岁，都聪明伶俐，在学校的成绩名列前茅，这使他们对两个孩子寄予厚望。这一年，姐姐迎来了高考，她没让父母失望，一举考上了省城的一所大学。录取通知书一到，全家人高兴得手舞足蹈，前来祝贺的亲戚朋友络绎不绝。几十户人家的小山村，一下子热闹得像过盛大的节日。姐姐要去报道了，父母破天荒地休耕休种要陪姐姐去报道，于是，村中友邻主动开来了面包车，去送他们一家人。弟弟也专门请了两天假，一起去送姐姐。谁知道，离家走出去尚不到百里，便发生了那起惨祸。”

郑义轩专注地听着刘老师的讲述，见他话题一顿，不由自主脱口而出：“好不幸的姐姐弟弟。”

刘小瑞：“原本吃饭穿衣，张口就来，伸手就有的姐弟俩，一下子父母双亡，他们既要承受思念父母的煎熬，又要自立自存，这是何等的严酷考验。”

郑义轩：“一定是晴天霹雳。”

刘小瑞：“但在这个时候，姐姐表现出了超常的坚强，果断地对我说，弟弟，不要怕，父母走了，我来照顾你。我决定，大学不上了，这份通知书带给我的不是幸运，是悲剧，谁也不要再向我提这件事了。但是弟弟，你一定要好好读书，你要考上大学，来告慰咱们的父母，让他们的在天之灵不要失望。”

郑义轩惊愕地睁大了双眼："刘老师……刘老师。"

刘小瑞也站住了："这个故事讲得就是发生在我家的故事，只是我从来没向任何人讲过。"

郑义轩："这么说，那个弟弟就是你?"

刘小瑞点了点头："处理完父母的后事，姐姐就出去打工挣钱了，供应我上学和生活的一应费用。后来，姐姐不但还清了因为我们两个上学欠下的三万多的债务，还承担了我整个上学期间的费用。在那几年里，我只有用埋头的苦学来冲淡我思想上的各种想法，功夫不负有心人，我考上了研究生，并顺利留校。"

郑义轩："刘老师，你想过父母吗?"

刘小瑞："何止是想，是撕心裂肺般的思念。这也是我刚才说理解你的原因，俗语说，说来容易做来难。没有这样的经历的人，根本无法理解和体会我们的感受。"

郑义轩一下子扑到刘老师的怀中："刘老师，谢谢你的理解，我，我只是太想我妈了，她是我的妈妈呀！有时候，我想得头像炸裂了一般，仿佛天地之间，都难以容我。我恨不得一下子跳出地球，跳向九天云外，追上我的妈妈，狠狠地亲她一口!"

刘小瑞明显地感到义轩浑身在颤抖。他也用有力的双手搂住义轩，两个大男人，孩子般紧紧依偎在一起。

刘小瑞："我何尝不是，开始一两年，我时常从睡梦中惊醒，辗转反侧。"

刘小瑞轻轻拍了拍义轩的后背："义轩同学，坚强起来，只有坚强，我们才能战胜悲伤、郁闷、焦躁、误解甚至怨愤给你编织的藩篱。你说是吗，义轩同学?"

郑义轩慢慢抬起头，双目直视着刘小瑞："刘老师，请给我些时间。"

刘小瑞："好的，我相信你。"

第五章 迷茫人生

张超民的华盖运好像真的开始了。

自打听说郑立峰来接替老仲起，他就有一种预感，自己开始倒霉了。从那天起，他浑身的筋骨都好像被人抽打了一遍一样，痛、酸、麻、涩味味俱有，甚至他感觉每天上班顶着的太阳，都没了往日的灿烂和暖意，显得灰沉沉的，懒洋洋的，令人生烦。昨天郑来上任，说真心话，他挺抗拒这个时刻的到来，但这已不是他能决定了的。早上起来，本来就因为一宿睡眠不良，浑身紧巴巴的，再一想这天要面对郑，实在不愿意早到岗去迎候，因此他吃早饭后，便在家中磨蹭，时而看一眼墙上的挂钟，时而欲走又止，最后干脆重又坐回沙发，好像在和谁赌气似的。

媳妇已看出他的情绪，这和老仲退休，暂由他主持工作那阵，俨然是判若两人。那些日子，他是天天早上班晚下班，而且总是神采奕奕，口中小调不断，就像打了鸡血一样。这几日知道晋升无望，就像霜打了的茄子似的，这是人之常情，也容易理解，但像他这样，落差如此之巨，其实也大可不必。

媳妇观察着他的状态和举止，想笑，但没笑出来，怕那样太刺激他了。她给他摘去肩头上的一根线头，凑到他的身后："该走了，时间已经不早了。"

"催、催、催，你催啥，我的时间我有数，多管闲事。"

"哎哟，还长脾气了，"媳妇本来理智控制住对他的挖苦，经他这么不识相地一激，便也如泉涌似的流了出来，“你以为你肚子里几条蛔虫我不知道？你以为……”

张超民一听媳妇那机关枪似的数落又开始了，赶紧站起来，夹上公文包，蹭蹭蹭走了出去。

他自知，在与媳妇的斗嘴对阵中，自己从来都是手下败将，更何况他今天不愿听到媳妇再往下说哪怕一个字。

媳妇在他身后留给他一个有点藐视的嘲笑。

张超民开上车，一踩油门，车“忽”的一下蹿出了车位，幸亏这时车位前没有行人，把张超民自己吓了一跳，这倒使他略为清醒了一点。

车子开出大院，便是一条主路。此时，路上的车辆多起来，他的车子慢慢顺进车流后，向中院的方向赶去。

张超民看了一下时间，时间刚好八点，如果不堵车的话，再过五分钟就会到单位了。此时，张超民忽然希望前面堵车。若因堵车误了时间，甚至误了工作，说出来，也都是合情合理的。因此，如果今日前面有车堵住，等上个二十分钟半小时，甚至更长，那可正中张超民下怀呢。

遗憾，车子虽然一辆挨着一辆，但是却如长蛇一般，蜿蜒而又顺畅，一点堵的苗头都没有。

张超民到底还是在八点十分前把车开到了单位的停车场，他停下车，慢慢腾腾地这里磨蹭一下，那里耽误一阵，然后来到办公室。

这是一间小办公室，但里面安排了三张办公桌。按照院里的统一规定，每个庭除正职安排一个单间外，副职则必须与一至两人合用一个办公室。所以这间办公室除他之外，还有两个人，一男一女。男的叫曹继荣，女的叫余淑娟。这时，曹、余二人已到岗。

他每次走到这间办公室前，总有一种莫名的屈尊之感。老仲庭长退休后，他的眼前便不止一次地幻化出他搬出这个办公室的情景，然而，那个时刻却迟迟没有到来。心急的他，便数次瞅没人的时候，偷偷开门溜进老仲庭长的办公室，在那把高背转椅上悠闲地坐一阵，闭目遐思，仿佛已荣膺此位，好不惬意。最近一次，他突然关注到了书橱中的大量书籍，饶有兴致地翻阅起来。他发现，老庭长的书，确与他的藏书有不同之处，比如说，有几本部头较大，价格偏高，又不经常翻阅使用的书，院里配备有限，自然只在庭长这里有。他当时曾窃喜，待不了多久，这些书籍，还有这些书籍所代表的某种骄傲，某种显赫，某种自得将与己相伴，他甚至等不得光明正大地拥有这些了，于是，他挑选了十几本，趁人不注意，拿到了自己的办公室。这也是昨天董心怡发现书橱异样的原因。

他进了办公室刚刚坐下，就发现与他对桌的曹继荣正端坐那里，时不时用双眼的余光瞟他一下。

这位曹继荣，论年龄比张超民还大着十多岁，是全院公认的特殊人物。

特殊在哪里呢？

曹继荣出身军人家庭，他的祖父曾参加解放战争的两大战役，因作战英勇，屡立战功，新中国成立后逐步荣升至军职，直至年迈退休；他的父亲继承了爷爷的事业，也披上一身戎装，成了曹家第二代的职业军人。其父在任团长时，曹继荣降生了，那时的部队已无战事，且各种待遇也在慢慢改善，团长家也从不缺帮手。所以，曹继荣从小便在事事有人帮、时时有人管的优裕环境之中成长，日久天长自然养成了衣来伸手、饭来张口的习惯。

曹继荣一路顺风顺水，大学的时候，他的爸爸更是官至副军级。大学毕业前，他在其父的劝导下也走进了兵营，实现了其父曹家三代从戎的愿望，但这时曹继荣的观念已与其长辈的观念有了巨大的不同，部队枯燥、单调、艰苦又严格的生活，令他感到无聊和厌烦，好容易熬了几年熬到营职，他毅然离别了部队，以转业干部的身份跨进了法院的大门。

至此，他才真正首次独立站上人生的舞台。但是已过而立之年的他，无论思想观念还是行为模式，似乎都已有了定式。到了法院，接手案件，他缺乏专业法律知识，自然办不了，再说也缺乏承办案子的资格；承担内勤打杂，且不说多数承办案件的法官都比他小，就是都比他大，他也不是个能伺候别人的主。如此一来，他走到哪里，哪里也无适合他干的活，什么样的活他也不会干，不愿干。久而久之，大家对他什么都不干倒也习惯了。

在审监庭，他的位置就在张超民的对面。张超民呢，对其也是视而不见，要叫他说出曹继民的特点的话，大概有两条：一是一贯上班晚下班早，二是他手中经常摆弄一些兵器模型，有时一瞅就是半天。那人家就一点长处没有吗？

哎，这一点上张超民还真的能给他找出一条来，这便是人家从来不惹事，好像事事与人无争，因此，同事关系处得倒也不错。

张超民看了一眼时间，八点二十刚到，平常这个时候，他曹继荣或许刚离家门呢，而今天，他竟早早来到，已坐在那儿啦。

张超民故意说道："曹兄，今天来得挺早啊！"

曹继荣也悟出张超民话中的调侃之意："早吗？现在都快八点半了，是你今天又来晚了吧。"曹继荣话中这个"又"字，自然是指昨天他晚到了半小时。

张超民："嘿，堵车，都怨堵车。"

曹继荣："也是，车一堵，这时间就没准了。不过，你张副庭长可是一贯提前到岗的。"

张超民："也不全是，也不全是。"

他对老曹今天语气中的揶揄，隐隐有点不平，故话题一转说道："曹兄，今后你的日子恐怕不会那么安逸了。"

曹继荣一听这话当然抓住不放："此话怎讲？"

张超民："咱们新来的郑庭长，可是有名的工作狂，我们在他手下干活，你想想……"

曹继荣嘴稍一努："我早有思想准备，我从来不信，天地之间还真的有神仙。"

张超民："那就好，那就好。"

郑立峰打开办公室的门，放下手提包，便拿起拖把，拖起地来。

在民一庭时，庭里人多，年轻人也多，所以他刚一当上庭长时，副庭长付霞就专门安排两位年轻同志，负责他办公室卫生打扫工作，但被他坚决拒绝，他固执地认为，凡是自己力所能及的事，还是自己来的好，不管谁来帮忙，都让人不舒服。

郑立峰从里到外把地拖了一遍，他涮了涮拖把，直起腰来，就在这一瞬间，他仿佛感到一口气上不来一样。他用力长吁了一口，这才缓过劲来，但是，那种气虚而心慌的感觉分明迟迟不愿消逝。他意识到，这也许就是人们常说的伤元气的后果吧。

郑立峰沏上一杯茶，坐在了办公桌前，双眼盯在刚冲上热水的玻璃杯上。杯中纤细微绿的茶叶，被热水一冲，在水中慢慢翻滚着，或上或下，慢慢膨胀开来，把清淡的颜色溶于水中；水慢慢着上茶色，一股淡淡的香味，驾着离水的一缕蒸气，飘然而上，扩散在整个房间之中。

郑立峰这一生，既不抽烟，也很少喝酒，唯独对于品茗，算是有点兴趣。于是每天沏上一杯茶，便成为他生活中的必需内容了。

他见水中的茶尖已慢慢舒展开来，知道可以喝了，于是端起茶杯，凑到嘴边，先是用鼻子吸了一口茶中袅袅柔柔飘出的气雾，随后又轻轻吸吮了一口，水尚很热，但很香。

他微微闭上眼，让身体的味觉、嗅觉、触觉全部集于茶的香醇之中，尽力享受着茗茶带来的美妙。

稍倾，他睁开双眼，用双手轻轻按揉了几下，双眼顿觉清亮了不少。

这种感觉好像与他久违了……

他站起身，认真地环视起这个新的办公室来。其实，这间办公室的格局和他在民一庭的办公室并无二致，连靠墙的书橱和办公桌，也都是院里统配的，若说有不同的话，最明显的就是董心怡发现的书橱中被抽松放乱的图书。这时，他的眼前又浮现出他来前后张副庭长的零碎的片段。

关于这位张副庭长，虽没有在一个庭里正式工作过，但毕竟在一个院里多年了，没有直接有间接，没有接触有听说，郑立峰对他应该说还是有一定的了解和印象。然而，印象归印象，这个张副庭长，现在是他抓全庭工作的助手，但明显看得出，并不欢迎他的到来，那么，怎样抓好这个庭的工作，怎样才能不辱这个庭对自己的要求，这是郑立峰迫切要面对的问题。

昨天，他先后到审监庭的两个办公室坐了一下，用他的话，既然来了，也得向审监庭的同志们报个到，同时，也感受一下这个新的业务庭的环境和氛围。应该说，他所到之处，无不受到同事们的礼貌接待。

他似乎是一无所获地回到了办公室，回味咀嚼所见所闻，有一种不太清晰却又排遣不开的感觉，直到昨天晚上躺在床上，这种感觉仍然不退，但却又没有明确的答案。

现在，他又静下心来，他无意间把在民一庭时常见的情景和昨日所见情景叠加在了一起。走进民一庭，特别是那个容纳十几人的大办公室，就会让人感受到一种活力和生机，一种浓浓的拼搏争先的氛围，置身其中，总能令人感受到一种催促前行的动力。而在审监庭，在大家彬彬有礼的背后，从一张张微笑的面容之后，他隐隐感受到的却是一种沉闷，一种暮气。想到这，他的脑海中按捺不住浮出一个疑问，这样的精神状态，这样的气氛，能履行好审监庭的职责吗？

这个念头一冒出，他又赶紧提醒自己，草率，草率，人到还不足两天，就有这样的想法，岂不太莽撞太草率，要注意，结论一定要产生在深入的了解和观察之后。

“咚咚咚。”有人敲门。

“请进。”郑立峰应答。

门开了，张超民一闪身钻了进来，他的脸上堆满了笑容，却多少有那么点不大自然。他左手提着一个黑色的皮包，鼓鼓囊囊，沉甸甸的。

郑立峰迎着张超民的笑脸：“张庭长，你这是……”

张超民走上前，脸上的笑容始终如一，好像要开口又好像羞于开口：“郑、郑庭长，您一切都安顿好了吧？”

郑立峰：“没有什么好安顿，昨天小阮和佳佳帮我打扫了一下卫生，这不就一切就绪了。”

张超民：“那就好，就应该这样，你这庭里的一把手，怎么能没人帮您整理一下卫生呢。”

郑立峰：“唉，张庭长，你可能听说过我的特点，我最不适应自己能办的事情，还要别的同志代劳。昨天仅仅因为我第一天来，所以就辛苦小阮和佳佳两位年轻同志了，从今往后，下不为例。”

张超民：“郑庭长，您真是……真是严于律己，值得我们好好学习。”

郑立峰面对张超民这言不由衷的恭维，觉得有点好笑：“这就算严于律己了，那标准也太低了吧。”

郑立峰不想再和他进行这种无聊的对话，于是把眼睛直盯上那沉甸甸的皮包，问道：“张庭长，你这是干什么呢？”他用手一指那皮包。

这也算是让张超民下了台阶："噢，这不是前几天我从这书橱里拿了几本书吗，这几本我抓紧翻了翻，算是看完了，今天我送过来，怕耽误您用。"

郑立峰："我不是说了，放哪都不要紧，只要保证使用，不浪费就行。"

张超民："是的，是的，不过这本来就是归您庭长的书，缺了也不好看，还有几本过几天我再给您送过来。"

郑立峰："那好吧，就物归原处，请你把这些书还放回去吧。"

张超民连忙应着："好好。"匆匆忙忙地把书摆进书橱。

摆完了书，张超民也算卸去了一个包袱，他赶紧和郑立峰打着招呼，退了出去。郑立峰关上门，他觉得，这个人看着怎么那么不舒服，让人产生一种说不清道不明的怪异。

夜，城市沐浴在灯光之中。

张超民家，时针指向十点多。

张超民媳妇正在看电视，望了一眼时间，自语道："又旧病复发了。不过十点不回家。"

说曹操，曹操就到。

话音刚落，门口响起了掏钥匙开门的声音。

张超民回来了。门一开，他趔趄了两步，撞了进来。

媳妇已见惯了他喝大的样子："哟，酒场王子回来了？"

张超民媳妇也是大学生，在附近一所中学任教。他们两人是经别人介绍走到一起的。因年龄相仿，学历相同，两人形象也都不错，所以当时便有许多人称他们是天设地造的一对。婚后的小日子过得也是有滋有味。但是，慢慢地媳妇发现超民身上有浓厚的近乎畸形的仕途意识，甚至他对仕途的钟情和重视，远远超越对新婚媳妇的关注，这使身为媳妇的她耿耿于怀。

还有一件事，媳妇起初是几乎忍无可忍的，那便是他一天接一天的酒局。开始媳妇以为他有酒瘾，劝阻过，也吵过架，但张超民的观点是，当今社会，和平盛世，酒桌便是男人职场博弈、展示形象的平台，因此，酒桌上有仕途，酒桌上有人脉，酒桌上有财富，一个男人只有玩转了酒桌，才有前途，才不枉为人一生。他刚过而立之年便被提拔为副庭长，更是让他对自己的理论深信不疑。

鉴于此，媳妇便也无奈地接受了现实，同时戏谑他为“酒场王子”，超民也对这一雅称不反感，于是媳妇便经常这样称呼他。

“去去去，人倒霉了，喝口水也得噎着。”酒气熏天的张超民，摆着手，晃晃荡荡地向卧室走去。

媳妇见他如此狼狈，便起身跟了进去。

张超民进了卧室，一头倒在床上，顺手扯着床上的薄被往身上一裹，口中发出一声“唉呀”的长叹。

媳妇跟进来，听他这一声包含莫名怨屈懊悔似的长叹，压低声探问：“怎么啦，有什么不顺心的事?”

张超民这次似醉又不十分醉，他使劲睁了一下眼，看到了凑到面前的媳妇的脸，突然又使劲把眼合上，头一扭：“你别管，你别管。”

媳妇见他并未醉到不省人事，同时又心中有事不愿和自己说，心中顿生几分气：“怎么啦？有啥事说出来不就轻松了!”

张超民干脆把头往被子里一钻：“走走走，你离我远点。”

媳妇更气了：“狗咬吕洞宾，不识好歹。”说罢，她一扭身去了另一间卧室，自睡觉去了。

这两天的张超民，确实有点背。此时，他躺在床上，想睡睡不着。这两天经过的一幕幕，又放幻灯片似的一一浮过眼前。

昨天姓郑的来上任，送他的正是自己最不待见，又有点怵头的付霞、董心怡那俩娘们，好多人称她们两个聪明能干，但在张超民的心目中，这两个娘儿们简直就是狐狸加疯子。

姓付的虽然话不多，什么工作忙得忘了安排人为郑打扫打扫。简直是连讽带刺，柔里带刚。而那个一直连个屁没放的姓董的，偏偏贼眼溜溜，连书橱中的那点变化都不放过，让自己尴尬无地自容。今天，他翻来覆去斟酌了无数遍，以看完为由先给郑送回一部分书去，既是下台阶，同时也探一探郑的态度。郑倒是又重复了一遍昨天的话，但明显口气不那么坚决，这纯是虚伪而已。尤其是自己坚持把书退回后，他的那句话：“好吧，那就还物归原处吧。”嘿，这话够毒的。

物归原处，剩下的空缺地方，一目了然，一日不归还，那地方就空缺着，就让人想起书的下落。看来，姓郑的也不是好糊弄的主儿。

今天，他把书退回原处后，左思右想，还算是满意，无非隔几日再把那几本退回去，这事也就算过去了。什么尴尬，什么难堪，不去想它，什么也就没有了。人要善于自我解脱，这一点上，张超民可是不输于其他人的。

下午，心境稍为平静下来，他突然有喝点酒的强烈渴望。这难怪，近几个月来，用他自己的话说，是个敏感时期，必须慎之又慎，必须防患于未然。因此，他努力克制自己，对酒场得推则推，能拒则拒，渡过了一个提心吊胆又谨言慎行的时期。现在这个时期已过，作为钟情于酒场的张超民来说，重燃对酒的渴望便也不足为奇。一想到酒，他的全身神经便一齐兴奋起来，请谁，在哪里聚，主题是什么，效果会如何？他轻车熟路地想了一连串的问题，最后焦点又落到了郑立峰的身上。

以前，他对郑立峰自然有所耳闻，但确实没有一起坐过。正所谓，人以群分，物以类聚，在对酒的认知上，他们二人压根就不是一类人。如果今日请郑立峰一坐，他好意思坚拒？人们不是还有一说，叫礼多人不怪，请酒得笑脸。几经斟酌，他决定请他一次，看看效果如何？

没想到是，郑立峰还真的拒绝了：其一，他不胜酒力，很少参加酒宴；其二，家有老母，需尽早回去照顾；其三，他刚做完支架手术，大夫嘱咐，不能喝酒。听听，这三条哪一条也足以拒绝一场宴请。

出了郑立峰办公室，张超民直拍自己的脑门，看看，这三条明摆着的条件，自己竟一条都没想到。自己还枉称是酒仙式的人物，呸呸，简直是一个酒痴而已。

客虽未请到，但找几个人一聚，过过酒瘾的欲望却一点未减，于是他索性招呼上了几个朋友，一下班，便一头扎到酒店去了。

往常，只要往酒桌上一坐，他便精神亢奋，话多笑声多。但今日，虽然又坐到了酒桌上，但他的精神却怎么也振奋不起来。这两天来发生的一件件不顺心的事，搁谁谁能不受刺激呢！

他请来的这几位朋友，年龄都和他不相上下，也算得上和他是趣味相投。今晚他们一见超民，便从他那阴沉的脸色中，猜到了他的心情，大家互递了个眼色，今晚的酒，不可放肆，不可忘形，不可激怒东家。

这样一来，这场酒便少了惯常所见的那种劝酒、斗酒的热烈气氛，几位之间，你端酒敬我一个，我再端起酒杯回敬一个，来来往往，互敬互端，岂不知，这种喝酒法，酒喝得更快，也更多，只一个多小时，他们六人便喝空了六瓶白酒。虽说都正是血气方刚的年纪，但白酒一斤下肚，谁也扛不住。张超民就第一个趴在桌子上，不愿抬头了。

那几位见状，便及时散了场。

其中有两位是企业的中层，为便于喝酒，他们都带上了年轻的司机。看张超民喝太多了，他们几位便把张超民委托给了两位年轻司机，让他们负责把张超民送回家。

张超民坐在车上，似睡非睡，在两位年轻人的不断故意提问下，他好像时而清醒些，时而又糊涂。好歹，他还能记住居住小区的大门，两位年轻人终于顺利把车开进了他居住的小区。

这也是偌大的一个居民小区，里面的楼房有数十栋。进得小区后，张超民强力睁了睁眼，辨认了一阵，用手指着前面的一栋楼房：“到，到了，就那楼。”

两位年轻人按他的指点，把车停在了那栋楼下的一个单元门前。

“张庭长，是这儿吗?”两位年轻人再次核实了一遍。张超民又睁了睁眼：“没错，你，你们回去吧，谢，谢了”

两位年轻人相视一笑。醉酒人常常在快到家门，撵相送的人回转，一是礼仪，二呢，是等叫媳妇看见，挨数落，遭讽刺，又丢人现眼。两位年轻人责任在身，又不好强求，便只得半推半就：“客气了，张庭长，我们送你到家门口。”

“不用不用，”张超民经过了这么一段时间，酒本来就有点醒，一听两位年轻人还要送到家门口，他坚辞拒绝，“不用不用，你们不回，我就不上楼。”

两位年轻人一听这话，也显得无可奈何，他们二人只得让步：“那好张庭长，你上楼，我们回。”

张超民高兴了：“对对对，这就对了，年轻人，哥谢了。”

此时，正好有人从电梯里出来，他便转身进了单元门，接着咔嚓一声，自动单元门又关上了。

两位年轻人赶紧凑到单元门前，但门已关上，他们也进不去了。两位年轻人你看看我，我看看你，其中一位说："我们怎么办？"

另一位说："他既然进去，也上了电梯，应该没事了，咱们回吧。"两位觉得只能如此，便相互一挥手，转身上了车，离开了。

且说张超民坐着电梯到了十五楼，电梯门一开，他便歪歪斜斜地来到双号门前，掏出钥匙开门，结果门怎么也打不开，他有点愤愤地："欺负人，我喝多了，钥匙也喝多了！"说着，他干脆两手用力"啪啪啪"拍开了门。

"谁呀，天这么晚了？"室内传出一个女性的声音。

"是我，我回来了。"张超民根本没有听清屋内的问声是不是自己的媳妇。

室内的人通过猫眼认出了他："呀，这不是前面楼上的张法官张庭长吗。"原来，这位业主曾因案子找过他帮过忙，所以认识了，至今尚还在心中蒙着他的一份情呢。今日张法官突然找上门，不开门好像既不近人情也不大礼貌，想到这，业主便咔嚓把门打开了。

张超民因浑身仍麻酥酥无力，半个身子依偎在门上，防盗门一开，他的重心失去平衡，人也像倒塌的土墙一样向正站在门口的业主身上压去。

"你你你，干什么呀，你你你。"业主惊慌中连忙躲闪。

张超民这才略一顿神，看出了眼前的这位不是自己的媳妇。他想刹住，但为时已晚，就在业主惊慌中闪躲开的那一瞬，张超民跌坐在人家的沙发上。

这时的张超民酒被惊醒了一半，他连忙使劲揉了揉眼："我，我走错门了。"说着就要起身。

突然，从一间卧室中冲出了女业主的老公，刚才的动静和对话，惊动了正在床上看电视的他，于是他爬起来，抓起藏在门后用来自卫的一根擀面杖冲了出来："走错门了？你是思想生邪门了吧！"

眼看手持木棍的男子冲将过来，这时的张超民吓得七窍生烟，他一起身，结果腿一软，变成了双膝跪地："饶命，别打，大哥我错了。我喝多了，对不起。"张超民竟真的磕起头来。

女业主这时相信他是喝多所致，又虑及曾求过人家，她赶紧连喝带挡阻止了老公："快，叫他走就行了。"

被阻止住的男人仍气呼呼的："滚，什么东西!"

张超民一骨碌爬起来，逃了出来。下了楼，他才算基本清醒过来，回头又仔细辨别了一下，知道走错楼了。

他跌跌撞撞回到了家，一头冲进洗手间，用凉水撩着冲了一阵，这才回到自己的房间。现在，他是真的躺在自家的床上，刚才一幕，连惊带吓加窝囊，他不知啥时出了一身大汗，酒意也基本没有了，但是，刚才经历的那一幕，此刻却以比酒精更大的魔力折磨着他。

第六章
拳脚初展

郑立峰手中拿着几张统计表，认真地看着，他的脸上一点表情也没有，平静得就像一尊雕塑。

两天前，他调出了反映审监庭近几年收审结案件工作情况的表格，以便对审监庭的工作有个全面的了解。

但随着一张张表格看下去，他表情凝重起来。收结案三年来的走势图，简直就像一条飞流而下的水流，如果不是对当前的信访工作有清晰的判断，仅从图表看，这几乎是一幅完美漂亮的统计图。但郑立峰清楚，当前海州中院乃至全国法院不服判息诉率都不可能这么低。《民诉法》用一章的篇幅规定了审判监督程序，这说明国家最高立法机关对杜绝错案的高度重视，确定和保障当事人寻求救助的权利。那么，在信访率仍处于高位的情况下，通过审判监督程序申请提起再审的案件，自然也不会明显减少，这几乎是水涨船高的道理，而海州中院的审监案件却呈现出如此大幅度趋势性下降，这意味着什么？

他又拿起一张统计近几年审监庭法官年人均审理案件情况的表。审监庭法官审结案件数少于刑庭、民庭法官审结案件数，这是正常的，毕竟能进入审监程序的案件，都有一定的特殊性和复杂性。但差别有多大才是正常的，他也不是那么清楚。

但今天，他把目光扎扎实实落到表格中那些数字上时，他惊愕了，他甚至不大相信自己的眼睛。他定了定神，再次把目光落到那数字上，是的，全庭法官年均审案不到6件，更令他意外的是老仲庭长的名下，每年只有一起案件。

人家这才是当庭长啊。郑立峰在心中叹道，不知是羡慕还是揶揄。

也许，这就是审监庭的特点；也许，这就是审监工作的普遍现象。他在为自己的疑惑找答案，正是在这一过程中，他突然意识到，正常还是不正常，和兄弟法院的情况一比较不就出来了吗？想到这，他一拍大腿，对呀，给省高院审监庭打个电话，情况不是立马就清楚了吗。这时，他才想到，他来上任一周了，还没有向省院审监庭打电话报个到呢。难怪媳妇曾说他，涉及工作的事，吃着饭睡着觉都忘不了，但对于人情世故、待人接物和礼仪周全上，总是显得痴三分，真对真对。

他站起来，在办公室来回踱着步，脑子里在急速思索，这第一次和省审监庭打电话的内容，当然，礼仪式的客套话是必须的，但客套之后，这次通话要侧重了解哪些情况，省审监庭对自己能不能实言相告，还有……他围绕多种可能，如何应对，考虑了几个来回才抓起电话。

省院审监庭高庭长接的电话。

郑立峰自报家门，话刚落音，高庭长就爽朗地笑起来："怎么，郑庭长刚到新岗位，是不是很忙啊？我可是等你的电话等了好几天啦。"听这话，好像是怪罪自己报到晚了，郑立峰赶紧按准备好的话回应："高庭长，请您见谅，我……"

"好啦好啦，你郑庭长我是了解的，抱歉的话咱就不说了。我猜啊，你今天一个是报到，二是问审监庭的工作，我说的对不对？"

"对对，高庭长，太对了。你好神哪！"

高庭长："不是我神，以你过去的为人做事这是必然的。好了好了，咱们来日方长，就不要在这费口舌了。我……"高庭长突然压低了嗓门，"郑庭长，你现在在你的办公室吗？"

郑立峰马上悟到了高庭长的意思："是的，我就一个人在办公室，高庭长请讲。"

高庭长："那好，我们一个省院审监庭的庭长，一个海州中院审监庭的庭长，说点推心置腹的心里话。"

郑立峰："好的，我听着。"

高庭长："首先，我个人对你任海州市中院审监庭的庭长，表示由衷地欢迎，甚至早就求贤若渴了。"

郑立峰："哎，不敢不敢，您太过奖了。"

高庭长："郑庭长，我这可不是恭维你，实话实说，对你院这几年审监工作的情况，我们是既有担忧又有无奈。你们院的整体工作在全省是处于中上游的，有几项工作更是处在全省的前列，是为全省法院提供经验的。就说你任庭长的民一庭民事审判工作，是我们省多年来的老典型、老先进，你们的工作量，你们审理案件的质量，你们不断探索的新做法新经验，对全省民事乃至各项审判工作，都产生了积极的促进和推动作用。还有你院的刑事审判工作、执行工作等，也都是全省中院中靠前的。"

郑立峰："高庭长，这都是省院领导指导得好。"

高庭长："哈哈，看来你郑庭长真不是善于恭维的人。要说省院领导也好，指导也罢，要求也行，那么，省院对全省各中级法院哪一家不是一样的呢？就说单项工作，你们海州中院的各项审判工作，又有哪一项不接受省院业务主管部门的指导呢，你说是不是郑庭长？"

郑立峰只得应诺："高庭长说得是。"

高庭长话一转："但是，你院的审监工作这几年来，就一直处在全省各中院的后面。你说，难道省院审监庭，对你院审监庭就疏于监督和指导吗？"

郑立峰一听，高庭长的话如此直白而又严厉，他不禁心中一紧："高庭长，不能这么说，也许是我的表述不够准确……"

高庭长又是一笑，打断了郑立峰的话："好啦，这与你的表述没有一点关系。这也是我要和你说到的你院审监庭的工作。关于审监庭的法定职能，我就不展开说了，你已经走上了审监庭庭长的岗位，我相信你很快就会体悟到。但你的前任老仲庭长，自从走上这个岗位后，就表现出了很明显的应付、推诿，坚持大事化小，小事化了，无事最好。我们督促和提醒过他，他对我们的督促和提醒倒从不反驳，但到了工作上，却依然故我。我们分析过老仲庭长这个人，应该说，他也算是老法官了，而且以往几十年的工作也是认真负责的，那么走上审监庭长这个位置后，怎么就显得如此消极，不图上进了呢？大家的共识是，这是‘55现象’。老仲走上你这个岗位时，已年逾55岁，也就是说，他离退休已近在咫尺。船到码头车到站，不抢不急不争先；喘喘气来缓缓劲，平安着陆是关键。我想啊，老仲庭长也正是这么打算的。”

郑立峰也同意这个分析：“可能，很可能。”

高庭长：“可是这样一来，工作可就受影响了，有些当事人的合法权利受损，也许应该得到救济的被拖延了，甚至耽误了，这是一种失职啊!”听得出，高庭长的话充满了惋惜和无奈。

郑立峰人刚到审监庭，面对自己的前任，一位比自己大十几岁的老同事，他自然不好明确表态：“这……”

高庭长却一下子提高了声音：“这实际上是怠政懒政的表现。”

郑立峰无语。

高庭长：“我们都知道，岗位是固定的，但因为在岗的人员不同，岗位的作用会千差万别。好在，你来任审监庭的庭长了，我对你院审判监督工作会很快出现新局面充满了信心和期待。”

郑立峰：“谢谢高庭长的信任，我会尽力，我会努力。”

放下高庭长的电话，郑立峰陷入了深深的沉思。

从表格的反映，到省院高庭长的看法和评价，郑立峰的脑海中有了结论：海州中院的审监工作俨如一潭死水，昏沉沉，静悄悄，毫无一点生气。他突然感到压力顿增……他在心中感叹，领导啊领导，感谢你们的好意，以为在审监庭案子少，压力自然也小，会轻松一点，但是，此时的我怎么感到被推上了风口浪尖呢。

怕工作吗？在郑立峰的人生字典里，压根就没有怕工作之说。畏难发愁吗？更不是，有压力有挑战，这正是工作的魅力所在。现在他明显感受到一种事先没有想到的责任在肩头越来越重。

审监庭大办公室。

此时正是上班时间，十余人各居一位，但每个人的活动不同。有的在不紧不慢地翻阅着卷宗，有的在看书，但不知看的是专业书籍还是别的什么书，也有的好像在闭目养神，总之，这是一幅平平稳稳，人人不急不躁，整个房间沉闷无声的画面。

老高吹了吹浮茶，轻轻地啜了一口，抬头环顾了一下全屋，有点按捺不住了，他用手指敲了敲苏长福的桌面：“老苏，你说郑庭长到任五六天了，怎么没有一点动静啊?”

苏长福：“动静，什么动静?你难道让郑庭长每天到咱们屋里转一圈，吆喝着，我来当庭长啦，我来当庭长啦。”这话引得大家“轰”地笑起来。

老高：“哎，大家都公认你老苏从来正经，今天怎么会开玩笑了。”

苏长福这时坐直了身子：“这是玩笑吗?我是针对你要郑庭长出点动静，才这么说的。”

老高：“我是说，郑庭长除了上任后到咱们各室转了一下，这几天基本关门不出，这不像他的风格啊。咱们都知道，他是见工作忘记一切的人，他到了哪个岗位，都是像裹风挟雨似的，风风火火，轰轰烈烈。可这回……”

这倒是实情，对此，大家虽然没有说出口，但在心中确都有这个疑问。

苏长福谈了他的看法：“你们不要忘了，人家郑庭长是为什么来咱们庭的，他心脏上放了两个支架，那是伤元气的，所以，就不能以以前的标准来衡量了。”

老高服了:“苏兄，还是你想的周到，姜就是老的辣，大家说是吧!”

众人齐应：“是，是，有道理。”

审监庭小办公室。

这里的三人更是沉默，张超民在沉思，曹继荣在欣赏一件小工艺品，余淑娟正在写着什么。

曹继荣审视了一阵工艺品之后，抬头正好看到沉思的张超民，逗逗他的兴致一下子上来了：“张副庭长，在想啥呢?这两天我看你老是心神恍惚，好像有什么心事似的。”

张超民愣了一下：“什么，你能看出来?”他猛一激灵，振作了一下，“去你的吧，我能有什么心事，故弄玄虚。”

曹继荣一笑：“我不过一说而已，有没有与我何干!”

“那你瞎叨叨什么，无事生非，唯恐天下不乱。”

曹继荣还了一个讪笑："哟哟哟，还会上纲上线啦。"

余淑娟插上话头："二位领导老同志，别斗嘴了，俺正在写材料呢！"二人识趣地努了努嘴，休战了。

两天前的那一场尴尬确实成了张超民一个排遣不去的阴影，他无法判断那事是否就此了结，如果只有那二人和自己知道，这场灾祸也许就此过去，那要谢天谢地；但如果传扬出去，不仅自己无地自容，他那媳妇也会让他活不自在。这件事的阴影确实时时笼罩在心头，令他一脸愁容，难以舒展。

而曹继荣虽然正活一点不干，两只贼眼倒挺毒的，张超民这两天的脸色都没逃过他的眼睛。

电话铃响了起来。

余淑娟抓起话筒："你好，哪位？哦，是郑庭长，我是淑娟，您找谁？哦，找张副庭长，我请他接电话。"说着，淑娟把话筒高高举起，示意张超民接电话。

张超民知道是郑立峰在找自己，不好怠慢，于是接过话筒："郑庭长，我是超民。"

电话中是郑立峰的声音："张庭长，我找你是想征求一下你的意见，明天我准备召开个全庭人员会议，你看有什么讲的，对我们庭下一步应如何开展工作，提一下建议和要求，怎么样？"

张超民连忙回答："郑庭长，我没什么好讲的，您怎么安排和要求，我们照办落实就是。"

郑立峰说："那好吧，那就请你给全庭同志们下个通知吧。"

张超民赶忙应承："好，我马上通知。"

大办公室的话题似乎近尾声，但佳佳突然插话，又把议论的热潮燃了起来："听说郑庭长在民一庭，提出了一个人生正负账单理论。"

她这话引起了大家的兴趣，有人说："是有这事，一个人能创设个理论或者观点，那可不是一件容易的事。"

又有人说："其实他这个理论账单的提法，是民一庭同志们在他讲的一段话基础上给概括出来的。"

接着又有人接上：“这么说，这个人生正负账单理论还是一个集体智慧的结晶，若按专利权来讲，还是共有性质的了。”

大家发出一阵开心的笑声。

老高打断了笑声：“诸位扯远了，好像人家郑庭长和民一庭要争专利权了似的。”众人又是一阵笑。

老高：“我关心的是，郑庭长的这一账单理论有没有道理，适不适合咱们审监庭？”

这一问，众人都一时无语了。

苏长福：“郑庭长说的那段话我听过，那真叫大白话，实算账，听来浅显易懂，实则寓意深刻。”

有人马上问：“这么说，郑庭长完全有必要把这个账单理论，在咱们庭推广开来。”

苏长福：“那要看人家郑庭长的了。就请拭目以待吧。”

众人：“也是，也是。”

张超民放下话筒，略一沉思，随即便起身向外走。

曹继荣又想调侃他一下：“张副庭长，郑庭长指示你不马上落实？”

张超民：“我这不正准备去落实吗！”

曹继荣：“你打个电话给大办公室不就完了，怎么，还得亲自跑去通知？”

张超民一笑：“你懂什么，这是郑庭长第一次安排给我任务，我必须亲自去落实，这叫尊重，这叫重视，你明白吗？”

这一下，曹继荣倒被噎了一把，因为曹继荣非常了解张超民的心情，他是一千个不愿意郑立峰来顶占这个位置的，他心里不知咒骂过多少次郑立峰了，所以对配合郑的工作问题，至少在一段时间内，他不会那么积极主动，心甘情愿。这是曹继荣的判断。

没想到郑第一次安排他工作，他竟那么殷勤那么郑重其事地去落实。这一点，确实出乎曹继荣的预料。看着张超民离去的身影，想着他两张面孔转换如此之快，曹继荣不得不微微点头，口中念念有词：“真行，真行，佩服，佩服。”

余淑娟目睹了这一幕，又听到曹继荣的话，禁不住掩嘴笑了起来。

离开办公室的张超民，不由从内心深处对曹嘲笑一声：枉多活了那么些年，还想戏弄我，瞅你是那一块料吗！他之所以坚持亲自到大办公室走一趟，还藏有一个想法，他要借此机会，去观察一下那大队人马有何反映，说不定，还能捕捉到有价值的东西呢。

张超民蹑手蹑脚来到大办公室门口，屋里的讨论已基本结束，张超民只听到了众人“也是”的应和声，他恨自己来晚了一步，没有听到前面的内容。他敲了一下门，随即推门走了进去。

人们听到门响一齐向门口望去，见是张超民，各有各的表情。

张超民：“都在忙着哪?”

老高一笑：“我们猜到张副庭长要来检查工作，当然都得装作忙着了。”

张超民：“老高兄净胡闹，难道只有我来检查，大家才干工作? 这不成为我干的了。”

苏长福接过话题：“张副庭长这话说得在理，我们的工作可不是为哪一个人干的。张副庭长，你有什么吩咐吗?”

张超民：“今天哪，还真的有事，刚才我接到郑庭长的电话，他呢，征求我对咱们庭工作的意见和建议，明天郑庭长要召开个全庭人员会，哎，这可是郑庭长来咱们审监庭的第一个全庭人员会，大家要高度重视哦。”

众人一笑，纷纷发言：

“这是郑庭长的施政演说啊。”

“新官上任三把火，这第一把肯定有新意。”

“张副庭长你可要为郑庭长提供建设性的建议哟。”

……

张超民从大家热烈的反应中，听出了一种期待和渴望，他不愿在这多待了，于是他一挥手：“好啦，我通知到了，谁也不准迟到。”说罢，转身退了出去。

第二天，审监庭全体人员会在审监庭会议室召开。

上班时间未到，审监庭的大部分人员已陆续走进会议室，看得出来，每个人的脸上都有一种兴奋感和新奇感。

郑立峰也随着人们走进了会议室。

这个会议室比民一庭的小得多，除去主持人桌外，摆了二十多个座位，显得满满当当。

人基本到齐了。张超民没有忘记自己的职责，主动清点了一下人数，向郑立峰微笑报告："郑庭长，人齐了，开会吧！"

郑立峰点了点头："好吧。"

老高突然喊了一句："人还未全呢！"

郑立峰："哦，还缺谁呀？"

张超民多少有点尴尬："是曹继荣，这个同志……"审监庭的人自然人人心知肚明，互相交换着眼色，静待事态的发展。

其实郑立峰对曹亦早有了解，此时老高提出这个问题，不外乎想出张超民的洋相，同时也不排除想考验他对此事的处置。

郑立峰看了一眼时间，刚好八点，他挺了一身子，略抬高了一点声音说道："好吧，上班时间已到，咱们开会。"

整个会场静了下来。

郑立峰："今天开会之前，我有两个推测，来试一下，大家看准不准？"

这太出乎大家预料了，这新庭长到任召开的全体人员会上，竟要大家听他的什么推测，小孩子过家家做游戏哪？

全体人员都挺直了脖子，瞪大了眼睛，听下文。

郑立峰意识到这一方式提起了大家的兴致，这也是他的用意所在，轻咳了一声："这第一个推测是，你们各位心中现在想的是，今天郑立峰到审监庭的施政演说，一定是措辞严谨，高谈阔论。诸位，是不是？"

众人你看看我，我看看你，相互点着头。然后不约而同，爆发出一阵爽朗的笑声。

郑立峰："我这第二个推测是，我现在心中最希望或者说最想得到的是什么，在座的各位猜一下，我的判断是，应该有超过百分之六十的人能猜到。请大家先猜测一下，我心中最想要的是什么？"郑立峰不往下说了。

大家一下子静下来，人人都在琢磨这个题的答案。

突然，响起轻轻的敲门声，郑立峰听到了，但他不动声色，像没听到一样。

坐在前排的张超民听到了，他向郑立民投去征询的目光。郑立峰微微点了点头。

张超民起身去开门。

进来的是曹继荣。

满屋子的人，好像都在紧张地思索着什么，对这位迟来之客好像视若无睹。

曹继荣慢慢向里走着，他似乎有一种少有的局促感，走过主持人桌前，他向郑立峰不太自然地一笑，算是表示歉意。

郑立峰也回了一个浅浅的微笑，并示意他赶紧入座。

郑立峰觉得是时候了，于是他面向众人发问："怎么，都有答案了吧？"

众人互相望望，笑而不语。也可理解，如果第一个发言，万一答案答错，那岂不尴尬至极。

郑立峰也微微笑了，他把目光锁定在佳佳身上："佳佳同志，你最年轻，脑子灵活，先发个言如何？"

佳佳突然被庭长点名，不免紧张了一下，但她马上镇静下来，说道："庭长这是给我们大家出了一道换位思考题，意思就是让我们人人站在庭长的位置上，想一下，最需要什么和最想得到什么？"佳佳说到这，略顿了一下，把甜甜的笑脸朝向郑立峰，她想看郑立峰的反应，但是，郑立峰除了始终如一的笑容，没有任何表示。

佳佳只得沿着思路说下去："因此，站在郑庭长这个角度，我想，他最想得到的是，我们每个人对搞好我们庭工作的建议。"

全庭的人都鼓起了掌。

唯独郑立峰，笑容依然，不置可否。

有人问："郑庭长，佳佳猜测的对不对。"

郑立峰还是笑而不答。

老高这时开腔了："我们大多数人还没有表态呢，我看这样，有不同意见或有补充的请举手。"

竟无一人举手。

老高:“那赞同佳佳这个猜测的请举手。”全庭的人都把手举了起来。

老高:“郑庭长，这就是全庭一致的猜测，对还是不对?”

众人的目光紧紧聚焦在郑立峰的脸上。

气氛近乎凝固。

但见郑立峰缓缓从衣袋中摸出一张纸条，指着佳佳说:“佳佳同志，请你念一下。”

佳佳应邀走到主持人桌前，接过纸条。她一看到那一行字，先笑起来。

众人:“写的什么呀，快念念。”

佳佳高声念道:“每一个人，必须提出至少一条搞好审监工作的意见和建议。两天内送到庭长办公室。”

哇——全庭的人惊呼起来。

郑立峰用手做了个按压的动作，开始讲话:“同志们，我是谁，这不用介绍了，你们各位，我也不用重新认识了，我们本就是一个单位的同事。但是，这不等于我对咱们审监庭就了解，所以到任后，我做了些调研工作，调取了审监庭近几年的有关数据，也和省高院审监庭领导交流沟通了一些情况。”

听的人有的屏住了呼吸，有的在窃窃私语。

郑立峰:“同志们或许要问，我对审监庭工作的评价和看法是什么。”他顿住，环视众人，“而我要说的是，在座的各位，都是审监庭的一分子，都比我来审监庭的时间要长，你们的感受，你们的评价，比我的感受和评价更精准。”

无人应答。

郑立峰:“所以，今天我只想就一个问题与大家讨论。”

众人的胃口被他吊起，凝神以待;有的人甚至引颈颔首，挺高了身躯。

郑立峰:“这个问题是:负法行者的职责和使命应该是什么?”

“负法行者的职责和使命”，在场的人听得十分清晰，但谁也不可能在瞬间悟透它的准确含义。

郑立峰:“可能难为大家了，我先来简单谈谈我的看法。”

郑立峰:“‘负法行者’，算是我的独创吧。负，即是背的意思，如身负重任，负重前行。负法行者，就是身上背负法律之责的人。我是这样认为的，在一个法治社会中，每一个人都必须知法守法，从这个意义上讲，人人都是负法行者。但我今天说的这个负法行者，是指国家特设的专门机构里的工作人员，比如警察、检察官、法官等。这些人，位居国家特设的工作岗位，也获得了法律赋予的特殊权力，同时，他也负有了遵守岗位提出的要求，对守法者予保护，对违法者予以惩戒的使命。但负还有另一个含义，即亏欠拖欠的意思，如有负重托、忘恩负义等。那么，任何一位负法行者，如果不能很好地履行自己职责，应付公事、敷衍塞责、尸位素餐……就只能叫后一种意义上的负法行者。用现在流行的说法就是叫怠政、懒政。”

郑立峰越说越激动，也越来越严肃。

台下，鸦雀无声。

郑立峰缓和了一下口气：“因此，我希望我们这些真正的负法行者，能时时刻刻意识到自己肩上的责任，能时时刻刻不忘自己的使命。”

台下先是一两人带头鼓起了掌，继而，掌声响成一片。

郑立峰：“这是一个大命题，今天就先说到这里，希望能引起大家的思考。下面，我再表个态：第一，我作为庭长，将对全庭的工作切实负起责任，从院里到我们庭里，凡是要求大家做到的，我一定做到，凡是要求大家不做的，我坚决不做；第二，我作为庭长，对我庭人或事出现问题的，不管是纪律方面还是经济方面，我都承担相应的领导责任，不推诿，不回避；第三，我作为庭长，每年承办案件数不得少于本庭所有法官人均承办案件数。言出必行，请大家监督。”

下面又响起了一阵掌声。

第七章 混沌世间

张超民和媳妇正默默对坐着吃饭，气氛有点沉闷。

饭吃得差不多了，媳妇收起碗，端起向厨房走去。

张超民在她身后不由自主蹦出一句："不知好歹。"

这话媳妇听到了，她把手中的餐具往洗菜盆中一蹾，怒视张超民。

碗筷碰撞的响声惊了张超民一个激灵，他抬头气咻咻地发问："怎么啦，地震哪！"

媳妇也气不打一处来："你说怎么啦，你说谁呢？"

张超民："嘿，我说，我说你呢，干那么点活为什么弄那么大动静？"

媳妇："这要问你！"

张超民茫然："问我，你问我什么？"

媳妇："问你的良心，你说谁不知好歹？"

张超民结巴了："我，我……"这时他仿佛忆起刚才好像说了这么一句，不过那不是对媳妇，那不过是他又回忆起了白天会上的那一幕，是对那姓郑的说的。

张超民意识到这是个误会，于是马上堆上笑脸走到媳妇面前："媳妇，误会，误会。你听我向你解释。"

媳妇听了解释，虽然是半信半疑，气倒消了。

张超民拥着媳妇："都是这一拨运气搞的，真是喝口凉水都噎人。"

就在这同一时间，另一个家庭也在谈论着与白天会议有关的话题。

这是曹继荣的家。

一百五十多平方米，三室两厅两卫，在这样一个拥有六百多万人口的城市里，这种房型和面积近乎算得上豪华了。

话题自然是由曹继荣主动提起的。他对郑立峰这个人，应该说此前没有什么反感，甚至有些佩服，你看人家把个民事审判搞的，风生水起。但令他没想到的是，竟有这么一天，姓郑的成了自己的直接领导。这也不要紧，自己从小就见惯了各种人，也在不少岗位和不少领导撕磨过，怎么样，自己还不是外甥打灯笼——照旧。那一个一个如龙似虎的角色，你纵然有千条妙计，我却有一定之规。

但今天会上郑立峰的表态，却令他思绪万千，脑子中就好像有个小精灵，飞来飞去，就是不肯离开。

就说他那承诺的第二条、第三条，全庭人一听就明白，第二条就是说给我听的。真是自不量力为自己套绳扣，谁不知道，若严格执行院里的奖惩办法，唯一能扣到钱的就是我曹继荣。你又非来个负领导责任，还不推诿不回避，好吧，我豁上，不就是一个月不到两千块钱吗。我反正不缺钱，而你呢，媳妇已去世，还得供着一个上大学的儿子、一个耄耋之年的老娘。听说，最近还雇了个保姆，你这收支不可能不紧张，还要自觉与我拴在一块。说到承办案件，那更是……院里有明确规定，庭长承办案件量要达到全庭法官承办案件平均数的一半，而且全院还有不少庭长连一半也达不到，你却承诺，承办案件数在全庭法官承办案件平均数以上。那么，你庭长职责上的参加各种会议、管理庭里的杂七杂八的事务，叫别人替你？还有，你心脏上多了两个支架，做过这种手术的人，可是一忌劳累，二忌心情激动和生气。

哎——郑立峰啊郑立峰，你到底是个什么人哪？

曹继荣把白天会议的事，向自己的老伴叙述一遍，自然也夹杂上了他的看法和对郑立峰的嘲讽。

老伴听了一抬头，突然说道："继荣，你是不是该改变点什么了？"

哎，这话问的，曹继荣真有点如坠入云里雾里了。

说起来这曹继荣和老伴，还真算得上天缘所定。二十多年前，曹继荣遵从父命从大学走进了军营，而一位小他一岁的眉清目秀浑身透着灵动之气的女孩，也同年被选入部队文艺队。二人成了同年入伍的战友，尔后一来二往，又成了要好的朋友。更巧的是，女孩的爸爸也是军人，是一名团长，且就在当时已为副军级的曹继荣的爸爸的部队里。直接的上下级关系，两家自然容易亲近；两个孩子呢，又这么巧合，年龄相当，情投意合，同在一个部队服役，这一切，都像上天刻意安排的一般。

后来，他们二人同时转业。曹继荣进了法院，媳妇进了教育局。他们唯一的孩子自降生后，双方老人争相看护，经济上又不断资助，两人自己的收入也颇可观，处在这样家庭环境中，曹继荣混天混地的特点倒也没觉得有什么影响。

但是，就在几天前，儿子谈的对象正式向儿子询问家中情况，并且听得出来，对曹家有些担心。曹的毛病在本地还挺有名，什么在家当掌柜，在单位混赖皮，啥活不想干，倚老装脾气，姑娘家里像是也听到些风言风语。老伴得知此事，很不是个滋味，两代将军之后，落得如此的名声，现在可能还要影响儿子的婚姻，这叫她怎能不闹心。她正在寻找合适的机会和他谈谈，可巧遇上换了庭长，而且又带来这么些事，所以她顺势提出了这个问题。

曹继荣略顿了顿神："你说什么，叫我改变点什么？"

老伴点点头："是。"

曹继荣几乎是跳起来："你叫我改什么？"

老伴："不难，在家干点家务，在单位好好工作。"

曹继荣："你没听说过，江山易改，禀性难移，我这奔五十的人啦，让我脱胎换骨，重新做人？你想的容易。"他一下站了起来。

老伴："这可不是我心血来潮，这已经关乎咱们孩子的大事。"

曹继荣："关乎孩子，这，这关乎孩子什么啦？"

老伴："你坐下，我慢慢给你讲。"

郑立峰刚刚打开办公室的门，手机震动了一下，这是来信息了。他放下手提包，掏出手机，上面显示的两个字令他的心脏骤然加快了跳动。他略一镇静，再次把目光投注到手机屏幕上，上面清清楚楚地显示着：义轩。

这是儿子来信息了。自打妻子去世后，儿子把母亲去世的责任全怨到了他身上，他理解儿子的心情。儿子刚刚十八九岁，母亲的去世，对他几乎是无法承受之重。再加上，那些阴差阳错的巧合，所以，当儿子把一切怪罪全倒在自己身上时，郑立峰没有任何辩解，甚至觉得这正是对自己应有的惩罚。

儿子参加完母亲的后事，愤而离家，再没回来过，他曾试着给儿子发过两次信息，但儿子一概不回。

他在想，儿子心伤了，意凉了。

郑立峰了解儿子的性格，犟劲上来，十头牛也拉不回，他同时自信自己儿子的品行和本质，儿子只是在赌这一口气，也出不了什么事，给他足够的时间，儿子会慢慢想通的。

儿子久无音讯，突然有了消息，郑立峰竟紧张和忐忑地有些不敢去看信息。他顿了一顿，点开了儿子的微信，上面只有这样一句话："康复了吧？吸取教训吧，不能光要工作不要命。"这封短信，没有称呼，从短信中的口吻看，儿子仍然怀着纠结的心情。

总算一块石头落地，虽不能说是十全的喜讯，但毕竟没有什么不愿听到看到的事情。

他长舒了一口气，双眼微闭，仰躺在高背转椅上，脑海中是儿子的影像。他突然想对儿子倾诉：儿子呀儿子，你对妈妈的去世感到悲痛，难以承受，爸爸深表理解；可你想过吗，爸爸对妈妈的去世，也承受着莫大的痛苦哇。少年丧母是人生一大悲剧，中年丧妻也是人生的一大悲剧呀。

突然，他冒出一个问题，儿子好像，不，肯定知道了自己做手术的事，不然，何来"康复"之语呢？那么，他是怎么知道的呢？

他在大脑中搜索着可能：家人？不可能，一是这事知道的不多，二是知道的人，他都有嘱咐，不会背着他去告诉儿子。同事？他得病的事这倒是全庭都知道，难道是同事？

想到这，他眼前浮现的第一个人便是付霞。

审监庭大办公室。上班时间刚到，办公室的十来个人便全部到齐了。

在这待了数年的审监庭的法官们，今日似乎都有种与以往不同的感觉。以往，大家只要进了办公室，三尺办公桌便是安享之处。人人各自办自己事，不管是公事还是私事，不管有事还是没事，只要你坐在那里不影响别人，别人同样也不会影响你。于是整个办公室便寂静无声，整个气氛便平静如凝，一天又一天，一年又一年，这便成了这个办公室的常态。

老仲庭长在的时候，特别喜欢这种状态；从另一个意义上讲，也正是他的爱好取向，渐渐锻造出了这种氛围。

而今天，人人心中好像跃动着一种意向，这种意向的源头是昨天那个会议。

还是老高最先发了言："我说同志们哪，你们给郑庭长提的建议交了没有？"

有人说："还没哪，你呢？"

老高："谁写完了，能不能透露点消息，咱们好借鉴借鉴。"

有人听出门道来了："老高，你这是抄作业呢，你先说说你的让大家听听。"

老高告饶了："得得得，你们不说就算了，我的嘛，也无可奉告。"

众人哄笑起来。

又有人说："昨天开的那个会，内容好，形式也好。我觉得那个会开完回来，嘿，咱们的办公室好像比以前大了，窗户好像比平日亮了。"

众人又笑了起来，有几个人直接表态赞同这个说法："是呀是呀，我们也有这种感觉。"

佳佳这时也插话了："这是精神状态所致，有句名言不是说吗，在精神亢奋的人眼里，灰暗天空都仿佛阳光灿烂；在精神抑郁的人眼里，灿烂的阳光都感到灰暗。"

有人笑道："才女就是才女，我们只是一种感觉，人家佳佳却说出了根源。"

这一下，话题又引到佳佳身上。

老高又说了："佳佳这研究生真是名副其实，这叫学富五车满腹经纶哪。"

佳佳有点不好意思了："高兄，咱们要不是同事，论年龄我该叫你高叔了，论经历，论经验，我比你差得远哪。"

老高被佳佳捧得浑身舒坦，但他还没有忘记想好的话题："佳佳，我这可是真心话，昨天会上，郑庭长一点你的名，我心里就说，这是欺负小丫头呢，没想到，嘿，你的回答那真叫绝了，老高我真的打心眼里服了。"

老高向着佳佳伸出了大拇指。

一位胖胖的中年法官说："我也是从心里佩服咱佳佳，郑庭长点你名时，我也为你紧张了一把，反正当时我是没猜到答案。结果佳佳一说，嗨，越听越有道理，所以，我也就站到佳佳这边了。"

有人戏言："你这叫搭顺风车，又省劲又赚便宜。"

胖法官反驳："你们还不是和俺一样，一个一个都跟上了，你们这叫五十步笑一百步，差不到哪里去。"

大家又是开心畅笑。

老高这时又接上意犹未尽的话题："你们别打岔了，咱们让佳佳说一下，她是怎么猜那么准确的。"

众人赞同："对，佳佳说一下你的神机妙算。"

佳佳笑了："你们把我吹成神吧！其实，在郑庭长没有确认前，我也没有底。之所以猜到那个答案，是觉得现在会当领导干部的，谁一到新岗位不是先调查研究，掌握情况，再问政于民，集中大家的智慧。你想郑庭长来咱们庭，能不采取这样的措施吗？"

众人又一齐点头称是："叫佳佳这么一说，这不是太简单太明了的问题吗。"

民一庭庭长办公室。

付霞正翻阅一本厚厚的卷宗，电话铃声响了起来。

她抓起了话筒："喂，哪一位？"

话筒中传来郑立峰的声音："是付霞庭长吗，我是立峰。"

"是郑庭长，您好，我是付霞，您有什么事？"

"嗯……你有时间吗？"

“有，有，什么事您吩咐。”付霞对自己曾经的领导仍然十分敬重。

“如果你时间方便的话，请到我办公室来一坐好吗?”

付霞的心中咯噔了一下，郑庭长今天说话怪怪的。但她马上答应:“好的。我马上过去。”

她放下电话，大脑急速旋转，郑庭长突然邀请，是什么事呢，工作上的事还是家事? 这时她马上想到了她和董心怡给他儿子的信。如果是因为这，是好消息还是坏消息……她一时也不好确定。

她决定叫上董心怡一块前去。

董心怡听了付霞的邀请，也犹豫了一下：“郑庭长是单独叫你去，我去合适吗?”

付霞一脸认真和严肃：“什么合适不合适，你我姐妹难道……”

“付姐，付庭长，我只是担心我去怕不方便。”

“哎，你这个心怡，我看你是越说越离谱，越说越和我离心离德了!”付霞拉起真生气的样子。

董心怡意识到刚才的话欠妥了，她赶紧解释:“付姐，对不起，我，我……”

付霞板起了脸：“你是不是担心咱们给义轩的信有回应了?”

董心怡也确实有这方面的顾虑，付霞既然提到了这件事，她也正好顺坡下台：“谁说不是，义轩要是有回应，是正面还好，要是负面的，我们可怎么面对郑庭长。”

付霞这回倒差点笑出来：“我说心怡呀心怡，我心中还总是把你看作有胆有识有担当的人，原来，你是个塑料袋装棉花——屃（松）包啊。”

董心怡哭笑不得：“付姐，不是，真的是……”她竟一时找不到恰当的语言来应对了。

付霞重又拉下脸来:“好啦好啦，这就是说，要是负面消息，郑庭长发火，训斥，埋怨，全都由我一个人承受呗。”

董心怡一听这话，她干脆一挺身，显出一副慷慨就义式的姿态：“付姐，庭长，你既然这么说，我陪你去就是了。”

付霞笑了：“这就对了嘛，我相信你会这么选择。这下好了，纵然郑庭长怨咱们训咱们，两个人的肩膀扛着总比一个强吧。”于是，两人相伴向郑庭长办公室走去。

郑立峰给付霞打完电话，心中也是七上八下，义轩到底为什么突然发来这条微信，一会儿付霞过来自己又该从何说起，他一时似乎无处下手，心中一阵燥热，在屋中踱起步来。

他看了一眼墙上的挂钟，好像不走了，他又站住盯了一阵，表的指针仍在走，原来是心理因素。误把停顿的指针当成了停止，可见郑立峰心中的慌乱。

丢人，丢人。他在心中嘲笑自己。

门响了，有人敲门，但敲门声很轻，很温柔。

郑立峰赶紧回到座位上："请进。"

门被轻轻推开，付霞和董心怡双双微向前探着，轻轻走了进来："郑庭长，你好。"

郑立峰："哦，心怡也来啦。"这一问，心怡的脚步停住不动了，她尴尬而又委屈的目光直盯着付霞，是付霞把她生拉硬拽来的。郑庭长没打电话给她，她本怕打扰不想来。

付霞自然马上就反应过来了，她用手拽着心怡的衣角，狠狠地拽了一下。

郑立峰也马上意识到刚才的话太唐突了，他自嘲地一笑："快进来，进来坐，我刚才只给付霞打了电话，你们两个是不是正在一块呢？一块来好，一块来好，我离开民一庭，你们两个一块来我这还是第一次。"这种话，似乎越抹越黑，郑立峰也自感不好意思，他只得赶忙起身，用手示意二位入座。

付霞直接切入正题："郑庭长，你找我啥事？"

郑立峰此时思绪也有点乱："也没啥事，不忙不忙。"

这一来，董心怡更是坐不住了，她一下子站起来："对了，郑庭长，我手头还有件事没办完，我先去办完了再来看您。"

说罢，她起身要走。

郑立峰这时也终于清醒过来："哎哎，心怡不急。我只问你们一句话，你们答完就走。"

"什么话？"

郑立峰好像憋了好大的劲，终于说出口："你，不，你们最近有没有做什么和我有关的事?"

听了这话，付霞和心怡都不约而同地和那封信联系起来了。

付霞:"郑庭长，您是不是有义轩的消息?"

郑立峰点了点头。

付霞和心怡异口同声:"是什么消息?"

郑立峰没有回答，只是把手机推到付霞和心怡面前。

二人向前凑了凑，目光一齐聚焦在手机上。

"康复了吧?吸取教训吧，不能光要工作不要命。"

付霞和心怡看到这句话，二人心中如一块石头落地。她们二人你看我一眼，我看你一眼，举起手掌，击了一下，随后扭头对着郑立峰，开心地笑起来:"庭长，祝福你，好事啊，义轩想通了。"

郑立峰这时也好像明白了:"这么说，是你们做了工作?"

事已至此，付霞开始向郑立峰原原本本地汇报:"是我们做的。郑庭长，自打你家中发生一连串的事以来，我们作为你的同事，看到你承受那么重的心理压力，又肩负那么重的工作压力，我们真为你担忧，挖空心思想为你分担点什么。但能做什么呢?我和心怡终于想到了一起，从旁观者的角度解释你的难处和事情的真相，寄给义轩，期望能打动他，同时，也化解他心中对您的误解。"

郑立峰听到这，心中突然又是感动又是感激，有些动容。

付霞赶紧接上话:"不管怎么说，义轩的这条微信，说明孩子开始回头了。"

心怡:"这就好像一扇紧闭的大门，终于敞开了一条缝。"

郑立峰:"是啊是啊，谁家的孩子谁知道，他能做到这一步已是相当不易。不过你们看他的语气，对我的意见还不小呢。"

付霞和心怡都笑了:"我们也看出来了，不过，有了这个好的开头，就不愁有好的结局。"

郑立峰:"借二位吉言，但愿但愿。谢谢，谢谢。"

这件事算是画上了句号，付霞潜藏在心底的另一个话题便冒了出来:"郑庭长，我们还想向你祝贺呢。"

郑立峰："我有什么好祝贺的?"

付霞向心怡使了个眼色。

董心怡灿烂地一笑："郑庭长，祝贺你成了网红了。"

郑立峰平时忙于工作，是个看手机比较少的人，对网上情况也并不关注，所以有点意外："哪个网，是咱们的法苑网吗?"

二人："正是。"

郑立峰："说我什么呢?"他也急切想知道。

付霞："是关于你负法行者的高论。"

郑立峰："哎哟哟，这有什么好议论的，一个非常平常，也非常朴素的观点而已。"

付霞说："当今社会到处是心情浮躁，崇尚空谈，好高骛远，不尚实干。所以，当您把这平常、朴素的观点诠释出来，就赢得了众人的热议。"

心怡："付姐说的有道理。郑庭长，您是怎么想到这个观点的?"

郑立峰："说来很简单，到了这个庭后，我感觉这里和咱们民一庭有一个明显的区别。"

心怡："什么区别?"

郑立峰："在民一庭，那个环境就让人感受到一种生机，一种活力，同时又令人心情激奋和舒畅，我在那时，这种感觉还不这么明显，而一旦有了比较，这种感觉便明显起来。我在想，这是为什么。我慢慢悟出，一个团队，一个群体，都有一种群体性精神状态，而其根源呢，就是这个群体的责任意识和使命感。一旦弱化了责任和使命，良性的群体精神状态便不复存在。"

付霞和心怡，聚精会神地听着郑立峰的话，不住地微微点头。

郑立峰："我来到这里后，就感觉全庭暮气沉沉，人人萎靡不振似的。我又调阅了近几年审监庭审理案件情况，听了省高院对我院审监庭的看法，我对审监庭现状的根源一下子明晰起来。"

付霞："岗位人员的责任意识和使命感不强。"

郑立峰点了点头："可以这么说。当然，这不能全怪同志们，这恐怕是由多种原因，经过相对长的时间慢慢形成的。"

心怡："所以，便有了您开会时那种别具一格的形式，便有了您关于负法行者的诠释。”

郑立峰：“是的。”

付霞：“那效果如何？”

郑立峰：“才这么几天，谈效果太早了。不过自那个会开完，那种沉闷的暮气就好像被我打破了，出现了热烈讨论的现象。”

心怡：“这叫投石止水波澜起。”

付霞：“心怡，这像一句诗啊。”

郑立峰：“诗也有独句的。”

付霞：“心怡，再续上一句。”

心怡：“昏睡羊群响炸雷。”

郑立峰：“两句这像对联。”

付霞：“对联就对联吧，咱又不是搞诗歌联欢会。”

郑立峰：“好好，就此打住。我再提醒你们一句，刚才咱们的交谈就限于咱们三人在此私下交流，要不又止水又羊群的，审监庭的同志们听了会觉得不顺耳的。”

付霞：“我们的郑庭长，你这不是也有忧患意识呀！”

郑立峰：“怎么，我在你们眼里是个不管不顾的愣头青吗？”

二人嘻嘻一笑，故意激他：“有点像。”

郑立峰：“嘿！我……”

付霞：“郑庭长，我们听说了你的三大承诺和关于怠政懒政的批评，有点担忧啊！我们俩还真想提醒您一句，别太心急，改变局面不急这一朝一夕，为了您的身体，也为了您的工作。”

心怡：“是啊，郑庭长，您的身体和面对的现状，都不允许您太过急过猛太苛求自己了。”

郑立峰听了这两位昔日老部下的话，深受感动，他动情地说：“付霞，心怡，你们对我推心置腹的心意，我心领了。我又何尝不想工作轻松一点呢，但是面对现状，我却怎么也不能无动于衷。咱们院的审监案件只是兄弟中院的三分之一，我并不是希望案件越多越好，但是如果有三分之二的案件该立未立，该审未审，你们说这意味着什么呢？”郑立峰既焦急又无奈，“会开完以后，我也意识到话是不是说得重了，不过现在是水已泼出，箭已离弦，只能顺势而为了。”

心怡：“您那奖惩的承诺也太过了，您不知道您现在的庭里有个‘另一份’的人吗。”

郑立峰：“我当然知道了，不过，见了障碍绕着走，可不是我的性格。”

付霞：“可人家那是出了名的。”

郑立峰：“这我也知道，所以我与他捆绑到一块，同甘苦共患难。要是能感动上苍，谢天谢地；感动不了，至少能表示我的态度。”

付霞心怡听了郑立峰的这些话，知道郑庭长把该想到的都想到了，她们除了对郑庭长这种情怀深表敬佩外，还能说什么呢?

付霞：“郑庭长，您要多保重，我们祝福你一切顺利，如有需要。请随时招呼我们。”

郑立峰：“谢谢。”

付霞：“那我们回了。”

郑立峰：“好吧。”

付霞和心怡转身走出了郑立峰的办公室。

突然，郑立峰的办公室门又开了，郑立峰跟了出来：“心怡。”

二人同时站住：“郑庭长，还有什么事?”

郑立峰羞涩似的一笑：“那封信，我能看一下吗?”

心怡笑了：“能，当然能，一会儿我就给您送来。”

郑立峰再一次拱手表示感谢。

第八章
天意弄人

柴胜男接到了院长的一个电话。

听院长的口气，挺神秘，又透着强调。电话中心话题涉及她手头的一件案子，院长的意思是让她认真再认真，慎重再慎重，把案情吃深吃透，市里领导对这件案子很重视，随时有可能要求汇报。

这使她的心中既有几分狐疑，又有几分好笑。她笑是觉得小题大做，这就是当领导的通病，上级领导放个屁，下级得当个雷。不就是一件案子吗，这样的大案子在咱胜男手里，哪一年不遇个三件五件的，不都按程序按时间审完了吗，有什么大惊小怪的。要说特点，对，手头的这件案子涉及一家较大企业，是市里前两年招商引资引过来的，那又怎么样，依法审判就行呗。什么认真再认真，慎重再慎重，好像你们当领导的不表示重视，我们办案人员就会稀里马虎糊弄似的。那叫法官吗，那叫草包！我柴胜男自当上法官以来，审理案件已近千件，可从来没有出现过错案，要不为什么我两度评选为全市法院的办案能手？

想到这，柴胜男露了个自信的微笑，窃语道，问吧，我保证有问必答，所答有理有据。

郑立峰送走付霞和心怡，半躺在座椅上，双眼微微一闭，好似要闭目养神休息一下，实际上他的思绪早飞到千里之外的儿子身上。

这个小子现在怎么样了，情绪正常吗？他接到两位阿姨的信，他的反应是什么？开始是不是抵触，后来，后来是不是慢慢感动？对，应该是这么个过程，不然，他怎么会给我发来那么一条短信呢？付霞和心怡到底写了怎样一封信呢？

现在，他真的渴望马上看到这封信，他恨不能心怡马上把那封信送来。但转念一想，不不不，心怡把信送来，也不能在这儿看。这庭长的办公室，是随时会有人来的，他不想被人打断，更不想让人看到他这么私密的情感。

尤其重要的是，他还有一个考虑，儿子由于对母亲去世的巨大悲痛闹了这么一出，当妈的虽然也会不同意他这样迁怒父亲，但看到长大的儿子会这样疼惜妈妈，维护妈妈，当妈的肯定也会由衷地宽慰和幸福，所以，他便面对她的遗像，一五一十向她做了诉说。

现在，儿子有了转变，相信她听了这消息也会高兴。所以，信要拿回家，他要和她一起读。

门外传来脚步声，很轻很轻。

砰，砰，砰。

“是心怡来了。”他心中判断。“请进。”

门开了，来人不是心怡，而是审监庭的佳佳。

佳佳：“郑庭长，您好。”

郑立峰有点出乎意料：“哦，是佳佳，请进，请进。”

佳佳微笑着走到办公桌前，把手中的一摞纸放在郑立峰面前。

“这是什么？”郑立峰有些疑惑。

佳佳：“这是按您的要求，同志们提的意见和建议。”

“噢，好，好，我会认真看的。”他思绪一转，又问道，“怎么同志们不自己来送？”

佳佳：“同志们说了，每人来一趟，太打扰您了，所以就委托我给您送来了。”

“是这样，这么说，大家对你都挺信任的。”

佳佳也笑了："大家说，为搞好我们庭的工作提的建议和意见，也算不上秘密。"

郑立峰："好，好，其实大家在一起共事，就应该互相信任，信任是做成事的前提和保证。"

佳佳："郑庭长，您说得真好。大家都知道，凡是跟着您干活的，都有一股使不完的劲，这是不是一个重要原因？"

郑立峰被佳佳的直言快语逗笑了："这，这个问题我还真不好回答你。"

佳佳也笑了："我这个问题是不是问得唐突了？"

郑立峰："那倒不是，只是我从来没去思考过。"

佳佳又一笑："郑庭长，若无事，我回去了。"

郑立峰："好的。"

佳佳转身欲走，郑立峰却又喊住了她："佳佳，全庭人员会上，我突然点了你的名，有没有感到突然？"

佳佳重折回身，坦诚地回答："一开始是有点，但很快我就理解了。"

郑立峰："是吗，那就好，我还担心，怕你有什么意见呢。"

佳佳："不会的，我还要感谢您，又给我提供了一次锻炼的机会呢。"

郑立峰面对这位初次打交道的同事，被她的真诚和坦率激起了浓厚的谈兴："佳佳，会后大家有什么感受和议论？"

佳佳："郑庭长，我如实地告诉您，这是一次十分成功的会议。大家的议论很多，感受也很真切，我无法一一向您汇报。我概括两句话回答您的问题吧，第一，这次会议就像一缕风，吹散了审监庭笼罩着的一团阴霾；第二，同志们都说感受到了领头羊的魅力和带动力，大家纷纷感到浑身是劲，踌躇满志。"

郑立峰连忙摆手："佳佳同志，不要说了，你这恭维的我不好意思了。"

佳佳倒是认真起来："郑庭长，这是真的，我可是实事求是，实话实说。"

郑立峰也知道佳佳是个不会撒谎的同志，他把话题一岔："佳佳同志，今后如果听到看到我工作中做得不对或欠缺的地方，请你及时反馈给我，好吗？"

佳佳嘴一努："应该正面反面都听，这才能兼听则明。"

郑立峰感受到这位新时代年轻女性的厉害，连忙说："佳佳说得对，兼听则明，我一定记住。”

佳佳胜利似的一笑：“郑庭长，我回了。”

郑立峰：“好的。”

佳佳转身像一只燕子般旋了出去。

“年轻真好，新的时代真好。”看着佳佳走去的郑立峰，心中不由感叹。

这是一处城市中心的休闲娱乐广场。

此时，正是早饭后的时间，这里休闲娱乐的人已聚集了不少。这个时间段，汇集到这里的大部分都是赋闲之人，也就是说，他们都过了人生打拼的阶段，现在进入到另一个阶段，即人生的安然享乐之年，也可以叫迟暮之年。但是，正如有的老人总结的那样，国运昌盛，迟暮不暮。你放眼看去，不管是男是女，不管满脸皱纹还是一头白发，好像人人都精神矍铄，体格健朗，选择自己喜欢的项目各自活动着。

海州市中级法院审监庭庭长老仲，也在其中。他几个月前退休，但他在这里，只能算是少儿班成员，此刻，他正在健身器材区活动着。

电话铃声响了起来。

电话是老伴打来的，说家中来了客人，让他赶紧回去。

“什么客人，这么早就上门，我这才刚活动活动呢。”他一边嘟囔，一边开始往家走，看得出，他不大情愿回去。

张起民此时正坐在老仲庭长家。

审监庭因人员比较少，庭长只配一正一副。在老仲接任这个庭长时，其前任庭长易位，副庭长调走，因此，庭长副庭长均虚位以待。老仲来任审监庭庭长的消息一传出，张超民便主动登门欢迎并表忠心，忙得不亦乐乎，安排得滴水不漏、面面俱到。这对刚到新岗位的老仲来说，那真是既舒服又舒心，自然对这位年轻人另眼相看，印象颇佳，所以在院党组征求他对副职人选意见时，他便极力推荐了张超民。

走上副庭长位置的张超民，确实未让老仲庭长失望。因为张超民的心中，有一本非常清楚的账本。老仲来此，是过渡，是工作的最后一站，四年多以后，他年龄到届，不退也得退。因此伺候好这样一位顶头上司，就给自己当庭长铺平了道路。于是，无论工作上还是生活上，甚或家庭事务，张超民无不尽心尽力；老仲呢，对这位副手的鞍前马后都看在眼里，因此，按规定张超民职务晋级条件又满足的时候，他私下向张超民承诺，他会力保张超民在自己退休后，再上一级。

如此一来，老仲和张超民的关系，十分默契亲密。

郑立峰的到来，使张超民的升官梦碎。今日，他便是怀揣着一肚子的无奈和惆怅，前来找老领导诉一诉的，也或许，能从这老家伙手里，讨点锦囊妙计。

老仲的老伴赶紧冲上一杯茶，端到张超民面前："小张，快喝杯茶吧。"老仲老伴很热情也很客气。

张超民赶忙起身接过："大姨，您别客气，我又不是外人。"

老仲老伴："哎哟，小张，张庭长，老仲都退下来了，你还这么说，这么实在，让大姨好感动啊！"

嘿，大姨这话说的，这是赞扬自己还是挖苦自己呢？自打老仲庭长正式退休后，他应该说还是常客，但自觉不自觉地来的次数越来越少了，间隔的时间越来越长了，就说这一次吧，就离上次来有十来天了吧，再说，不遇上最近这么多恼心事，说不定也不来呢。

心里虽然这么想，但嘴上不能这么说，脸上呢，也不能表现出来。张超民只能接过茶杯，捧在手上，静等老仲庭长的到来。

老仲回来了，边开门边问道："是哪位客人到了，这刚吃完早饭就串门子。"

门开人进，张超民已站在门口："仲庭长，老领导，是我啊。"

老仲一进门，和张超民凑了个面对面："哎哟哟，是超民哪。是你来了，还叫什么客人，怎么，这改叫客人啦？"

又是一个误解，张超民赶紧解释："老庭长，这是我叫大姨这么说的。"

老仲还是不解："为啥？"

张超民："我是怕您正和熟人在一块。"

老仲终于有点理解了："噢，是这样，好，好，你坐，我洗把手。"

立案庭庭长鲁旦运，从分管他的罗副院长办公室一出来，就带着满脸的愤懑："什么领导！见了责任就推，呸！"

这几天，鲁旦运也有点不大淡定，原因也是郑立峰召开的那个会。他的心里非常明白，郑立峰的工作，一抓庭里人员的精神状态，二抓解决审监案子畸少问题。而这后一项自己难脱关系。法院的人谁不明白，立案庭就是法院的大门，什么案子能立，什么案子不能立，哪些案子从严把关，哪些案子可适当放宽，这全在立案庭的掌控之中。

五年前，他由副庭长走上立案庭庭长的位置，他的信条就是，敢说爹狠，敢嫌娘丑，就是不能得罪顶头上司和一把手。所以在立案环节上，他也就更注重猜测和揣摩领导的意图和倾向；在对待审监案子立案上，他就颇费了不少的心思，动了不少的脑筋，甚至采取了些不能见之阳光的小技巧。

回首那段过程，他不止一次地感受到当时的院一把手凡事稳字当先的倾向。原因也是世人皆知，一把手到龄退休已近在眼前，谁在这个时间段，还不顾深浅，大开大合的呢。当时分管自己的罗副院长，对一把手的这种心态更是心知肚明，所以，他也不止一次地提醒鲁旦运，要好好理解一把手的意图和要求。鲁旦运呢，心里也明镜似的，不管出于何种动机何种原因，反正自己的顶头上司和一把手都是一个调口，他只能竭尽全力，落实和体现好领导的意图。

恰在这时，张超民又多次找他，拉近乎，说配合，要互帮互助。鲁旦运听明白了，审监庭庭长老仲也进入55后时段，他的想法和院一把手的想法不谋而合，鲁旦运索性就来了个二合一，力求让有关方都满意，岂不一举两得，快哉乐哉。

现在，情况突变，审监庭庭长易人。郑立峰在全庭会上的态度，现在已成为法苑网中热议的话题，下一步，审监立案问题肯定要有巨大的变化。这倒无所谓，你审监庭愿意多审案，我们从立案环节上给你松松口也就得了，保你案件数是现在的二到三倍，问题是，同一家法院，其他任何情况都没发生大的变化的前提下，同一类案件数发生成倍的变化，这叫谁都容易产生质疑，而郑立峰这个人呢，又是个工作起来发狂，叫起真来轴得吓人的角色，他果真以案溯源，那自己在对审监案件立案上的诸多做法、措施、技巧，有些可真是经不住推敲的。

这，他怎么能淡定呢？

刚才，他正是带着这些担忧和顾虑，找到罗副院长，透露自己的想法，既是向自己的主管领导打个招呼提个醒，一旦出现什么麻烦事，也好得到领导的理解和庇护，但没想到的是，罗副院长对此好像漠不关心，并且声称，作为领导，他也只是按照主要领导的意图，再强调强调罢了，这并没有任何问题，若有越线违规之类的问题，那也只能出在谁身上谁负责。

嘿，这叫领导，这叫担当！鲁旦运越想越愤愤不平。

老仲和张超民隔着茶几相对而坐，他们面前一人一个小巧玲珑的茶杯，边续边喝。

看来两人谈得很投机，很专注。

张超民端起小杯抿了一口："老领导，情况就是这样，我特地来向您汇报，您有什么好的建议和意见，也请给我指点一下。"张超民两眼期待地看向老仲的脸。

老仲也小饮了一口，放下茶杯，缓缓说道："你说的这些情况，我已经听到一些。院党组一决定让郑立峰到这个位置，我就预料到了。"

这又是什么话？

张超民一听老仲这两句，心中就凉了半截，这是嫌我来晚了，郑一到这个位置，您就预料到了他要干什么，我的个奶奶，您是神仙哪！心里虽然这么想，话却没有说出来。

老仲抬头看了一眼超民继续说下去："不过我还是感谢你，遇到事情及时来和我说一声，这说明，咱们的老感情依然如昔。难得，可贵。"

张超民听了这两句，心里重新暖和起来。这还是那心目中的老仲庭长。他接上老仲的话："您永远是我心目中敬重的领导和长辈，同时也是我学习的偶像和榜样，我遇到事不来找您找谁？"这一通话，捧得老仲浑身舒坦。

老仲一笑说："你也不必想太多。你跟了我好几年，我看你长进也挺快，我相信你会适应的了。至于你说到郑立峰有全盘否定审监庭前几年工作的苗头，现在下结论为时尚早，且看看再说。”

张超民见老仲好像没意识到问题的严重性，又加上一句：“老庭长，郑说到前几年我们审的案子过少时，已经上纲上线到‘怠政懒政’，眼下，这两个词可是挺重的。”

老仲叹了口气：“天底下总是有不怕起风浪的主啊。”说罢他面向张超民，“超民，你回去吧，今后你一定要好好配合郑立峰的工作，另外，如有什么大事，你及时向我通报一声，我尽我的微薄之力，能做点什么就做点什么。好吧。”

张超民站起，讷讷道：“那，那我回了。”他那沉重的脚步证明，他对这次交谈的结果并不满意，心情仍不轻松。

老仲略一思忖，又追上一句：“超民哪，把心放宽，你记住这样一句话，否定一个人不易，否定一群人更难。”

张超民对这句话好像明白，又好像不完全明白，他驻足欲问，但老仲向他摆着手。他只得告辞，离开了老仲家。

郑立峰拖着沉重的身子，来到了家门口。

你说还真怪，白天在办公室忙起来，自我感觉和以前一样，但当忙完一天工作放松下来，就有一种明显的疲劳感，浑身到处紧紧巴巴，仿佛干了一天重体力活一样。

站在门前，借着摘钥匙的短暂时间，他深吸了一口气，浑身的紧皱感稍有点缓和。

自打家中雇了这位年轻的保姆后，郑立峰便一日三餐全在单位食堂解决。主要是他觉得自己一个丧偶男人，家中一下子增加了这么一位年轻女性，抬头不见低头见，着实有些尴尬，所以干脆天天吃食堂，减少接触。

他悄悄打开门，屋里一片寂静，客厅的吊灯关着，只有几盏小灯亮着。这是自打保姆到来后的惯常状态，小刘说，客厅没人，大灯亮着费电。

郑立峰换上拖鞋，轻手轻脚向老母亲的卧室走去。

老母亲躺在床上，保姆小刘就坐在老母亲床前的一个小凳上，给老母亲轻轻地按摩着胳膊。

郑立峰看到这一幕，他不由得一震，这太像自己媳妇生前的场景了。

“回来了?”老母亲除去腿脚不好以外，眼睛和耳朵还都比较好使。郑立峰刚才一进门，她老人家就听到了，静静地等待着儿子前来请安呢。

“来了，娘，您还没睡?”

母亲笑了：“人老了，觉少了，你不回来，娘能睡着?”

小刘见郑立峰进来，赶紧站起：“大娘每天在你快回来时，都瞅着门口，口中念叨着，快回来了，快回来了。”

郑立峰站在老母亲床头，问询了些惯常的话，告辞出来，进了自己的卧室。

他坐到桌前，深呼吸了两下，让心情平静再平静，尔后，他打开手提包，从里面拿出了那个厚厚的信封。

这便是付霞和心怡写给义轩的那封信。

他把信拿在手里，心脏却难以抑制地加快了跳动；他又站起来在房中走了几步，重新回到电脑桌前，双目凝视着挂在墙上的一幅照片，那是他们一家五口的全家福。

时间不过一年多，已有两人离他们而去。

天有不测风云，人有旦夕祸福。这人生中的不测，真折磨人哪。

“爸，静雅，”郑立峰对着照片，讷讷低语，“你们在天之灵可听到，义轩给我回信了，问候我的身体是否康复，我想，你们听到这个消息也一定会高兴的。”他略顿了一下，“你们也许要问，这孩子是怎么转弯的?这是源于我的两位像亲妹妹般的同事，给他写了一封长信，用情，用心，也用理，感化了义轩，他才开始理解我，原谅我的，这也使压在我心头的一块石头终于卸去。”

他把那封信慢慢展开：“爸，静雅，这封信我拿来了，现在我要请你们和我一起，来读读这封信。”

保姆小刘来到客厅，看实在无活可干，她便又来到厨房，似乎也一切收拾停当。她明白，这是她的这一职业的特点，或者叫职业要求：当雇主家人相聚交谈时，要主动回避。她见郑立峰进来，娘俩儿肯定有话要交流，所以她便适时地退了出来。

见郑立峰回他的房间了，刘小芸便从厨房中出来，重又回到老人卧室。

老人见她回来，主动打了个招呼：“孩子，上床歇歇吧，干了一天累了。”

刘小芸应着：“大娘，不累，不累。我这就来。”她慢慢关上房门，开始脱衣上床。

这是一张两米宽的大床，其设计之初便考虑到老人用人之时，保姆要和老人同床而眠，这样便于照护，也免得另安床铺。当然，这些条件和要求，也在和保姆签约之时都约定好了。

刘小芸身为三十岁左右的女性，听说要和老太太同床睡觉，痛快答应了，因为除去年龄的差距外，她和被服务的老太太在一起，只会增加安全感，更无不便之处，何忧之有呢。

经过这一段时间的体验和磨合，小芸对选中的这家雇主更是满意，老太太虽然年事已高，除腿脚不便外，一切正常，且论事达理，和蔼可亲，相处之后，很有一种母女般的感受。

刘小芸脱衣后，便顺从地上床，她先是看了看老太太身上的被子，帮她整理整整，尔后才在自己这一边躺下。

老太太说话了：“闺女，心要大点，我这个儿啊，身上压力大啊，连话都懒得说。”她这是为刚才立峰没接小芸的话解释呢。一顿，她又说下去：“我这个儿子对媳妇的爱那叫倾心倾骨，我那媳妇呢，也真是打着灯笼难找的好人，人家也值得我儿这么爱她，就是这么一对好夫妻，却出了这档子事。儿呢，又自认有逃不掉的责任。哎，幸亏，还年轻，要不是有一副钢筋铁骨的身子，早就垮了。”

老太太还不知道，儿子的心脏中已安置了两个支架。

刘小芸听出了老人话语中的意思，她也宽容地说道：“大娘，我知道，我看出来了，你们娘俩儿都是少有的好人，现在社会上，好人越来越少了。”

老太太这时用力翻了个身，头扭向刘小芸：“唉，孩子，不能这么说，世间还是好人多，好人如果不如坏人多了，那社会可就真的要完了。”

刘小芸听了，也把头扭向老太太，两脸相对：“大娘，还是你说的对。我虽然年轻，可还不如您乐观，不如您客观。”

老太太笑了：“记住，孩子，人只要来到了人间，就要乐观，精神不倒，就没有什么过不去的坎。”

小芸也笑了，她从心里佩服眼前这位跨进耄耋大门的老人，有如此乐观豁达的心胸和意识。她兴致所至，脱口而出：“大娘，那俗话说，好人无长寿，祸害活万年，这是为啥呢?”

老人一听这话，声音严肃起来：“闺女，这话不吉利，咱不说了，睡吧。”

刘小芸也意识到刚才的话欠妥：“大娘，对不起，我……咱们睡吧。”

两人各自无语。

俄顷，刘小芸感觉到从老人被窝中伸过一只手，在她的身上轻轻拍了几下。

刘小芸明白了，这是老人在安抚自己呢。一瞬间，一种复杂的情感热浪溢满了她的全身。稍许，她也以同样方式伸出手，轻轻在老人身上抚摸了几下。

郑立峰把信读完了，他是一口气读完的，当他的眼神移开那信时，他忽然觉得眼前有些模糊，他用手一搓，滚烫的眼泪从眼眶挤出。他从座椅上缓缓站起，靠近挂着的那幅全家福相片。

他缓了缓气对着妻子诉起了衷肠：“静雅，你的猝然而别，像一根重重的木棒砸在我头上，我彻底懵了；我不相信这是真的，我从没有想过，你走后我会怎样生活；当我慢慢平静下来的时候，我才意识到，我是多么愚笨，多么木讷，多么自私，多么无情，如果我稍微留意一点，多关照你一下，为你分担一点家务，也许就不会……所以，当灾祸无可避免地发生后，我觉得，千错万错都是我的错，我要为此承担全部的责任，就是千刀万剐，我也无怨无悔。所以，当儿子把一腔的怨愤撒到我身上时，我无一言辩解，也无一点委屈，我应该承受任何形式的责罚。不过，话虽这么说，但当咱们的儿子愤而离去，我连给他发了几次信息都不回之后，我这心里也像压了一块石头，又沉又堵。这是我的报应，所以，在你面前，我一言未提。现在，儿子终于给我来信了，我想，你听到这个消息也会高兴吧!”

郑立峰长长地吁了一口气，好像淤积在心中的块垒终于得以释放，他尽力地平抑了一下自己的情绪：“静雅，你我为夫妻二十多个年头，这二十多年来，你替我照顾父母，无怨无悔；这二十多年来，你为我们生育了儿子，为他的成长日夜操劳，呕心沥血；这二十多年来，你照顾这个，操心那个，打点家里，关顾外头，一个家庭的里里外外，想得面面俱到，安排得井井有条，唯独忽略了你自己，忘记了你自己，从而也耗尽了你自己。静雅呀，你是咱们家的栋梁，你是咱们家的精神支柱，你是咱们家的功臣，遗憾哪遗憾，该死啊该死，这一切，为什么原来我却视而不见，到了你离去之后，我才幡然醒悟，才如梦初醒。一切为时晚矣，我满肚子的感激之言，来不及说一句，现在，我纵然说它三天三夜，你又岂能听到一句。我满满的补偿之意，苍天又岂给我一丝一毫的机会，只有至悔至恨，在我的心中搅动，蹂躏着我伤痕累累的心。”

郑立峰深吸了几口气，重新抖擞了一下精神，双目专注地凝视着相片中老爸和媳妇的面容，郑重其事地说：“爸，请你做个见证，我有几句承诺要对静雅说。静雅，你走了，但你我的夫妻情分仍在。我对你的亏欠，我要补偿：第一，我要把你对老人关照的责任承担起来，不让老娘生气，不让老娘受到委屈，让她在幸福中度过晚年；第二，我要全责承担起对儿子的关心照顾，直到他成家立业，开始独立的人生；第三，请你不要笑话也不要拒绝，我将忽略天地之别的距离，继续与你保持你在时的那种亲昵，那种温存，那种交融，那种互助互谅，那种互牵互挂，请你的在天之灵，随时接受我的这份情谊，我虽然并不认为，从一而终是夫妻间唯一的忠诚的表现，但我对当今社会中上月丧偶，下月结伴的现象仍不以为然。人的感情累积和淡化是需要时间的，怎么能像翻书一样那么快呢，我不理解，也不苟同，所以，我对你告白，在三年之内，我将不可也不能容纳除你之外的任何一位异性的情感，这不是封建，也不是愚昧，而是我对你感情的告白。爸，静雅，请你们接纳我的心愿，也请你们见证监督。”

郑立峰说完，像卸下了千钧重担，他舒展了舒展身体，准备安眠。

第九章

不意偶然

柴胜男接到了院长贾志雄的电话。

这一次，有了具体的时间，具体的地点，具体的领导，柴胜男一听完就追了一句："贾院长，谁和我一块去?"

贾院长："就你自己。"

柴胜男有点卖弄地："哎哟，贾院长，向市里这么大领导汇报，你们当院长的不去，光叫我一个小兵子去合适吗?"

贾院长明显压低了些音量："薛书记专门叮嘱，这事不宜张扬，知情面越小越好。这也是我直接给你打电话的原因。"

哎哟哟，这领导行事就是不同一般，又要听办案人员汇报情况，又不想让外人知道！柴胜男接完贾院长的电话，心中像翻浪花似的涌出了这一通调侃。

她放下话机，确认了一下时间、地点和听汇报人。然后习惯性地捋了捋头发，整了整衣领，装上卷宗，走出了办公室。

华州大学，还是那个足球场上。

义轩又和刘老师走在一起。不过，这次是义轩约的刘老师。

义轩自打那次刘老师找他谈心后，他的脑海里便似翻江倒海一般，经过了无数次的折腾。时间总是恒心圣者，随着时光的流逝，他的念头和情绪，也在缓慢地被过滤和筛选着；前些天，他终于鼓起勇气，强抑着自己的固执，给老爸发去了那一条微信，而爸爸随即复信，虽然只有“谢谢”两个字，但他却难以读完其中的意思。一个男人，四十五六岁的大男人，正是生命中的黄金时节，从能力上、事业上、心理上都是最佳状态，现在，面对自己的亲生儿子，却表现出如此无奈，如此软弱，如此客气，放下一个父亲的尊严。父亲内心究竟是怎样的呢？义轩想找刘老师再聊一聊，算是对上次刘老师找自己谈心的汇报，或许，通过刘老师的分析还会有新的收获呢。

另外，义轩找刘老师聊聊的另一个动因，是他的一种好奇心的驱使。上次交谈中，刘老师首次对自己透露了他的不幸，故事令人震撼，故事中的当事人更令人同情，但是，作为当事人之一的刘老师，终于度过了悲痛欲绝的伤痛，走到今天这一步，然而，故事中的另一位当事人，刘老师的亲姐姐，一位比刘老师更令人悲伤痛惜的女性，却在那一场悲剧中兀然而立，挑起一副不应由她挑，且在常人看来她也难以挑起的人生重担。从刘老师讲述的来看，如果没有这位姐姐，他肯定不会有今天，那么，这位姐姐今在何处，她的状况怎么样，义轩在心中已不知多少次地问过自己，而且越问，姐姐的影像越是在眼前高大起来。他懊悔，上次刘老师谈到这件事时，自己的思绪还紧紧缠绕在自己的悲剧中，根本就没有想到多问一句，所以，他毅然决定，要找个时间和机会，亲自询问一下刘老师，如果可以，他甚至有了想法，让刘老师把他的这位姐姐引见给自己，自己要亲口表达，他对这位刘老师姐姐的仰慕之情和深深的敬意。

刘老师呢，一收到义轩的邀请，他就估计到学生肯定有话跟自己说，据他的观察和侧面的了解，那次谈话之后，反应是正面的，因此，他对今天的交谈甚至有某种期待。

两人聚齐后，便沿着足球场的边线向前行。刘老师见义轩欲言又止的表情，他也非常理解，毕竟，人的意识从那么种悲剧和迁怒中挣脱出来，对谁，都不会是个轻而易举的事。他故意先问话：“义轩同学，最近睡眠好吗？”

义轩：“还可以。”

刘老师：“食欲如何？”

义轩：“也行。”

刘老师一笑：“我看你的面部表情，就知道你现在的精神状态有改观。再说，人们都知道，年轻人能吃能睡，身体肯定没有问题。我说的对吗?”

义轩被老师的这几句话说对了，他不无佩服地回答：“对，老师，你说得真准。”

师生共同笑了起来，多少有点拘谨尴尬的气氛也没有了。

刘老师：“说说吧，找我有什么事?”

义轩：“也没有什么事，不，不，我是想说，谢谢刘老师对我的帮助。”

刘老师：“效果呢，这才是我关注的呢?”

义轩诚实地相告：“我给他发了一条信息，他也回信了。”

刘老师：“好，好啊，祝贺你，义轩同学，进步有了开始，就会有发展，我预祝你和你爸的关系早日恢复如初。”

义轩低下头，用脚踢着地皮：“恐怕没那么容易。”

刘老师听出了义轩话中有话，便陡然转了一下话题：“你给爸爸的信息内容，能告诉老师吗。”

义轩没有直接回答，而是拿出了手机，搜出了他和爸爸的信息往来，递给了刘老师。

刘老师接过手机一看，似乎明白了义轩话中的原因，他略做思考，循循善诱地分析着两条信息那看不见的内涵：“义轩同学，首先表明，我理解你，但也容我直言，这两条信息反映出，你们父子间，还存在一定的隔阂和凉意。而造成这一结果的主要原因，应该是在你而不在你爸爸。”刘老师说出这话后，他的双眼扭头直瞅着义轩，观察着他的反应。

义轩似在预料之中，又似乎有点意外，他也扭头迎着老师的目光，意思是说：老师，你为什么这么说呢?

刘老师：“作为儿子，你看你给爸爸的短信，开头没有称呼，最后没有落款，要是师生或者朋友关系，你这样行文，会被人理解为礼仪问题。但是儿子给父母写信，尤其是你们父子当前处在这种状态下，你这样行文，你爸爸是不是一眼就能看出你的情绪来?”

义轩：“这，这还是您给我谈了那么多道理，尤其是震撼您对遇到悲剧的处理，我才给他发这封信的，要不我……”

刘老师拍了拍义轩肩膀：“我还要先说那句话，义轩同学，我理解，我还推测，你在给爸爸写这封信的时候，你对他还是有气和怨，但是，你也许没意识到，甚至，我说完我的推测后，你也不一定认可，事实是，你知道你爸爸心脏放了支架后，你也发自内心地牵挂，要不然，你那封信怎么会那样写呢。这便是俗语说的，亲人亲人，断了骨头连着筋。你说，是不是这么个道理？”

义轩陡然对比自己大不到十岁的刘老师生出一层敬意，他的分析，他的推测，怎么那么精准，好像钻到自己的肚子中似的，尤其他对自己给老爸发信息时那种朦胧的感觉，当时，连自己也形容不出来，可他，竟那么准确地表达出来，再说你听他说的话，不深奥，不高深，但却一一中的，真的是神了。

刘老师一笑：“还有你爸爸给你的回信，开头，直呼你的名字，落款呢，也直接写下了他的名字，中间的内容呢，却只有谢谢两个字。那么，你读了这封信，你对这其中蕴含的复杂而又微妙的内容，你读懂了吗？”

义轩把眼睛深情地望向刘老师，那张平凡而祥和的脸，意思很明确，我没有去想，他有点茫然：“刘老师，就这两字？”

刘老师：“准确说，是这封信的整体。”

义轩……

刘老师：“我分析，你爸爸收到你的信息后，一定是既激动又兴奋。这是因为，你因为对他产生怨愤离家，同时，他也沉浸在失去你妈的巨大悲痛之中，中年丧妻，这是人生三大不幸中的之一呀。你想，此时的你爸，他的思想压力，精神压力，甚至生存的压力有多重吗，只能用泰山压顶，不堪重负来形容。在这种状况下，仍没有倒下的人，恐怕是为数不多的。在这种状况下，当事人也往往因为无力回天而对自己苛责苛求，把一切的责任和过失揽在自己的头上。我想，你爸爸可能也有这么个阶段。”

刘老师把话停下，好像是给义轩一个回味咀嚼的时间。他们正好走到足球场边上一排座椅前，刘老师主动邀请：“义轩同学，咱们坐坐。”

义轩顺从地随刘老师并排坐了下来。

刘老师的话其实没完：“当他一收到你的短信，对你的误解也好，怨愤也罢，他已荡然无存，有的只是重燃的父子亲情，有的只是冰释前嫌的欢愉，因此，他没有一句埋怨，也没有一句解释，我注意了一下，你发的信息和他复信的时间，中间只间隔了五分钟，这足以判断出，一收到你的短信，他就非常及时，非常痛快地给你回了信。但是，你爸毕竟是干了多年的一名资深法官，可以想象，他的文字功底肯定是很厚实的，虽然在那么短的时间内马上回信，但他对你那么一封短头少尾的短信，不可能看不出毛病来，也不可能对你里信里的情绪和心态感觉不出来，但他对此却好似视而不见，感而无怒，但他给你回信时，却直书你的名字，落款直写自己的名字，可谓对等规范，这告诉你，也告诉他自己，他把自己和你并列摆放在对等的位置，意在明示，孩子，你大了，爸是你的朋友，也是你的同伴。什么老子的尊严，什么家长的权威，在这里，消逝的踪影全无。而‘谢谢’两字，则除了表示感谢外，同时也证明，对你对他的迁怒，无礼，没有了一点责罚的意思。”

义轩越听心里越不平静，等刘老师说完，他怔怔地说：“刘老师，情况真的是这样?”

刘老师自信地：“容待后证。”

市政大楼，位于城市中心，二十多层，自十多年前建成以来，一直是这座城市的标志性建筑之一。

柴胜男走进市政大楼的电梯，按下了十二楼的按键。

十二楼，是几位市委主要领导的办公室所在的楼层。

在电梯出口一侧，两位值勤人员，均着公安制服。她按执勤人员要求出示了证件，进行了登记，便进入了十二楼的走廊。

走廊上铺着红地毯，人走在上头，有一种柔软的舒适感，一点响声也没有。

这里的办公室，门都紧闭着，看上去没有什么差别，只是每个门框上，都有精致的铜质门牌。

她今天要见的薛书记，在党政两大班子中序列第三位，自然也在这一层。

柴胜男轻轻叩响了紧闭的房门。

“请进。”里面传出了男士的声音。想必，这就是薛书记，她心中这么想着，轻轻旋开了房门的把手。

门开了。柴胜男身子稍稍一倾，轻盈盈迈了进去。

扇形台面的办公桌后面，薛书记抬起头，迎着走进来的柴胜男：“你是中院的柴法官？”

柴胜男：“您是薛书记？您好，我是中院柴胜男。”

“请坐，请坐。”薛书记说着拿起一个水杯，冲了一杯茶，端送到办公桌对面的沙发前茶几上，“胜男同志，请坐，喝水。”

柴胜男浑身飕地袭过一阵拘谨。不仅因为她第一次这么近距离接触市领导，而且，薛书记那高大的身躯，白皙的面容，端正的五观，特写似的呈现在她的面前，活脱脱的美男子，这令任何一位年龄相仿的异性都不得不多看一眼，心中窃叹一声：好一位帅哥。

柴胜男双手捧起茶杯，轻轻地吮了一小口，让自己赶紧平静下来。

薛书记：“胜男同志，今天叫你来，主要是因为你手头的一件案子。这个案子是咱们市的一家企业和外来一家大企业因为合同履行产生了纠纷，我先声明，不先入为主，不偏袒任何一方。我想告诉你的是，外来这家大企业，是咱们市主要领导招商引资引进来的企业。最近，市里准备召开一个来我市投资的外商企业座谈会，我将代表市委参加这个会，估计话题肯定会涉及这个案子，所以我想叫你来介绍介绍有关情况。我提前做做功课，有备才能无患嘛，对不对。”

“原来如此。”胜男在心里松了一口气。公正地讲，在来的路上，她设想了若干种可能，不外乎是要插手这件案子。她已想好了各种应对方式，但没想到只是这样一件简单要求。

柴胜男对薛书记忽然生出一种亲切感。

刘老师和义轩的交谈看来效果不错。

刘老师率先起身：“义轩同学，我相信你很快会从负面情绪中解脱出来，过两个月咱们就要放假了，我希望你利用这个机会和你爸好好修补一下关系。”

义轩站起来：“刘老师，我会努力的。”

刘老师：“人生就是如此，谁也不会一帆风顺，遇到挫折和磨难在所难免，关键是我们如何面对，如何战胜它。”

义轩认真地听着老师的话，不住地微微点头。

刘老师抬头望了望天上的太阳，初冬的天幕微蓝而清澈，那轮太阳，仿佛是沉入一潭清水的玉盘，洁白而又圆润，给人一种温暖而又可亲的感觉。他觉得是时候结束这次交谈了："义轩同学，今天咱们就聊到这里吧。我也由衷地说一句，谢谢你对我的信任，把心里所有的想法都告诉我。"

义轩也是发自肺腑地说道："刘老师，谢谢您，如果不是您，我还不知道什么时候才能走出心里这个魔圈呢。"

两人都开心地笑了。

刘老师："好啦，那咱们就各自回去吧！"

义轩没接刘老师的话头，他一只手不由自主地摩挲着自己的头，脸上有一种复杂的表情。

刘老师看出来了："怎么，义轩同学，你好像还有话要说？"

"是，是的。"义轩显得有点怯懦。

刘老师："怎么，像个腼腆的女生了？"

义轩："刘老师，您介意我向您提个要求吗？"

刘老师多少有点意外："向我提要求？嗯……你可以提。"

义轩："谢谢刘老师。我想知道您那位大姐的故事，她太坚强了，太高大了，不，应该说太伟大啦，她现在怎么样了？"

刘老师听到这个话题，情绪一下低落下来，他缓步前行，对跟在一侧等待他回答的义轩却似看不见一样。

义轩见状，有点吃惊："刘老师，若有不便，那就作罢。"

刘老师好像从梦境中醒来："哦，没什么，我慢慢讲给你听。"

市政大楼薛书记办公室。

柴胜男汇报完了："薛书记，我就介绍这些，您看还有什么需要问的吗？"

薛书记也停下记录的笔微微一笑道："你介绍得很好，很全面。哎，胜男同志，喝水，喝点水。"

柴胜男连忙站起，准备自己去续水。

薛书记也离开了桌子。

二人在不大的办公室里，距离一下子缩短到伸手可及的样子，二人相视一笑。

柴胜男坚持走到热水壶前自己续水，薛书记也慢慢退回到办公桌后重新坐下。

薛书记换了个话题："胜男，这名字真好。"

"嗯？"薛书记的这句话，倒是出乎了柴胜男的预料，她莞尔一笑，"这是爸妈给起的。我们这一代人都是独生子女，爸妈又多少有些重男轻女，一生下我见是女的，意味着他们不可能有男孩了，心理上有点不大甘心，所以，给我起了这么个名字。应该算是他们那一代人的一种自我心理安慰吧！"

薛书记："不过，我听说，你在中院也是数得着的办案能手，确实不亚于男同事，你这名字名副其实啊。"

不亚于中院任何人，柴胜男一向有这个自信。但毕竟面对市里分管政法部门的最高领导，她不敢造次。

"哪里哪里，"她连忙摆手，"领导过奖了。"

薛书记见柴胜男有点不太自然的窘态，爽朗地一笑："我们的胜男法官还挺谦虚啊。有人还告诉我，说你不但人聪明，案子办得既快又好，人也长得漂亮，十多年前就是中院两朵金花里的一朵。今日一见你，果然名不虚传，你看你，举手投足，真是风姿绰约，仪态万方。"

柴胜男这时忽然有点警觉，一位中年男性，这样的措辞是不是有点过了。

但她马上打消了自己的这个想法，你看这位薛书记，论颜值，论学历，论仕途，人家哪一点不是出类拔萃，哪一点不是鹤立鸡群，自己可真是想多了。她在心中自嘲了一番。

柴胜男见该说的也说完了，便想该离开了，于是站起来："薛书记，您的工作很忙，没别的事，我回了。"

薛书记却好像意犹未尽，抑或出于礼节："没关系，不急不急，喝点水再走。"

柴胜男只当是客气，站起身，提起公文包，习惯性地抻了抻衣服的衣角，优雅地抬起手，向薛书记打了个女性特有的告别手势，便向房门款款移步。

薛书记从桌后跟出来，像是送客的样子。

柴胜男走到门前，伸手去开门。

这时，薛书记也跟了过来，客气地说着："来来，我来开门。"说着，他的一只手也伸向门把手。

太巧了，柴胜男的手刚刚触到门把手，薛书记的手也握向门把手。两人的手叠在一起。

柴胜男本能地想抽回手，但犹豫了一下，没有用力抽回。

薛书记的手搭在柴胜男的手上，女性那种丰满且具弹性的肤感，让他有种电流袭过的感觉。

这一瞬间，两个人定格在那里。

两人不由自主把目光投向对方。

更近了，两张脸几乎贴在了一起，感受着彼此的呼吸。

一个，如醉如痴；

一个，如麻如酥。

薛书记的嘴靠上了胜男的耳朵："胜男，你太美了。"

柴胜男似乎失去了回应的能力，身子好像软了一样。

薛紧紧抱住了她，两人倒向那宽大而柔软的沙发。

刘老师长舒了一口气，仿佛从沉重中挣脱出来。

义轩一脸凝重："刘老师，这么说您一直没有见到姐姐?"

刘老师无奈地点了点头。

义轩："那您为什么不想办法找她?"

刘老师回头看了一眼义轩："义轩同学，你不了解，我的这位姐姐表面温柔贤惠，但却生性刚烈，说到做到。"

义轩："那又怎样?"

刘老师苦笑了一下："义轩同学，你还是年轻了些，这天下之事，无奇不有。我的这位姐姐的秉性，我的父母在时，就对我说过，你姐姐啥也好，就是这刚烈的性格，比男孩都硬，父母劝我，千万千万不要惹怒她。所以我也把这话牢牢记在心里。父母出事后，她毅然放弃了上大学的机会，可我知道，那是她梦寐以求的梦想，她只是通过我的姑姑转告我，她说上大学与她无缘，她已决定，永不再想上大学的事，但让我一定安心，好好学习，一定考上大学，告慰父母，让他们心安。并且承诺，她马上去打工挣钱，家中的所有债务她还，我上学的费用她供。”

义轩急切地：“后来呢？”

刘老师：“完全和她说的一样。家中所欠债务三万多元，时间不久她就全还上了，而我上学的费用，她也通过我姑姑按时资助我，直到我学业毕业。”

义轩：“这么长时间里，你就没有想办法见她一面？”

刘老师：“想过，也向我姑提过，但我姑告诉我，让我不要找她，只要我找她，她和我姑就断绝来往，并且永远不再认我这个弟弟。”

义轩也疑惑了：“竟有这样的事？”

刘老师再一次无奈地摇了摇头。

义轩：“刘老师，您想过吗，这里面是不是有什么原因呢？”

“这一次，你问到点子上啦。”刘老师又叹了一口气，不无自责地说，“我也太幼稚，太单纯了。前几年上学时，我相信了姐姐这只是让我安心学习，再也没去多想，现在想来，我感到我真傻，我真自私。尤其是因为家中建房，供应我们姊妹俩上学，还有筹措姐姐上大学的学费、生活费等等，父母已无积蓄，只得向邻居和亲戚们又借了三万元，父母还乐观地说，不怕不怕，只要姐姐上了大学，这点钱，他们好好经营承包的土地，很快就可还上。谁知出了这种事，而姐姐硬是把这些欠债都还上了。那么，她一个孤身女性，在这么短的时间里，是如何弄来这么多钱的。这个明摆着的事，当时我就没去想，义轩，你说我这算个什么人呢？后来，我学业完成，参加了工作，有了固定的收入，这时我提出想见见她，结果又被她拒绝了，她还通过姑姑捎话给我，说她在外面打工，一切皆好，既然我有了工作，有了工资，她也不再资助我，让我好好自主自立，成家立业。她说见面的事不急，现在正是年富力强的时候，要好好工作，待将来有时间的时候，再见面不迟。”

义轩:“这，这，不等于说，等到你们年纪老了，退了休有时间时才能见面吗?”

刘老师:“所以我现在才确信，姐姐一定有不想说，不愿说的原因，其实，她捎给我的这些话，都是搪塞，都是推托，甚至是糊弄我。”

义轩：“那为什么？”

刘老师:“不知道。有时我也有过冲动，管她怎么说呢，我先找到姐姐再说。”

义轩拍手一击:“对呀，见了人，亲姊妹，有啥一说不就明白了吗。”

刘老师：“这也正是我的担心之处，如果姐姐不管什么原因，她就是不愿见我，而我突然出现在她面前，她肯定很惊讶，很尴尬，甚至很气愤，依着她的那个性格，再干出什么傻事，或者酿出悲剧，岂不事与愿违，追悔莫及。”

义轩也感到没辙了。

刘老师缓了缓气，心平气和地说：“义轩同学，谢谢你对我姐的关心，若有可能，我一定让你们两人相认相识，结为忘年之交。我呢，临时也不好做什么决定，也不想冒昧地采取什么行动和措施，让我再好好地想一想，静静地等一等，俗话不是说，水到渠成。若苍天相助，说不定什么时候，我们姐弟就会见面的。”

刘老师说完这些，抬头望向远方，好像那答案就在苍茫的天际之中。

第十章
心鬼难除

"海州中院年终工作总结动员大会"。

红色条幅，黄字大字，展示今天这个会议的内容。

主席台上，只摆了一张主持人桌。

此时，海州市中院院长贾志雄正坐在主持人桌前，他把手中的稿子简单一收："同志们，关于我院今年年终工作的安排，我就宣读完了，最后，我再强调几句。总结，是回顾，是归纳。我们要通过总结，好好看一看这一年来的工作，掂量掂量我们干了多少活。特别是进入员额系列的法官，看看我们到底审结了多少案件。我和有关庭室同志已经有过交流，每名法官审理案件的数量和质量均有明显的提升，我预计，这过去的一年，又是我院各项工作成绩斐然的一年，值得充分肯定的一年。所以，各单位要认真组织好，总结好，总结出干劲，总结出经验，为明年工作再上一个新的台阶打下基础。"

他礼仪式地示意台下坐在前排的各位副院长、党组成员："各位还有补充吗？"

台下的人均表示没有补充。

贾志雄站起："散会。"

夜，万灯争辉，灿烂如霞，城市沉浸在现代社会亮化工程营造的光晕之中。

海州市中级法院办公楼是一栋二十层的建筑，因为位于城市中心，所以也被市里的亮化工程纳入其中。夜色中，它端正庞大的轮廓被多彩的灯光时隐时现地勾勒出来，给人一种神圣的威严感。

门口，值勤的两位保安，一位在伸缩门前踱着步，一位正呈立正姿势站在岗楼里。

站在岗楼中的保安抬手看了看手表，时针只差几分便指向八点。他敲了敲窗玻璃，示意外边的保安。

岗楼里的保安又用手指指手表，再指指办公楼。外边的保安立马明白了，他点头应着："好的，我这就去。"说罢，他转身向办公楼走去。

办公楼在亮化灯光的映照下，轮廓清晰。各种不同颜色彩光的投射，使大楼的面庞不停地变幻着色彩。

法官们都下班了，整个大楼，唯有三个窗口还亮着光，那是有人在加班。

大家公认，办公楼上一年到头亮着"长明灯"的只有两个办公室，一个是研究室办公室，一个就是郑立峰的办公室。

研究室因为要负责中院各种重要材料的起草、整理、印发工作，因此，研究室的同志加班加点便成为家常便饭。而郑立峰的名字和"长明灯"联系起来，则是因他自身的特点。多少年来，晚上加班已成了他的一种常态，用他自己的话说，晚上的时刻安静，鲜有干扰，因此，工作效率高，玩儿了也就玩儿了，不如利用起来。

今晚，楼上亮着的办公室，一个是研究室，一个便是郑立峰所在的审监庭庭长办公室，还有一个，是刑庭办公室。

院里考虑办公室楼的安全管理，也出于对加班时间的限制，每天八点半，由保安对全楼实施封闭。保安每天晚上八点准时去尚亮着灯的办公室敲门提醒，保证全楼人员在八点半前离开办公楼。

现在，向办公楼上走去的保安，正是要去履行提醒职责。

郑立峰坐在办公桌前，正在写着什么。

他的眼前桌面上，铺开着好几张纸。这是本庭今年工作的量化统计。通过这些数据，能非常直观地看出本庭一年来的工作情况。应该说，数据反映的，如他预料的一样。他欣慰地注意到，审监当立该立的案件数，从他到任的第二个月，便出现了井喷式变化，尔后的几个月，案件数同样保持了高位数，这也进一步证实了他对本院审监案件畸少的判断。他在心中自语，作为一名法官，谁会觉得案件越多越好呢。如果说，人民法院的各类收结案件数，能真实反映一个国家的法治水平和社会现状，那么，任何一个有良知、有责任感的法官都会说案子越少越好。问题是，如果案件当立不立，或者当立难立，就谈不上伸张正义，惩罚罪犯，主持公道。这对法律的尊严和社会和谐是极具破坏性的。

他拿起眼前的各种表，再一次仔细审视了起来。这是一张全年审监庭审结案件数和各个法官审结案件数的综合表。

表中数据显示，今年审监庭全年审理案件比上年高出了20%，法官人均审案数，三年来首次达到院里规定的最低任务线之上，这也意味着，审监庭的法官们摘掉了“吃救济”的帽子。

“吃救济”，这是中院同事对完不成院里规定的工作任务、绩效工资只能享受最低保障数的部门或人员的形象叫法。审监庭因为近几年案件数一直呈下降态势，自然离院里规定的任务线越来越远，“吃救济”便成了审监庭全庭的帽子。

令郑立峰安慰的还有，他来到审监庭不到半年时间，初来时夸下的海口也都兑现了。

对当时的承诺，坦白说，后悔吗，害怕吗？并没有。但是新到一个部门，第一次面对下属的承诺就落空，毕竟是个很没面子，也很尴尬的事。再说，在郑立峰的工作经历中，这种事也从来没有过。

真好，他这几个月审结的案件数，和同期全庭法官审理案件的平均数，正好持平。

砰，砰，砰。有人敲门。

郑立峰一抬眼，正好看到对面墙上的挂钟，时间八点刚过。他明白了，这是保安的同志来提醒了。

“听到了，谢谢。”郑立峰一边开门一边回应道。

保安同志见到郑立峰两腿一并，像是来了个立正：“郑庭长，院领导专门交代，让我们要特别关注您，请您尽早离开。”

郑立峰一时未解其意：“这是为什么？”

保安同志一笑：“郑庭长，这是领导们关心您的身体。”

“噢噢，噢噢。”郑立峰一下子明白了大家的好意，他连忙应着。

保安同志完成了任务，转身离去了。

郑立峰回过身，握紧拳头，双臂上擎抻了抻，放松一下，他突然感觉到，全身仿佛真的像刚被松绑一样，有一种明显的紧张感。

他自嘲：难道大家一关心你，你就真的像有事了？

但不得不承认，身上的疲劳和乏力感，近来确实与已时时相伴。

郑立峰正准备拾掇一下桌上铺开的材料，又有人敲门。

“谁，保安同志吗？我马上就走。”郑立峰边拾掇桌上的材料，边答道。

无人应答，门却又被叩了几下。

郑立峰只得打开房门。

一张笑嘻嘻的脸迎着他。是刑庭的一位法官——欧苏洛。

他赶紧打招呼：“是你，老欧，你也在加班哪？”

欧苏洛哈哈一笑：“哪里，我才没你那么敬业呢，一年三百六十五天，天天来加班。”

郑立峰连忙摆手：“欧兄取笑了，我哪能天天加班呢，有时是来坐坐，有时候是来读点闲书而已。”

欧苏洛：“看看，越有学问的人，越谦虚；越能干工作的人，越不希望人夸奖。哎……这人哪，真是千人千脾气，万人万模样。郑庭长，郑老弟，你是老兄我打心眼里佩服的人哪。”

郑立峰突然意识到，老欧这么晚来敲门，或许有事，不会是有闲情逸致来寻乐子的。于是他礼让道：“欧兄，请屋里坐，咱别光站在门口聊了。”

欧苏洛也接上：“谁说不是，我也正想说，这老欧拜访到了门口，郑庭长老弟总不能不让进屋坐坐吧！”

郑立峰连忙道歉：“对不起，怠慢了，欧兄请进。”这时候，郑立峰已发现欧苏洛手中抓着一个包装精致的东西。

欧苏洛进屋后，大大方方地把手中那物品往桌上一放："郑庭长，自打你做了手术，我就一直想看看你，让乱七八糟的事一搅和，结果一直也没有落实。怎么样老弟，现在没事了吧?"

郑立峰："好了好了，一切如初，和原来一样。"

欧苏洛："那就好，钱金贵，金金贵，人的健康最金贵。人只有拥有健康，才能拥有一切。"

郑立峰只得附和："欧兄说得有道理。"

欧苏洛："咱们同事一场，兄弟一场，看到你恢复得这么好，我打心眼里高兴。这不，前几天休假到外边转了转，到了现在风靡全国的小罐茶的正宗生产地，于是我想起老弟的特点，一不抽烟，二不好酒，唯独对茶好像有点兴趣，所以，我给你选了一斤，你尝尝。"欧苏洛说着用手拍了拍桌上那物品，"老弟品品，看我输没输眼色。"

郑立峰："欧兄，这不妥不妥。"

欧苏洛："见外了吧，俗话说，兄弟同桌坐，烟酒不分家，你住院出来我本想来看你，杂七杂八的事一牵扯，我没来，本来就对你有一分歉意，正好有这个机会，捎斤茶让你品尝品尝，怎么，这个脸还不给啊!"。

郑立峰感到盛情实在难却，思绪一转，说道："欧兄说到这个份上，我只能谢谢老兄的一番好意，茶，我收下了，但这买茶的费用我得给你，就权当我托您给我捎的，怎么样?"郑立峰说着就要掏钱。

欧苏洛一下子站起来："别，别，别，你这不是打老兄的脸嘛。好好好，咱们别过，办公楼马上就封门啦，咱们快走吧!"说罢一转身，匆匆离去。

郑立峰听着渐去渐远的脚步声，看了看桌上的茶叶，无奈地摇了摇头。

曹继荣看了看钟表，时间过了九点。

老伴忙活了一天，刚刚走进卧室，准备休息了。

儿子的小卧室，门关得紧紧的。这小子准是又一头扎到手机上了，至于几点睡觉，当父母的管不了，明智的父母也懒得管了，这叫儿女大了，由不得爹娘。

客厅里，只剩下了曹继荣。他把电视的声音调小了些，听两个房间都悄无声息了，于是起身蹑手蹑脚来到厨房。厨房里井然有序，该入厨柜的碗筷已入橱柜，该擦拭的操作台和灶台也都擦拭干净，朝外的窗打开了一条缝，时不时一阵凉风吹进来。他仔细观察这一切的时候，突然有一种感慨，自己这个老伴真是把理家的好手，天天如此，月月如此，年年如此，虽然白天和自己一样上班，但回到家中还要操心不亚于上班辛苦的家务。想到这些，他也觉得自己是不是太自私，太无情了。他自小家有勤务兵，长大了妻子贤惠能干，事事有人安排，在单位都混出了“独一份”的待遇。若不是因为儿子谈对象遇到了问题，他大概一辈子也不会想去改变了。

惠下性是中国人的特性，曹继荣在自己的长辈面前，在自己的老伴面前，都心安理得享受疪护，现在面对晚辈的质疑，他却无法不如坐针毡。

“不缺胳膊不缺腿，为什么要甘受他人的讥笑呢？”老伴转述儿子对象的话后，他第一次在心底开始质疑自己的人生。

这几天，他试着在没人的时候，干了点零零碎碎的家中杂务。嗨，也没有什么难的，他甚至感受到了一种未曾体验过的快感，这也许就是人们常说的劳动的快乐吧。

当然，不能转得太快，做家务的快乐也不能承认，要否定自己半辈子的混世哲学，他的面子往哪搁呢？

今日，他见老伴和儿子进了卧室，料无特殊事情不会再出来，他便转转看看，有无需要整理一下的活络。

厨房里似乎无活可干，就连瓷砖地面都被擦拭得干干净净。

他正准备退出，嗯，怎么电磁炉上还放着一只碗呢？那可不是放碗的地方，这准是老伴遗漏下的。不然，那个特讲究的主儿，才不会把碗放这儿不管呢。今日这一看，还真有收获。

他走过去，把那只碗拿下来，接着水龙头冲洗了一下，轻轻放到碗柜里，又悄悄退了出来。

他开始寻找客厅里有没有什么要收拾的。

一眼看去，客厅里依然是井井有条，各种器具、物品等等，老伴均在进卧室前收拾了一遍，只是地面，也许怕影响自己看电视，没有拖擦，想是打算明早再拖。

于是他走进卫生间拿了拖把，开始慢慢拖起地来。

郑立峰从书橱中把欧苏洛送的茶拿出来，放到办公桌上仔细审视起来。这是一款包装极为精致显得十分高档的茶，价格一定不菲。应该如何处理这从天而降的礼物呢?

郑立峰微微低下头，双手在头顶由前向后梳捋了几下，这是他习惯的脑部放松法。随后，他又用勾起的手指在头顶部敲击了几下，好像在唤醒某种记忆。

郑立峰在海州中院工作已超过二十年了，对法院的人员、情况不可谓不熟悉，但对刑庭的这位欧苏洛仁兄，还真的了解甚少。

人类相处真是有意思，有的人与人可以一见钟情，有的相处多年却素不往来，形同陌路；在海州市中级法院，郑立峰同欧苏洛就属于这后一类。虽然同在一个法院，但他们一直未在一个部门共事，无论是生活还是工作，好像都鲜有交集。郑立峰对欧苏洛的了解和印象，也仅限于从同事们口中，听来的一些评价而已：欧苏洛这个人心机很多，私心较重，庸俗，用得着你靠前，用不着你转身走人。

这样一位同事，突然间来自己这里又套近乎，又送礼，这是何故呢?

肯定有事相求。郑立峰此时脑海中闪出的一个很明确的判断。郑立峰再次把目光投向那包装精致的茶叶，他试着将那茶桶拿起，哎哟哟，这是一种特制的保味的双瓶泥沙壶形容器，看上去质地细腻，雕饰精致，且不说里面的茶叶，仅凭这两个小壶，价格恐怕就不低。郑立峰双手捧起一个仔细欣赏了一阵，又瞅了一眼那壶外的包装，倏然间，他发现包装的底部有一个很小的极精致的小本，他好奇地掏了出来。

这是说明书，茶的产地、品质、炮制工艺、功能……不一而足，最后，是茶的价格。郑立峰立马俯下身仔细查看那个数字。那数字很小很小，好像羞羞答答不好意思示人似的，戴上眼镜凑到近前的郑立峰终于看清楚了：6000.00 元。

“我的天哪，这么贵，六千元，这要是贿赂，也是一笔不可忽略的数字。”郑立峰至此，心情反倒开始平静下来。他略微思忖了一下，拨通了佳佳的电话。

欧苏洛为什么给郑立峰送礼，真不是一句话可以说完的。这欧苏洛算是幸运儿，也的确小有本事。他是乘着二十世纪六十年代的末班车来到世界上的，他出生在一个普通的农户，上溯三代，没有一个识文解字的，但外婆家曾出过私塾先生，因此，外公外婆家便对读书识字特别的重视，他的母亲也把这种意识带到了欧家来。

欧苏洛到了上学的年龄，母亲亲自把他送到本村的村办小学。但非常遗憾的是，欧苏洛对学习总是不感兴趣，所以初中毕业后，他便坚决不上学了。好在一年多以后，欧苏洛又顺利参了军，有了光明的前途。

在部队，欧苏洛凭着机灵的脑瓜，倒也是一路顺风，优秀战士、副班长、班长、副排长、排长再到连长，但到了连长这个位置后，再往上升，他突然发现遇到了几乎不可逾越的障碍，这就是学历，那个被他忽略从没在乎过的初中学历，终于向他的仕途亮起了红灯。

他左思右想，看内看外，意识到这是他不得不承认的硬伤。

此路不通走彼路，活人怎能让尿憋死。欧苏洛毅然决定，转业回地方。好在按当时的政策，他身份已属干部，国家负责安排工作，就这样，他军装一脱，踏进了海州市中级法院的大门。

但他很快发现，这里同样讲究学历，再加上自己只是个连职，进到这样的大机关里，不过是小兵小卒一个。这倒也好，差距大了，不切实际的想法也就没了，干脆，塌下心来，老老实实干点活，也是个不错的人生。

此刻，在海州中院刑庭的一间小办公室里，欧苏洛中断了回忆。

这也是一间单间规格的办公室，欧苏洛和一位副庭长在这里办公。欧苏洛和那位副庭长都是办案的骨干力量，所以，不是你开庭，就是我出差，两人同在办公室的时间远不及分开的时间长，因此，他们这间办公室也被庭里的同事们调侃为不是单人间的单间。

现在，那位副庭长又不在，办公室里便只剩下欧苏洛了。

欧苏洛狠狠地拧了自己的大腿一把：“如果保持那时的心态到现在该多

好！”他在心中如是说道。

但是，时光永远不能倒转，后悔药古来就没有。

他为何会有如此想法呢？

随着工作稳定下来，他凭着聪明灵活，向领导申请参与审理案件。由于多年来，法院都处于一种案多人少，审理案件人员紧缺的局面，而欧苏洛除去学历较低外，其他条件都不错，部队转业干部，脑子好使，关键是有审理案件的热情。于是领导便特殊处理，同意了他的请求，他由此也成了法官队伍中的一员。他呢，也真的没让人失望，一段时间以后，他就能独立审理较简单一点的案件了。

环境条件的变化，往往会促成人的思想变化。欧苏洛也就从这时开始，观念和意识慢慢地产生了变化。

首先浮现在欧苏洛脑海中的，是在比对中萌生出的失落感。他面对陆续走进法院的新人，看看他们的学历和姿态，一个个年轻有为，不是本科，就是研究生，甚至出现了博士生。这些人走进法院，每每涉及法律问题，都能侃侃而谈，那气势，那神态，大有舍我其谁的样子。相比之下，自己显得孤陋寡闻。更令人嫉妒的是，什么法官，什么副庭长、庭长……那一个一个的位置，就像为他们量身定制的，才几年，不少人便上台阶似的升了一级又一级……

“千不该，万不该，老子不该出生在那个年代，真是生不逢时。”欧苏洛开始时不时冒出这样的愤愤的想法，“上学，生活，假若把我们置于同一个平台上，也许，老子并不亚于你们呢。”

有了这种心态，他的比对范围也在扩展。对比到工资待遇上，那是与职务职级挂钩的，推测一下他们，再过几年、十几年，等他们和自己一样年纪的时候，他们的工资和待遇又是个啥水平？

“这种缺失怎么补偿呢？”这个压也压不住的声音在心底响起。

欧苏洛从手中的办案权中，好像发现了答案。

当他初次半推半就收受下求情人的礼物之后，他也有过警觉，这是不是以权谋私，这算不算收受贿赂？但是，当他放目一看，便心安理得起来。这年头，捡到钱还得要点好处呢，谁不想借手中的便利换点实惠？

不过欧苏洛就是欧苏洛，他放纵收受礼品的同时，也为自己设立了红线：

大额现金坚决不收，金银字画坚决不收，烟酒糖茶、日常用品、时令鲜物，便可笑纳不拒了。

就这样，手中案子不断，送礼请客的人便也络绎不绝，欧苏洛一家便过上了虽没暴富，但吃穿用啥也不缺的小康生活。

党的十八大以后，中央开始狠抓腐败，于是一个个大大小小的贪腐案例被曝光出来。

欧苏洛感受到了某种压力，他知道，这次反腐风暴肯定会逐级下沉，他会不会因此翻车？他整天惴惴不安。尤其是那件事，会不会……

令欧苏洛纠结的这件事是什么呢？

两年前，一家基层法院审理了一起斗殴伤害案件。

案件双方当事人，是一墙相隔的邻居。

王姓一家，是村中大户，人多势众；而张姓一家，门户小、人口少，自然势弱。

王家男主人，开一小型拖拉机，从张家门前走过，拖拉机可能刚从地里回来，轱辘上的泥巴边走边掉，路过张家门口，便稀稀拉拉摔了一地泥巴。

张姓男主人正好出来，见此便喊了一句:“回来打扫打扫，这是人走的路，不是晒粪场。”

王某这时已停下拖拉机，跳了下来，他奸猾一笑：“谁走谁打扫，谁扫谁是晒粪屉屉。”

张某：“你说谁呢?”

王某：“谁愿接就说谁。”

就这样，你来我往，谁也不甘示弱，终至打在一起。

王某顺手从拖拉机上拿过一根铁棍，向张某头上抡去，张某用手一档，尔后便跌倒在地，地上一会儿便淌出了一摊血。

“110”赶来了，王、张两个人也都住进了医院。于是，一件伤害案件便来到了法院。

这么简单的案子，查清楚谁打了谁，谁伤轻，谁伤重，构成犯罪的，致伤者要承担相应的刑事责任，治疗的费用，依据责任的大小，确定一下分担份额就完了。

但世间的事情有时就是这么别扭，好简单的事却非要复杂化处理不行。事情一出，王张两姓聚居的村子里，一场宗族博弈也摩拳擦掌地开始了。王姓人家仰仗人多势众，公开叫嚷："要人出人，要钱出钱，这场官司一定要打赢。"并且当天就筹款数万元，发誓不管花费多少，一定要取得胜利，不然，王姓便抬不起头来。

王姓一族凭着大把地撒钱，调动村里村外的力量上下活动，等这件案子摆上基层法院法官的案头时，案情好像越来越混沌了。案中的关键情节，张某头上近十厘米长、半厘米深的伤口是怎么形成的，越来越像张夺王某手中铁棍时不慎自伤而致。

主审法官接到这个案子的时候，同时也收到了一个沉甸甸的纸包。于是，他顺水推舟，很快便拿出了意见：双方都有过错，张某的伤系不慎自伤所致，双方均不负刑事责任。至于赔偿，考虑到张某伤重，王某赔偿张某 2000 元，其余花费双方各自承担。案子一宣判，张某自然不服，提起上诉，这时，这件案子便落到了欧苏洛的手里。

欧苏洛收到案子后，却连续收到了两份"表示"，一份来自王某，一份来自基层法院该案件的承办法官。

欧苏洛通过阅卷也发现，这是一个虽看似缜密，实则经不起推敲的案件，他当然心知肚明其中有鬼，正在犯嘀咕，也是巧合，基层法院传来一个消息，该案的上诉人因车祸不幸身亡。欧苏洛一下释然了。于是，他也很快做出了维持原判的判决。逝者既已逝，冤者更无声，事情就这么平平静静地过去了。

然而最近一个消息却令欧苏洛不淡定了。

张某的一位内弟，小有本事，虽谈不上富贵，但毕竟是见过世面的人。姐夫去世后，他才了解这一切，他意识到这个案子明显有蹊跷，于是咨询了律师后，以姐姐的名义写了上访信。而这期间郑立峰接任了审监庭庭长，立案庭不敢再像前几年，得挡且挡，得推且推，这件申请再审的案件便被正式立案了。

这件案件真认真审理起来，找不出破绽才怪。欧苏洛能不心惊？更要命的是，他一直觉得郑立峰是一个不食人间烟火的家伙，傻干活，不开窍，一根筋，这样的人，不值得去投资。所以对于郑立峰，他基本是避免接触，视而不见，所以，郑立峰家近几年发生的一连串大事，老爷子去世，儿子考上大学，媳妇病故，本人做手术，欧苏洛均似未见未闻，更谈不上慰问、看望之类了。可谁能想到，会出现今天的局面。

没办法，这就是现实。

好在，欧苏洛在这方面有独到之功。别人评价他：溜须拍马不怕踢，为儿为孙不嫌低。于是，便有了前面他拿上精心选购的礼物，向郑立峰表达心意的一幕。

第十一章
生灵魔鬼

佳佳拿着几张纸，走向郑立峰办公室。

“郑庭长，按您的要求，我算出了个草稿，请您过目。”

郑立峰：“好，放下吧。”

佳佳欲走，却又站住了：“郑庭长，我们庭几年来第一次拿的绩效工资超过全院平均线，也是第一年，摘去吃救济的帽子，因此，全庭法官，不，是绝大多数法官都会皆大欢喜，唯独……”

郑立峰猜到了：“你是不是想说，曹继荣?”

佳佳赶紧接上：“正是，要不是老曹这个同志，您今年来审监庭，真可以说是开门红，可现在又要让您费心啦!”

郑立峰露了个微笑：“没关系，不可能事事一帆风顺。”

佳佳由衷地：“庭长，您的心态真好，值得我们好好学习。您有什么工作随时吩咐，我随时待命。”

说完，佳佳转身出了办公室。

柴胜男近几个月来，过得像在梦里。

自从两个月前，她向市委薛副书记汇报案子开始，她的内心便不再平静。

这是她没想到的，也是她不愿去回想的。

柴胜男的命可谓好命贵命。

她的妈妈是教师，爸爸是一名机关干部，家庭虽算不上大富大贵，可也是优裕富足，再加上她是家中的独生女，又从小就聪明过人，深得父母的宠爱。

自身的天资条件，加上父母的宠爱培养，使柴胜男颇有些心高气傲。

她也是很快就要跨进“不惑”大门的人了，实事求是讲，基本没遇到过挑战，小学中学，她的成绩从未出过前三；在大学，她是学习标兵、校花；工作，她是佼佼者；找对象，没有人挑她，只有她挑人。

两个月前的那一次奇遇（她至今仍是这么认为的），客观讲，去前她没有任何非分的想法，见了那位书记，她也只是在心中默默觉得，这位书记颜值高，身材好，要是不走仕途而是走演艺之路，说不定会让不少明星相形见绌呢。

汇报案情中，那位书记听得很认真，她汇报得也很详尽。

直到离开前，她起身告辞时，两人不约而同开门，两只手阴差阳错叠在一起。那时候，如果自己果断把手抽回，便也不会有后边的事情，至今她自己也说不清为什么当时没有把手抽回来。

于是，意外便意外地发生了。

郑立峰办公室。

郑立峰与张超民对面而坐，郑立峰手中拿着佳佳送过来的绩效奖励表。找张超民透透风，沟通一下看法，这也是郑立峰斟酌后的决定。这位副庭长，从郑立峰来到现在，说他做了多么出格的事吗，没有，但从他人前人后的言论听得出有明显的负面情绪。对此，郑立峰心中十分明白，庭里的诸多工作，如果有一位得心应手、真心实意做工作的助手，完全可以放手让其去做。但自己这位副庭长，显然不是称心的角色，于是好多工作郑立峰便只能全揽全办。但这次奖惩的落实，关系到每个同志，也算得上是全庭中的大事，所以，他决定邀他来先议一下，免得他赚了便宜还卖乖。

郑立峰再一次看了一眼那张表，抬起头来：“张庭长，您对这个方案怎么看?”

张超民：“我没什么意见，只是您陪着老曹还要扣自己一块，太冤了。再就是，老曹这几年一直吃最低线，但从来没有被扣这么狠过。”

郑立峰：“那你的意见呢？”

张超民：“要不就还维持原来的老做法。您看呢，郑庭长？”

郑立峰略微沉吟了一下：“是的，你的意见是有一定道理。”

张超民一听郑这话，有点高兴：“那咱们就那么办吧！”

郑立峰像是对张超民，又像是自语：“维持不动，这历来是稳妥的最佳选择，但是，我在全庭会上的承诺岂不是成了空话一句？”

张超民赶紧接上：“这不要紧，情况特殊，情有可原。到时候，我替您解释。”

郑立峰一笑：“可这迁就了一人，却令全院的规定形同虚设，又怎么办呢？”

张超民听出味道不对：“这……”但他仍不甘心，继续说道，“郑庭长，我这其实也是为您考虑。至于全院的规定，绝大部分不还是该怎么执行还怎么执行，老曹这个人从各方面都有些特殊性，大家也都默认了。”

不能不说，张超民的这些话有一定的道理。

郑立峰略做停顿：“那如果有人与老曹攀比呢？院里能说，老曹行，你不行，这能让人服气吗？”

张超民不说了，他怔怔望着郑立峰，等郑立峰的下文。

郑立峰：“法律，制度，规定，或者叫规矩，既然制定了，就是要求人们来遵守照办的，如果定归定，行归行，或者说对个别对象网开一面，选择性地执行，那法律，规定等等的权威何在？公平、公正何在？”郑立峰把话停住，目光慢慢聚焦在张超民的脸上。

张超民微张开的口一时竟没合上。

这个问题难答吗，真的不难答，但是，放到张超民这一类人身上，还真的不好答。

郑立峰这时站起来，声音不算高，却掷地有声：“这事，我的意见很坚决，院里的制度怎么定的，我当初的承诺是怎么说的，就要坚决落到实处。”

张超民见郑立峰决心已定，知道他再坚持也是白搭。再说，在上司面前坚持己见，不知灵活变通，这也不是他的性格和处事信条，于是他思路一转，说道:“这当然很好，我没意见，原则嘛，总不能被灵活所绑架。”

嘿，这弯转的，这话说的，真比劲风中的风车还快。

郑立峰:“这么说，我们二人的意见一致了。”

张超民:“一致，一致，再说，你是庭长，你的意见就代表了我，不，是代表了咱们全庭的意见。”

郑立峰:“既然这样，我们还需做一些工作。”

张超民明知故问:“什么工作?”

郑立峰:“曹继荣的工作。”

张超民哑语了:“曹……”他不由自主地摇着头，做出无能为力的样子。这早在郑立峰的预料之中，再说，这种活这种责任落到张超民的肩上，不失败才怪。不过今天郑立峰也确实有心试他一下:“看来，这事你张庭长没有信心?”

张超民有点语无伦次:“不……不过，也确实，这个对象太特殊了……我，我，确实没有把握。”

郑立峰:“看来那就只能由我去做了，反正，我们两人是庭长，总不能我们退却让别的同志去吧!”

张超民:“那是那是。”他心中暗喜，郑立峰毕竟是正职，非逼他去，他也没奈何，好在郑立峰倒不霸道。他马上接上话茬:“这最好，这最好。凭您的身份，您的威信，还有您的人格和能力，这事您做最合适。”戴高帽，廉价的恭维，这是张超民的拿手好戏。

郑立峰知道再和张超民议下去，也不会有什么成效，所以准备停止这场谈话:“那今天咱们就议到这里，咱们各忙各的工作吧。”

张超民也恨不能早结束，在这他总是有一种忧虑和压抑感:“好，好。”说罢，他起身欲走。

郑立峰又追上一句:“张庭长，这可是咱们俩议定的集体意见。”

张超民似情愿似不情愿地应了一句:“嗯，知道，知道。”

一走出郑立峰的办公室，他便嘟哝道:“老狐狸，自找麻烦也不忘拖个垫背的。”

郑立峰望着张超峰的身影，不由心中也冒出一句:“真滑头，这种人，怎么也能走上领导岗位呢。”

薛副书记最近连续两天做了一个内容差不多的梦。

苍茫的混沌间，似风似尘又似雨的东西，翻滚着，扰动着，无休无止。突然，一声炸裂，一团火光发出炽热，很快，云烟散去，现出一片葱葱郁郁的大地，在那地上出现了无数个闪着金辉的光环，光环之中，似有什么在动。拉近距离，那一个个光环中蠕动的东西像是大海中的浮游生物，没有五官，没有四肢，但却浑身充满了能量和动力，一直在不停蠕动，翻卷，变幻。

好奇妙的生灵！

突然，有的光环被其中的生灵撑破，原本温顺、规矩的小生灵，膨胀得比先前大了许多，光滑柔软可爱的形象一下子变得狰狞起来，颜色也由肉色变成乌黑，让人很容易联想到魔鬼的形象。

它开始对其他生灵实施诱惑、挑逗，并对其他光环实施侵蚀破坏。一旦有光环被它破坏，它便瞬间侵入，而光环里面的小生灵便马上与它融为一体，从而使那可恶可憎的躯体又膨大了不小。尔后，又向着周边的光环扑去……

薛副书记使劲揉了揉眼，头仍沉乎乎的。

人醒了，但梦境未忘，浑身皱巴无力，像参与了一场繁重劳动一样。

此时，天空刚刚放亮。薛抬头看了一眼挂钟，时间是六点半多一点。

他伸了伸懒腰，开始起床。

这是一套两居室的公寓，房间不大，但能容下一家三口人暂住，生活用具，全套配备，这也是适应干部异地频繁交流而设的宿舍。

薛副书记是两年前从另一地级市副市长位置上交流过来的。不出意外，一年多以后，他就是海州市市长的人选。

薛副书记来到了洗手间，撩起水在脸上猛搓了几下，脸部的皱巴劲这才稍好点。

客厅的电视，传出了悠扬清亮的音乐声。

和绝大多数领导干部的习惯一样，中央台的早间新闻，是他们必看的节目。

他洗漱完毕，坐到沙发上，开始看新闻。

早上七点是《朝闻天下》，内容历来是重复前一天的内容，薛副书记喜欢乘着早上神清气爽，再听一遍重大新闻，但今天才听完预告，他就有一种无聊的感觉，思绪开始开小差。

他干脆起身回到床上，把头重新放入极富弹性的枕头上，陷入了遐思。

那是喻示生灵向魔鬼蜕变的过程吗？薛副书记头刚一挨上枕头，脑中便一下子闪过那个梦，那生灵冲破光环，变大变丑变黑的过程。

说薛副书记年轻有为一点也不为过，他出生在改革开放的那一年，家族优渥，读研、从政，一路顺风顺水，到正处级时，才刚刚而立之年。

除了仕途上连上了两个台阶外，另一个重要的收获，便是初尝了爱情的甜蜜果实。像他这样的颜值和条件，那基本上属于稀有对象，自然是追求者如蜂，求婚者不绝。

好在，他并不是恋令智昏之人，但有两位女士，他一见却怎么也拒辞不掉，一位是省府所在城市的团市委里，一位比自己小一岁的女士，该女士也与自己有一比，条件好，机遇佳，属于往哪一站一露脸，马上就会成为大众情人的那一种。另一位呢，则是省属大学里一位教授的千金，这位女士，因从小就沐浴在学术氛围比较浓厚的家庭环境中，耳濡目染，自然也是崇尚学问、举止婉约的才女。

试想，人在那个年龄段，身处当时那个社会环境，这种帅男靓女的交往，能守住情感冲撞的闸门吗。

很快，他与两位美女便都有了体肤之触。然而，他选择配偶只能选一人哪，最终，他选择了教授的女儿。不过，薛某人在情场如同他在官场上一样长袖善舞，居然和另一位女士一直保持了暧昧关系。

三十三岁那年上，他调任某地级市副市长。而这也是他平步青云的起点，这次调任实际上也是对他的考察。

薛自然也看到了这一点，所以他到任后，还是自我严格要求的。然而，一如俗话所说，一日能忌食，千日难忌口。他身处那样一个显赫的位置，加上自身优越的诸多条件，身边便难绝奇花异草的诱惑，几年下来，他终于没有把握住自己情感欲火的扰动，与一位当地绝佳的女子有了非同寻常的关系，好在，相处得很隐秘，中间也没起什么感情和风波涟漪。

余淑娟敲响了郑立峰的门。

郑立峰一如往常："请进。"

余淑娟应声而进。

郑立峰见是余淑娟，略感吃惊。他到任快半年了，与这位女属下，面对面说话不过三五句，而且在他印象中，这位女同志是个少言寡语的人。

"小余，是你？坐吧坐吧。"郑立峰起身要为其倒水。

"郑庭长，谢谢了，我也坐不住，一会儿就走。"

郑立峰见状说道："那好，你有什么事就说吧。"

这时，余淑娟倒像有点腼腆似的："郑庭长，我有几句话……"像是觉得欠妥，话到嘴边却打住了。

郑立峰连忙接上："余淑娟同志，不要顾虑，有啥说啥。"

余淑娟笑了："郑庭长，您是不是最近准备找老曹同志谈心？"

郑立峰马上想到，这准是张超民泄露出去的风声，但是，余淑娟关心这事是为什么呢？

郑立峰看着余淑娟期待的眼神："是的，你是有什么要提醒我的？"

余淑娟听郑立峰正说中她的来意，连忙点头："正是，正是。"

郑立峰："那好吧，你有什么要提醒我的？"

余淑娟："我不希望您这么做！"余淑娟的话很果断，像是经过深思熟虑的。

郑立峰："为什么？"

余淑娟："郑庭长，您应该比我还清楚，老曹同志的背景，他的脾气秉性，还有他经过了那么多地方，闯出了那么大的名气，您想……"余淑娟又找不到恰当的词语表达了。

郑立峰："自不量力，是不是？"

余淑娟："所以，这很可能是一场无谓的徒劳。这还不要紧，更重要的是，我们对您的担心。"

郑立峰听到这，已基本悟到了余淑娟的用意，他认真地听着，微微点头，像是在表示谢意，又像是在表示理解。

余淑娟唯恐自己的话还没表达明白，她索性再说下去："老曹同志那脾气，如果谈不好，您肯定会生气，您可是心脏放了支架的。"

郑立峰眼睛有点湿润了，相处不久的同事，如此体贴细微地关怀着他，他感到如春的温暖。

余淑娟顿了顿，又说道："郑庭长，还有两件小事向您汇报一下。"

郑立峰抬起头："噢，还有什么事？"

余淑娟："近一段时间，老曹同志有点反常。"

郑立峰也警觉起来："什么事？"

余淑娟："一次是我外出回来，一推门，老曹同志正站在书橱前，见我进来，他赶紧把书橱门关上，我问他找书看吗，他却说不是，转而又说，只是随便看看。但我发现，平时有点凌乱的书橱被整理得规规整整。我当时曾闪过这么个念头，这是老曹整理的，但又觉得不可能，这位老兄，不添乱都难得，还指望他做出这样的事？"

郑立峰："哦，有这样的事？"

余淑娟："第二件事也很奇怪，我们那个办公室基本上每天都是我第一个来，打扫打扫，整理整理内务。但有一天，我一到办公室，却发现老曹同志已先来了。我问他怎么来得这么早，他说出去办了点事，没回家，所以就早来了。但当我准备拖地时，发现好像有人打扫过。我觉得奇怪，便直问他，是你打扫的？但他却连连摆手说不是不是。事后我反复琢磨，这又不是坏事，如果是他干的，为何不承认呢？"

郑立峰边听边思考，余淑娟见他听得很认真，略一停顿，补充了一句："郑庭长，在我印象中，老曹其实也不坏，我们同在一个办公室，相处得也挺好。"

郑立峰明白余淑娟的用意了，他抬起头，眼睛望着余淑娟："小余同志，这我都知道，你放心就是。"

余淑娟一笑，不再说什么，抽身退了出去。

市政办公大楼。

薛副书记手提公文包，来到办公室门前，开门，进去，顺手又把门关上。他走到办公桌前，顺手把公文包往衣架上一挂，随后又脱下外套也挂了上去，尔后，他来到高背转椅上一座，似乎，夜来的那种疲倦感仍隐隐还在，薛副书记长吁了一口气，眼睛微眯，想要再缓一下。

他的双眼不知是不是出现了幻觉，浮现出了不久前关于那扇门的一组永远也抹不去的影像。她悄悄推开门，妩媚的笑脸，曼妙的身躯，款款的轻步，尔后便是那清脆甜润的话语。海州中院的女法官，前来汇报案情。一进门的这副情态，便把他震慑住了。

她要走了，他神使鬼差似的立马从椅子上站起来，没有了近十年来逐渐养成的沉稳，急步趋前，他要亲自为这位美人开门。

哎——这么巧，匆忙中，他的大手握向了那美人的手，一种绵软，富有弹性和宜人温度的异性的手，他的浑身如被电流击了一下。他酥了，他醉了。但他的手却没有收回，而且，瞬间他也察觉到，她的手也没有抽回，于是，他的胆气，他的血流，他的双手，一下子将她紧紧合抱进怀里……

他微微把眼睁开，回到了现实中来，他又回忆起了不久前的另一次幽会。

那是一个绝好的机会，省里在离海州只有百公里远的一个地级市开会。他试着给她发了个邀请，她果然如约而至。在一家酒店最顶层的豪华且十分僻静的房间，他和她，又度过了一段勾魂索魄的时光。

事后，他比对两次相会，首次，双方都有些仓促，都有些猝不及防，而这第二次，则从容坦然得多，她虽然还没彻底放下那清高的架子，但温存中，他已明显感受到，她在配合。

事毕，他们交谈了很多，有工作的，有生活的，也有爱好的。这么些年摸爬滚打过来的他，已清晰地摸到了她的一些心结。他在想，该为她考虑做点什么了，想想吧，怎会有如此绝世美女，甘心委身于你而无所求呢？

像是心灵感应一样，此时此刻的柴胜男，也在回味着最近这一次的约会。

也算天意，这次他向自己发的邀请，用语极为客气，可以感觉出情真意切，又恰巧老公因公出差未归，于是她便应邀前往了。那天他们谈了很多，应该说她很有策略地谈出了自己的一些心态和现状，如果他能听得出来，不枉自己慧眼识人，如果听不出来，那权当对牛弹琴。让柴胜男低三下四地求人，那万不可能。

不过，他在与自己分手时，确实说了："胜男，咱们今天聊得很好，我们相互有了更多的了解。嗯……这样吧，言多实不至，是空言，请你相信，如果时机成熟，我会给你带个好消息来。"

好消息，什么好消息？

第十二章
精诚如神

一辆中巴车飞驰在高速路上。

车内，坐着七八个人，这是海州市中级法院审监庭的法官们。两件案子，涉及两个庭的人员，今天他们组成合议庭一起到辖区内一家基层法院办案。

坐在司机身后座位上的是苏长福，他是其中一件案子的审判长；坐在司机旁边的是老高，他是另一件案子的审判长。在他们身后依次就座的，则是合议庭的组成人员。

坐在最后边的小沙，是审监庭里最年轻的法官之一，此时感到有点沉闷，开始寻找话头："诸位领导，兄弟姐妹，你们看，咱们今天这座位坐的，有个讲究。"

众人被他这么一咋呼，精神自然为之一振，大家不约而同前后环视了一遍，但并没看出问题的答案。

有人发声："小沙，你看出什么讲究啦？"

小沙一挺身："诸位请听好，审判二长坐头排，众位成员在身后；一件案子一帮人，无关谁也别来凑。"

嘿，还挺顺口押韵。众人一听完，再看一眼车上的人，都哄笑起来，还真的是那么回事。

在苏长福身后的，是他那个合议庭的两位成员；在老高身后的呢，则是老高那个合议庭的人员。这真是一个巧合。

大家笑毕，老高也来了兴致，他发现，他和苏长福今日算挂了“长”的人，但大家谁不知道，这个“长”那是随时可来，随时可无的，这个案子你为“长”，再一个案子可能就是他为“长”了。于是他也编了两句：“今日为长他日无，快乐一时算一时。”

大家又是一阵欢笑。

佳佳今天属于苏长福这个合议庭，这时她跟上了一句：“老高审判长这两句也挺好的，不过，好像还应该有两句。”

老高这时也正在挠头皮：“我也觉得还应该有两句，不过一时还没想出来。”

人们又有了笑的话头。

“原来是卡壳了，这叫半路掉链子。”老高被这一闹，一下子更想不出来了。

小沙：“这叫谁请的神，谁供奉，还是由我来给您解围吧：此长虽与他长异，但有一时算一时。”

大家都拍手说：“续得好，续得好。”整个车内的气氛，这时被调动的热烈热闹。

这时老高突然像发现了什么：“苏老兄，你今天是不是有什么心事？”

老苏望了他一眼，仍没说什么。

全车的人这时都意识到了，众多探询的目光聚焦到苏长福身上。

苏长福转了一下身子，面向后面的众人，轻轻嘘了口气，说道：“我确实是在琢磨，有件事是向你们说呢还是不说。”

这句话把大家的好奇心吊起来了。

有人嘴快：“说吧。光吊起块骨头，不让人啃，这不是馋人吗？”

苏长福无奈地一笑：“假若不是一块骨头，而是一个蒺藜球呢！”

“蒺藜球？”众人愕然。

苏长福说下去：“本来这事我知道后，准备自己来处理，免得把你们都拖进来。但一想，这事早晚你们都得知道，到时又怕你们埋怨我，说我不相信你们，所以，我这正犯嘀咕呢。”

老高接过话茬：“苏兄既然说到这里，我们也表个态。我们平时不是常说，同事胜似姐妹兄弟嘛，既然如此，我们当然要有福同享，有难共当了。今天，你苏老兄就把事说出来，让我们与你共同承担。大家说，怎么样？”

“同意同意。”

“应当应当。”

众人表态的声音很响亮，很坚决。

苏长福：“谢谢各位，既然大家都这个态度，那我就把这事端出来。听说，郑庭长最近要找曹继荣谈一次心。”苏长福素来说话不急不慢，今日他刚说了这么一句，又停下了。

众人好生失望，这算什么事，庭长要找个同志谈谈心有什么大惊小怪。

有人问：“老苏同志，就这事？”

苏长福应了一句：“嗯。”

老高憋不住了：“我说苏兄，你这是闲操哪份心？人家要谈谈心，你就在这故弄玄虚了。”

苏长福仍不急：“如果我说这次谈心的内容非同一般呢。”

“快说吧，老苏，快说吧，什么内容？”老高有点急不可待了。

苏长福：“郑庭长准备严格落实院里关于绩效工资的考核条件，把曹继荣享受平均数的资格取消。”

“什么？”全车人几乎同时发出了惊呼。

苏长福点着头，稍顿，他又补上一句：“当然，郑庭长自己的承诺也不食言，愿按曹所扣绩效工资额的十分之一，从自己的奖励工资中扣除。”

小沙脑袋瓜子快：“老曹这下要扣两万多块钱呢，这可不是个小数。”

众人面面相觑。

老高：“谁说不是呢！再说，人家老曹可是两代将军之后，功勋之家的公子哥呀。”“谁说不是呢。”这是众人的声音。

老高：“这下咱郑庭长原则倒是有了，个人的姿态也有了，问题是，这结果会是什么呢？”

苏长福：“这也是我心中没底的地方，所以才请你们献计献策，看我们能做点什么？”

这时众人也都回过味来，让老苏为难的确实不是件轻而易举的事。

“我看这事结果不乐观。”老高首先表明了看法。

小沙的看法更是负面：“不是乐观不乐观，而是很有可能无法收拾。”

他的看法得到好几位的点头赞同。

老高接着说：“郑庭长找老曹谈话，无非这么几种可能：第一，谈得很顺利，老曹接受了郑庭长的意见。但是，这几乎是不可能的。第二，一谈就崩了，老曹甩手而去，郑庭长独自生气。第三，老曹脾气暴发，与郑庭长拳脚相见，其后果……”老高自己也不敢推测下去了。

大家你看看我，我看看你，无言以答。

苏长福：“我同意老高的预测，第一种结果可能性不大，而无论第二种第三种哪种可能出现，都会令人捏一把汗，大家不要忘了，郑庭长是个做过心脏手术的人。”

众人都连连点头。

苏长福又说道：“而且一旦第二、第三种可能出现，我们庭肯定会成为全院干警热议的话题，甚至会成为全省法院系统里大家谈论的笑柄。那样一来，我们庭可就真臭名远扬了。”

有人禁不住频频摇头。

苏长福这回不但没笑，反而有点严肃：“我心里有个想法，人一辈子几乎一半时间在单位，一个单位就如同一个家庭，家和才能万事兴。如果不合，整天丑事不断，不但工作任务难以完成，单位形象都要受到牵连，对年轻同志，甚至会影响未来的进步和发展，同志们说是不是这个道理？”

这段话，令在座的人无不从内心深处佩服这位兄长了。原来老苏还有这样一副博大的胸怀。

苏长福意犹未尽：“像我和老高，我们都是知天命的人了，想法也不多了，但是你们年轻人可要珍惜维护好的工作环境，人生荒废不起啊。”

这些话发自肺腑，实实在在，令在听的人无不动容。

老高：“刚才苏兄的这些话，也完全代表了我的心声。”

苏长福：“所以，现在咱们围绕老高推测的后两种可能，大家集思广益，准备一下防患的预案。”

“对对对。”

苏长福的建议得到众人的一致响应。

郑立峰的家。

保姆小芸正在为老人梳理头发。

老人笑容满面地对小芸说道：“芸啊，闺女，大娘叫你这一梳理，浑身都舒服了。”

小芸说：“大娘，您舒服就好，把您伺候好，这是我的职责。”

老人嗔怒道：“什么职责不职责。好多人嘴上挂着职责，但一干起事来，却斤斤计较偷奸磨滑的，咱们娘俩儿呀，这叫缘分。”

小芸没有反驳老人的话：“是啊是啊，能碰上您这么一位善解人意的老人，也真是我的福分。”

老人兴致也很高：“这就是了，我也中意你，你也中意我，这不就是缘分吗?”

小芸为其梳理好头发后，凑近老人耳边：“大娘，今天咱们是不是又该洗脚了?”

立峰娘：“哎哎，梳头，洗脚，这是享受，这是有孝顺闺女的人才能享的福气。我这老婆子，真是积德了，我有闺女，闺女给我梳过头，洗过脚。我有了儿媳妇，那是个比闺女还亲的人，梳头，洗脚，剪指甲，没有一件想不到，没有一件嫌脏嫌累。哎，可惜啊，我那么好的媳妇说走就走了呢，要是老天爷让我用命换回媳妇的命，那该多好呀!”

小芸宽慰道：“大娘，寿长寿短，这是每个人命中注定的。您健康长寿，这是您的命好。”

立峰娘：“闺女，你真会说话。”

说话间，小芸端着一盆水过来。

一辆出租车，在贵浩花园大门口缓缓停下，车门打开，郑义轩钻了出来。

义轩拖着箱子走进贵浩花园，抬头向右前方望去，自己家的晾台便看得清清楚楚。

半年多前，他带着对妈妈去世的悲伤，带着对爸爸满腔的怨恨，毅然离开了这里。

他用一个学期的时间练习与生活和解，但仍无法完全释怀。他一步一步接近家门，心上却似压了一块巨石一样，沉重而又压抑。

他拿出了钥匙，轻轻把门打开。

门开了，映入他眼帘的家，显得那么干净；一切的用具摆设，那么井井有条。他略有诧异，在他的意识中，失去妈妈那样勤劳能干的人，家里一准狼狈不堪，纵然有姑姑，也好不到哪去，毕竟姑姑无法同时照顾几个家庭。

义轩就这么云飞遐思地想着，拖着拉杆箱进了家门。

拉杆箱滑动的声音，惊动了卧室里正在给老太太洗脚的小芸。

“门响，好像有人来了。”小芸说。

“我也好像听到有声响。”立峰娘也听见了。

“我去看看。”小芸擦了一把手，站起身，向外走去。

客厅，一个从卧室出来，一个就站立在门口，四目相对，欲言又止。

还是小芸最先反应过来：“你，你是不是义轩？”

义轩此时正懵着呢，他本来以为出来的是姑姑，却没料到一个陌生人出现在眼前。

义轩有点手足无措：“你，你是谁？”

小芸印证了自己的判断，便笑着走向前：“我叫刘小芸，是你们家的保姆，专门来照顾你奶奶的。”

义轩恍然：“噢，噢，我奶奶好吗？”

小芸：“好，很好，她老人家三天两头念叨你呢，你快进去看看吧！”

“是轩回来了吗？”老太太在屋里已听到声音，急不可耐地喊开了。

义轩鼻子一酸，一种无法形容的情愫充满了胸膛：“奶奶，我是义轩哪。”说着冲进了奶奶的房间。

奶奶仍坐在床上，张开双臂，欢迎自己的宝贝孙子。

义轩一下子扑到奶奶面前，就要去拥抱奶奶。奶奶却像突然想起了什么：“小芸，你过来一下。”

义轩以为奶奶要向他介绍保姆：“奶奶，我们认识了，刚才，刘姐已向我作了自我介绍了。”

奶奶却一拉脸：“你叫小芸什么?”

义轩：“刘姐，我看她比我大不了多少。”

奶奶：“没礼貌，小芸叫我大娘，喊你爸爸郑哥，你叫她刘姐，你觉得合适吗?”

义轩：“那——”

奶奶：“那什么，还大学生呢，这点礼貌都不懂，叫刘姨。”

义轩有点别扭，但他也没有违拗奶奶的训教。

这时，刘小芸也放好了义轩的拉杆箱，听到老人喊她，她赶紧赶了过来，正好听到奶奶和义轩的谈话，便接上说：“大娘，别在意，叫姐就行。”

奶奶很坚决：“不行，你进了这个家的门，就如同我们家的人，就应该得到我们一家人应有的尊重，这可不能含糊。”

义轩听到此，也赶紧表态：“奶奶，我知道了，叫刘姨。”说罢，他真的扭头对着刘小芸：“刘姨，你好，刚才我叫错了。”

刘小芸被这一老一少的诚意深深感动，她也深情地应了一声：“义轩，没关系，大娘和你把我当作你们的家人，这令我好生感动。”说着，刘小芸的双眼真的有一种潮热。她赶紧岔开话题：“大娘，你喊我什么事?”

奶奶这才又想起了叫小芸的事，她把两手一伸：“拿块毛巾来，我要擦擦手。”

小芸应了一声，转身到卫生间拿毛巾去了。

奶奶对义轩：“你这刘姨，可贴心了，照顾我呀，周周到到。”

义轩点着头。

刘小芸拿着一块毛巾回来了。

奶奶接到手里，一边擦手一边说：“你看，这毛巾每次递给我，都是不湿不干，不凉不热的。”

义轩见刘小芸让奶奶这么满意，他也承情地对小芸说道：“刘姨，谢谢你。”

刘小芸倒不好意思了：“这都是我应该做的。”

奶奶擦完了，这才抓住孙子的手：“我这八十多岁的老婆子啦，没干没净不要紧。可俺的孙子已是大学生了，讲卫生了，要体面了，奶奶怎么用不干不净的手来抚摸孙子的脸呢!”说着，老人先是抓过义轩的双手，摸了摸，接着又双手捧住义轩的脸，看了又看。

义轩这时才悟到，奶奶没直接握住自己手的原因，他半年多来被复杂情感蹂躏的心，再一次一阵阵疼。

奶奶用苍老的手拍打着孙子的背部:“轩，我的好孙子，是不是想奶奶了?”

义轩连连点着头：“嗯，嗯。”

奶奶：“奶奶也想你啊，可是，男儿志在四方，大了怎么能光围在老人身边呢!”

义轩：“奶奶，我懂。”

奶奶：“这就对了，再说，你不是经常和爸爸打电话吗。你爸爸说，你总是问候我牵挂我，说你在大学一切都好，奶奶这就知足了。”

义轩从奶奶怀中慢慢抬起身，他的双眼紧盯着奶奶那陶醉而知足的脸，一下子明白了不少。原来这半年多时间里，老爸一直把自己的任性和对他的怨恨无礼瞒着奶奶，独自消化。他同时也庆幸，自己刚才没有说漏了嘴。

突然，他自我感觉好像长大了不少，原来在这么个几口人的小家中，也有着如此丰富、如此感人的情感。

这时，他心中的犹豫、忐忑、矛盾一扫而光，他决定，待老爸下班回来，自己一定要给他一个紧紧的拥抱。

郑立峰自从决定了要和曹继荣谈谈心，这几天，他的脑海中一直翻腾着这件事。

常言说得好，凡事说来容易做来难。摆在自己面前的这件事，便是一件难以预料的事。

假若结果不理想，甚或不可收拾。那自己肯定落个被人笑话奚落的下场，这倒事小，但因为这一个人一件事，却可能会彻底摧毁单位所制定的规定的严肃性，单从本庭和短期来讲，其负面影响和后患也不可小觑。

如此说来，这事只能谈好，不能谈砸。

郑立峰不是冒冒失失，心血来潮，只管为不管果的人。为此，近几日，他能做工作的地方，尽力去做，力求增加这次谈心取得正面效果的砝码。

努力终会有收获。

另外，昨天晚上的两件事，让他的情绪和自信心大为增长，他窃自感到，这也许是个好兆头。

昨天晚上的第一件事，是儿子送给他的。

当他拖着疲惫的身子，像往常一样打开房门的时候，他的儿子义轩正站在门里，迎着他。

那一瞬间，他打了个愣怔：难道这小子要向老爸动粗？但马上他又注意到，儿子的脸上没有一点恶意，没有一点煞气。突然，儿子一步迎上来，把他紧紧抱在怀中，一句话也没说，但他分明感觉到了儿子的身躯在抖动，越抱越紧。

一切话语全是多余。

父子谈了近一个通宵，他们的话题也早已把谁对谁错抛到了九霄云外，他们谈的更多的是对方的生活、工作或学习，无形中，双方心理上背负的如巨石般压力，烟消云散，化为乌有了。

第二件事是，苏长福，不，是他代表着大办公室里所有的同事，给他提的建议。

苏长福在电话中，简要汇报了在车上同事们讨论的看法和意见，最后形成三条建议，希望郑立峰认真考虑，采纳：

一是要把这次谈心变单独为集体，要让张超民一起参加；

二是如果谈得不顺，要见好就收，不可执拗生气；

三是要把谈心的时间、地点提前告知他们，一旦出现意外，他们会及时出现化解。

郑立峰听着这些话，知道同志们如此担忧、如此着急，还集中众人之智，为他提出这些建议和措施。他的胸中热乎乎的，浑身仿佛充满了力量。

他尊重了同事们的建议，把谈心的地址，放在了庭里的小会议室。小会议室与大办公室斜对门，距离不过五米，如果屏息静气，这里有一点动静，大办公室里就会听到。张超民那里，郑立峰又专门通知他参加谈话。

苏长福那里，也知道了关于这次谈心的具体安排。

上午九点半。

两分钟前，郑立峰提前来到了小会议室。张超民也紧跟其后走了进来："庭长，这还用着我也陪着吗？"

郑立峰："怎么，张庭长想打退堂鼓？另外，你也不是仅仅陪着，是参与。"

张超民当然心里一百个不高兴。这两天，他迫不及待地盼着曹继荣被叫去谈话，至于谈的如何，鬼才关心呢。甚至他有一点幸灾乐祸的念头，谈不顺才好呢，到那时，我看看你郑立峰有啥能耐。

万万想不到，到了这时候，他还是把自己拉上了，不知是胆怯了，还是有人又给他出了点子。

已是九点三十三分，郑立峰问张超民："你来时老曹在办公室吗？"

张超民："在。"

郑立峰像是自语："那他怎么还不来呢？"

张超民这回又有了理直气壮说话的底气："我的郑庭长，这你难道不知道？这位老兄什么时候按时到岗过！"

"张副庭长，年纪轻轻，就在背后说人家的坏话，这不大好吧。"就是这么巧，刚才张超民的话，显然被曹继荣听到了。

曹继荣端着一个精致小茶壶走了进来。

张超民一脸的尴尬。

郑立峰赶紧解围："这也不是什么坏话，我和张庭长在交流情况呢。张庭长，快给老曹同志续点水，就算是表示歉意了，如何？"

张超民赶紧响应："来来，曹兄请坐，我来给你添点水。"

曹继荣真的把茶杯递给了张超民。

郑立峰见曹继荣接过茶杯，便试着寻找话头："曹兄，今天这是我来审监庭后咱们的第一次面对面交谈，对吧！"

曹继荣略一思考，微笑着说："也对，也不对！"

郑立峰和张超民均有点感到意外。

曹继荣："说对呢，今天两位庭长，单独约我谈话，涉及的内容呢，肯定与我有关，从这个角度说，是对的；说不对呢，郑庭长你想想，你来到审监庭召开各种会议，少说也有十几次了吧，哪一次会我没参加，而且沾了个年龄大的光，总是坐在前排，这不叫面对面？所以从这个角度说，今天说是第一次面对面，就不对了。”

郑立峰心道，这位老兄一开口，就是咬文嚼字，滴水不漏哇。

郑立峰只得承认：“对对对，还是老曹兄这话严谨。”

也许是曹继荣听着这话受用，也许是曹继荣对今天的谈话有预感，他的神态一直很坦然。

郑立峰此时心中一个闪念：看来老曹对今天的谈话早有思想准备。于是他决定，来个单刀直入，看看这老兄如何应对：“老曹，这么说，你知道我们今天要谈什么吗？”

这是个非常大胆，又近乎有点唐突的问题。

张超民睁大了惊愕的双眼。

郑立峰微笑着，深邃的目光一直盯着曹继荣的脸。

曹继荣仍是不慌不忙，略做思考说道：“不外乎两件事，一是我的工作，二是绩效工资的兑现。”

郑立峰和张超民这时不由交换了一个眼色，好像在说，这老兄厉害呀，他原来都早知道了。

郑立峰又追上一句：“那曹兄对这两件事，是什么意见呢？”

这回曹继荣笑了：“郑庭长啊郑庭长，此前我对你的佩服是：人格、水平、责任感和事业心。今天哪，我还得加上一条，狡猾。”

三人都笑了。

显然，曹继荣的话并不带恶意。而且，他的这句话，把郑立峰和张超民的紧张和拘谨感大大缓解了。

曹继荣：“今天我也不和你们兜圈子啦。有句话怎么说的，叫存在的就是有原因的。我生在那样一个家庭，成长在那么个环境中，我好像什么都不需要，但是我却应有尽有。我上学，我入伍，再到转到地方，我不管到哪里，都有特殊的待遇，为我提供着保护和服务。我也不是个不长脑子的人，时间长了，我也自问：我所拥有的一切，享受的一切，是不是与我的能力、水平和付出相匹配？这也是当年促使我坚决离开部队的内心动力。来了法院，我想这里离我爷爷和爸爸远了，我也就有个新起点了，不承想，我身上的光环像是雕刻的一样，仍然发挥作用。于是我又被塑造成了这样。”

曹继荣的这些话，令郑立峰和张超民目瞪口呆，曹继荣这是什么意思呢？

曹继荣看出了两人的心思，他进一步说道：“你们二位可以看我的档案，可以调查访问任何一位和我共过事、了解我的人，我有专门要过一次这样的特殊待遇吗？”

郑立峰立刻抓住了切入点：“老曹同志，如果我们从今年开始，从我们自身开始，和全院干警一个标准，严格执行院里的有关规定怎么样？”

曹继荣：“行啊，就应该这样。”

郑立峰这时既有激动，又有点内疚，他站起身，走到曹继荣面前，握起曹的手，满含真情地说道：“老曹同志，是我工作不到位，没有尽早和你聊聊。我误解你了，我向你道歉。”他动情地弯下腰，深深地鞠了一躬。

隔壁。大办公室。

自打小会议室一开门，这大办公室就进入一种“战备状态”，全屋的人都屏息静气，专注地探听着小会议室传出的动静。

张超民进去了。

曹继荣也进去了。

小会议室的门被缓缓带上。大办公室里紧贴在门上侧耳静听的，是小沙和佳佳。但是，直到小会议室的门再次打开，曹继荣又端着茶杯从里面走出来，负责偷听的两位年轻人都一无所获，他们只得向这一活动的幕后指挥苏长福，两手一摊，表示无奈。

第十三章
天地共情

郑立峰和曹继荣谈心的结果不仅出乎郑立峰和张超民的预料，也出乎了审监庭全庭人的预料。消息很快传开，在海州中院，这也成了一个颇具玩味的谈资。

对于曹继荣来说，这次的谈心会，与其说交谈的内容多么深刻、多么重要，倒不如说是郑立峰为他提供的这个机会、这个平台，来得太及时，太必要。

近半年来，曹继荣对自己半个世纪的人生，进行了翻来覆去的审视。

起因是老伴向他透露儿子正谈着的对象对他的评价。

人是很奇怪的动物。有时候关乎个人的什么得与失，什么褒与贬，什么冷与暖不在乎，但是当他血脉得到延续之后，涉及子女的幸福与感受的事，却特别地敏感，特别地在乎。

曹继荣这几个月来所经历的，便是典型的这种心态。

曹继荣回眸自己近半个世纪的历程，很难界定这是一种怎样的人生。在很多人看来，这是富贵天命，是数量少之又少的人能够享受上的人生。但作为这种人生的拥有者，他却并未品尝到多少所谓的幸福感。这也许就是不经历苦难，便不知安宁和富足的滋味。不但感受不到幸福，久而久之，这种无忧无虑的生活，往往还容易使人对生活产生厌倦感、乏味感和空虚感。曹继荣回忆中就发现自己时时有这种感觉。

第一次，是大学毕业，在父亲的劝导下走进军营时。当时，他身边的战友，上上下下的多层首长，都对他投以羡慕或者恭维的目光，他却叛逆地认为，自己正受到一种奚落和嘲笑，这使他的自尊心受到极大的伤害。这也是他几年后混到营职之际，坚决要求转业的内在原因。

第二次，便是他来到海州市中级法院之后。

转业虽然有点赌气的因素，但他也真的想彻底换一下环境，让自己在新的环境新的平台上，凭自己的能力和水平从事一份工作。但令他没有预料到的是，他身上的光环，他的情况，已先于他而到达了单位。

他被一路绿灯，一路笑脸相迎，迎进了海州中院办公室。他坐到了办公桌前，但是干什么，怎么干，他一时也无处着手，问问周边的同事吧，大家几乎异口同声一句话："不用你干，你坐坐歇歇吧。"新的环境就这样开始了，时间一长，他什么工作也不用干成了常态。就这样，年复一年，一晃七八个年头过去了。曹继荣是扛着个部队营职的级别到法院的，法院只得给他安排了个科级干事。从此也再无变化。不，变化也有一点，他刚到法院时配的一把椅子，坐散架了。再后来，院里搞人员流动，他也提了换换环境的要求。院里考虑再三，决定把他调整到审监庭，于是，他就又成了张超民对面的座上客了。

这天是腊月二十三，按本地习俗，这天是小年。过了小年，也就意味着春节开始了。小年一过，凡是出嫁的女子一般就不再回娘家来了，直到大年初二或初三，再打点上礼品，郑重其事地回娘家。

郑立峰家自从来了小芸后，里里外外的家务，老人起居洗漱，全都利利索索。这样一来，立荣回来的少了，在娘身边待的时间也短了，有时候甚至一周都难得与哥哥碰上一面。今天是小年了，立荣决定买上肉菜鱼蛋，赶到娘家来吃顿饭。而且义轩回来了，这孩子终于冰释了因妈妈去世而对爸爸积起的怨愤，这是个值得庆贺的好消息，要不然，爷俩再你鼓鼻子我鼓腮，这日子还怎么过？

这件事，前一段时间，在立荣的心中不亚于压了一块巨石，沉甸甸的，她有时甚至盼着时光的脚步慢一点，再慢一点，让春节来得晚一点，再晚一点。

可真没想到，侄子经过这半年，弯转得这么大。她曾私下问过哥哥，是不是他使了什么妙招，才使儿子回头的，可他说，义轩走后对他的电话和微信一概不接不回，能有什么妙招可施，但哥哥也透露，他的两位女同事给义轩写过一封长信，也许，义轩是看了那封信，受到教育启发吧。

嘿，真是女法官，什么信这么厉害，能把父子间那么深的误解化开。她想知道的更多，但哥拒绝了，说让她少操闲心。既如此，当妹妹的也不好再追根究底。

但是，对郑家，对自己，这绝对是由“山重水复疑无路”到“柳暗花明又一村”的转变，就为此，这个小年也得好好过一过。

她上午就把她的打算告诉了哥哥，免得他不回来吃饭。哥哥这次倒痛快，说他一定按时回来吃饭。

下午三点刚过，立荣便带着鱼肉鲜蔬来到了娘家。

小芸主动迎着立荣，立荣呢，经过几个月的相处了解，她对小芸也视同亲姐妹一般。立荣见小芸接过两大包东西说：“小芸妹子，你把菜先摘摘洗洗，我先和老妈说几句话，咱们两个再一块忙活。”

小芸：“好的荣姐，你和大娘说话吧。”

立荣走进大卧室，老妈刚午睡醒来，立荣趋步向前：“娘，睡好了吗?”

老妈答道：“睡好了，睡好了。像我这个年龄的人，睡觉老是睡不深，幸亏小芸这孩子每天睡觉前都给我按摩穴位，这孩子的心又好，手又轻，我真的被她一按就想睡。”

立荣听妈这样夸小芸，心里也高兴。她回头望了一眼小芸正在厨房忙着的背影，俯到老娘的耳朵上：“娘，她是不是有些我嫂子的影子?”

老妈听到了，而且也听清了：“是啊，是啊。荣啊，别不高兴，比你对我都贴心哪。”她用手微微一晃，提醒不要让小芸听到。

立荣明白地点点头。

一桌丰盛的晚宴摆好了。

郑立峰守约，按时进了家门。

义轩也懂事的很了，白天与同学聚会，晚饭前坚决辞退小伙伴的挽留，同爸爸一前一后赶到了家。

一家人围坐在一起了。

这是立峰媳妇离开后，全家人坐在一起的首顿团圆饭。另外，还增加了保姆小芸。

小芸多少有点拘谨和无所适从。

立峰娘看出来了，她故意拍了拍小芸的后背，拉住了小芸的一只手："今个小芸和咱们全家人坐在一块吃个团圆饭。以前我就和小芸说过，既然进了这个家门，就要成为家里的一员，今天一块吃顿饭，过个小年，就算是个开始吧。你们都同意吗？"

众人自然异口同声表态同意。

小芸十分感动，她的眼里溢出了晶莹的泪珠，她站起，深深地鞠了一躬："谢谢，谢谢你们一家人对我这么好。我会尽上全力，把大娘照顾好。"

郑立峰接过话头："小芸来我们家后，对娘的照顾尽心尽力，服帖周到，老娘非常满意，这使我们当儿女的完全没了后顾之忧，就为这，一会儿我要专门敬小芸一杯。"

立荣和义轩都欲发言，但立峰的示意止住了他们。他看了一遍满桌的菜肴，向娘说道："娘，我看这菜有不少是义轩妈喜欢吃的，我想挑几样供到她的像前，让她和咱们一起过小年。"

这要求谁能不同意。甚至说，这也是大家心中共同的话，只是担心引起立峰的伤心，所以也就没提。既然立峰提出来，大家当然异口同声地附和着。

于是，小芸和义轩抢先到厨房挑来几个小盘。立峰拿起筷子，往小盘里挑选着菜肴，他的动作很沉稳，他的表情很庄重，他的内心很虔诚。

几个小盘挑好后，郑立峰准备端起。

义轩、立荣、小芸几个人也一齐站起来，他们想帮立峰端菜。

郑立峰立住，用手示意："别动，你们谁也别过去。"

几个人面面相觑，唯有义轩明显表示出不从。

立荣开口了："我们都不去，但是，哥，义轩和你过去。"

立峰点了点头，表示接受，随后二人端上小盘向卧室走去。

就在这同一时间，曹继荣一家人也正围坐在一起过小年。

一眼看上去，曹继荣家酒桌大气、高档，上面摆着山珍海味，中央还呈三足鼎立式摆着茅台、五粮液和一瓶拉菲，彰示着富裕豪华的气派。

曹继荣家这顿小年团圆饭，也有着好几个值得好好庆贺一下的因由。一是尊重民间习俗，一家人团聚团聚；二呢，今年曹继荣爸妈小年特地赶来他们家过，春节全家再回省城过；三是曹继荣儿子的对象谈得八九不离十了，女孩同意来曹家过小年。还有一条，当然，这一条只有曹继荣自己知道。曹继荣今天心中的喜事是白天两位庭长的那个谈心会。从曹继荣感受来讲，那不亚于一阵剧风，吹走了笼罩头顶多少年来的一团阴霾，他感到被作为一个独立个体平等对待，浑身轻松和舒畅。当老伴电话问他能否及时赶回时，他甚至喜悦地脱口而出：“能，能，有什么需要我帮忙的，请领导尽管吩咐。”这是时下大多数男士挂在嘴边的一句话，但出自曹继荣之口，就有点不同寻常了。以至于听他电话的老伴，被惊得张大了嘴，以为打错了电话。

郑立峰独居的卧室中，在他常用来工作的电脑桌内侧，有一张小桌，上面端正地摆放着静雅那露着甜蜜笑容的遗像。遗像前边，是小桌干净的桌面，这是精心保留的随时摆放供品的地方。立峰在前，义轩在后，两人手中各端着两个盛满供品的小盘来到遗像前，恭恭敬敬地把供品放在遗像前。

郑立峰笔直站好，双眼微闭，沉心静气，尔后以义轩能听到的声音，开始与亡妻对话：“静雅，今天是小年了，咱们一家人坐在一起团聚。要是你也在，那该多好。我特别想你，也特别恨我自己，虽然，咱们的儿子原谅我了，不再怨恨我了，但是，我却怎么也不能原谅自己。”

此时，站在他身边的儿子，已是双眼泪流，他不忍心再让爸爸说下去，他赶紧抢着说道：“妈妈，你在那边过得好吗？我想您，妈妈。”义轩的感情闸门也洞然打开，动情地难以自持，浑身颤抖。

这时外边的立荣和小芸，也听到了屋内的动静。

立荣故意敲了一下门，随后慢慢推开：“哥，义轩，出来吧。”

二人这才各自抹了一把脸上的泪水，深情地望了一眼永远微笑的静雅，缓步走出来。

机灵的小芸，已去卫生间为二位准备了毛巾，分别给二人递上。

大家回到桌前坐下，老太太用昏花的双眼扫视了他俩一下，说道："少年丧母，中年丧妻，这最大的人生不幸叫你们爷儿俩摊上，唉，这也是天意吧。我那儿媳妇，我知道，她有两桩心愿，一是为我养老送终，现在小芸来到了咱们家，照顾我服服帖帖，这个心愿，她应该放下了；二是你们爷儿俩，一定要把咱们这个家大梁扛起来，扛好了，我想，她就该放心了。"

众人齐点头表示认可。

老太太："人们不是常说，要化悲痛为力量吗，这话放到咱们家也合适。你们要振作起来，往前看，把咱们家未来的日子过好，你们能做到吗？"

立峰、义轩、立荣都对老人的这番话由衷地赞同和佩服，纷纷表态："能做到，能做到。"

老太太笑了："好，听到你们这句话，我放心了。我想义轩的妈妈听到，也放心了。"说着，她端起一盅红酒："就为你们这态度，我老婆子，还有我那儿媳妇和你们喝一杯。"

众人响应，都端起了面前的酒盅，一饮而尽。

曹继荣家的酒宴上，诸多令人高兴的话题决定了欢乐祥和的气氛。继荣爸和继荣喝得不少，两人的脸红扑扑的，洋溢着一脸的满足和兴奋。

家宴进行的差不多了，继荣妈拽了拽老伴的胳膊："老曹啊，差不多了，你最后说两句，叫孩子们早休息，明天他们还要上班呢。"

老曹连忙响应："对对对，回家就要听领导的，我说两句。"他坐端正了些，面向继荣开始说道，"我和你妈，"他的大手用力地拍打着继荣的肩，"退休以后，我们感受很多，也想了很多，这，我以后有时间了，咱们慢慢聊。今天借这个机会，我和你妈对你，也对着孙子和他的朋友说一句掏心的话，你的选择是对的，我们以前对你的人生包揽太多，干预的太多，现在我们认识到，这都属于长臂管辖，是不对的，所以，今天我和你妈正式收回我们那些干涉性的意见，向儿子真诚地说声，抱歉了。"

老爸今天的表态，太出乎继荣的预料了，他有点惊慌地连连摆手："爸妈，这使不得，使不得。这都过去的事了，不提不提。"

老爸揭老底地说："什么，不提？忘了在部队提了营职不久，就要闹着回地方。我给你们师部打电话，让他们做你的工作不要离开部队了，你马上给我打电话，说我干预你的人生，早晚会后悔的。现在看来，确实是你说的对，我们也让你说对了，今天怎么不敢承认啦。"

一家人都哧哧地笑起来。

老爸接着，有点严肃地说："所以，你们对孩子的人生安排，也不要包揽太多。但是，要为晚辈树立一个好的榜样，要让他们从你们身上，看到值得学习的东西，值得骄傲的东西，不要让子女看不起，是不是？"

这话说的，老爸真是个职业军人的秉性，不拐弯，直刺要害。曹继荣听到老爸的这句话，紧咬着上下牙，直觉芒刺在背，浑身不自在，心想，"也不知老爸知不知道，未过门的儿媳嫌弃我家里单位当甩手掌柜而落了个不好的名声的事。若已知，你守着两个孩子的面，就这么训教，这不是打儿子的脸嘛；如若不知，只是一种长辈对晚辈的提醒警示，那也太巧了吧。"这要在往常，由着他的脾气，恐怕早就拍身而起，扬长而去了。但是他今天没有，有两个原因，一是今天是儿子的女朋友第一次登门，二是郑立峰约谈刚过，他有了一种彻底告别过去、重塑形象的打算和决心。

老太太或许意识到，老头子的话太直太冲，怕影响了这一家人欢乐祥和的氛围，便插话打断："好啦好啦，别唠叨了，孩子们都大了，怎么做，他们都懂。"

气氛又缓和下来。

家宴时间不短了，老太太不让多说话，老曹也没多大兴致了，于是他宣布："好好好，今天的家宴很好，咱们就到此结束吧！"

曹继荣一听这话也打心眼里高兴，脱口而出："好好，爸妈回卧室休息，这里我来拾掇。"

曹继荣这一句话，令一直陪在身边的媳妇惊讶地睁大了眼睛，心想今天怎么了，太阳从西边出来了？

但今天没给她留出验证真伪的时间，那未过门的儿媳妇发言了："叔叔，不用您辛苦了，让小曹帮我，我来拾掇吧！"

这令一家人忍俊不禁，纷纷表态："好好好，有了年轻人，这老的要享福喽。”

一家人在欢乐中散去。

海州市中级法院审监庭大办公室。

这时，女司法统计员手拿两张表格走到苏长福面前：“老苏，请您看一下。”

苏长福抬头看了看女统计员：“怎么啦？”

女统计员没表态，只是努了努嘴，用眼色示意了一下表格。

苏长福意识到表上有情况，便接过表格，俯下身去看了起来。

这苏长福在大办公室里，用德高望重形容他，可能有点过了，但因为他是这大办公室中年龄最大的，加上处事比较稳重，为人公道正派，所以，他虽然不是庭长，也不是副庭长，但全室的同事们都视他为兄长前辈，有事愿意找他商量商量，听听他的意见。

苏长福看了表格，这是前一阵子集中立案的十余件申请再审案件。其中有几件是前几年当事人来过多次，反映的问题比较明显，但又比较棘手的，在郑立峰的坚持下，这些案子都进入了审判监督程序。

苏长福又抬起头：“这么分配，郑庭长知道吗？”

女统计员点了点头：“只是这一件，郑庭长明确表态，分到他的名下。”

苏长福顺着女统计员手一看：“这是不是当事人上诉中出了意外事故，案结后过了一些时间，当事人的亲属又来申请再审的那一起？”

女统计员：“就是那件案件。”

苏长福：“在咱们中院，是欧洛苏审理的？”

女统计员又点了点头。

苏长福略沉吟了一下：“既然郑庭长也有意见，那你就先报给他吧！”

女统计员又看了一眼老苏，拿起表格退了出去。

曹继荣上班后，心中躁动不安，他在椅子上坐了一阵，又站了起来，来回在办公室里踱着。

余淑娟看出了异常，但是什么原因，她却一时估摸不到，她只是偷偷瞅着老曹反常的举动，觉得有点好笑。

曹继荣踱了几个来回后，好像终于拿定了主意，走到门前，像是运了一口气似的，一把拽开门，毅然走了出去。

他径直来到了郑立峰的办公室。

咚，咚，咚。他敲响了郑的门。

“请进。”

曹继荣应声便打开了门，三步两步走到了郑立峰的面前。

“哦，是曹兄，请坐请坐。”郑立峰也连忙起身，用手指着办公桌对面的沙发让座。

曹继荣：“郑庭长，请你给我安排点事干吧！”

郑立峰这回惊讶了：“嗯，啊，哦哦哦，好好好，曹兄想干点什么？”

曹继荣挠了挠头皮：“你看，你看我力所能及的吧！”

郑立峰：“好，实事求是。我想想，我想想。”郑立峰皱起眉头，思考着。

这确实是个出乎郑立峰预料的事，他需要在尽短的时间内，把事情尽量考虑的完善一些，还不能挫伤了曹继荣的自尊心。他试探性地问：“什么活比较适合你呢？”他既是自语，又有意让曹继荣听到，他观察着曹的反应。

曹似也在考虑，但亦没有答案。

郑立峰：“你说你老兄在咱们审监庭吧，除去老苏和老高，你资历排第三了，若叫你负责内勤，拾拾掇掇，也不太合适。”

曹继荣这时赶紧接上话：“在我们那个办公室，我承担点内勤也无妨，我来得早呢，就拾掇拾掇，或者谁有空谁就干点；至于那个大办公室，包括你这个办公室，专职内勤，就，就免了吧！”

郑立峰也笑了：“那是，庭里这么多年轻人，怎么能叫老哥来清理内勤呢。”

话说到这里，郑立峰好像摸着了曹继荣的想法和底线，他的一个新想法也浮上了脑海：“曹兄，你看这样如何？现在咱们几个办公室，大概有六七个资料橱，同志们忙于手头的案子，几乎没有时间好好整理归类，摆放的纸张材料也比较乱，你来整理一下怎么样？”

曹继荣一边琢磨一边点头，见郑立峰等着他的意见，嘿嘿一笑：“郑庭长，我能胜任这个活吗？”

郑立峰看曹继荣乐意，他也从心里感到高兴：“能胜任，没问题。谁不知道你曹兄的经历丰富，上过大学，进过军营，当过指挥员，干这种活，那还不是小菜一碟吗？”

曹继荣对这个工作也感到满意：“那好，郑庭长，我就干干试试。对了，那你可得在适当的场合宣布一下。”

郑立峰：“那当然，这也是我这个庭长的职责。明天早上工作碰头会上，我就宣布。”

曹继荣一脸的高兴和满意，他向郑立峰一拱手：“那好，我回了。”但他的腿刚迈出去又抽了回来：“郑庭长，你找我谈心的事，怎么拖到昨天才安排？”

郑立峰看出，这位曹兄还有话想说，于是连忙起身：“老曹兄，再坐会儿，我们好好聊聊。”

曹继荣也顺势退回，重又坐到沙发上。

郑立峰：“刚才老曹兄问的问题，恕我坦言，不是不想早安排，只是心中没底，所以，一拖再拖，就拖到了昨天。”

曹继荣：“我有那么难沟通吗？”

郑立峰被他这一问问笑了，他灵机一动，把球踢了回去：“你自己觉得呢？”

曹继荣又被套住了：“狡猾，狡猾。”他话一顿，“不过要是那次会后你就找我，那还真说不定是个啥结果。”

郑立峰接上：“对嘛，你想，你在审监庭是老人了，我初来乍到，而且……”

曹继荣笑了：“你是不是想说，我还混了那么大的名气？”

郑立峰：“是，不好意思。”

曹继荣：“不用不好意思，说句真话，我很佩服你，也很感谢你。如果在我人生的路上，早一点碰上你这样敢于坚持原则的人，也许我也不是今天这样的我。”他说得很真诚，也不是谦虚。

郑立峰也有点感动了，他有感而发：“人是社会中人，社会也是由人而组成的，人们互为依存，又互为影响……”

曹继荣抢过了话头："但是，在这中间，却有太多的人出于明哲保身，对障碍，对困难，对危险，对一切潜在的可能不利于自己的结果，采取了视而不见、不闻不问，敬而远之、迂回躲避，甚至随波逐流、奉迎恭维、阿谀献媚的态度，从而造成了一些不该出现而出现，不该存在而存在的人和事。"

郑立峰听着曹继荣的这番话，感到既深刻又尖锐，一针见血。他由衷感叹："曹兄，你说得太好了，太深刻了，也太真实了，你这是对当今社会现实的、富有哲理的思考哇。"

曹继荣："不瞒郑老弟说，这是我最近几个月来，回眸我大半辈子的历程，反复审视和思考总结出来的。"

郑立峰："我听着也不像是即席发言。"

曹继荣："我还想听你说下半句。"

郑立峰："哦，下半句？"

曹继荣："对，你的下半句是，也有人却不被环境和客观因素所左右，出淤泥而不染，居风口而腰不弯。是不是？"

郑立峰："嗯……我是有这个意思。"

曹继荣："咱们这些人哪，都是学过哲学的，要辩证地唯物地看待人和事。所以，我也从自身看到了问题，正所谓，外因是条件，内因是关键，如果能够清醒地认识到周边这些因素，理智地进行自我要求，也许不该出现的就不会出现，不该存在的就不存在了。"

郑立峰不由拍起手："好，曹兄说得太好了。"

曹继荣："好啦好啦，我们这是在开研讨会了。"顿下话头，意味深长地一笑，"请郑庭长再回答我一个问题。"

郑立峰："请问。"

曹继荣："你在这次和我谈心前，对取得理想结果有几分把握？"

郑立峰也笑了，看来，这位老曹还真不是一般角色，对事情的考虑既有深度又有力度，是一个探不明究竟不放手的人。他说："我也如实相告，在一个月之前，我的胜算只有三四成，但在近两个星期，这种胜算升到六成以上。"

这回轮到曹继荣吃惊了："这是为什么？最近也没发生什么事啊！"

郑立峰："不打无准备之仗，不打无把握之仗，这可是我一贯的做派。我只问你几个小事，你办公室的书橱你主动整理过没有，办公室的卫生是谁悄悄打扫的，你在家中是不是偷偷干过家务……”

曹继荣听到这里，连忙摆着手，示意立峰别说了。他像被偷窥了隐私似的羞涩道：“郑庭长，你暗中调查我！”

郑立峰：“不是暗中调查，这是为了更有针对性地做你的工作，而进行的一些调查研究。”

曹继荣：“服了，服了，你不但狡猾，而且高明。”曹继荣又追一句，“如果不发生这一切，如果你这次的谈心不成功，你怎么应对？”

郑立峰如实说：“我只能做有备无患的准备，不瞒你说，我预测了数种结果，对每种结果，准备了两种以上的预案。”

曹继荣：“难怪那么多人服气你，我算找到了答案。”他突然又提高了一下音调，“那如果真的遇到的是一位顽而不化的对象呢？”

郑立峰：“精诚所至，金石为开，我坚信上天总是会帮助执着坚持、持公正之心的人。”

曹继荣这次得到了他想得到全部答案。他双颌微微蠕动着，仿佛在咀嚼刚才郑立峰所说的话，也似在品味郑立峰这个人。他双眸直视着郑立峰：“郑庭长，我佩服你，我很荣幸在人届半百时，遇到你这么一位同事，一位领导。我愿在你的领导和帮助下，走好以后的路。”

郑立峰：“我们互相学习，互相支持。”

曹继荣:“最后，也请你和咱们庭的人，多费心，为俺老曹正名吧！”

郑立峰也笑了：“没有问题，绝对没有问题，咱们争取在不久的将来，让儿媳妇也满意。”

曹继荣：“告饶，告饶。”说罢，站起来逃了出去。

门被咣当带上了，郑立峰望着急匆匆逃离的曹继荣，会心地笑了。

郑立峰刚坐下，苏长福走了进来。

郑立峰连忙打招呼：“老苏，你来了，坐坐。”

苏长福：“怎么，刚才老曹找你了？”

郑立峰：“嗯。”

苏长福："又提条件啦?"

郑立峰："没有，没有，只是聊聊。"

苏长福："聊得怎么样?"

郑立峰："很好，很好。"

苏长福："郑庭长你可知道，大办公室的同事们都炸了锅了。"

郑立峰："发生了什么事?"

苏长福："自打昨天那个谈心会后，我们大办公室的同事们热议不止了。"

郑立峰："有那么多好议论的吗?"

苏长福："有，大家对这次会的预测和结果差距太大了，议论来议论去，你知道大家送你一个什么雅号吗?"

郑立峰："什么雅号?"

苏长福："万能圣手。"

郑立峰："不能乱叫，不能乱叫，你回去让大家马上停止。"

苏长福:"这我办不到，大家已经公认了，我能去堵住每个人的嘴?"

郑立峰："怎么能随便就起外号呢，这个不好。"

苏长福："谁叫什么难事到了你手上就迎刃而解呢。"

郑立峰："什么叫到了我手就迎刃而解，这次这事，是若干因素综合作用的结果，是巧合，你们也真是，开始造神了。"

苏长福："来日方长，你和同事们去说吧。我今天来，有一件事告诉你。"

郑立民："好好，有什么事，说。"

苏长福这时认真起来："郑庭长，把上访申请再审的那起案子给我审!"

郑立峰以为没听清楚："老苏，你说什么?"

苏长福："把上访申请再审的那起案子给我审!"

这一回郑立峰听清楚了，他问："为什么?"

苏长福："这起案子我们都有耳闻，现在既已立案，想审理清楚，可能要涉及上上下下好多人的责任，这副担子，放到你肩上，太沉了。"

郑立峰开始明白苏长福的良苦用心了，但知难而退又不是他的行事风格："这我知道，所以案子一到咱们庭，我就叫排案子的同志把这件案子排到我名下。苏兄，我感谢你的好意，但是，我是庭长，我要因为这件案子的责任大，就让给你，那，那叫什么？”

苏长福：“因为我比你‘腰壮’。”

郑立峰：“什么腰壮，腿壮，你这扯什么呢？”

苏长福这时表情凝重起来：“郑庭长，我的老弟，我佩服你的做人做事，也佩服你的担当，但是，你现在的资本远不如我。”

郑立峰：“怎么讲？”

苏长福：“郑庭长，我不是贬低你，你听我讲。你现在的家庭状况，你的身体状况，我想，我不用说，咱俩都清楚。另外，你儿子刚上大二，将来工作落实，成家立业，还有好多事让你操心。你现在仅仅是一名庭长，如果再来一些内部的外部的压力，你会不堪重负的。”

郑立峰：“你不和我差不多吗？”

苏长福：“错，你和我差大了。我虽比你大几岁，但一职不挂，无忧无虑；你嫂子再有两三年就要退休，也无牵无挂；你那个大侄子，今年刚刚考上省纪委的公务员，我这当爹的也用不着在他身上操心了。”

郑立峰这回无语了。

苏长福：“郑庭长，我这个人不爱多事，但对是非曲直，黑白清浊，我还能看得清，因为你的正直、责任感、使命感令我敬佩，所以，我也不愿看到你落在火坑中煎熬。这事就这样定了，这件案子由我来审。”苏长福以不容置疑的口气说罢，转身走了出去。

郑立峰怔怔地望着苏长福出去的身影，一种无法形容的情感充满了他的心里。

第十四章
昏暗截图

今年这个春节，贾志雄注定过得不肃静了。

按惯例，院里的领导班子成员，在春节到来之际，要分头到离退休的老领导家中提前拜个年；另外，就是慰问有特殊情况、特殊原因的干警家庭。今年，按政工部门提出的计划，除去离退休老领导外，唯一被列入走访清单的干警家庭，就是郑立峰家。

这个安排，据说还得到贾志雄的特别点评，说："郑立峰同志家中遭遇一连串不幸，他身体又做了手术，但该同志仍坚持上班，在新的工作岗位大胆开拓，努力工作，打开了一个新的局面，我们专门走访慰问这样的干警家庭，就是表明院领导对这样同志的肯定和褒奖。"

当贾志雄率领班子成员来到郑立峰家中时，郑立峰和义轩去超市采购家中过年的应备之物了。家中只有小芸陪着立峰娘。

门铃响了，小芸问了一句："是谁呀？"

"我们是中院来走访的。"

小芸有点无措："大娘，是郑哥单位的。"

这时门外又送来一句："请开门吧，我们中院的领导们都来了，是来看看老人的。"

这话小芸听明白了，立峰娘也听明白了："哎哟，你看这，他爷儿俩全出去了，人家法院领导们又来了，这咋好呢?”

小芸：“我听着说，是来看您的，咱们先开开门吧!”

立峰娘也醒过神过来：“开，开开。这大年底下，哪有把客人关门外的理。”

小芸得到允准：“那好，大娘，我去开门。”

立峰娘又提醒：“芸，闺女，快给你哥打个电话，叫他快回来。”

小芸应着：“好，好。我给客人开开门，就给郑哥打电话。”

早已等在门口的中院办公室牟主任看门开了，抢上前道：“我们是郑庭长单位的，院长们特地来看望看望大娘。”

小芸：“领导们请，郑哥出去买东西啦，我马上给他打电话。”

众人在牟主任引领下，鱼贯走入立峰的家中。

立峰娘这时拄着拐杖慢慢迎了出来：“你们是立峰的领导，快请坐，请坐。小芸，快给领导们倒水。”

牟主任说：“大娘，不用了，我们主要是来看望您的，郑庭长身体不好，工作又那么忙，领导们说，要来看看你们有没有什么困难?”

立峰娘侧了一下耳朵，好像怕听漏了什么：“没有困难，没有困难，就我是家里的坠脚，但小芸对我照顾得很体贴，很周到，没有什么困难，谢谢领导们了。”

贾志雄这时上前一步，握起了立峰娘的手：“大娘，我是贾志雄，是郑立峰的同事。”

牟主任补充：“这就是我们贾院长，是我们院里的一把手。”

贾志雄示意牟主任不要再介绍了：“也算是郑立峰的领导吧。我们今天看到你这么健康，精神状态这么好，我们很高兴，也放心了。”

立峰娘：“谢了谢了。”

贾志雄：“郑立峰是我们院里的庭长，也是我们院里的台柱子，他从来不和我们说他的困难，你们家的困难，只是一门心思工作工作。我们就是来看一看，这是不是真实情况。”

刘小芸给郑立峰打完电话，又到厨房里洗了一把茶壶，填上茶，慢慢走向客厅的茶几。她放下茶壶，有意识调转身子，低着头，双眼却盯在贾志雄的侧影上。

刚才贾志雄的那段话，那语气，那声调，怎么那么像那个人呢。

立峰娘："这都是你们培养的好，再说，立峰这孩子从小就认真，干啥都丁是丁，卯是卯的。"

贾志雄："好哇，这就是一种可贵的品格。"

"说好也好，说不好也不好。他那个性格，认准了的事，十头牛也拉不回，也得罪人哪。"

时间有限，贾志雄调转话头："大娘，以后有时间再来看您，今天，我们就回去了。"

立峰娘："哎，不留不留，你们工作忙，我这老婆子，啥都好，你们不用挂心啦。芸，闺女，替娘送送客人。"

小芸刚躲进厨房中，听到老人招呼，犹犹豫豫地往外走。

来人大多已退出门口，走在众人后面的是贾志雄。

刘小芸从厨房走出，胆怯似的微低着头，半扬起右手，与退出的众人招呼，算是遵主人的吩咐，礼送客人。

贾志雄自然也向小芸望去以示告辞。

只是这一望，倏然间，电光火石一般，双方均被灼烧了一下。

刘小芸倒退了一步，倚在了房门上。

贾志雄也双眼一眩，脚下不稳。已退出的几人，连连提醒："慢点，慢点，院长!"

贾志雄顺势带过保险门，咔嚓一声，门关上了。

一出电梯，众人正与匆匆赶回的立峰父子碰上。

立峰有点歉意，也有点激动："贾院长，各位领导，真不好意思，这年根底下了，还劳领导们前来走访，不好意思，不好意思。"

立峰一眼看到了牟主任："主任，你也真是，怎么也不提前打个招呼。"

牟主任："这是院长的意见，说到了年底了，家中肯定有人，所以，一律不用提前打招呼。"

立峰这时目光盯向贾院长："贾院长，您考虑得太周到了，谢谢，谢谢院领导们的关心。”

郑立峰突然像有所发现：“贾院长，您的脸怎么这么红，是不是太累了，血压高了？”

这一问倒是把众人的目光都吸引到了贾志雄的脸上来。贾志雄窘态一闪，马上接道：“郑庭长，不用大惊小怪，哎，对对，我今天是忘了吃降压药了，嗨，这血压还真灵，一顿药不吃，马上就升起来。”

众人一听：“那我们马上回去，别耽误贾院长吃药，郑庭长你也赶紧回家吧，老人在等你呢。”

双方互相挥手告别。

立峰和义轩一进家门，立峰娘先抢上了话：“轩，你们爷俩儿回来了？”老人还一脸的兴奋，看得出，她对儿子的领导们登门走访很是感动。母以子荣，老人觉得，这么多领导来看望自己，全是因为儿子干得好，要是他在单位干得稀松，人家领导才不会来看望自己呢。

立峰把采购的东西放进小储藏室，来到娘的面前：“娘，领导们来看望您，您高兴吗？”

立峰娘：“高兴，当然高兴。不过，娘知道，看的是我，表扬的是你。”

立峰：“还表扬我，领导们对您表扬我啦？”他一时尚未做多想。

娘笑了：“傻儿子，你是真傻呀还是逗娘呢？”

立峰多少有点懵：“娘，您什么意思？”

娘扑哧笑出了声：“哎呀，看来我这儿啊，有时候真的有点傻。傻吧，傻才可爱。”

立峰听出娘在逗自己呢，他也笑了：“娘，这叫什么娘生什么儿。”

这回轮到娘了：“你这是说娘是傻娘吧，看来俺儿不但傻，还傻坏。”

立峰赶紧收回：“不敢，不敢。哪有儿子嫌娘傻的。”

立峰娘：“你还明白这个理。其实啊，儿女都是父母身上掉下的肉，父母和儿女真的是荣辱与共呢。今个儿娘这么高兴，不就是沾了你的光吗？”

立峰：“娘又说远了。”

娘认真起来：“远了，一点也不远，就在刚才呢，要不是你干得好，为人为得好，你们那么多领导为啥专门来看我，因为我是老婆子，因为我和人家素不相识，那才见鬼呢，人家来看我，还不是你的面子?”

立峰听娘这样说，他觉得娘一点也不糊涂，也没必要再和娘去谦虚，没必要再和娘去摆什么道理。他一笑说：“好好好，只要娘高兴就行了。”

娘也收住话头，她深情地望了一眼儿子：“这就是我的儿子，这就是我的儿子。”

母子进行这段对话的时候，义轩机灵地躲到了客厅，但奶奶和爸爸的对话，他却一句也未漏地听了进去。

刘小芸一直在厨房里拾掇，其实，厨房里并没有什么活，她只是在这里假借忙活，掩饰着情绪的波动。

这个刺激的来源便是贾志雄。

那是深深扎进刘小芸心灵的一根刺。

整整十年了，那年，她十多年寒窗苦读终于换来了一纸大学的录取通知书。她，到她的全家，再到她所在的那个拥有近百户人家的村子，都喜气洋洋。刘家村的老老少少，都为刘家村历史上出现第一个大学生高兴不已，彻夜不眠。

她，摘取了刘家村第一个大学生的桂冠，受到了村中男女老少的祝贺。

报道的日子到了，村里派出了唯一的面包车相送，全村的乡里乡亲，送到村头。

她的父母和她的弟弟同车送行，一家人的脸上洋溢着激动和幸福。

爸爸拍拍弟弟的肩头：“今年你姐姐考上大学，明年你也要考上。”

弟弟没出声，但他重重地点了点头。

妈妈：“你们俩要是都考上大学，那咱家可出了两个文曲星了。”

妈妈说着这话，好像看到了那一天的情景，满脸的陶醉状。

弟弟倚向妈妈的怀抱：“妈妈，我会让您看到那一天的。”

爸爸妈妈都高兴地连连点头。

这时唯独她想到了另一个问题：“爸，妈，我和我弟都考上大学，咱们家的日子就难了。”

妈妈：“小芸，你多操心了。”

爸爸："你们只管上你们的学，别的不用管。"

小芸："可这一次，光因为我，家里已经欠下了三万元的账……"

妈妈严肃起来："不用你操心，你就不用操心。我和你爸还年轻，我们怎么也能挣出供你们上学的钱来。"

爸爸也说："明年，我和你妈准备再多承包几十亩地，你们上学的钱，那不叫个事。"

弟弟静静地听着，不好表态，也无法表态。

一家人一时陷入沉默。

小芸酝酿了一阵，握住妈妈的手："妈，我一定早点挣钱，帮咱家还账。"

妈妈一把把闺女揽进怀中，越抱越紧。

砰！轰……一连串的突然的巨响，伴着剧烈的震动，翻滚，一场惨烈的车祸，就这样猝不及防地降临在这辆小小的面包车上。命运没有给小芸留更多感动的时间，便开始让她体会悲痛。

她的爸妈当场身亡。

一夜之间，天翻地覆。

一夜之间，刘小芸长大了。

在乡亲们的帮助下，小芸料理完了爸妈的后事。她找个僻静处，掏出身上的录取通知书，最后看了一眼。

几天前，就是它，给她和她的全家，以至全村带来了无尽的欢乐；而今，它突然在她手中化为了一张惨白的丧符。她双牙紧咬，双目紧闭，双手狠狠地把那张通知书撕了个粉碎。尔后，双手渐渐松开，那被撕碎的纸屑，从她的手中纷纷飘落到地上。她从那刻起决定，此生此世，不再去想和大学有关的事。

但是，弟弟的大学梦不能放弃。弟弟比她成绩好得多，一定能考上名校。弟弟现在是她唯一的家人，她可以为弟弟牺牲一切。

如何把家中所欠的债务还上，如何能挣到钱，保证弟弟上学的费用，这在一段时间内，成了她心头唯一的目标。

懵懵懂懂中，一个陌生女人，以领她出去陪人旅游几天，可以给她三万元报酬为由，领着她离开了家，走入了另一个世界。

她被那个陌生人领着，转了两个景点。陪着她的那个人寡言少语，不善也不恶，就这么三四天下来，刘小芸的理智也慢慢恢复过来，她意识到自己可能正在走向一条昏暗之路，她想到逃脱，但她没有，因为这时人家已告知她，已为其办好存有三万元的银行卡，事过之后，她随时可用。

这时候，钱，还账的钱，弟弟上学的费用，已在小芸的脑子中占据了不可动摇的位置。

任凭摆布吧，只要钱在就行。

就在要踏上归途时，她们住到了一个县城边上的酒店里。

是夜，她被独自安排在一个雅间中，环视这不大也不小的房间，也和她住过的几家酒店的房间看不出明显的差别，只是，透过窗户望出去，远远近近的灯光稀稀疏疏，没有大城市那样的繁华气息。

门悄悄开了，她的心为之一紧，正想出声，进来的人先打了招呼："别怕，是我。"

她听出来了，这是白天陪她的那个女人。她凑到小芸的身边，故意友好地抚了抚小芸的肩头："妹子，别怕，再过一天，你就可以回家了。"

小芸点了点头。

那女的又说："待会儿啊，有一位大夫来给你检查检查身体，你不要害怕，不要出声。……如果你配合不好，那钱人家可能不给。"是这话，还是什么原因，刘小芸清醒的大脑又开始混沌起来，她只是机械地点着头。经过了多长时间，夜里是到了什么时候，刘小芸已全然不知，她仿佛进入了另一个世界，漫天风云，她在其中忽高忽低的漂荡着。忽然，她的身体某处生出一阵剧疼，她中断了虚幻，似乎有了一点感知。她感觉到，一块沉乎乎，而且有些温热的东西正压在自己的身上。她惊出了一身冷汗，她极力想翻转身子，逃脱那重物的压力，但是，她的四肢感到绵软无力。

身上的重物似乎在紧一阵慢一阵地蠕动着。

她在恍恍惚惚中似睡似醒……不知过了多长时间，她才又从如梦如幻中醒来，她发现，一个高大健壮的男子正躺在她的身边，她明白了一切，她想呼喊求救，但那个女人的声音，那三万元钱一齐涌向眼前，她用手一扯被子，把自己捂起，在被中抽噎起来。

那男子被她惊醒，也坐起来，看着钻进被子的她，慌不择机地穿上衣服，向门口走去，到达门口，他见她一无反应，竟折回身来，凑到她隆起的被前，用手拍了两下，像是安慰抑或歉意，尔后又转身走去。

捂在被中的她，恰巧通过一条小小的缝隙，看到外面的那个人。虽然灯光不亮，但在那个人返身向她走来时，那个照面，那个人的脸部特征却刀削斧凿似的留在她的记忆中。

那个人，这个人，相隔十年余，怎么像两幅拼图一样，严丝合缝地叠加在了一起？

走访完回到办公室的贾志雄，离开了人群，把办公室门重重一关，倚靠在厚重的门上，浑身犹如被电击的感觉再次升腾起来。

“她，难道真的是她？”他的脑海中一个顽固的问号再一次冒了出来。“不是，不可能。”他一而再，再而三地想把这个问号压下去，但它却沉下去又浮了上来。

因为，因为她的身段，她的容貌，特别是她那独有的，他从未见过第二人的、那右眼角下一个小巧的黑痣，那么清晰，那么具有魅力的点缀在那里，这不是她是谁呢？

那个难忘的销魂之夜，那个他人生陡然转弯的节点。

十年前，他是海州市三百多里外一个县的县长，时年不到四十岁，作为一个农家出身的孩子，他的仕途可谓一帆风顺。他是二十世纪最后一个十年里，他所在县屈指可数的几个研究生之一，因此，他毕业后受到县里特别的钟爱，不几年，他就从副科起步，迈过了正科、副处的台阶，尔后又坐上县长的宝座。

他成为当时一颗冉冉升起的明星。

他亦成为当时当地人们话题中的主角。

那个晚上的事，便发生在他当上县长不久的一天。

他接到在临近市工作的一位大学同学的邀请，说好长时间没见面了，十分想念，想约他一块见个面，吃顿便饭，同时也算是对他升任一县之长的祝贺。实事求是讲，农家出身的他，深知这一切来之不易，虽然当时那个社会环境中，吃吃喝喝，送送请请，已是司空见惯的普遍现象，但在贾志雄的心目中，总是有一条基本的概念，公是公，私是私，公私不可混为一谈，所以，走上县长位子后，他谢绝了一切为他庆贺的宴请，此事当时的一家大报记者还做了报道，曾成为被热议的事件。但是，现在，自己大学的同学，而且是在他任职之市之外的地方，他虽然也听出了，同学有为他荣任县长的祝贺之意，毕竟是远在异乡，拒辞是不是有点太不近人情。

他如约而去了。

酒宴档次不低，所到客人除去那位同学外，都是当地的官员和几位企业界人士，应该说，气氛挺好，喝得也十分尽兴，杯来盏往，到底喝了多少，他自己也说不清了，后来懵懵懂懂，他似乎被送进了一个房间，而后，似有人帮助，脱去了衣服，盖上了被子。

睡了一阵，朦胧中的他，似感觉到被窝中另一侧，有一种温热感，好像与自己的媳妇同床而眠的感觉一样，但他意识到，今日所处不是家中，这，这，他的头皮猛地一炸，他的大脑激灵了一下，酒意醒了一半，他坐了起来，但见一床大被下，确有另一位似在熟睡的异性的躯体，细腻，白净，如脂如玉。

天哪，他真的想，此时有如孙悟空那般腾空而起的法力，冲破这房子，远离这是非之地。然而，他没有那样的法力，他也没有了那样的勇气。他清楚他已落入了恶人的圈套，但他却对此无能为力。

他稍做冷静，他的双目再次落在那女孩脸上，好一副稚气未退，清秀端庄的女孩的脸庞，她那安然入睡的姿态，俨然如一副蜡雕美人，令人无可挑剔。面对这样一位美人，贾志雄的身体陡然起了变化，浑身的血流像喷涌的烈火，烧得他手足难耐，他的大脑一瞬间似被一股浊流搅浑，混沌了天地，混沌了一切，他双眼一闭，身子向那异性躯体压去……

精疲力尽之后，他骨碌翻下来，静静地躺在那里，像死去一般。

也就在这时，那女孩一下子翻身坐起，而后，又扯起被子把头也捂了起来。

他意识到，是该离开了，于是他匆匆穿上衣服，向房门走去……

她，那张稚嫩清秀的面孔，那给他留下了言语无法形容的缠绵温存的体感，那个特有的可爱的痣，让他何时想来，都恍若眼前，历历在目。

她，怎么会到了这里，她，为什么偏偏又成了他家的保姆？

柴胜男收到了薛书记发来的一封短信，争取她的意见，说如她同意，他拟推荐她去市妇联任副主席。她知道，凭着他现在的位置，并且工青团妇又都是他分管的部门，他说推荐她去，那肯定是十拿九稳的事。但是，柴胜男对这一消息却也高兴不起来。这原因吗，说起来也有不少条，但最重要的是，她学的是法律，工作在法院，这是她从上中学就产生了浓厚兴趣的专业和职业，而且在法院，她也确实干得得心应手，如果不是遇上付霞这么个竞争对手，如果不是周边有那么些个办案不行，琢磨人特有功力的凡夫俗子，她胜男在仕途上走得再顺一点，现在谁请她她也不去。

然而，现在是他，一个真心想给她一个好消息的人，给她提供的机遇和助力。

夜深人静之际，她第一次主动给他，拨通了那个他留给她的电话。她要进一步核实一下她所关心和担忧的问题。

结论是令她满意的。薛书记好像对她所提的问题早有准备一样，一一做出了解释。尤其对她突然到那么个岗位供职，会不会引起社会上质疑，这是不是会给他带来麻烦，薛书记已做出十分肯定且周全的预防。她被告知，市妇联目前正缺职一位副主席，且主席明确希望，物色一位懂法律、擅长做思想工作的人，来充实市妇联的领导力量，这是机缘巧合，还是天意使然，这岂不就是为她量身定做的位置吗？而且薛书记的话中，还明显透露出她走上那个岗位意味着什么，前方更加灿烂美好的未来，更加值得期待。

她无话可说了，也无忧可虑了。她只得道了一声，谢谢领导关爱。

贾志雄双手捧头，坐在那张硕大的办公桌上，俨如一尊雕塑，一动不动。

其实，此时此刻，他的大脑中却如狂风吹动的海面一样，波涛汹涌。十年了，十年前的那个夜晚，他被一只无形的手紧紧抓住后，再也没有过轻松舒畅的日子。

至今这只手源在何处，他一无所知，好像他们两者的关系，也没有另外的任何人知道，若不然，他能顺顺当当干了两届县长而无风无浪？至于这只手显没显过身，当然显过，先后有两次涉及县里的工程和使用土地招标时，他收到了代表那个特殊之夜的时间的数字 080524，后面便是十分简洁文字表述的要求。

他不敢懈怠，通过上下招呼，两次要求都圆满地过去了，而且两次事后，他还收到了十分可观的答谢费。

此事就如两颗定时炸弹，深深地埋藏在他的心底。他唯一的企盼便是，顺顺当当再干上几年，平平安安调走，他便阿弥陀佛，谢天谢地。

县长两届届满，他必须离开这个位置了。按当下的常规，如果干得不错，组织上一般会考虑，让其再到县委书记位上干，或调到市直有关部门干个正职。贾志雄在这个节点，等来的通知却是，交流到海州市中级法院任党组副书记，副院长。这一变动，着实令他暗暗出了一身冷汗，到异地任职，若非提拔重用，这往往是意味着，在组织眼中已经失宠，或有什么这样那样潜在的反映和问题。

贾志雄到海州中院报到后不久，海州市委又和他谈话，告知拟提名他为海州中院院长，这使他一颗忐忑不安的心一下子落到实地，因为中院院长是副厅级，是比县处级高半格的，那这当然也就是重用了。至此，他埋怨自己不该胡思乱想，更不该对组织上对自己工作的调整疑神疑鬼。

他甚至有点暗自庆幸了，虽然，他对那个生他养他并成就他辉煌人生的故乡，有着深深的眷恋和情谊，但在二十余年的经营中，也难免埋下了怨恨的种子，产生嫉妒的对手，现在这一离开，跨了地域，跨了行业，他想，这也许是他摆脱掉一切羁绊的最好途径，还有，那只扼住他的无形黑手，也许因为他的离开，因为他不再掌控与资源相关的事务，从而会离他而去。

幸哉，乐哉，快哉。

然而，她，却突然出现了。

刘小芸这几天的思绪，同样是云翻雾障迷迷茫茫。

此刻，她借老太太休息的时间，来到了卫生间，悄悄把门关上，将自己那张再熟悉不过的脸庞，慢慢靠向梳妆镜前。

镜子十分尽责地把她那张俊俏的脸，丝毫不差地刻画在她的面前。她那张洋溢着青春气息，无可挑剔的脸庞上，唯一醒目的特征，便是右眼角下那颗小小的黑痣。

这颗黑色的小痣，却令她有着忘不掉舍不了的印记。

这是一颗胎中带来的小痣。一家人对这颗小痣谁也没有在意，甚至时有亲朋好友戏称其为美人痣。上中学时，她和几位要好的同学趁星期日去县城边上的一处寺庙游玩，那是县城的一个旅游景点，虽不比大地方的著名景点那样人头攒动，但也是一年四季不绝参观者踪迹。

她们正在逛，路边的一位相面先生模样的人，追上她说，只要肯出二十元钱，便告诉她一个有关她的大事。她和几个同学均认为这是一个骗子，嬉笑而去，未予理会，不料在他们返回时，那相面先生模样的人突然冒出一句："痣在泪行路，必有不幸事。"

她和同学们仍未在意，但大家却知道这话说的是谁。

她也没把这事放在心上。但是，事后出现了那场惨祸，是那句咒语的应验呢，还是牵强附会的巧合？总之，算命先生的话，在她家出了那场事之后，在她家乡，很快疯传开来，而且越传越神乎，越传越离谱，至于到后来传成了什么样子，她也懒得去听了。

她还有个唯一的姑姑，就住在县城。姑姑也听到了这些传说，姑姑专门找到她，劝她去医院做掉那个痣。她理解姑姑的用心，但生性外柔内刚的她，沉默了好一阵，对姑姑说出了这样的话："姑姑，我身上的一肤一发，都是我爸妈留给我的，我只有权拥有它，没有任何理由丢弃一丝一毫。如果它真的是一颗灾星，我现在已一无所有，就让它把我也带走吧，正好，我也好想好想我的爸爸妈妈了。"

说罢，她哭着冲出了姑姑家。

刘小芸用手指戳着镜中脸盘上的那颗痣："你，你，你……"说不出是惜，是恨，是弃……但是她深信，这颗痣，在那个男人占有她那处女之身时，定会看到，并留下记忆。她同样确信，那天，那姓贾的最后告别时的眼光，也说明他看到了这颗痣。

痣啊痣，你的出现，你的存在，怎么让我刘小芸有这么多难扯难分的纠葛呢！十年前，那个令她不堪回忆的一夜之后，她用自己的身子换来了三万块钱，还清了爸妈因她姐弟上学欠下的债务。她也决意永远地告别生她养她的故乡，她已无颜面在乡亲们面前立足。

那时她唯一活下来的信念，便是外出打工，挣一份报酬，替爸妈承担起对弟弟的抚养义务，供养他上完中学，上完大学，将来成家立业，传承下刘家的血脉。可让她未想到的是，两三个月后，她感到身体有些不适，到医院就诊，却被医生告知，她怀孕了。

这是一个不该来的生命。本来，经过了那场天灾，又经过那场噩梦，刘小芸的心已死，她唯一的挂念便是弟弟。她甚至不止一次地想到，有那么一天，完成任务的她两眼一闭，永久地告别这尘世，再也无牵无挂，也许，那是最好的解脱。

可这个小生灵，就这么意外地来到她的身上。

突然间，她又多了一个亲人。也许是母亲的本能使然，刘小芸一下子感到了血缘的奇妙和生命的宝贵。

她决定把这个孩子生下来，并且要拼尽全力把他养大。此时的她想到，这也许是苍天不让她就这么无牵无挂永远与世两断，而是让生性刚烈的她有血脉传承下去。自那时起，生下身上的孩子，把他养大成人，又成了一个新使命深深嵌入她的心灵。

第十五章 私欲侥幸

王张两姓斗殴伤害一案的初审法院法官，是一位适逢中年的法官，叫关中胜。春节期间他接到了欧苏洛的电话，告知该案已被中院立案再审，其最终结果尚不得而知，让他们要预知预防，尽量避免把事情搞大。

接完电话，关中胜的一颗心便怦怦跳个不停。他作为这件案子的主审法官，对这个案子的真实情况，自然再清楚不过了。如果再审，真把里面的来龙去脉捋清楚，那是一起错案的结论便会自然而出。尔后的事，便是有关部门的介入，明确责任，启动追究。再往下，他有点不敢想了。

关中胜从欧苏洛的电话中，还明显品出一种埋怨和警示的语气。想到这，他气不打一处来，口中狠狠喷出一句："什么东西，既想立牌坊，又要当婊子。"这时的他，揽功诿过地发泄着：谁不知道你欧苏洛的为人，不图三分利，不起早五更，这些年来，你虽然胆小，不敢狮子大开口，但也见缝插针，零零碎碎，日积月累，你吃进的好处也不老少，要不是基于对你的认识，我也不敢贸然给你留下那一万块钱。现在，眼看要出事了，说什么那个钱你一直未动，压根也不想收，叫我近期拿回来，嗨，真比泥鳅还滑，呸！

骂归骂，贬归贬，事到这地步，这姓欧的又走了这一步，他必须想想自己的处境了。于是，他也回想起这起案件，他可是通过曲曲拐拐的关系，收了王家五万元哪。

哎，当时为啥就收下这个钱呢。这是一切贪财之人，东窗事发后共有的心理。收钱的时候心存侥幸，事发后悔恨交加。遗憾的是，世上从无后悔药。

当初听到这个案子时，他也认为这是一个简单清晰的案子，并没什么好做手脚。但来托关系的人说得天花乱坠，似乎只要他闭着眼认了这伤害鉴定材料，一切证据都无懈可击。

卷宗材料呈到他面前时，鉴定的结论赫然写着张姓男子系自伤而非他伤。案子在这个前提下，匆匆走完程序，判了出去。

其实，案子判完之后，他有一段时间心中也十分忐忑，好在案子到了中院二审，落到了欧苏洛的手里。欧苏洛的为人，关中胜吃得清。于是，他又带了一万块钱，到欧苏洛那里请他吃了一顿便饭，在叙情道谊中奉承了他一番，同时，根据他掌握的王、张两姓的有关情况，按照他的理解和推测，大事化小地向欧苏洛解释了一番。欧苏洛心领神会。事情进展的似乎十分顺利，作为二审法院，这种案子属于小案子，可以书面审理。欧苏洛充分利用了这些条件，象征性地走了走程序，维持一审判决给该案画了句号。

张家当然不服，但只能走审判再审的程序。要走通这个程序，无论时间，还是条件，都给申请人设置了比较苛刻的要求。而当张姓当事人刚准备好申请再审时，却因意外车祸不幸身亡，由此，案子便也意味着失去了诉求人。

这消息直让关中胜私下连呼幸哉。

欧苏洛很快也得知了这消息，他也暗中庆幸那一下子一万块钱变的平安无虞了。

哪知人算不如天算，张姓当事人一下子冒出个内弟，这位内弟可是有知识有文化见过世面的，不像没上过几天学的张家当事人那么好糊弄。

贾志雄近十年来渐趋平静的心，因刘小芸的出现而彻底打乱。

十年前的那个难忘之夜，像一只无形之手，让他套上了一个永远也甩脱不掉的枷锁。

从此之后，他便生活在一种惶恐和恐惧之中，好在，那只无形之手并没有无始无终地打扰他，只是有两三次，悄悄现过身，给他提出的要求，也不是他太勉为其难的事，事情便这样以不起大风大浪的方式延续了下来。

这次岗位调整，他曾虚惊一场，但现实证明，组织上对他并没有产生怀疑，这使他高悬的一颗心，终于平静下来，甚至私下对这次调离故乡，甩开了故乡的恩恩怨怨和是是非非，感到是一种超脱。

谁能想到，年前的一次惯常的走访，却碰上了十年前的那个她。

他俯在她身上时，他的脸紧贴着她的脸。她两眼紧闭，秀美的脸庞明显地隆起着皱眉，明示着她的无奈和委屈。但她右眼角下，那颗墨黑微隆的小痣，却深深地刻印在他的脑海中。

那是一个令他，今生今世都难以忘记的一个标记。他原以为，那将是一个深埋在心底的标记，永远也不会、不可能再浮现出来。

然而，现在，就在不久前，它又那么真切，那么鲜明地出现在他的眼前。而且他还回忆起，在那天他一踏进郑立峰家那门口时，一位年轻女性的身影在眼前晃了一下，随后便闪身到了另一个房间。当时，他也意识到了这可能就是立峰请的保姆，没太在意，再说，这时立峰的老母亲已开始从卧室往外走，他的目光和注意力也全放到了老太太身上。

但当离开郑立峰家，那位保姆被老太太喊着送客，她才再一次从厨房里露出身影。他本来是礼仪性地和她打个招呼，但见那保姆却有些闪躲，而就在她不得不抬起头，和他们招手表示告别时，她右眼角下的一颗黑痣却露了出来，被他清清楚楚地看在眼里，他顿时便如电击一样，浑身颤抖了一下，若不是身后有人，身子正在门框之内，左右均有依靠，也许他会踉跄跌倒，幸亏了周边的那些个条件，为他遮掩了当时的窘境和狼狈，而以血压突然升高挡了过去。

那么，她的出现将预示着什么，是孽债追讨，还是机缘巧合？下一步，这将意味着什么？

整个春节期间，这件事就像一个阴霾笼罩在他的心头，他的血压也真的高上去下不来，为了和家人、熟人搪塞心中的不安，他也只好把罪责加在血压居高不下上。

在家人的催促和陪同下，他去了两次医院，做了好几个检查，带回了一大包药物，但绝大部分药他根本没吃，对降压药，他则故意减半或不按次数吃；他的心里明白，只有保持较高的血压，他才便于掩饰自己真正的心病。

上班了，他思虑万千，最终他决定找郑立峰聊一聊，看能否探听出点有关她的有用信息。

按常规，单位一把手，约谈中层正副职，都是很正常的，但约请郑立峰谈心，贾志雄却颇费了不少心思。

谈工作吗，郑立峰的工作态度，工作能力，那都是全院干警一致认可和佩服的，特别是他作了介入手术后，到了新的岗位，又把个审监庭搞得风生水起，局面一新。

谈家庭吗，大家都知道，郑立峰是个从来不把家庭困难情况带到单位的人，包括他的媳妇去世这样的家庭悲剧，领导同事不追问到他面前，他也从来不提及。

谈身体情况，他做过介入手术已逾半年，他也好像把这事忘到脑后一般，从未为此请假抱病。但不管怎么说，这总是个理由，尤其是作为单位的主要领导，这毕竟是个既说得过去，又容易被众人理解，且容易被约谈人感动的事。

对，就以此为约谈主题。

这样的主题，两人的交谈既和谐又祥和。当贾志雄与郑立峰，就术后的情况方方面面聊透之后，他作为领导，从关心下属的角度，又提出了面面俱到的建议。

郑立峰对贾志雄这番悉心的关怀，虽有点意外，但确实那话非常的体贴，非常的令人心暖，所以，他也发自内心地对着贾志雄，表达了自己真诚的感谢。贾志雄见达到了预期的效果，心中也十分高兴，同时，他也把话题水到渠成地引到他所关注的内容上来。

贾志雄说：“你家庭这种状况，幸亏雇了个非常称心的保姆，不然，真令人焦心哪。”

郑立峰接上：“正是，这个小保姆照顾人，非常周到耐心，老母亲十分满意，这确实解决了我最担心最牵挂的一个问题。”

贾志雄接上：“俗话说，好人自有好报，不少人都说，这是你做事为人处处为人表率的回报呢。”

郑立峰：“那倒不敢当，不过走过这么些年，我确实多次在遇到危难之事时，总是像有贵人相助似的，帮我渡过难关。”

贾志雄话题一转："现在找一个好保姆，比找一个好的领导干部都难，你家怎么一下子就找了这么个好保姆？"

郑立峰笑了："贾院长，这个说法我还是第一次听说。不过，我家这个保姆确实难找。"

贾志雄："你是怎么了解这个保姆的呢？"

郑志峰："哪是我了解的，是我妹妹通过人介绍联系上的。"

贾志雄："这么说，你对这小保姆一点也不了解，包括她家在哪里，本人什么情况，你一点不知。"

郑立峰点了点头："确实不知。再说，我那个妹妹，口口声声我是大忙人，这种事不用我管，呐，我也便顺水推舟，由她操心去吧。"

贾志雄："哎呀，我说立峰啊，不是我批评你，你这身为法官，对有些事也太缺乏必要的警惕性了。"

郑立峰只得承认："贾院长批评得对，我以后注意。"

这场谈话聊天，若无其他用意，应该算得上十分完满的一次约谈。但是，看着推门出去的郑立峰，贾志雄却感到一阵明显的失落袭上心头。这个郑立峰，竟对家中平添这么个人的情况，所知了了，提供不出一点点有用的东西。

刘小芸自打年前那个偶然邂逅后，她的心便再也无法平静下来。她在想，这个人的出现，将意味着什么？那个一夜之后，她的最直接的想法是，从此之后，把那天的事永远地从脑海中抹去，为父母还清债务，她从此也从家中消失，找份工作，为自己的生存和弟弟上学支付费用，再往后，她则不去想，也不愿去想了。

谁知那个小生命的出现，彻底改变了她的想法，改变了她的观念。从此，为这个孩子的成长考虑，成了她生命存在的全部。她本打算，把孩子养大，再给他编一个完美的故事，当他长大成人后，自己再考虑自己的人生。谁料到，这个人突然出现了，而且她知道，这就是自己孩子的亲生父亲，那么这么一来，孩子再向她追问爸爸是谁？她还能淡定地给他编故事吗。

如果故事编不下去，难道告知孩子实情吗？那对孩子的心灵，是一种什么样的打击呢？还有，他自己现在尚不知，他还有这么个孩子，一旦捅开实情，他能认吗，他敢认吗。

如果他坚决不认，她可以申请有关部门做个亲子鉴定。但那结果出来又是个什么状况呢。让他认领孩子，让他承担供养孩子的费用？

不，这个生性聪慧刚烈的刘小芸，通过为父母还债那一件事，便对钱财有了一种说不清道不白的心结。只要凭自己的能力能挺过去的事，她视别人的钱财为粪土，为垃圾，不愿多斜视一眼。

如果继续编着故事瞒下去，现在也许可以，但再过几年，十几年，这种故事能一直瞒下去吗。

天哪，这是什么事，什么事也没有难倒的刘小芸，这一次真的求天天不应，喊地地不灵了。

混沌下去吧，走到哪一步再说哪一步的话。

前几天，她借春节回姑姑家走了一趟，因为她和姑姑共同编好的故事，孩子喊她为姑姑，喊她的姑姑为奶奶。现在，孩子已过了九周岁生日，在上四年级了，小家伙长得高挑而白皙，身高已过了一米五，颇有几分英俊少年的风度。

孩子从小就知道有这么个姑姑，因此对她不但不陌生，而且特亲切。这次回来，刘小芸注视着孩子进进出出的身影，一种十分复杂的情感在身上涌动。姑姑通过小芸的表情，敏感地意识到可能发生了什么。但具体什么情况，她一时也猜不透。

夜深人静时，孩子已入睡，姑姑试探性地把怀疑说了出来："小芸，是不是遇到啥事了？"

小芸一下子扑在姑姑的怀中，抽咽起来。

姑姑印证了自己的判断，她安慰着小芸："孩子，说出来吧，姑姑能帮上你的，一定帮你扛着。再说，姑姑了解你，什么事也难不倒俺侄女。"说着，她也把已显笨重的身体往小芸身上靠了靠。

来自亲人的鼓励和支持，使小芸浑身感到一阵温暖，身上也陡增了一股力量，于是，她开始向姑姑讲述前段时间发生的事。

听完小芸的讲述，姑姑的脸上罩上了一层阴云。

小芸说完之后，略做停顿，像是在等待姑姑的回应，但姑姑毫无动静，她便说道："姑，你说我该怎么办哪？"

姑姑这才似从梦中醒来，她一把抓紧了小芸的手："小芸，你可不能走，小铭也不能走。"小铭就是刘小芸的孩子。

此时的姑姑，一听到孩子的亲生父亲出现，第一反应就是，小芸和那个孩子都会被那个人带走，这对于从小铭呱呱坠地就昼夜看护的她，俨然是在头顶炸响了一声惊雷；她已与侄女，与小铭，融为不可分离的整体；尤其是小铭，侄女身上掉下的肉嘟嘟的小生灵，也一天一天长成了和她比肩的小伙子，一旦让他从自己身边离去，那无异于硬生生从她身上割去一块肉。这令她无法想象，也不可接受。而小家伙呢，也接受自身是一个弃儿的故事。但他因为奶奶的关爱，从没有一点弃儿的感觉。因此，随着年龄的增长，小铭也对她从情感和意识上认定为自己的亲奶奶，而对于这位姑姑，他也分明感受到，对自己有着一种独有的钟爱和亲近，因此，他也特别喜欢这位姑姑，特别亲近这位姑姑。

其实，只有小铭被一个虚构的故事蒙蔽着，这两代两位女性加上他，是有着血缘关系的三个人，能不融洽吗。

这里还有必要补充几句的是，小芸的这位姑姑，尚长小芸的爸爸三岁，嫁给了一名中学老师，婚后生有一女，一家三口，其乐融融。但小芸的姑夫五十岁那年，得了癌症，一年后离开人世。姑姑和姑夫感情很好，姑夫的去世使她遭受到极大的打击，大病一场，躺了好几个月，人也仿佛一下老了十多岁。值得庆幸的是，独生女儿既聪慧过人，又孝敬老妈，当小芸姑姑从伤感中渐渐恢复过来后，她又被一国外知名高校录取。女儿虑及她走后妈妈一人在家孤单，想放弃这个机会。当妈的则坚决反对，娘俩儿纠结了半天，还是当妈的又搬出了去世的爸爸，爸爸一辈子追求和期盼的便是女儿学有所成，在这么个好的机遇面前，无论如何也不能放弃。至此，女儿才迁就了妈妈，到了国外上学去了。

也就是这时，刘小芸带着身孕来到她的面前。起初，她的第一反应便是不要这个孩子，因为刘小芸毕竟尚未出嫁，她的未来，还有好多门槛要过，社会的舆论，亲情的认可，未来家人的感受，这一切的一切，都会因为这个孩子的存在而受到影响，甚至可以说是致命的影响。

但是，刘小芸的一句话却让当姑的无言作答：“姑姑，你看我还有未来吗？如果不是为了了却爸妈的遗愿，如果不是因为我的弟弟还需要供养，我早已随爸妈去了。”

姑姑看得出，自己这位性情刚烈的侄女，是说到做到的，而且，她已不对自己的未来去做任何的考虑。而眼下，也许这个孩子是唯一能拴住她的心的人。

女人对女人的理解，使姑姑转变了态度。于是，二人围绕孩子的出生，孩子的抚养，孩子的故事，进行了周密的商议和谋划。小家伙出生后，是那么的可爱，那么的聪明，那么的乖巧，一岁又一岁，转眼九年过去，小铭已成为四年级的一名优秀学生。而一直陪伴他成长的奶奶，说真的，已把这个孩子视为了亲孙子。现在，那个孽种的出现，着实令小芸的姑姑像被人劈头浇下一盆凉水，从上到下凉了个透。

姑姑试探小芸：“小芸，你对这事怎么想?”

刘小芸对此询问，似熟虑于心：“孩子是我生的，是您把他养大的，小铭是咱们娘俩儿的孩子，谁也别想把他夺走。”

姑姑听小芸这么一说，心似放松了一些，但转念一想，她又问道：“孩子，那，那个孽种还不知道这事吧?”

刘小芸：“不知道，我也不打算让他知道。”

姑姑赞同：“好好，只是这样一来，供养这个孩子的全部压力都压在你身上了。”

刘小芸也听出了姑姑的话中之意：“姑，小铭已这么大了，最累人最艰难的时期已过，往后，我们还有过不去的坎吗?”

姑姑也明白了侄女的心意：“小芸，你主意已定，姑全力支持你，小铭今后的花费，姑会继续与你共同承担。”

小芸一下子抱住姑姑：“姑，你真好，如果没有你的帮衬，我恐怕真的难扛到现在。”

姑姑：“傻孩子，谁叫咱俩都是刘家的闺女，你爸妈走了，我就是你的爸妈呀。”

刘小芸动情地喊道："姑，妈。"

姑姑又说道："这事咱娘儿俩意见一致了，只是小铭，我们能瞒他到什么时候呢？"

刘小芸也直视着姑姑："姑，这也是我最担心的事。"

姑姑感叹："哎，造化弄人哪。孩子，咱们就听天命吧！"

刘小芸也只得无奈地点了点头。

随着张姓申请再审案的审理进展，欧苏洛的心悬得一天比一天高。起初，这个案子一正式立案，他的心就"咯噔"了一下，因为他非常清楚这个案子的破绽所在，他更清楚这个案子如果被定性为错案，那追究责任就是必然之事。为此，他思谋了很久，也考虑了若干预防措施，其中当然包括厚下脸皮，说尽甜言蜜语，还花了六千块钱买了一斤珍品酪茶送给郑立峰笼络感情。原本他担心这位一根筋的仁兄拒不接受，好在郑立峰居然收下了，这使他心安了不少。可谁承想，这个案子却落到了苏长福的手里。苏长福，苏长福，这是个公认的闷葫芦，更是个不求人人，人人也难求的主儿。

郑立峰自当民庭庭长之初，就拍着胸脯喊出了"大案难案，庭长先上"的口号，据说到了审监庭，他仍坚持这一做法，所以，张姓这边闹得凶，欧苏洛判断这案子肯定是郑立峰亲自担纲。万万没想到，案子竟到了苏长福手上。这使欧苏洛又疑惑又懊悔，在郑立峰身上下的赌注岂不是白下了吗？而苏长福的为人、行事，更是令人摸不着底。

欧苏洛心焦难耐。在苏长福那里再意思意思？那又得破费不少，再说，姓苏的吃不吃这一口还不得而知。再往下想，姓苏的会不会也收下礼物，但最终案子还是该怎么判还怎么判，那岂不真是应了古书上那句话，赔了夫人又折兵？

前两天，他特意邀了张超民和立案庭庭长鲁旦运坐了坐，其意不言自明，无非是笼络笼络感情，增加点同盟力量，拓宽信息渠道。

但是，聚会的效果并不那么理想。

那两位仁兄，好像对他相邀的用意早已了然于胸，而且话里话外，都流露出爱莫能助和避之不及的意思。

唉，这一次，欧苏洛可尝了一回树倒猢狲散，墙倒众人推的滋味。

他真后悔，当初，为什么那么草率地就处理了这个案子呢。

私欲，侥幸。这两个与走上罪错之路的人难舍难分的可恶的魔鬼，这一次又让他身陷泥潭。

人，是个很自私很奇怪的动物，不管自身的错误有多大，一旦出事，首先便是迁怒别人。

这时，欧苏洛也毫不奇怪地走上了这条路。

事至如今，该怨谁呢？除去没完没了的张家人，内部，也与郑立峰出任这个审监庭庭长有关。试想现在的审监庭还是老仲庭长，事情的结果可能就和今天大不一样。郑立峰啊郑立峰，你得个熊病就得个熊病吧，还得那么个病，放上两个支架，又和好人一样了。你到审监庭，谁不知道那是领导好心，让你到个案件较少，相对比较轻松的岗位。你倒好，一到位就高调宣称什么“负法行者”，从源头上大刀阔斧解决立案梗塞问题，这一来，一批多次来访未立案的案件都立了案。

郑立峰啊郑立峰，你既然血管堵了，为啥不再多堵几根呢，既然堵了，为什么不干脆一堵了之呢。

郑立峰被贾志雄约请谈心后，心中也有些纳闷。年前的走访，他觉得这就足见院领导对自己的关怀。因为他知道，按院里的惯例，院领导们是只走访看望离休干部和退休的院级领导的，他之所以被列入走访对象，他想，这准是领导们鉴于他遭遇的家庭不幸和染病，但不管怎么说，这些都是弹性条件，可认可，亦可不认可，领导们既然集体来到了自己的家，看望了自己的老母亲并且使老母亲，为有他这个儿子深感骄傲和满足，这已令他深受感动。

然而，刚上班不久，贾志雄院长就又安排了这么一次谈心活动，这令他在朦胧中似乎觉察出寻常中的不寻常。据他的了解，贾志雄到任这一年来，这种约谈活动还真不多。

回忆约谈的内容，好像真的没有感觉出贾的话有什么潜台词，也没有听出什么弦外之音，更没有对工作上提出什么要求和什么注意事项。

难道真的是出于对自己的关心，是一场平平常常的聊家常式的谈心？

这当然不是不可能，但是，在一年开始之际，在全院一年的工作铺开之际，作为一把手的贾志雄，专门抽出时间，安排这样一次谈心，这，这，怎么想，似乎都有点不同寻常。

夜，城市一天的嘈杂声渐渐远去。

郑立峰躺在床上，辗转难眠。他拿过一本书，翻阅了几页，似乎也兴趣索然，把书放下，强迫自己闭上双眼。但，仍然没有困意，他的脑海中再次浮现出了近几天遇到事，贾院长专门邀他谈心事，再次占据了头条的位置。

贾志雄说："你家庭这种状况，幸亏雇了个非常称心的保姆，不然，真令人焦心哪。"

郑立峰接上："正是，这个小保姆照顾人，非常周到耐心，老母亲十分满意，这确实解决了我最担心最牵挂的一个问题。"

贾志雄接上："俗话说，好人自有好报，不少人都说，这是你做事为人处处为人表率的回报呢。"

郑立峰："那倒不敢当，不过走过这么些年，我确实多次在遇到危难之事时，总是像有贵人相助似的，帮我渡过难关。"

贾志雄话题一转："现在找一个好保姆，比找一个好的领导干部都难，你家怎么一下子就找了这么个好保姆？"

郑立峰笑了："贾院长，这个说法我还是第一次听说。不过，我家这个保姆确实难找。"

贾志雄："你是怎么了解这个保姆的呢？"

郑志峰："哪是我了解的，是我妹妹通过人介绍联系上的。"

贾志雄："这么说，你对这小保姆一点也不了解，包括她家在哪里，本人什么情况，你一点不知。"

郑立峰点了点头："确实不知。再说，我那个妹妹，口口声声我是大忙人，这种事不用我管，呐，我也便顺水推舟，由她操心去吧。"

贾志雄："哎呀，我说立峰啊，不是我批评你，你这身为法官，对有些事也太缺乏必要的警惕性了。"

郑立峰只得承认："贾院长批评得对，我以后注意。"

郑立峰过电影一样，又回看了贾志雄和他谈心中的一段，猛然间，他似触及某种东西，但，是什么东西，他一时似乎又捕捉不定。

这时，他又回想起几天前，老妈对他嘟哝的一句话："峰啊，过年这几天，我看着小芸好像有啥心事，时不时两眼走神。"

他当时对娘说："娘，你别管那么多事，人家照常伺候您就行。再说，每逢佳节倍思亲嘛，在这种节日的时候，人家有点心事也很正常。"

老妈听这么一说，也表示有道理："也是，也是。"

但此时他不知为什么，脑子固执地把两幅画面硬是叠加在一起。而且，画面中的主角，便是贾志雄和刘小芸。

但是，贾志雄和刘小芸会有什么关系?

这简直是风马牛不相及，是天方夜谭。

郑立峰又进一步琢磨，他贾志雄，是从数百公里外的另一家地级市辖县的县委书记，调任海州中院任院长的，而且据传，人家在那里干得还不错。从县委书记调任异地任中院院长，这是常见现象，属提拔重用范畴，这正符合现在干部的任用原则，也印证了组织上对其的认可。再说刘小芸，这是妹妹经人介绍雇请的保姆，因为是来专门照顾老娘的，只要老娘认可，便是一成百成。小芸的到来，确实时间不久就深得娘的认可，作为家中男性，人家保姆还那么年轻，你有什么必要和人家沟通交流呢，你有什么必要了解人家的私人信息呢。

对了，有一次，自己还确实私下问过妹妹一句："你对这个人的情况可了解?"

可妹妹上来就呛了一句："哥，咱这是请的保姆，又不是请的管家，你了解那么多干啥？当官的职业病，动不动就考察人家的三亲六故。"

得，得，还能说什么呢。

第十六章
凡人凡事

郑立峰收到妹妹立荣的邀请，说妹夫好长时间未见到他了，特请他到家一聚。

郑立峰的妹夫是附近中学的一名教师，人品很好。特别是他家父亲和媳妇去世后，这位妹夫表现得尤为通情达理，天天撵妹妹多过来照顾老人，还时常宽慰郑立峰。要知道，妹夫的双亲也都是过了古稀的人了，并且身体都不是很好，生活中也需要人照料。妹妹多照顾了娘家这头，婆家那头自然就得妹夫多分担。每每想到这里，立峰就打心眼里，对妹妹和妹夫怀有一种感激之情。

现在，人家要请他去聚聚，他当然没有理由拒绝。

到妹妹家做客，当然不能空手而往，所以，一下班，郑立峰便驱车来到一家超市，选购了几样适合老人的营养品和保健品，开车往妹妹家去。

妹妹家离他家不过五六公里。郑立峰从单位驾车前去，也不过十多分钟车程。很快，妹妹所住的居民楼便映入眼帘。

距离近了，他把车速降了下来。

妹妹突然从楼后闪了出来。

她显然已认出这是哥哥的车。郑立峰心情不错，心里想还用得着出来接吗，这妹妹对哥哥越来越懂尊敬了。

郑立峰停下车，从车中一下来便说："还接我，我又不是不知道你家。"

妹妹笑了："俺哥登门，妹妹迎迎还不应该？"

这话似也很有道理，郑立峰："好好好，谢谢妹妹。来吧，正好帮我拿东西。"

立荣："哥哥来妹妹家吃顿饭，还拿东西？也太客气了吧。"

郑立峰一笑："咱俩谁客气？请哥哥吃饭，你还跑出来接着我呢。再说，我不是给你拿东西，我是给两位老人买的礼物，这不应该吗？"

妹妹连连点头："还是俺哥想得全面。"

郑立峰："别给我戴高帽了，拿东西吧。"

妹妹应着，一边从哥哥手里接东西，一边凑到立峰面前："哥，有个事先告诉你一声。"

郑立峰立马停住手，抬起头："什么事？"

妹妹故作娇嗔道："看把你吓得，好像妹妹要赖你似的。"

郑立峰也板起脸，拿出一贯的认真劲儿："你别说，我可有言在先，谁也不准揽事。"

妹妹："哥，俺知道你，这不才事先来给你通报一声吗。"

郑立峰："什么事？"

妹妹："是你妹夫族里的两个哥哥。嗨，为了继承的事，他们的妹妹要告他俩，这不，人家非要听听你这大法官的看法。人家说，你要能帮上忙，就帮一把，帮不上，人家也不怪罪，这有什么不行的。"

郑立峰："但愿像你说的这么简单，听听再说吧。"

兄妹俩提上东西，向妹妹家走去。

妹夫和两个族兄，正在家中静候郑立峰的到来。

此时，客厅的餐桌上，已摆满了做好的饭菜，有的菜显然刚刚出锅，热气腾腾的，整个房子里都满溢着让人直流口水的香味。

门外有脚步声，三人同时从座位上站起，移步门口，迎接郑立峰的到来。

门开了，立荣在前引领，立峰紧跟在妹妹的身后。

门里兄弟三人三张笑脸，迎着进来的兄妹。

立荣高声介绍："俺哥来啦。"

妹夫接上："哥，您来了。"

郑立峰应答着："来了，来了。"

妹夫身后的两位都比郑立峰年龄大，所以他们只是招呼着："来了，来了。"

郑立峰也赶紧礼貌地回应："来了，来了。你们都等着哪。"

众人似乎一下子找到了共同的语言："应该，应该，你是客人嘛。"

郑立峰："我这是来妹妹妹夫家，也不是客人，是一家人。"

"对，对，是一家人。"妹夫的两位兄长也连忙说，"我们也都是自家兄弟，也是一家人。"

"对对对，一家人，一家人。"

妹夫赶紧招呼："各位快坐吧，咱们边吃边说。"

郑立峰家。

刘小芸做好了两人的饭菜，正在往餐桌上拾掇。

两人的饭菜，说起来挺难做的。一个老人，加上她这个保姆，一日三餐，这考的不是做饭人的厨艺，而是做饭人的心思。好在，刘小芸是个心灵手巧之人，时间不久，她便摸清了老人对饭菜的偏好和要求，老太太也满意她做的。

这天晚上的菜是一个素炒西葫芦，一个西红柿炒鸡蛋，量都不大，再熬上两碗小米面稀粥，这一顿饭便准备好了。她拾掇好以后，便去卧室叫老太太："大娘，咱们吃饭吧！"

立峰妈："噢，饭又准备好了。"

刘小芸："准备好了，还是您爱吃的素炖西葫芦，和去皮西红柿炒鸡蛋。"这里，她专门把炒说为炖，是实情。老人牙口不好，肠胃消化功能减退，所以小芸炒菜都炒得烂一点，有时差不多就是炖了；至于西红柿去皮，这是小芸根据老太太的情况想到的，也深得老人的赞许。

"真准时啊。"立峰娘边从床上往下挪，边念念有词，"人老了，不中用了，这一日三餐反倒及时了，这真是时候好哇。"

刘小芸接上一句："大娘，时候好也得孩子好。如果子女不孝，时候再好，老人们也难享上福。"

立峰娘抬头注视着小芸说：“孩子，你说得太对了。孩子有福，得摊上好爹娘；爹娘有福，得摊上好子女。”

刘小芸接上：“大娘您这么享福，不正是您摊的孩子好吗？”

立峰娘：“是的，是的，我这一儿一女啊，对老人的孝顺，真是少有哇。”

两人边聊边来到餐桌前。刘小芸护扶着老人坐下后，便在餐桌的另一边坐下。立峰娘开始吃饭。

刘小芸双眼直视着老人的面容，仿佛陷入某种遐思。她的眼前，幻化出了她的爹娘的面容。

……

爹挑着两捆柴火从外边进来。

娘正忙着做饭，见爹一脸尘土一身倦意的样子，心疼地嗔道：“不让你再去打拾柴火，你偏去，你得累死啊。”

爹嘿嘿一笑：“哪那么好累死，有你这么好的老婆，有两个这么争气的孩子，我呀，累着心里也甜哪。”

娘：“有根顶梁柱，是栋屋，倒了顶梁柱，就是一堆土，你可记住，你是咱家的顶梁柱！”

爹放下柴火，来到娘的面前：“我是顶梁柱，你也是顶梁柱，你没听说，单梁支撑屋不稳，双梁架起才牢固。”

娘：“俺知道，俺知道。”

爹说着凑到娘跟前，在她脸上蹭了一下：“放心吧媳妇。”

娘一躲闪：“芸回来了呢。”

爹也一惊：“芸回来了，今天不是星期天啊？”

娘：“妮子说，她是专门来家拿东西的，明早就赶回去。”

爹：“那快做点好吃的，学校的饭不养人。”

娘：“这不俺才炖上一只小鸡吗，让妮子解解馋。”

……

“小芸，闺女。”立峰娘见小芸没动碗筷，似心有所想，怔怔出神，便喊了一句。

正在出神的小芸听到老人的问询：“哦，娘，我……”她把遐思中的亲娘和眼前的立峰娘，叠印在了一起，脱口应答，发觉叫错时，话已出口。

立峰妈也听见了这一声娘，女性善良的天性，使她对眼前的小芸，真的有一种对闺女的疼惜："闺女，你好像有心事？若不妨碍，可以和大娘说说，说出来心里好痛快。"

好一位善解人意的老人。小芸在心中想，她若是自己的亲娘，那该多好。

刚才自己脱口而出的那一声娘，出口时还有一种不妥的歉意，经过老人的这一问，她心里充盈起了一种满足和温暖。

但是，面对这样一位八十高龄的老人，自己的那些不堪回首的往事，又怎么开得了口呢。她凄然一笑："大娘，没什么，谢谢您的关心。"

立峰娘也非常识趣："我这个年龄，啥也办不了啦。不过，你要需要帮忙可瞅个空和你郑哥说一说。你别看他端着个脸，其实我这个儿啊，我知道，心软着呢，善着呢。"

刘小芸："谢谢大娘，我记住了。"

立峰娘："孩子，吃饭哪。"

刘小芸应着，拿起筷子，开始吃饭。

立荣家中，酒宴过半，五个人状态各异，情情可观。

作为主客的郑立峰，不胜酒力，妹妹妹夫皆知，自然事先向二位族兄有交代，加上立峰自我控制能力较强，又有病症在身，所以，他是喝酒最少的，自然他也是最清醒的一个。

妹夫虽酒量一般，但今日他的身份特殊，他既是东道主又身负两位族兄的求托之责，想少喝都找不出理由，所以，现在他已喝得有点天旋地转了。

那两位族兄，人高马大，但一看就都是装酒的葫芦。

今天，他们二人有求于人，自己不能装孬；另外，这俩也都是上了酒桌忘了亲爹的主儿，酒自然少喝不了。此时，二位亦是面色绯红，醉意明显了。

还有在这四个男人身边，转来转去服务的立荣。

酒喝到这时候，族兄们的事早说明白了，他们有一位出嫁的妹妹，私心驱使，想来争抢一份遗产，结果未如其愿，所以反目成仇，找上律师要状告他们。

郑立峰听了两人的叙述，凭他这些年接触当事人的经验，他已明确意识到，眼前的这两位可不是省油的灯。

郑立峰面对这样的境况，也早已司空见惯，见怪不怪了。他见几位都喝得差不多了，时间也过了八点，他作为主客，是时候提出结束了，于是瞅准个机会提议道："两位老兄。成老师，我看咱们喝到这儿吧。"成老师是他对妹夫的尊称，因为妹夫是位老师。

三位一听，支棱起了耳朵，但本地请客习俗是客人不喝个酩酊大醉，似乎主人就没尽到诚意。于是三人你瞅我一眼，我瞅你一眼，几乎同声说道："不急不急，酒还没喝多少呢。"

郑立峰只得坚持："喝足了，喝足了，我酒量素来不大，而且还做过手术，现在已喝得不少，再说，我老母亲还在家等我呢！"

这几条理由令劝酒的几位也不好再说什么，便只能顺势结束。

成老师的那两位族兄，借着酒力，说话更直接起来："俺们兄弟俩的事，就全托付给郑庭长了。"

"郑庭长在中院，庙大神自大，给下边法院打个招呼，谁能不给个面子。"

"对对对，拜托拜托。"

郑立峰听着这种恭维，浑身不舒服。他对两位再三申明："我了解了解案情，但是，法院办案只能以事实为根据，以法律为准绳。"

交谈中，立峰妹夫不知从何处拿出了一个纸包，形状板板正正，看上去沉甸甸的。

郑立峰看到了，而且他也猜到了那是什么。于是他主动发问："成老师，你拿的是什么？"

妹夫有点难为情地说："这是我这两个大哥向您表示的一点谢意，我说不用，但他们坚持这不是给您的，是您用来打点的，这……"

郑立峰直接重新坐下，正色道："成老师，还有这两位大哥，我把话说明白，今天你们把这东西收起，咱们权当没有这事；你们非要坚持让我带上这东西，那好，明天我就上交我们纪检委，让他们通知你们拿回，或者上交国库，你们选择吧！"

立峰妹夫和两位族兄面面相觑，不知如何是好。事先，他们听立荣说起过她这位大哥的秉性脾气，但说归说，听归听，他们并没当回事，哪个当官的家人朋友不说自己家人清廉，那种扬风乍毛，摆阔炫富的，不是傻子就是彪子。

谁料到，现在真遇到不食人间烟火的了。

一列高速列车，缓缓启动，离开了车站，很快，它的速度越来越快，宛如一条银色的巨龙，驰离了人们的视野。

郑义轩就坐在这列火车上。看着车窗外急速后退的景色，坐在车上的人，有一种轻飘飘腾云驾雾的感觉。

乘坐现代化的交通工具，真是一种享受。

义轩看了一会儿窗外的景致，慢慢收回目光，微微闭目。

这次节后返校，他感到浑身的舒爽和愉悦。

这个假期，他对爸爸的误解、怨愤，用一个紧紧的拥抱，冰释了。他深深地体会到，一个家庭的和睦是多么的重要，人与人之间的宽容、理解又是多么的重要。而这一切，说起来都要感谢爸爸单位那两位阿姨的那封长信。

还有，辅导员刘老师，那一位年轻而又成熟，经历过坎坷历程，而又坦然面对人生的兄长。

忆及刘老师，他暗中已不止一次地责怪嘲笑自己。因为一入校，得知刘老师是本校刚毕业的留校研究生时，他曾在心中暗暗不屑，这么年轻，就做我们的辅导员，能行吗？直到他家中发生了一连串的不幸，他对爸爸耿耿于怀、心潰难平的时候，刘老师约他谈心，他才真正佩服起刘老师。

刘老师的谈吐，那么的入情入理，那么的善解人意，那么的情深意切；更重要的是，他第一次谈心，便透露了自己深埋心底的私密。不以心交心的人，是做不到这一点的。正是基于这一点，他把刘老师视为了自己心目中真正的良师益友。这次回校，他要找个机会，再和刘老师好好谈一次，报告他假期的收获和感受。同时，他也要由衷地向刘老师当面表示一下感谢。

但当他到学校报道后，却没有见到刘老师的身影，一打听，才获悉，刘老师作为交流学者，被派到澳大利亚去了。

嘿，这消息来的，是该庆贺，还是该遗憾呢，应该说，二者兼而有之吧。

义轩于是编了一条微信，发给了刘老师。

郑立峰自打去妹妹家吃了那顿饭后，心中就像吞下一只苍蝇，有一种说不出来的恶心。他埋怨自己的妹妹妹夫，竟给他布了这么个局，但转而一想，又觉得妹妹和妹夫身处那种地位和环境，也确实有为难之处，但现在他们把为难转到了他身上来。

哎，人间事，真是一言难尽。

说归说，怨归怨，这事如果不管不问，妹夫的那两位族兄肯定不会罢休；而案情的实际情况是什么，他仅从那两位的口中听了个半遮半掩的一面之词。所以，他决定还是先了解一下案情，也好做到心中有数。

基层法院的同志很快就把案情反馈回来，案情是这样的：

姓成的兄弟俩，还有个妹妹，已出嫁。他们三人原本上边就剩了一个老父亲。老父亲拥有一套三居室楼房，这是六七年前老宅拆迁时置换的。现在房子越来越值钱，老父对这套房子日后怎么处置，一直没有明确表态。成姓两兄弟便在私下嘀咕过多次，他俩觉得妹妹已出嫁，按老风俗便不该继承这房子，但妹妹若不表态放弃继承，真到了那一天，按照法律规定，那妹妹享有三分之一的继承权。而且妹妹往老父亲这跑得越来越勤了，在他们弟兄俩看来，这就是妹妹要分遗产的表现。

这二位心里越来越不安，他们明白，是儿是女，对于父母，都是心头肉，所遗财物，少了谁的也于心不忍。尤其是他们这个妹妹，是家里的老小，自打一出生，父母便对其十分厚爱。妹妹打小就玲珑乖巧，颇讨人喜爱，上学成绩一直不错，这不，一直读完师范大学，回来当上了老师。

六年前，她和一位同行结婚，建立了自己的小家。

在成姓两兄弟的心目中，妹妹既已成家，便是外人，嫁出去的闺女泼出去的水，与娘家便成了亲戚，娘家的财产，闺女就再也不应惦记了。这种沿袭了上千年的民间陋习，在成姓两兄弟心目中，深深扎了根，为此，他们对现代法律规定的男女平等，打心眼里难以接受，甚至他们在心中，不止一次地咒骂这些把男女平等写进法律的人。

老父亲早就看出了两人的心思，老父亲觉得，老两口一辈子的财产，就剩这套房了。早些年两个儿子结婚成家，都按照习俗，打发了他们个满意，一家人的积蓄也花了一干二净。这一辈子就留下这套房子，他打心眼里想给闺女一份。

老父的这番心意，闺女自然知道，但观察两位兄长的言谈，她深知要得到这份遗产，绝非易事。此事她和丈夫也交谈过，身为老师的他们，想法一致，现在他们二人工作稳定，生活无忧，身外之财，可有可无；因此，只要二位兄长用心尽了对老人的赡养义务，遗产可以不要。

为了打消二位兄长的顾虑，也为了老父亲能被善待，闺女经和老父商量，向他们两公开表态，如二位尽心尽力照顾好老父亲，未来这套房子将完全由他们分割。妹妹的话既说出，二成也把心放回肚中，但在如何照顾老父亲上，二人却应付公事似的，不愿多付心血，缺乏应有的耐心。老父感冒，两位竟在轮班上发生争执，结果两天两夜无一人到过老父面前。高烧的老父，两天两夜粒米未进，滴水未沾，全身衰竭，奄奄一息。

正是这个时候，闺女来看望父亲。

眼前景象，让闺女差点窒息。

老父躺在床上，已气若游丝，她正想打电话，但见老父手微微动了动，似有话说，她赶紧伏到老父的跟前，老父用微弱的力气，断断续续说道："你，你用手机……录下我的话，闺女，没想到还能见你一面，别喊你那……两个畜生哥了，我不待见……他们对我……一天不如一天……盼我早死，早分房子呢。两天前，他们……见我病了，就躲……瘟神一样，我已……两天两夜，没人管，没人问了。这两天，我连一口水也没喝上，我……觉得……我就……要不行了。闺女，你听着……我和你娘……留下的……这套房子，我只给……你，那两个……东西要是捞着了，我死了……也合不上眼，你，你，听好了吗?"

闺女早已听得泪眼模糊："爸，我都听到了，也录下了，你歇歇，我马上打120，咱们上医院。"

救护车来了，成家两兄弟也来了，但是，由于老人病弱的躯体已衰竭难支，在去医院的路上便与世长辞。

"什么东西!"了解了案情的郑立峰，愤怒之火顿起，做出这种罪行的人，竟然能厚着脸皮求人说情。

林子大了，什么鸟也有。

郑立峰这时又联想到平时所见所闻的一些践踏道德，丧失底线，唯利是图，寡廉鲜耻的人和事，不由从心底发出感叹，我们这个时代怎么了，经济有了突飞猛进的发展，人们的物质生活有了极大的提高，我们的综合国力有了世所瞩目的提升，但是，中华民族的优良的文化传统，敬老孝亲的传统美德，却在为数不少的同胞身上见不到半点踪影了，这是为什么，这种现象的原因在哪里？

每当想到此，他就总是感觉到自己作为一名法官，身上有着一份沉甸甸的责任和使命。

他遇到的这起案子，又令他义愤填膺。

郑立峰多年居于庭长这样的位子上，每年处理的案件上百件，请托送礼，请求关照这种事那自然是不可避免，甚至可以说防不胜防，拒之不绝。怎么办？这是每一个法官必须面对的课题。

郑立峰的应对策略是，得拒则拒，得还则还，拒之不下，还之不成，不管是钱是物，如数上交，由有关部门酌处。

至于涉及的案情，允许了解的，就了解一下，如有要求保密的，绝不破例越轨。

两成一案，他一想到一辈子为了儿女而付出无数辛苦的老人，最后，竟因二人相互推诿，两天两夜水米未进，衰竭而亡，他的心就像被一把火烧燎着一样。这样的人，还让我为你们说话，那我岂不是助纣为虐。不但不能为你们这样的东西说情，而且，我要让你们这样的畜生，受到当受的惩罚，要把你们这种无良无德之徒的恶行示众，警示世人。想到这，他再次抓起了电话，拨通了审理该案的基层法院的号码。

“郑庭长，有什么指示？”基层法院的法官非常客气地问。

“没有什么指示，我只是想对成姓案件提个建议，请你们酌定。”

“您请讲。”

郑立峰略顿了一下，讲了出来：“我是这样想的，成姓一家这个案件，具有一定的代表性。为数不少的子女，不尽赡养义务，两眼却只盯着老人的遗产。为了争夺财产，甚至同胞兄妹，反目成仇，打得不可开交，这种不讲伦理道德，只顾一己之私的风气，是当今社会中的不良风气，是需要用正面形象和事例坚决予以扭转的。我们法院要以案释法，以案示例，这是我们的长项和责任。”

对方法官仿佛听出了郑立峰话里有话，便追上问道：“郑庭长，您的具体建议是……”

郑立峰从激动的情绪中缓过劲来：“哦，我的建议是，根据这个案子的情况，你们考虑一下，能否到当事人居住地搞一次开庭，扩大影响，警示世人。”

对方法官传来一阵赞叹声：“郑庭长，您令我打心眼儿里佩服了。”

郑立峰最不愿意听廉价的恭维，他神情一沉：“有事说事，别乱奉承。”

对方法官：“郑庭长，这可不是奉承。你知道吗，这个案子到了我们合议庭后，我们都想到了这个案子的警示意义，也想到了到当事人所在地开庭。但是，我们接到了您了解案情的电话。合议庭再次合议时，都想到了既然您问到了这个案子，再到当事人居住地开庭，必定会令您尴尬，所以，我们也就放弃了这个想法。”

郑立峰听到这里，深深体会到了基层法官的良苦用心：“让你们为难了，我再重申一遍，千万不要因为某个人的因素，影响了你们公正的判决。这个案子，我完全赞同你们合议庭的想法。”

对方法官十分高兴：“谢谢郑庭长的理解支持，我们会安排好这次开庭。”

柴胜男当选为市妇联副主席。

当她和其他当选人一起走上主席台，和代表们见面表示感谢时，台下报以了热烈的掌声。按常理，这种时候都是当选人石头落地，志得意满的时候，但此时站在新当选主席行列中的她，却似乎有一种隐隐的若有所失的感觉。

会后她回到单位，此时，已有人知道她工作的变动，有些人却还不知道。

路上碰上几人，但大家都是习惯性地点头，或扬扬手，便匆匆而过，没有一人一句热情的祝贺，这使她心中有一种说不出道不来的感觉。

不管如何，这事得先和一把手汇报一声。但贾志雄听了她的汇报，不知是惜才难舍还是另有所思，反正对自己的升迁表现得十分平淡。他只是声调平平地说了一句："祝贺你荣升妇联副主席。新的工作岗位，需要从头学起，希望你尽快进入角色。"这是领导者的大度还是另有原因，柴胜男一时也摸不透，她也只得表示了对领导培养的感谢后，撤出了贾的办公室。

当她匆匆走进办公室时，同事们都出去办案去了，偌大的办公室空无一人。她环顾自己熟悉的环境，今日一下子好像陌生起来，她简单收拾了一下自己的物品，正欲到庭长办公室告个别，小梁迎面走了进来："呀，胜男姐，当选主席了，以后，你可成了我们女性的领导了。"这是她当选这个职务后，收到的第一个比较热情的祝贺。

几句寒暄之后，柴胜男问小梁："我们办公室的人都上哪去了?"

小梁："正好两个案子安排在基层法院开庭，所以全庭的人都去了。"

柴胜男："庭长也去了?"

小梁："都去了，庭长是其中一个案子的审判长呢，他能不去?"

柴胜男："哦，那我也不用去向庭长汇报了。"

小梁："庭长们都不在，今天就我一人留守，待他们回来，我代你向庭长汇报吧！对了，正式到妇联上班前，还得过来，再说，庭长也会安排为你送行啊!"

柴胜男一笑："好吧，那就拜托小梁妹妹了，谢谢。"

她的心情，因为这位真诚率直的小妹，而好了不少。

第十七章 祸起萧墙

欧苏洛已像热锅上的一只蚂蚁。

自打王、张两姓的案件进入再审后，他就意识到自己的噩运来了。

紧接下来的消息一个比一个糟糕。

要紧的是，案件落到了苏长福的手里。这个苏长福，是个特立独行的另类，人味不懂，四六不通。

但到了这个时候，他不得不去试一试。

春节前夕，他好歹抓住了个机会。

苏长福下班后晚走了一会儿，一直候在一旁的欧苏洛心中默念：老天保佑，赐我机会。欧苏洛手中拿着一件精心备好的物件，趋紧几步，追上了苏长福："长福兄，你也刚下班呀。"

苏长福回头看了一眼一脸堆笑跟上来的欧苏洛，心中马上就明白此君有所求，因为同在一个单位这么多年，这位老弟还是第一次向自己献殷勤。

苏长福："是欧老弟，遇到什么好事了，这么高兴?"

欧苏洛："长福兄取笑了，我哪有什么高兴事，我现在是不求有福，但求无祸了。"

苏长福也一笑："看你一脸笑容，以为你一准遇到什么好事了呢。"

欧苏洛心计一转："哦，也算有件好事，不过，不是我的，而是你长福兄的好事。”

苏长福一愣：“我的好事？什么事说来听听。”

此时，二人边说边来到了停车场。

这时停车场的车已走得差不多，只剩下稀稀拉拉的几辆车。

欧苏洛警惕地扫视了周围一眼，便从手提包中摸出了一个精致的小本子：“喏，您老兄最爱的。”

苏长福这时也明白了：“集邮册。”

欧苏洛：“正是，这不是长福兄的雅好吗？”

苏长福：“你这东西是哪来的？”

欧苏洛倒出了早已编好的故事：“嗨，这是小弟一位战友，前些天到我这儿玩，咱不是法官吗，人家觉得，咱这当法官的，玩就玩高雅的，这不，就给我捎来一本这个。”

苏长福：“这可是战友的一番心意，你得好好珍藏着。”

欧苏洛：“话是那么说，但我这个人没这个爱好，俗话不是说吗，货卖识家，在不识货的人手里，糟践了。”

苏长福笑了，心想，眼前这位老弟，干这种事倒是想得面面俱到，滴水不漏，但他心中自有分寸：“那你这意思是……”

欧苏洛听这话觉得有戏，兴奋之情溢于言表：“哎呀，正是，这宝贝就应投到识宝人怀中。我的意思就是这个，这个东西在我那儿，不定啥时候就当垃圾处理了，若到了您手里，说不定，它能留存若干年，身价也不知会涨多少，这对于这件物件，对您，对我岂不是三全其美吗！”

说着，欧苏洛把那本集邮册呈到了苏长福的面前。

苏长福这时已来到自己车前，他站住对欧苏洛说：“苏洛老弟，有一句话怎么说来，叫君子不夺他人所好，我不敢自称君子，但是，对他人的东西，我从来是不睁眼、不心动的。这也是我坚持了大半辈子的原则。”

这句话，令欧苏洛兴奋的心瞬间凉了下来。但欧苏洛就是欧苏洛，未达到目的，不穷尽伎俩，是于心不甘的。他灵机一动，笑脸重又堆了上来：“哎呀，我的长福兄，看你这话说得见外了吧，什么他人、外人，咱们兄弟一场，怎么分他人外人的。咱们两个可是有缘分的。”

苏长福又站住，想听他解释一下："什么，咱们两个有什么缘分?"

欧苏洛："你看，你姓苏，我的名字中不也有个苏，一笔写不出两个苏，这难道不叫缘分?"

苏长福哑然，心中叹道：我的天哪，世上怎么有这么能攀附的人，连这么风马牛不相及的事，欧苏洛都能扯上关系。

可笑，可叹，可悲。

当然，作为同事，他没把这些情绪流露出来。他再次看了一眼欧苏洛虔诚地呈在他眼前的那本集邮册，抬起头说道："谢谢欧老弟，这本集邮册我有。我从来不收藏相同的藏品。谢谢了。"

嘿，不需要，人家已有。这叫欧苏洛一时找不出很恰当的理由。他不无失望和无奈："这，这……"

苏长福："自己好好留着吧。时间不早了，咱们走吧。"

说完，苏长福做了个告别的手势，钻进自己的座驾，走了。

欧苏洛手里托着那本集邮册，怔怔地望着苏长福驾车远去的背影，站了良久。

几天后，春节来了。

心有不甘的欧苏洛精心选择了时间后把对苏长福的恭维、二人的情谊，以及自己心中所忧的牵挂编成微信一一发给了苏长福。

微信这种方式，最大的好处是能把心中所想所忧所求全写出来，免去了面对面时的不好启齿，也免去了现场可能的尴尬和窘态。

但是，效果如何，无法获知，只有听天由命。

节后，他又连续好几次催促关中胜来把钱拿走，但关中胜总是以这种理由那种理由推辞不来。这使他心中越来越不踏实，于是他找了个理由去了县里，将关中胜约出来，硬把那钱退了回去。回来后，他又把王姓当事人托人送来的五千块钱也退了回去。至此，涉及王、张两姓人家案件所收的钱全退了回去，但作为在法院多年的老法官，他知道，这为时已晚，不过，在追究责任时可作为一个酌情从轻的情节，再者，事后说起来也不那么刺耳。

夜色朦胧，街上路灯虽已亮了，但比较稀疏，这是一条村子的街道。

一幢宅院，围墙出奇的高，三间北屋里，灯光映出了四五个人的身影。

这是王姓家族中一位核心人物的家。此刻，被邀来议事的几位，除去当事人，其他几位便是王姓的代表。今天的议题是与张姓的官司。为官司撒出去的钱，这两天陆续被退了回来一大部分，这意味着什么，这些人其实都很明白。案子可能要翻过来。这将预示着在王、张两大姓这场博弈中，王姓始终占据优势的历史终结；还预示着，王姓当事人对张姓当事人的伤害，要承担责任，而且是刑事和民事双料责任，一个也逃不掉。

现在面对着退回来钱，王姓这几个核心人物，人人脸上都显示出尴尬与无奈，他们笃信钱能通神的观念，受到了无情的奚落。

王姓当事人最为焦虑："咋办，这咋办？"

年龄最长的说："退钱就是退货，不用说，这事，这些人是办不了啦。"

一位眼睛特大、浑身精瘦的说："没有金刚钻，硬揽瓷器活，一看就都是见钱眼开又胆小怕事的主儿。"

王姓当事人见两人的话都是牢骚，只得把求助的目光投向一直默不作声的房主人身上："大兄弟，你说该咋办？"

被喊作大兄弟的叫王敢成，是这个村的村主任。

王敢成更明白，这几位托付的关键岗位上的人，纷纷把钱退回，那是等于把吞下的美味又吐出来，意味着什么那还不是明摆着吗？他更知道他一个小小的村主任，在这样的局面中，那更是磨盘压住的屎壳郎，想动动身，连门也没有。此时他私心倒更忧虑这件事会不会影响到他这个村主任。

他听到当事人的哀求，内心气不打一处来，心中暗忖："老哥呀老哥，你为啥无端惹出这么个乱子呢？"想到这，他脱口说道："老哥哥，事到如今，我们也救不了你了，你回家去，安心等候人家的发落吧。"

听了这话，当事人大失所望，他把哀求的目光逐次投向在场的各位，各位则无一不赶紧闪躲开他的目光。

他绝望了，转身离开，边走边念念有词："什么户大势大，啥也不怕，屁话屁话。"

留下来的几位，还得应对善后事宜。

精瘦的那位先开了口："这些钱怎么办？"

年长的接上："这都是咱们兄弟爷们儿凑的，就按比例算算给退回去吧。"

王敢成也接上说："瘦猴兄弟，几次凑钱的账你可都存好。我觉得这事，有关部门可能要来调查，到时候，你把我们花钱的去处要一一说清楚。"

瘦猴："这合适吗？"

王敢成："这有什么不合适，他们收了钱，事却没办好，这能怨咱们吗？再说，事到如今，你能瞒得过去吗？"

苏长福托着一大摞材料，敲开了郑立峰的办公室。

郑立峰："是你啊，老苏，请坐。"

苏长福把材料往郑立峰桌上一放："那个案子，基本查清楚了。"

"怎么样？"

"一个简单的伤害案件，但却办成了一个彻头彻尾的假案。"

郑立峰："有那么严重？"

苏长福："这是事实。"

郑立峰："最不想看到的结果还是出现了。这件案子的出现，是负法行者对法律的亵渎，也是对法律尊严和公信力的无情损害。"

苏长福："谁说不是呢！哎，郑庭长，下一步你有什么想法？"

郑立峰略沉吟了一声："谁违法，谁担责，就这件案子的有关人员，你列个单子，我直接送呈院长，请纪检委调查处理。"

苏长福："这也是我们合议庭的集体意见，关于该案涉及的有关人员，我们已列了一个表。需要说明的是，这个案子从一开始就融入了人为的干扰，包括我们法院的一审二审审理法官。"

郑立峰："案子虽小，性质恶劣。"

苏长福："一点不错。"

郑立峰："通过这起案件，我们发现了什么，我们应该思考什么？"

苏长福："我们合议庭形成了一份材料，对我们存在的监督漏洞和对法官的自律教育，提出了我们的一些看法和意见，喏，这是初稿。"

郑立峰对老苏这位老法官表现出的老练和正气，由衷感佩："苏兄，你们干得太好了，谢谢。”

苏长福：“强将手下无弱兵嘛。”

郑立峰笑了：“老兄取笑，您的刚直正气，从抢审这起案件起，就令我心底起敬了。”

苏长福：“不说了。做人不能没有良知底线，做事不能没有基本原则。是正是邪，是优是劣，我始终坚持我的标准和原则，仅此而已。”

郑立峰：“说得好，苏兄，现在之所以充满庸俗、市侩之气，就是不坚守良知底线的人太多了。我们要尽我们所能，来扭转这种庸俗世风。”

苏长福：“位卑未敢忘忧国嘛，这话真的不能光说在嘴上，必须落到实处，自觉地体现在自己的身上。”

郑立峰：“老兄说得好，英雄所见略同。我们都是凡人，但这些凡人，却是天下的大多数，是推动社会前进的主体。我们这些凡人坚持正义形成共识，便能凝聚起风清气正的磅礴的力量。”

苏长福：“正是，正是，群众才是真正的英雄吗!”

两人相视而笑。

郑立荣家。

这天是星期天，一家三口人又迎来一个温馨放松的日子。

立荣做好早餐，一边摆上餐桌，一边招呼丈夫和儿子吃饭：“吃饭了，你们爷俩儿还没磨蹭完?”

上初中的儿子成功伸了个懒腰：“妈妈，一周才有这么两天的机会，你能不能让俺再睡一会儿。”

成老师笑眯眯地调侃儿子：“儿子，知足吧，惹怒了你妈，再来个角色互换，让你起来做饭，你就不嫌吵了。”

儿子一听这，一骨碌爬起来：“爸爸，别哪壶不开提哪壶好不好。”

爷俩儿会意一笑。

原来，不久前，儿子对妈妈的后勤服务，这也不满，那也挑剔。妈妈便听了闺蜜的教育建议，利用放假期间，郑重其事地和儿子来了个角色互换。结果两天下来，儿子光一日三餐就忙了个不亦乐乎。累得气喘吁吁，还打碎了两个盘子，胳膊上留下了一个烫起的水泡。

三人围到餐桌前，开始就餐。立荣：“功儿，你今年已是初二的学生了，再有一年多，就要上高中，就要住校，到时候如果你还是不能照顾好自己，那怎么办?”

成功扮了个鬼脸：“妈，你也太低估你儿子了吧?”

成老师从一旁鼓励：“对，这些事绝难不倒成功。”

立荣：“看你们俩一唱一和的，男人的共性，自负。”

父子俩人得意地对笑。

立荣：“别忘了，功儿，前阵子你当家只两天，那个狼狈劲儿，该咸的，做淡了，该炒的，成炖了，该炖的，煳锅了，而且还手忙脚乱，打了两个盘子，留了一个水泡。揽这个活之前，你不是也说当个家庭主妇是小事一桩，结果呢?”

这下揭到了成功的伤疤，成功一边摆手，一边急着解释：“妈，我这是第一次，对了，这叫学徒，您说的那些那叫交学费，对，交学费。”

成老师帮腔：“对，对，我赞同这个说法。人哪有天生就会的，学习就要付出代价。成功那天，做成了的，那叫成果，做不成的，那叫交学费。如果再给功儿一次机会，我相信就不会是那天那个样子啦，对不对，功儿?”

成功赶紧应承：“对，对，没错，保证。”

立荣家楼后是一条大道，两个人脚步匆匆，边走边说边比画，向立荣家走去。

这二位正是成老师的那两位族兄。

所谓族兄族弟，是对宗族中同辈的统称。在成家村，有八成的人家都姓成。据说二百多年前，一家成姓三兄弟流落到此，落足安家，繁衍至今，形成了近二百户人家的村。

成老师和这两位族兄，实际上上溯五代已不是一家，但因为同为成姓后裔，是同辈的人，便称为族兄族弟了。

成弟说：“我说那天咱们给他两块砖头，他连看也不看，就拒绝了，看来这姓郑的压根就不想帮咱。”

成兄接上："原来就听说这姓郑的挺轴，但没想到会这么轴。二弟呀，当时我说咱别找这样的，可你说，天下没有见钱眼不开的主儿，瞧，这回叫咱们碰上了。"

成弟眼一白："哥，别这样，事还不知咋的，就埋怨上了。"

成兄："这哪是埋怨，咱只是回忆当时的情况。"

成弟："当时你不也说，他再怎么也是成老师的大舅子，他不给咱俩面子，他总得给咱成老弟个面子吧。"

成兄："就是，当时我就是这么想的，所以才同意了你的意见。"

成弟："这倒好，他不但不给咱帮忙，还出什么馊主意，今天咱们把话撂给成老师、成老弟，看他咋办。"

成兄："撂给成老弟这是表面的，其实咱这是撂给弟妹，看看她怎么找她的娘家哥。"

郑立荣家。

一家三口人吃罢早餐，正准备出门玩。

突然，有人敲门，而且敲得很急，很重。

"谁呀？"

"是俺们，开门！"语气粗重。

立荣听出了这声音是二成。"是你的那两个哥。"她回头对站在身后的老公说道。

成老师也听出来了："他们俩这么早来干什么？"

立荣："谁知道。"

成老师上前一步，把门打开。

二成站在门口，虎着脸。

成老师问道："大哥二哥，出了什么事？"

成弟上来就一句："好事，是你那大舅子办的好事，我们来通知你一声呢。"

成老师一脸懵："是孩子他舅舅，我大哥，他怎么啦？"

成兄往前凑了一步："成志凯，老哥跟你说句话你听着。"

成志凯是成老师的大名。今日，这位成兄直呼其名，也是叫成老师听出来，他是郑重其事的，是非常认真的。

成兄往前凑到成老师的耳边，阴阳怪气地说："有句话叫多一个朋友多一条路，惹一个仇家多一堵墙。这个话，我请你转告给姓郑的。"

成老师明白过来了，这两位族兄今日是冲着立荣的哥哥来的，既然是不满于他，那肯定是与案子有关。

立荣这时也听出了点眉目，她往前凑了凑："两位大哥，我哥是怎么得罪你们了？你们对他这么大的气？"

成弟这时插上了话："哟哟哟，这不是弟妹吗，真不好意思，你有这么个当大官的哥哥，俺求到你们门上来了，能帮就帮个忙，不能帮呢，我们就认个倒霉。可他给下边的法院出馊点子，要来羞辱我们兄弟，这使得是什么心，图得是谁的利？乖乖了。"

成兄又接上："俺们本想仰仗弟妹有这么个哥，有个救灾救难的菩萨，没想到，菩萨没拜成，反而拜了个凶煞星，俺们这不是自找难看吗？"

成老师见二位兄长如此气愤，但具体细节尚不清楚，就是做工作，也得先弄清事情的来龙去脉，于是他真诚地说："大哥二哥，不管是什么事，你们总得先和我说清楚，我才好去问问大哥，是怎么回事。二位哥进屋来，咱们坐下好好说说，到底怎么回事。"

但二成的气却难消。

一个说："免了免了，我们不再打扰。"

另一个说："罢罢罢，你们这家门，我们一进就有晦气，我们不愿进去了。"

成老师听二位这话越来越不干净，礼让之心也免了："那好吧，大哥二哥既然嫌弃小弟这里不吉利，那就在这把事说明白也行。"

成兄："好吧，其实也很简单，据我们得到的消息，你的那位大舅哥，真的过问我们的那个案子啦。但是，他不光没给说句好话，还建议把这个庭搬到咱们村来开庭，你说他这是什么用心？"

成老师："你们这是听谁说的？确实吗？"

成弟："绝对假不了。"

成老师："那这样，我问问我哥，到底是怎么回事？"

立荣也听明白了："大哥二哥，区法院就那么听我哥的？"

成兄："弟妹，你别忘了，你哥可是上一级法院的庭长。"

立荣对此也说不出什么，只好说："既然大哥二哥那么肯定，好，我现在就去找我哥问问，看到底怎么回事。"

二成这时拱手做出了拜托的样子："那就谢谢弟妹了，但愿大哥不是帮倒忙。"

每个星期日，是郑立峰为家中采购的时间。

今日，他早早赶到农贸市场，从时令鲜菜到肉蛋海鲜，把个购物车买得满满的。任务完成，他来到了自驾车后备厢处，他刚把东西装到车上，手机响了起来。他掏出手机，手机屏上显示出妹妹两字，他接起电话："喂，立荣吗？"

"是，我是立荣，哥，你在家吗？"

"没有，我在农贸市场呢。"

"那正好，俺有事找你。"

"我已买完东西，一会儿就回到家，你就到家里去吧！"

"不行，在外边正好，你说吧，你是不是在惠中市场？"

"是，我是在惠中，什么事这么急？"

"别问了，我们一会儿就赶过去，你等我们就是。"

挂断电话，立峰在想，这个妹妹，还是这么个急脾气，今天这是什么事又惹她上火了。他回到车上，等妹妹再次联系。

立荣一家人出去游玩的计划自然泡汤了。成姓两族兄离开后，心急火燎的立荣嘟哝着："这叫什么事，走走，找我哥问问去。"

成老师接上说："求人时满脸堆笑，一不满意就丑话连篇，这种人真是，唉……"他对两位族兄刚才的话，也极为不满。

立荣揶揄道："这可是成家的族兄啦，有好事，帮上忙，一句说不出三个成字；一旦不如意，什么成字，比破字还破。"

成老师："要不咱先等等再说，这么冒冒失失去找大哥，万一……"

立荣："啥万一万二的，你没看你那两族兄的脸色吗，恨不能把咱一口吃掉，赶紧去问问大哥，咱心里也好有数，快别磨蹭了，开车吧。"

成老师只好发动起车子，一家三口驾车向街上驶去。

郑立峰在驾驶室坐了片刻，立荣的电话便到了。

立荣老远就望见了哥哥的身影，成老师刚把车停稳，她便急匆匆打开车门，朝哥哥走去。

成老师停好车："成功，走，跟在爸爸后面。"

成功已懂事，点头默默地跟在后面。

郑立峰："立荣，什么事这么火烧火燎的？"

立荣跑得气喘吁吁："可不火烧火燎怎么的。大哥，俺先问你一句，志凯那两个族兄的案子你问了没有？"

郑立峰："我了解了些情况。"

立荣："那你又怎么向人家说的？"

郑立峰有点愕然："向谁说？"

立荣："向志凯的那两位族兄啊！"

这时成老师也走了过来，他上前说道："你慢慢说，这么没头没脑的，大哥怎么能听明白。"

郑立峰见妹夫接上了话，且比较冷静，他便转头对妹夫说："对，还是成老师说得对，你们把事情说清楚，好不好？"

立荣："刚才，就在刚才，志凯的那两位族兄都问罪上门了！"

郑立峰："为什么？"

立荣："为什么，这不俺才来问你吗，是你办得好事啊！"

成老师见立荣越说越激动，难以控制自己的情绪，他便示意成功，让他劝阻一下妈妈。

成功十分机灵，他上前拉住妈妈的双手："妈，你别急，让我爸和舅舅说吧。"说罢，他边劝边拽把妈妈拉到了一边。

成老师示意立峰也往另一边移步，随后他开始向立峰介绍刚才发生的事。

经成老师一介绍，郑立峰完全明白了。此时此刻，心中却似两堵墙堵在他的胸口，一是基层法院的这个法官，怎么毫无保密意识，内部交流竟被这么快地泄露出去。二是他是对二成的行为气愤，同时也对社会存在的不孝敬老人的现象愤而不齿，对基层法院的法官才提出了那样的建议，他走得端行得正，谁想到，却惹出这种麻烦，现在，他该如何面对妹妹和妹夫。

但见他眉头紧蹙，双齿紧扣。

成老师敏锐地观察到立峰的表情变化，他也明白了大哥的态度。他有几分失望，但碍于面子，他也不好说什么，转而一想，事已至此，大哥眼里不揉沙子也没什么不适，只好礼貌地安慰："大哥，出了的事情，就让它出了吧，我们再慢慢想办法。"

立荣这时也明白了，她的大哥果然给人难堪了，她又冲到大哥的面前："哥，哥，你怎么能办出这样的事来呢？你这不是给俺们一家人找不痛快吗！"说罢，她委屈地哭起来。

郑立峰怔怔地立在哪里，像被钉住了一样。

第十八章
多事之秋

郑立峰望着失望的妹夫和气呼呼的妹妹拽着成功转身而去，他浑身像僵硬了一般，直到妹妹一家人驾车消失在车流中，他才慢慢苏醒过来。

他慢慢启动了车子，慢慢向家的方向开去。

他到家了。刘小芸微笑着开门迎接他："郑大哥回来了，东西给我吧！"

像往日交接一样，但今天缺少了郑立峰那客气的"谢谢"。

刘小芸敏锐地察觉到了，她默默从郑立峰手中接过购物车，并侧目扫了一下郑立峰那双眉紧蹙、阴云密布的脸，于是她试探着问："郑大哥，你是不是哪里不舒服?"

郑立峰急忙搪塞："没有，哦，是有点头疼。"

刘小芸："那需不需上医院看看?"

郑立峰："不用，不用，我休息会儿就好了。"

刘小芸不好再说什么："那您到卧室休息休息吧，这些活我来就行了。"

郑立峰只得勉强一笑："好吧，辛苦你了。"

刘小芸："郑大哥，不用客气，有什么需要帮忙的，您就叫我。"

郑立峰强撑着换上拖鞋，此时，他确实感到一阵胸闷和刺痛，如果媳妇静雅在，他也许已呻吟出声，从静雅那得到点安慰。但现在有苦无人可诉，再怎么难受，也只能紧咬牙关强忍着。

刘小芸担心郑立峰，但也不好多问，她只能跟随在郑立峰的身边，以便有什么不适，自己也好帮扶一把，身为这个家庭里的保姆，这也是自己应该做的。

郑立峰强撑着来到床前，身子一歪，便躺到床上。

床柔软暖和，要是在平时，这是最惬意的时候，但今天的郑立峰躺倒后，浑身的难受感仍未减轻，他开始意识到心脏可能又出现了问题，这时他也想起，他出院时大夫开的应急药品。

按照大夫的嘱咐，应急药物应随身所带。开始一段时间，他确实把药带在身上，但长时间没有再犯病，他慢慢把这事淡忘了。

这时，他想起该赶紧用应急药了。但他费力想了一好阵，也只能记得药在书橱中间的某个抽屉里。但是此时，他已难以支撑着去找那药物。

刘小芸见郑立峰已躺到床上，便到厨房拾掇起来，但她的双耳却一刻也没有放松那屋里的动静。她知道，郑大哥那么一个自控力强的男人，不是十分难受，是不会有那种表情和状况的。

郑立峰终于忍不住，使尽力气喊了一声："小芸哪，你来帮个忙！"

刘小芸扔下手中的东西，跑进了郑立峰的卧室："郑大哥，让我干啥？"

郑立峰无力地用手指了指书橱上的抽屉："请你帮忙找个药。"

刘小芸按他指的方向，拉开抽屉，看到里面确实有个小药瓶。她拿起一看，是硝酸甘油，赶紧拿到郑立峰面前："是这个吗？"

郑立峰无力地点了点头。

刘小芸拧开瓶盖："吃几片？"

郑立峰："一片。"

于是，刘小芸拿出一片送到他手里。

郑立峰把那粒药含在舌下，微微合上双眼，等待药物发挥作用。

刘小芸站在一旁紧张得手足无措。在这一瞬间，她突然觉得躺在床上的郑立峰好可怜，她甚至想，如果这药物不管用，误了病情，那如何是好。她一时不知该不该打急救电话。

正在她左右为难的时候，郑立峰脸上的表情舒缓起来。

郑立峰略侧了一下身子，对刘小芸露了个浅浅的微笑："小刘，让你受惊了，不好意思。”

刘小芸从心底松了一口气：“郑大哥，你好些了？”

郑立峰点了点头：“轻松多了。”

刘小芸：“需不需要到医院看一看？”刘小芸心中仍不放心。

郑立峰：“不用了，这不，我吃了这药马上好多了，这也说明这药对症，我再歇歇恢复过来就好了。”

刘小芸看郑立峰确实脸色好多了，便告辞退出：“那好，郑大哥，您休息，我到大娘那去了。”

郑立峰点点头，扬扬手：“好吧，你去忙吧。”刚说完，他又跟上一句，“小刘，老娘问我，你就说我近几天工作很累，要躺躺休息一下。”

刘小芸应着，退了出去。

和郑立峰分别后，立荣的一肚子气仍没有发泄完，一路上她嘟嘟囔囔说个不停。成老师倒是明理的人，自己那两位族兄确实不是让人能原谅的角色，大哥又一向正气无邪，疾恶如仇，他提出这种建议，似也在情理之中，只是现在令人忧虑的是，他那两位蛮横惯了的族兄，不知会做出什么让人想不到的事。

刚一到家，成老师突然想起了大哥的身体：“立荣，大哥不会被气出问题来吧，他可是做过手术的人。”这一句一下把立荣的气全吓消了。

刚才，自己只顾发泄了，怎么就把他放过支架、不能生气的事给忘了呢？此时，她又急又悔又怕，如百爪挠心般，坐立不安。

成老师见她神不守舍坐立不安的样子，只得倒上杯水，递到她的面前：“喝口水，冷静冷静。”

立荣一下子拨拉开成老师的手：“喝什么水，你早干什么去了，为啥不早提醒我？”

成老师哭笑不得。

但他知道立荣开始使性子，说明她的情绪即将雨过天晴。他把水放下，故意躲开立荣，溜到卫生间去了。

立荣坐到沙发上，狠狠地出了口粗气，朝着成老师喊起来：“姓成的，你说，怎么办？”

这是立荣开始回归常态了，她开始找成老师寻求办法。

成老师从卫生间出来："还能怎么办，先打个电话问一下呗。"

立荣："那你叫我打吗？"

成老师笑了："哦，对，你刚才那么对你大哥，这个台阶是高了点，得慢慢下。好，我来打，我来打。"

立荣恨恨地说："你们姓成的都不是好东西！"

成老师又笑了，他向儿子的房间努了努嘴，意思是，你儿子也姓成呢。

刘小芸长舒了一口气。

刚才经历的一幕，梦幻又真实。这位郑大哥，一个优秀男人的正派、胸怀、担当、刚毅，他身上都具备，都那么显而易见。

她作为一个经历过生活风霜的女人，此时此刻，一种对异性的敬佩仰慕之情，油然而生。她克制着，平复了一下自己怦怦直跳的心，轻手轻脚来到了老人居住的卧室门前。她微微一推，门是虚掩着的，她看了一眼老人。

老人静静地躺在床上，似在平静的睡梦之中，好像刚才的一切，并没有惊动老人。

刘小芸放心地一笑，又回到厨房中。

房门被轻轻带上，立峰娘微微睁开眼，向着门口看了看，露出了一个不易察觉的笑，尔后，又把双眼闭上，好像重又进入梦乡。

刚才立峰呼唤小芸进了立峰的卧室，且有不断的交流声，她都听到了。他们说的什么，她听不出来，但今天小芸这有些不同寻常的活动范围，令老人产生了兴趣和疑问。要知道，小芸初次来家里和立峰见面，他就给小芸划出了禁区，他的那个房间是不让小芸进的，为此，老人还专门给小芸做过解释。小芸倒通情又达理，没有二话。

时间一长，老人真切地感受到，刘小芸对她的照顾细致又周到，娘俩脾气相投交流也十分融洽，不知不觉中，老人对小芸有了好感，看着她做事顺眼，听着她说话顺耳，被她照顾伺候得舒心。这时候，老人的心绪开始波动，她想，眼前的这个孩子，这么懂事贴心，儿子中年丧偶，要是她将来成为自己的儿媳妇，该多么美满。当然，她了解自己的儿子，是个重情重义之人，他一时还放不下自己的发妻。他不让任何人进他卧室，正是儿子睹物如见人，日夜怀念着发妻呢。

她想，得给他足够的时间，让时间的手慢慢抚平他那颗受伤的心才行。所以，前些日子立荣瞅小芸不在，嬉笑着说让小芸给她当儿媳妇，她都没有回应。她同样了解自己闺女的脾气性格，你递把火，她能把房子烧掉，时机不到，才不能对她表态呢。

真是个精明的老太太，要不是衰老影响了她的行动能力，她可是一位当家主事的好手。

刚才听到小芸破天荒被立峰叫进房间，她在窃喜，但愿这两个孩子能走到一起，撑起这个破碎欲倾的家。老天哪，多多保佑吧。

吃了药，郑立峰的疼痛感减轻了很多。刚才妹妹一家遇到的那件事，确实令他大受刺激，导致心脏骤紧，出现了这些症状。看这药物确实管用，他放心了许多。

这时候，他的脑中浮现出两成那凶恶的丑态。妹妹一家人回去，不知会不会被这两个混账纠缠。想到这，他赶紧拨通了基层法官的电话。

星期天接到中院郑立峰的电话，基层法院的那位法官半是疑惑半是忐忑地征询：“郑庭长，有什么事吗？”

郑立峰一时不知该从何说起：“哦，哦，我想了解一下，二成的那个案子，你们进展到什么程度了？如果还无确定意见，或不便透露，也权当我没问。”

基层法官说：“哪里哪里，案子我们已合议了一次，大家的意见非常一致，都说您提的建议太恰当了。这二成本就是那种凭着拳头硬蛮横不讲理的人。”

郑立峰接着问：“你们准备到当事人居住地开庭的事，是不是好多人知道了？”

基层法官：“是的，有什么不妥吗，郑庭长？”

郑立峰坦诚地讲了事情的来龙去脉。

基层法官听了也吓了一跳。把办案细节告诉当事人，实属主办法官考虑不周。事已至此，当以及时采取措施，防止意外事情发生为要。

那法官说道："郑庭长，你说的这种情况，我们确实没有预料到。这样，以防万一，今天下午我就去二成家送通知和提醒注意事项，同时对其进行教育和警示，稳定其情绪，确保其开庭前不再闹事。"

郑立峰听了那位法官的安排和打算，说道："谢谢你，只是，只是……"他欲言又止。

对面的法官也悟出了他的意思，一笑说："郑庭长是不是担心，这只能稳住二成一时，稳不了长久？"

郑立峰忙说："正是，正是，二成那两个人，我见过，像是蛮不讲理、动不动就动粗的人。"

基层法官又笑着说："这也请你放心。对了，这个案子还有个情况您可能不了解。"

郑立峰问道："什么情况？"

对方法官："成家的妹妹诉来法院，本来是向法院求助。她为了能让两个哥哥伺候好老父亲，主动放弃了对房屋的继承权，但没想到，得到她承诺的两个哥哥，却把生病的老父亲抛在家中不管不问，贻误病情导致老父亲过世。老父亲离世前，愤将房产给了她，但她怕两个哥哥不认账，特诉来法院。我们经初步询问了解，认为这个案子不是个单纯争夺遗产的案子，二成行为已构成遗弃罪。我们现已办好相关手续，准备在开庭现场对二成予以拘留，审理完后，我估计这两位，怎么也得到监所住一段时间。他俩也就知道，触犯法律应承担什么后果了。"

郑立峰："哦，还有这么一段，但愿二成通过这件事，能接受教训，好好做人。"

基层法官继续说："另外，这次开庭，我们还联系了二成住地的街道，希望他们能予以配合，也希望他们利用这个案例，对辖区居民进行一次，弘扬中华民族优良传统、营造尊老爱幼社会风尚的教育，街道已对此表示支持。"

郑立峰听到这夸道："这样好。其实我提那个建议时，也是期望通过我们手中有典型意义的案件，来达到教育民众的目的。你们这样安排太好了。"

总算心头一块石头落地了，郑立峰像卸去重负一样，感到一阵轻松。

电话铃响了。

电话是成老师打来的："大哥，我是志凯。"

郑立峰："噢，是成老师，怎么，立荣还在生气吧？"

成老师："她就是那么个脾气，你这当大哥的还不知道。大哥，您没生我们的气吧？"

郑立峰："没有没有，我哪有那么好生气呢，何况这次立荣也有委屈。"

成老师："大哥没气着就好。其实一到家，立荣就后悔了，说当时性子一上来，把大哥有病都忘了，现在还在后悔呢。"

郑立峰明白妹夫的苦心，也知道血脉相连的珍贵，自己的那个妹妹，刀子嘴豆腐心，妹夫的电话一准是她让打的。

郑立峰又婉转告知了区法院关于案子的安排，让他们放心。

一场无端的风波，总算过去了。

二成自打知道了被妹妹告到法院后，他们一心想的是，妹妹这是改变主意来争遗产了。至于他们二人遗弃老人，致老人离世的事，二人有个共同的心态——掩耳盗铃，自己家中的事，自己不说，谁人知道。

对于老父的去世，虽然不能说二成觉得可庆可贺，但是，如释重负的感觉二人却是明显的。至于老人最后去世前，他们良心发霉，丧失了为人子女的最低职责，他们却不以为事。

昨天，他们从另一所托熟人那里，获知法院要来他们村中开庭的事，这确实令二成吃惊不小。在家门口开庭，把自己家里的私私囊囊的事撕巴开来，让乡里乡亲们看个清清楚楚，这不明摆着是要丢人现眼吗。

妹子呀妹子，你明明说好了放弃房屋继承权，现在又反悔，非要一份，要一份就给你那一份不就得了，还非要闹到法院。

上法院，他们马上想到了，成老弟的大舅哥就在中级法院当庭长。这可不是个小官，而且听说还挺有权威。这种时候，不用用他，更待何时？谁能想到，烧高香拜到的这尊菩萨六亲不认，不但不帮忙，反而给下边法院出这种馊主意！你既无情，我便无义，我们先闹闹你妹妹家再说。

在成老师家发泄完，他们亲眼看着成老师一家人钻进汽车，找姓郑的兴师问罪去了，这才悻悻回来。

尔后，二成的心也说不准是痛快还是忐忑，反正两个人像掉了魂一样，等待着不确定的后果的到来。

当天回来路上他们商定，顶多等到晚上，如果成老师家不给个确话，明天一早，他们要再登门质问。

但没到晚上，区法院来了两名法官，找到了他们。

郑立峰休息了大半天加上一宿，感到浑身轻松了不少，特别是妹妹一家的隐患暂时解除，一下子掀去了堵在心口的一块石头，顿时觉得天地也亮堂了不少。所以，他准备按时去上班。

但他洗漱完毕，坐在桌前准备吃饭时，却明显感受到，心脏的跳动又加快了。他强抑表情和反应，慢慢喝了碗热粥，似乎是稍有缓解，坚持到老妈吃完饭，小芸把她扶走。他这才起身，回到卧室。

昨天晚上，他已从网上查询了一阵，也咨询了一位大夫，大夫初步判断是心颤初犯。这令他又喜又忧：喜的是，排除了他大血管堵塞的可能；忧的是，旧病未愈又添新病，令人烦恼。

大夫说既然是首次犯，建议他先服点药物，尔后及时去医院就诊。

及时就诊，有必要吗？

这时他脑中浮现出庭里近期的工作，特别是他到任后收立的十多件老上访户案件，将陆续审理完毕，拿出结果。这种时候他如果脱离岗位，那于心于责都说不过去。还有，他上次住院得益于一班人的相互帮衬，瞒住了老母亲，现在如果再去住院，是不是能瞒住老娘，那就很难说了。失去儿媳对老母亲的打击已经够大，儿子若再出现问题，像她这么高龄的人，能否承受得住，这真不好说。

想到这一切，郑立峰不想住院的意愿越来越明确。

但他凭感觉和理智知道，暂时的休息和恢复还是必需的，所以他决定先休息一天，明天再去上班。

他回到了床上，给分管领导打了个电话，以家中有点私事为由，请假一天。

他是个轻易不请假的人，领导马上允准。

放下手机，他略做思忖，决定再给张超民打个招呼，不管怎么说，他还是庭里的副庭长。庭长不在岗，副庭长就应当负起责任，但若不告之，一旦误事，岂不让他脱了责任还要埋怨。

做完这两件事，他又想如何瞒过老娘他得病的事。他瞅准小芸在客厅活动的机会，轻轻发出点声响。

小芸闻声，自然向他瞅了一眼。抓住这个机会，他向小芸招了招手，示意小芸过来一下。

小芸很机灵，会意地点了点头，随后又向老人屋里望了一眼。老人饭后安详地躺到了床上，正闭目养神。

于是，她蹑手蹑脚走进了郑立峰的卧室。

小芸压低了声音："郑大哥，有事吗?"

郑立峰便向小芸讲了他的想法：他以需在僻静环境中赶写材料为由，在家一天。希望他和她统一口径，免得老人生疑。

小芸连连点头，表示理解和明白，但他对眼前这位大哥，如此处理这些事，唯独忽略自己的身体，崇敬中又有几分担忧："我知道了，但是，郑大哥，您的病可不能不当回事啊，该看还得去看，身体重要啊!"

郑立峰第一次深情地望了一眼小芸，由衷说道："谢谢你小芸，我会尽量注意的，谢谢。"小芸头微微一低，退了出去。

张超民接完郑立民的电话，且惊且喜。

张超民心道，你郑立峰别说请一天假，请十天或者更长，那才更好。人是种奇怪的生物，常言说物以类聚，人以群分，此话的确有道理。就说张超民，在老仲庭长时，他全身都像打了鸡血一样，天天处于一种亢奋中，东走西逛，然后再回到老仲庭长那里，眉飞色舞、添枝加叶地汇报一番。而老仲庭长呢，则毫不吝啬地赞扬他。

这个郑立峰一来，对他张超民而言，几乎是变天了一样。他的思路，他的策略，他的套路，总是和自己格格不入，因此，自己也有一种被明显边缘化，被虚位化的感觉。所以私下里，他只盼着郑立峰出点事，越重越好，就像上一次血管被堵住那样。你再能，身体不做主等于个零。当然，这意念只是在心中想想，不便也不能说出口。

今日你不来，只能打电话告知我，让我负责庭里的事务了吧，不管怎么说，我也是副庭长，其位在，其责也在，这也不是你郑立峰愿不愿用我的问题。

想了这些，他窃喜一阵，抬高嗓门向对面的曹余二人说："二位，郑庭长今天有事请假，如有什么事，和我说就行。好了，我再到大办通报一声。"说罢，乐颠颠地走了出去。

曹继荣和余淑娟相视一微笑。

张超民在大办公室门前敲了下门，随后顺手推门走了进去。大办公室的诸位，见是张超民，都有点奇怪：张副庭长来干什么？

张超民拍了拍手，算是招呼："大家听着，今天郑庭长请假，若有事找庭长，可直接找我，特告。"说罢，他转身欲走。

老高追上问道："张副庭长，郑庭长是什么事？"

张超民一笑："对不起老高，郑庭长说有点私事。我也不好再问，大家说我这样做对吧！"

老高听出了他话中的得意劲，他也灵机一动，来了兴致："张副庭长，我刚才问这个，其实也是关心你哪！"

张超民竖起了耳朵："为我，老高哥，怎么讲？"

老高也一笑："你看平时吧，很少看到你发挥这副庭长的作用，只有郑庭长有事请假，你才有这机会。我问咱郑庭长啥事是想问能请几天假。如果郑庭长多请几天假，你这副庭长不就多主持几天工作吗！"这话是嘲是讽，自然是各有各的理解。反正，同志们都发出了开心的笑声。

张超民也不傻，他听出这话中夹枪带棒，但也不好发作，他只得一转身，走了出去。

大办公室随后追出闲话："这是刷存在感呢。"

"这叫老虎打瞌睡，小猴瞎摆和。"

"哈哈哈……"

欧苏洛正式被纪检委约谈了。

鉴于他一开始就交代得比较清楚，态度比较诚实，纪检委同志责成他写出书面材料，等候处理。

常言道：好事不出门，坏事传千里。

欧苏洛办了错案的消息，其实早在海州中院干警中私下传开了，但有关部门没有具体定论之前，大家碍于同事的面子，谁也不好公开谈论，但现在院纪检委找他谈了话。这消息就如一石投进水里荡起的涟漪一样，迅速向周边扩散。

张超民刚回到办公室，见曹继荣和余淑娟都在拿着手机接电话有点奇怪，借着刚刚被奚落的情绪，他摔出一句："这么忙啊，人人都在接电话，这可是上班时间哪！"

他话音刚落，曹、余二位的电话也接完了。

曹继荣看了看余淑娟，用手指了指仍擎在半空中的手机。

余淑娟会意地点了点头，也用手指了指手机。

余淑娟说："老曹，你向咱们张副庭长汇报一下吧！"

曹继荣："好吧，但我有言在先，张副庭长听了之后，既不能悲哀，也不能惊喜。"

张超民："故弄玄虚。"

曹继荣凑到他面前："欧苏洛被正式约谈了。"

张超民一惊："真的？你听谁说的？"

曹继荣又一笑："别问，保密。"

第十九章
泾渭清浊

成姓两兄弟案件的庭审，安排在成家村的活动广场上。

这是一处建成不久的居民休闲娱乐场所。广场的一侧，还设计了一处高出平地的舞台，是演节目、播放电影以及开会摆放主席台的地方。

成家村所在的望山社区街道，对二成案件的审理十分重视，他们派出了专人与法院对接，从场地的选择，到组织观摩，都进行了精心安排。

望山街道，作为最基层的管理部门，主动配合上级部门安排活动，这是他们的职责。更巧合的是，他们正在按照上级要求，准备在全街道社区开展“传承中华民族优良传统，营造风清气正社区风尚”活动。二成案件本来已有风言风语，引起了街道委的注意，所以，法院的提议与街道不谋而合。

二成自打被妹妹告上法庭后，心中也不踏实，但他们无论如何也不会想到，他们的行为已构成了犯罪。老父去世的事，他们心中也自知有愧，但人有时候很奇怪，总把不利自己的事，往轻里想。此时的二成，便是这种心态。

他们认为，老父的离世，虽有两人置气两天两夜没有送水送饭照顾的原因，但最重要的是老父感冒了，加上那么大岁数了，经不起折腾才去世的。再说，老父去世前这两天的情况，他们二人不说，又有谁能知道呢？至于小妹，那天是她发现的，但她说她一到就发现老爸快不行了。怎么说，他们三人都是他的亲生骨肉，老父难道还能咽气之前，再给他们兄妹之间筑道墙不成。

没想到老父过世没几天，小妹就到法院把他们两个给告了，这确实有点出乎他们的预料。

印象中，小妹没有这么大的火性，对两位老哥也不应该这么绝情，这究竟是为什么呢？

二成想来想去，都归到了一点，妹妹准是眼热这套房子啦，按现今的市场行情，这套房子可得值上百万元呢。不久前她的那个承诺，也许以为老父还有十年八年的寿限呢，要知道，伺候一位上八十岁的老人十年八年，那可不是一般的辛苦。妹妹当教师，没有时间来按时按点地伺候老爸，所以才表了那么个态，又好听，又少承担责任。但这么短的时间，老父就走了，她是不是觉得太不合算了？

准是，准是这个原因。

令人疑惑的还有两天前，那两位法官来找上他们，说的那些话，什么告知他们的案子已正式立案，让他们要做好准备，到时如实陈述案情，要积极配合法院的开庭审理，在开庭之前，不得再有任何的不法行为等等等等。

真是隔行如隔山，这法官处理个事，咬文嚼字，一板一眼，让人听了似明白又不明白，你说不明白，也还真明白，你们来这一趟，不就是警告我们不要再去成老师家闹了吗。

就这么个小事，你们用得着兴师动众郑重其事地的来一趟吗？你打个电话，不就是一句话的事吗。

得到今天正式开庭的通知，二成兄弟俩算是最后统一了意见，如果妹妹坚持要她那一份，就给她，说到底，她也不是外人。

有了这个底线，二成对今天的开庭反而显得坦然了，甚至可以说有点期待。快开吧开吧，早早把这个事画上个句号，也好一了百了。

欧苏洛被约谈的消息，在海州中院迅速传开，不出一两天，便人人皆知了。

同一条消息，但不同心境的人听来，却感受不同。

早就知道欧苏洛行事的人认为：他走到今天这一步是迟早的事，早出比晚出更好，不管对他本人还是对单位，正所谓，日久天长，小疾亦成大病，根除病患，宜早不宜迟。

持洁身自好或者持明哲保身信条的人，则对这消息，视作轻风过隙，不惊不乍，与己无关。

常言道，打驴马子惊。

一部分和欧苏洛有共同特点的人，则感到心神不宁，惊出一身冷汗；打老虎，拍苍蝇，上面动真格的了。

鲁旦运和张超民，便属于这一类人。

区法院在成家村的开庭人员进场了。

作为基层法院，到被告或原告所在地开庭，是一种常见形式。因此，适应这种不确定地点、不确定条件下的开庭，也成为基层法院法官们的必备技能。这不，一辆带斗的汽车，载着开庭用的桌椅板凳、音响器材、国徽幕布、开庭横幅等等；一辆轿车，坐着开庭审理的法官们；一部面包式警车，跟着四名身体魁梧的法警。

这阵势，叫人一看便有一种震慑感。

一到现场，法警法官一齐下手，搬桌椅的搬桌椅，调音响的调音响，挂横幅的挂横幅，三下五除二，一个像模像样的庭审现场就布置好了。

得益于望山街道的大力支持，会场上，成家村的老老少少已不下二三百人。

这时二成已在法警的引导下，来到会场主审判区的一侧。在法警的要求下，两人蹲下身子，蜷屈在那里，每个人的身后，笔直地站立着两名法警。

二成面对这阵势，既有点疑惑，又觉得好笑。摆出这架势是吓唬谁呢，不就是处理处理俺和妹子对遗产的争执吗，再说，只要妹子话说得不是那么难听，要求不是那么离谱，俺们也就认了。弄这么大的阵势，召集这么多人来，这是要看俺的笑话？

这有什么好看的。

咦，怎么到现在也没看见妹子的身影？是没赶到，还是不好意思见我们，暂时躲藏在哪里？早知今日，何必当初，小妹呀小妹，枉为老师，处理这种事，你也太欠缺经验了。

在主审判台的下方还支起了两个三脚架，那上面安着的，是什么玩意儿，噢，是录像机，怎么，难道还要像拍电视一样全拍下来?!

法官哪法官，就这么点小事，兴师动众的，值当的吗。

时间已到，三位身着法袍的法官走向审判台。

处在中间位置的法官，年轻又英俊，那一袭法官袍衬得他威严庄重，气宇轩昂。

他扫视了一眼台下的人群，又左右看了一下两位审判员。两位审判员也以微微颔首回应。

他开始说话："现在，我先介绍一下本案的合议庭组成人员。我叫丁金平，本次开庭由我担任审判长，我左手这位叫石少岩，右手这位叫郭中生，我们三人组成合议庭，负责审理这个案件。我宣布，海州市临海区法院民事审判庭现在开庭。"

"当"，随着话音落下，他手中的法槌也随即落下，发出了清脆的声响。台下人群中的些许嘈杂声随即戛然而止，现场归于寂静。

丁金平接着宣布："今天我们审理的是成志芳状告其两位兄长成志坚和成志强涉嫌遗弃罪和遗产处理一案。本院依法受理此案，经讯问审查成志芳所述和提供的有关证据，本合议庭初步认为，成志坚和成志强两人涉嫌构成遗弃罪，我们已办理了相关手续，现在由法警分别向成志坚和成志强出示司法拘留书，对二人正式实施拘留。"

丁金平审判长的话音一落，站在二成身后的四位法警，齐刷刷拽起二成，其中一位将手中的拘留决定书分别在二成面前一一展示，随后二对一，干净利落的几个动作下来，二成的手腕上已被戴上了亮晃晃的手铐。

前后不过几十秒的时间。眼前发生的这一幕，让人群中泛起一阵嘘声。

稍顿，二成好像醒过神来。成志坚首先发声："你，你们这是干什么，你们这是侵犯人权，我，我抗议。"他把从电视里看到学来的几句时髦话都搬了出来。

成志强也附和着大哥的话："我，我也抗议！这是侵犯人权。"丁金平没有回应二成，声音清脆而果决地宣布："传两名被告人到庭。"

于是，二成被先后押到了主审判台上。

二成戴着手铐，面对台下熟悉的乡亲，感到了浑身的不自在，不自然。

丁金平按开庭的程序开始发问："成志坚，你知道你犯了什么罪吗？"

成志坚："俺不知道，俺没犯罪。"

丁金平又发问："成志强，你知道你犯了什么罪吗？"

成志强见哥哥否认法官没有表态，他更是胆子壮了些："我也不知道，我也没有罪。"

丁金平略做停顿："二位被告听着，不如实向法庭供述，是不认罪的表现，如实向法庭供述，则是认罪的表现。如确有犯罪行为，如实供述和不如实供述，量刑是不同的，你们二位听清楚了吗？"

二成一时语塞。

丁金平："如果你们再不做供述，本法庭将出示相关证据。一旦法庭出示证据，你们将丧失主动认罪的机会。怎么样，哪位有话先说？"

整个场面一片寂静。

此时的二成，矛盾和惊恐的心理几乎把他们击垮。

时值春季，天气并不热，但此时二成的脸上，却分明滚下了豆粒大的汗珠。

二成此时心中的疑问是：法官的手中到底有什么证据？妹妹能向法官提供出什么证据？那天他们赶到时，老爸已是双目紧闭，奄奄一息，出门走了不到五里地，老父就气断离世了，他们二人在现场连老父一句话都没听到，自然不会有什么证据产生。他们两位先后到家时，据妹妹说，她也是刚到，发现了老爸病危，便马上就叫了120。在这种情况下，老父难道还能说什么，纵然说个一句半句，只是妹妹的一面之词，也成不了什么铁打的证据。

那么，这是不是法官的诈术？

两人仍在纠结，万一不存在什么证据，自己多说了岂不惹出更多麻烦。

丁金平见二成没有一个勇于面对自己的罪行，按程序开始了下一个环节："下面请原告人成志芳的律师，播放有关录音证据。"

一位坐在原告位上的年轻律师，熟练地按响了一台录音机。

那录音机发出一阵短暂的嗞嗞声之后，开始响起了一位老人有气无力的断断续续的声音：

“你，你用手机……录下我的话，闺女，没想到还能见你一面，别喊你那……两个畜生哥了，我不待见……他们对我……一天不如一天，俩人……盼我早死，早分房子呢。两天前，他们……见我病了，就躲……瘟神一样。我已……两天两夜，没人管……没人问了。这两天，我连一口水也没喝上，我……觉得……我就……要不行了。闺女，你听着……我和你娘……留下的……这套房子，我只给……你，那两个……东西要是捞着了，我死了……也合不上眼，你，你……听好了吗?”

随着录音的播出，整个现场的人都惊呆了。

台下不少人已听出那熟悉的声音，就是成家的老人。有人，为了听得更清楚已站了起来，有的干脆凑到前面来。听着老人那悲惨的诉说，几乎所有人都睁大了眼睛，被惊得半天没合上嘴。

“这不是成爷爷的声音吗?”有年轻人说。

“可不，就是大伯的声音。”一位中年人的声音。

“这是怎么回事呢?”

实事求是地讲，成家村的老老少少也知道些成家兄弟对老人不好的情况。前些日子老人去世，不少年高的人还说，走了走了吧，到了这把年纪，再也没有福享了。想不到成老爷子临死之前，还受了这么大的冤屈。

听着这段录音，二位先是惊恐，后是害怕，再是浑身发颤，已站立不稳。

丁金平：“怎么样，你们两个听了这段录音，还不知道犯的是什么罪吗?”

此时的二成再也无话可说，扑通跪了下去，把头深深埋入裤裆，只能看到他们背部在因抽泣颤动。

此时台下人群中发出了多种声音：

“呀，成老爷子这一辈子不容易，到老了，竟被自己的儿子抛弃不管了!”

“成家两兄弟，怎么这样对待自己的老人呢?”

“看不出来，平时人五人六的，原来是这样的人。”

也有人在感叹：“现在的社会风气是怎么啦?”

“唉，这是露出来了，露不出来的还说不定有多少呢。”

“物极必反，现在是时候扭转这不良的风气啦。”

丁金平故意顿了一阵，他要让台下的人宣泄一下各自的感受，同时也给台上的成家两兄弟，进一步施加刺激和压力，以便于下面的审理。

等下面的议论声息渐平，丁金平宣布：“现在把成志强带下去候审。”

两名法警架起跪在地上的成志强，走下主审判台，向停在较远处的警车走去，一则安全，二则不让他听到成志坚的交代，以免串供，或者互相推诿。

今天这个上午，对两成的两个家庭来说，过得好像特别的慢。

两成开庭前嘱咐家人，不要到现场去凑热闹，该干什么干什么。

两成的媳妇，都是地道的农家妇女，她们对老公，基本上属于依附和服从型的，老公说啥信啥，叫干什么就干什么。

先说老大成志坚家，有一男一女两个孩子，老大是女儿，已出嫁，丈夫是外地人，两人是打工认识的，婚后一家人回丈夫老家去了。老二是个儿子，今年刚过二十岁，长得也算一表人才，只是上学老不入门，只读到职中，便到企业打工去了。

在当地，像成志坚这种家庭，既普通又令人满意。老两口刚届五十岁，无病无灾，健健康康，有收入，儿女双全，人生如此，欲复何求。

老二成志强也不错。他比志坚小五岁，他和媳妇也都有一份相对稳定的工作，生育一女，刚刚考上大学。

按说，像二成这样的汉子，父母给了他们五大三粗的腰板，在父母的操办下，又建立了称心如意的家庭，作为有良知的人，谁不应该好好孝顺父母。

上溯五六年，大成二成的母亲健在，老两口身板也硬朗，家中一应活计也不用他们兄弟操心，那时大成二成也经常回家探望，表现也算不错。后来老母因病去世，老父的身体也越来越差，需要人照顾的时间越来越长，需要子女陪伴的愿望越来越强烈，大成二成便对老父感到负担越来越重。日子一长，负担慢慢地演变为厌烦和嫌弃。

前些日子，老父又感冒了，浑身无力，这意味着他的行动，甚至拉撒都得需要人随时陪护了。一见这状况，大成先提出理由，说他应了朋友一件事，需要两三天时间，让二成负责照顾老人。二成一听，马上判定这是大哥逃避责任，他立马不允，并撒腿跑在了前头。大成自然不善罢甘休，一边呵斥一边追赶，直到跑出老远。两人分手后，各自回家，心中虽然也有些不实落，但谁也不愿凑到生病老父面前，而且心中都有侥幸，或许对方坚持不住，会去看老父。就这么僵持了两天，直到有邻居火烧火燎告知，老父病危了，120一会儿就到。两人这才赶到了老父家。

直到今天开庭之前，两成也没意识到，他们遗弃老人已构成犯罪，他们也不愿往那里去想，还是把开庭涉及主要内容，判断为是涉及老人遗产分割的事，所以离家以前，均采取了大同小异的策略。

大成嘱咐老伴是，中午早回来，把饭做好，等他开完庭，带着结果回来告知她就是。老伴自然明白老头子这安排的用意，他被法官叫到台上，那不管是她在下面看着，还是左邻右舍的姐妹们看她，都是叫人很难为情的。

二成呢，和大哥的思路差不多，也是让媳妇照常上班，回来时知道消息就行了。

大成老伴就在街道成立的环卫公司干活，这也是征用土地时政府的承诺，让失去土地的居民人人都有份活干，有一份相对固定的收入。这活就是熬时间，既不太累，也极富弹性，干多干少，多个人少个人，都无关紧要。今天她家中有这么件事，所以到岗点了个卯，便转身回来了。

回来的路上，她接了个儿子的电话，说他的女朋友中午也一块回家吃饭。她一听，心中也明白，儿子和正谈着的对象，恐怕也牵挂开庭的事呢。也好，一家人凑齐，赶紧把这事了过去，好平平安安过日子，于是她顺便从市场上又买了几样菜，赶回了家中。

开庭现场，庭审已近尾声。

丁金平开始总结性发言：“刚才，本庭先后讯问了成志坚和成志强两被告，成志芳的律师代表成志芳发表了意见。本庭的控辩程序基本完成。本庭已基本查明了成志坚和成志强遗弃老父亲的事实，本庭合议庭将在休庭后，进行认真合议，尔后做出判决。判决将择日另行宣布。现在休庭。”

“当!”法槌再次敲响，宣布庭审结束。

人群开始骚动。

丁金平赶紧再次发话：“大家稍静，今天开庭，得到了望山街道领导的大力支持，组织了这么好的会场，组织了这么多的观摩人员，在此，我受院领导委托，对望山街道对我们法院工作的支持，表示衷心的感谢。今天来参加观摩的，还有街道委委员、社区综治委主任周为明同志。最后，我们请周主任对大家讲话。”

坐在观摩人群中的周主任，应声站起，走向审判台。

这时，丁金平分别向左右陪审的两位法官交代：“你们两位，到二成家中通知一下，二成我们带回监所，等候审理。”

两法官领受任务，转身走下台去。

走上审判台的周主任，和丁金平打了个招呼，随后站在台中央，开始讲话：“父老乡亲们，刚才，丁法官代表法院，对我们表示感谢，实际上我们应该感谢法院，是他们给我们送来了这么生动的一课，使我们受到了一次深刻的法治教育。”

周主任顿了顿，深有感触地继续说道：“我们每个人来到人间，身体发肤，受之父母；我们从小到大的每一顿饭，每一天的冷热寒暑，都离不开父母的悉心照顾和付出；一旦父母付出了一切，耗尽了心血，便也来到了暮年，来到了需要儿女照顾的时候。这是为人子女，报恩反哺的时候，再累，再脏，再难，当子女的都应尽到赡养的职责和义务。在孝敬老人上，我们中华民族有着悠久而优良的传统，但是，我们必须正视，最近这几十年，虽然我们的经济取得了巨大的成功，我们的物质生活有了非常大的改善，可是在孝老爱亲上却发生了很大的问题。就以我们街道的情况而言，出现不孝敬父母现象，不是一户两户，为了赡养父母问题，兄弟间打得头破血流的也大有人在。不少人在问：这是怎么啦?”

周主任又一次顿住了话头，好像在等待回答。

人群中议论纷纷。

周主任说：“我们街道的领导们也在问。今天，区法院把这么个典型案子送到我们的家门口，被审判的人，是我们认识的人，审理的事，就是发生在我们身边的事。那么请大家也自问，类似这样的现象，在我们自己身上有没有，在我们的左邻右舍中，存在不存在？我希望从现在起，我们每个人都要好好考虑这个问题，见之于行动，为我们全街道风清气正的社会风尚，做出自己的贡献。”

台下稍静了一下，随即有人带头鼓起了掌。

掌声很快响成了一片。

成志坚家。

老伴已做好了一桌子菜，她抬头望了一眼墙上的挂钟，已经十一点半多。“都该回来了。”她自言自语道。

门响了。

进来的是儿子和女友。

“是你们，来了？”

儿子：“来了，妈，饭做好了吗？”

女友：“阿姨，又辛苦您了。”

志坚老伴一边支应着，一边静听着外边的动静，焦急地等成志坚回来。

门外又响起了脚步声。

有人敲门，咚咚，咚咚。

儿子一步蹿上前去：“老爸回来了，我来。”

门开了，门外站着的是一位身着制服的法官。

儿子一怔：“你找谁？”

法官微微一笑：“请问这是成志坚的家吗？”

儿子：“是，你是谁？”

法官：“我叫石少岩，是临海区法院的法官，今天的庭审已经结束，成志坚涉嫌遗弃罪，已被我院正式拘留，一会儿他将被我们带回去，等候审理。我特来通知你们一声。”说完，石少岩把一张拘留通知书递到了成志坚儿子的面前。

这显然太突然了，成志坚儿子一时接不上话：“这，这，这是怎么回事？”

成志坚的老伴踉跄一步，追到门口：“这位法官，你说什么，志坚被你们带走了？”

石少岩：“是的，我们已查明成志坚构成遗弃罪，他将接受应有的惩罚。”

老伴：“老天爷呀……”说着，她就哽咽了。

儿子和女友赶紧上前帮忙，成志坚老伴这才没有跌倒。

第二十章
真情是金

一辆警车在高速路上飞驰。

车上坐的是海州中院民一庭庭长付霞，法官董心怡和胡小军。他们从省高院开完一个民事工作座谈会，正在回来的路上。

付霞坐在后排靠右首的位上，此时，她看着窗外在旋转的大地，好像心有所思。

董心怡刚才睡了一小觉，这时她睁开眼，看了看若有所思的付霞，问道："付霞姐，你在想什么呢?"

付霞从沉思中回过神来，看了一眼董心怡："我看你和小军一上车，就像被瞌睡虫附体了一样，打起了瞌睡，我自然要识趣一点，静静观景，不打扰你们呗。"

听到这话，坐在副驾座的胡小军也醒来，说道："谢谢庭长大姐，你太体谅下属了。"

董心怡说道："真的，小军，你有没有这样的感受，我们郑庭长，现在的付姐庭长，他们都是非常体谅下属的好庭长，有时候我私下在想，什么官什么职，都不如有一帮子好兄弟姐妹，有个好领导，干活心情舒畅，相处融洽和睦，这就是最大的幸运，小军，你同意我这个观点吗?"

胡小军右手一举说道："董姐你说得太好了，我和你的感受一样。"

董心怡逗小军："人家真赞成的，都是举双手赞成，你看你，举起一只手，可见是半心半意。"

胡小军连忙把左手也举起来："董姐，这回是双手了吧!"

车上的人都一齐笑起来。

笑毕，董心怡郑重其事地说："不过，这次座谈会，付姐，你也算是光彩亮相，风头尽展哪。"

付霞一扭头，直视着董心怡："怎么说话呢。"

董心怡一笑："我这个用词是不是有点不当。不过，你看，你这是当上正庭长后，第一次参加全省民事口的座谈会吧。"

付霞没有接话，胡小军却把头扭过来，渴望地听着下文呢。

董心怡换了口气："你们注意到没有，全省各中级法院民一庭的庭长，有一个显著的特点。"话停了，故意吊胃口。

胡小军有点焦急："董姐，快说吧，你发现什么了?"

董心怡慢慢吐出几个字："年龄偏大。"

咦，你别说，还真是有这么个特点。付霞和小军的表情给出赞同的答案。

董心怡接着说下去："我觉得，这可能是因为，民一庭是传统民事审判上的第一庭，也是此后分出去的若干民庭的母庭，或者叫长兄长姐，所以，留存这块阵地的庭长们，相对就年龄偏大了。"

"这……"胡小军对董心怡分析的这个原因，既没反对，似乎也不十分赞同，"也可能吧，不过，由一个或两个民庭，派生出三个、五个甚至更多民庭，这已是连续若干年的一个过程了。我倒是觉得，凡是分出去单设立的民庭，都是因为某类新类型案件出现，并累积到一定的数量，需要相应的庭来审理这类案件，比如合同啦、知识产权啦、涉外啦等等，而更多的，传统的、典型的，比如债权债务、邻里纠纷、婚姻家庭、继承赡养等等等等，就都留在了民一庭，因此，这样庭的庭长，相对来说，就更需要年龄偏大，经验更加丰富的庭长来担任。心怡姐，我分析的这些也对吧?"

董心怡说："你分析的这些很对，我刚才呀，也不过是顺便那么一说，缺乏论据，缺乏分析。不过，我想表达的重点不在这里。"

胡小军："心怡姐，那您的意思是……"

董心怡："不知你注意到没有，付霞姐一开始发言，十几位年龄都比咱姐大的庭长，那眼神齐刷刷聚焦过来，那耳朵一双双直愣愣竖起，在那一瞬间，你猜我是什么感觉？"

这一次小军来兴致了："什么感觉？"

董心怡："有个成语叫什么？鹤立鸡群。"

一直静静听着两位下属交流的付霞，这时扑哧笑了："你们两个贫嘴吧！"

两位对此好像没听见，继续侃下去。

胡小军："心怡姐，你的这个感触我也有过，不过，这，这是因为付姐太漂亮，气质太好，所以，她一开口，便把大家的目光都吸引住了。"

董心怡："你们这些臭男人啊，一见漂亮的女性就都色眯眯地傻眼了。"

胡小军："姐，话不能这么说，古往今来，爱美之心，人皆有之。那你说，这是为什么？"

董心怡："我的总结肯定和你的大不一样，我觉得主要还是，付姐一口标准的普通话，一开口清脆悦耳，更重要的是，付姐介绍的咱们工作情况，审结案件数量，审结案件的质量和社会效益，特别是对咱们探索的，线上线下并重、调解关口前移等做法，好多庭长，对了，还包括省法院都十分感兴趣。这才是吸引大家的主要原因。"

胡小军这回服了："心怡姐，你总结的确比我总结的有深度有高度，佩服佩服。"

董心怡骄傲地一笑："这才是事实。对吧，付姐。"

付霞一笑："我再补充一点，我们之所以比较引人关注，实事求是讲，还是沾了郑庭长的光，郑庭当庭长这五六年，咱们的民事审判工作，一直走在全省中院的前列，会议期间，好几位庭长向我介绍，学习借鉴我们经验的情况，我们这叫站在巨人肩上，个头自然高哇。"

对付霞这一说法，心怡和小军都点头赞同，同时，心底也对付这种不忘前恩的胸怀由衷佩服。

付霞突然想起了什么，问道："你们最近看到郑庭长了吗？"

两位都摇了摇头。

付霞像是有某种感悟，自言自语道："眼中有活的人，走到哪里都是活；

心中无活的人，活堆成山也看不见。”

两位听出来了，几乎同步异口同声：“付姐，你这是说郑庭长吧？”

付霞反问：“你们说呢？”

董心怡：“付姐，郑庭长是，你也是这样的人。”

胡小军跟上：“为什么叫黄金搭档，如果没有共同点，哪能称得上黄金搭档。”

付霞：“好了，好了。别动不动就往我身上联想。说真的，你们也知道，院领导本意，是给郑庭长换个轻松一点的岗位，但结果呢，我看郑庭长一点也不比在咱们庭时轻松。我真的担心，他这样做过手术的人，老是处于这么重的工作压力下，时间一长会吃不消的。”

董心怡和胡小军对此表示了同感。

付霞：“作为同事，作为昔日的下属，我们要在力所能及的前提下，尽量地关注他，在能提供帮助的事上，尽量提供我们的帮助。”

两位认真地表态；“我们完全同意你的意见，付姐，有什么需要我们做的，你发话就行。”

付霞：“我这几天，心里老是有点事似的，脑子中转来转去，好像就联想到郑庭长的病，你们不准笑，这是真的。”

董心怡：“这我相信，性格秉性相投的人，心灵上有时候就会有感应，虽然科学家们到现在也解释不了，但这却是在好多人身上出现过的现象。哎呀，对了，可不是老太太有状况？郑庭长这个人，对家中的大小难事，从来不和同事和单位说的。”

胡小军：“心怡姐说的这事，还真有可能。毕竟老太太年龄那么大了。”

付霞：“我们也好长时间没去看看老太太了，今天咱们不妨拐个弯，去看一下老人家，怎么样？”

二位均表赞成。

郑立峰的家中，静悄悄的。

郑立峰每天上班走后，家中便只剩下了老太太和小芸，这已是常态。

每天小芸照顾老太太吃完早饭后，老太太习惯到床上休息休息。小芸便洗刷一下早饭后的餐具，简单准备一下中午饭。

尔后，老太太醒来，小芸便凑到床前，给老太太做做背部和腿部简易按摩，再有时间就洗洗老人和自己的换洗衣物。

活不累，但单调。

小芸来郑家已半年有余，她也适应了这种生活。

而且在与老人和郑立峰的相处中，她感受到了一种熟悉而又似乎遥远的温馨。

说熟悉吗，确实，她由记事起直到考上大学，她的家庭，她的生活，好像都是温馨的，那时的自己，即使没有感受到特别的幸福，也从未受什么委屈。

当那一场无情的灾祸终结了这一切后，她才感受到，那逝去的一切，那么的珍贵，又那么的遥不可及。

来到郑家后，她恪守一个保姆的本分，不敢奢求什么温暖。

但她越来越感受到，郑家充盈着一种看不见，摸不着，却真真切切的家庭的温馨。

年近八十的老太太，虽然腿脚行动不便，但老人家头脑仍然清醒，待人宽厚，特别是身上那种女性的温柔，母性的慈祥，时不时流露出来，令人有一种温暖的感觉。有时候，她在给老人洗脚，老人会不由自主抚摸她的头发，用那有点干瘪的手，把她凌乱的头发轻轻地梳理顺畅；每当这个时候，她就有一种闺女依偎在母亲怀中的感觉。有时候，给老人做的饭菜吃不完，她怕浪费就想吃掉，但老人从来不允，非坚持倒掉不可。后来老人便在每次吃饭时，让她多备下一个盘子，先将菜留出一部分，吃了不够再取，这样，剩到盘中的菜品就没有人搅和了，谁吃也可以。老人家还用闺女称呼她，说真的，一开始，小芸对老人这么称呼自己，还有点不习惯，但现在，每当听到老人这么喊她，就有一种亲切感。有时候在梦中，她甚至会把老人的呼唤，当成自己亲生母亲的呼唤。

慢慢地，她了解到了这个家庭更多的事情。原来在一年前，这个家庭连续失去了两位亲人。虽然老爷子算是寿终正寝，但正逢中年的郑大嫂猝然去世，这摊到谁身上都是难负之重；这也使她悟到了，为啥和他第一次见面，他就那么冷漠地拒绝她打扫他的房间。前几天，他突然发病，情急之下要她找药，这是她第一次走进他的房间。房间里有一幅照片，那是一位中年妇女，不胖不瘦的身量，打扮得朴素而不失庄重，加上满带笑容的丰腴的脸，处处显示着一位幸福美满家庭主妇的风韵。不用说，这就是郑大哥的那位她了。

基于这种了解和认知，她打心眼里祝福这个家庭，郑大哥身边再有个贤惠明理的伴侣，义轩早日安家立业，老太太健康长寿，到那时，郑大哥一家人又能拥有幸福和睦的家庭生活了。

人心有良，天地共赏。

不过这几天，刘小芸的心里却波涛云涌。郑立峰那天突然犯病，她虽然不懂，但看郑立峰痛苦得满头大汗，也知道凶险。

如果他那种症状再有几分钟不缓解，她就准备打120了。幸好他吃了那片药，躺着休息一阵后，症状明显缓解，他也从那种痛苦中缓过劲来。

郑立峰叮嘱小芸不要把发病的事告诉任何人，但是，自打郑立峰上班后，刘小芸就心绪难安。她在想，郑大哥上次发病那么急，这样大大咧咧地不看不治，病情再犯怎么办？郑大哥这个人，怎么对工作看得那么重呢？自己明明知情却也不告知他人，万一要是郑大哥出个什么意外，自己良心能过得去吗？不能，不能啊！还有，郑大哥出个意外，那这个家庭，这位老人，包括义轩，都将会怎么样呢，不可想象，也不敢想象啊。

她不能容忍这种结局的出现。

今天，刘小芸安抚老人睡觉后，她一边干活一边思考应该把这件事告诉谁。

门铃响了。她赶紧过去，按下了对讲机通话键："请问，是哪位?"

门铃中传过一位男性的声音："我们是中院的，是郑庭长的同事。付霞庭长，心怡姐，我们一起来看望看望大娘。"

刘小芸听清了，春节时她见过这几位。于是她按开了楼道门锁。并随即转头告知已醒了的老太太："大娘，是郑大哥的同事，他们是来看您的。"

老人应了一句："人家都忙，还来看我。唉，这人老了净增加麻烦了。"说着，老人就开始准备起身。

刘小芸赶紧跑到她面前："大娘，您别急，一会儿人来了您再起也不晚。"

"看你这闺女说的，我还能动，你一帮，我就起得来。人家客人来了，我还躺在床上，不礼貌，不礼貌。”

刘小芸一笑：“大娘，您还真文明。”

老太太也乐了：“嗯，闺女表扬我了。”

刘小芸也笑了：“实事求是嘛。”

老太太乐呵呵的。有人来看望，老太太其实也打心眼里高兴呢。

付霞，心怡和胡小军三人已站在了门口。

刘小芸虽然认识郑立峰单位的人不多，但今天来的这几位恰巧她都认识：“哎呀，是付姐你们哪，快请进请进。”

付霞等三人便一边门口换拖鞋，一边和小芸攀谈起来：

“小芸，大娘可好吧?”

“照顾老人，你可辛苦了。”

“天天关在家里，不累也闷得慌。”

多知心的话，一瞬间小芸竟有点感动，她鼻子酸酸的，眼中似有个热乎乎的虫在蠕动。她只是笑着，听着。

这时老太太听见动静，已沉不住气了：“是谁来了，你们可都好哇?”

付霞这时赶紧几步抢过去，扶住了正要往外挪步的立峰娘：“大娘，是我，付霞，您还认得吧?”

立峰娘：“认得认得，我怎么能忘了你呢。”

付霞：“大娘，您的记性真好哇，大娘您看看这位，您还记得吗?”付霞身子一侧，把董心怡往前一推，故意和大娘逗趣。

大娘抬起头，瞅了瞅：“这不是小董吗，认得认得。”

这时胡小军也故意往前一凑：“大娘，我您还认识吗?”

大娘又瞅了瞅：“你，你不是小军吗，一个当不了将帅的男子汉。”

“什么?”大家都没反应过来。

大娘自得地一乐：“小军小军，那就不是大军，还能当上将帅呀。”大娘的幽默和风趣，把众人都逗乐了。

胡小军故作委屈地说：“我说我怎么努力，也当不上大官呢，原来是爸妈给我起的名字把我的仕途挡住了，回去我得改个名字。”

众人又是一阵欢笑。

说笑过后，付霞和心怡坐到床上，和老太太聊了起来。

小芸识趣地退到外边，大脑却在急速地飞旋。她思忖着，琢磨着，这几天纠结于心的疙瘩，一下子仿佛松解开来，对，这是天意，付姐是郑大哥的同事，又是熟悉的好友，把郑大哥的病情告诉她，她会妥善处理好这件事的。

时间大概过了二十多分钟，付霞和心怡起身，准备告辞了。

老太太赶紧喊道："小芸哪，闺女，代我送送客人。"

小芸回道："大娘，听见了，你放心吧。"

小芸正要送客，一回头，见老太太仍未上床，急忙跑回："大娘，您上床，您稳住，一切俺来办。"

老太太在小芸的帮扶下，挪上床。

小芸嘱咐老太太："大娘，您千万别动，别动。"

老太太笑："好闺女，就怕大娘摔倒添乱是不是。"

小芸没有说话，她只是检查了一下老人确实躺稳了，这才又重回到客人身边。

刚才这短暂的一幕，三人都看在眼里，但他们谁也没好意思插话，谁也没有挪动脚步，静静地站立在原地，等待小芸安抚好老人。

小芸回来了，她多少有点歉意地腼腆一笑："老人要安顿不好，就怕万一。"

付霞真诚地说："小芸，不送，不送。"

心怡和小军也说："不用送，不用送，照顾好老人最重要。"

但小芸很坚持，而且推拥着似的紧跟在三人的后面。

付霞发现了异样，她使了个眼色给心怡："走吧，走吧，那就麻烦小芸妹妹送到楼下。"

三人便依次进电梯，小芸和他们直到一楼。走出楼道后，付霞等三人站住了脚步。

付霞："小芸妹子，送到这里可以了吧！"

刘小芸似有难言之隐。

付霞："小芸，你是不是有什么话想说？"

刘小芸点了点头，又不由自主地扫了一眼心怡和小军。

付霞明白了，刘小芸这是有话要说，但碍着他们二位似有不便。

心怡和小军也明白了。

心怡拽了小军一把："小军，咱们先上车。"

小军会意，二人便转身钻进车里去了。

付霞："妹妹，你有什么事想告诉我吗?"

刘小芸又点了点头："付姐，我看出来了，你是个好人，我告诉你一件事，但你保证，高低不能透露是我说的。"

付霞表态："妹妹，我相信你，也请你相信我，我绝不会透露是你告诉我的。什么事，你说吧!"

于是，刘小芸凑近付霞，把郑立峰那天的病情，她的担忧，以及郑立峰的态度和对她的禁令，从头到尾叙述了一遍。

付霞认真地听着，她被面前这位淳朴而又善良的小妹，深深地感动了，多么好的一位小妹，多么善良的情感，多么为难的境地！刘小芸讲完，她觉得此时什么褒奖的话都显得苍白无力，她把刘小芸拥入怀抱，紧紧地抱着。

良久，良久。

付霞三人回到了中院。

付霞径直走向庭长办公室，并把心怡留了下来。

心怡明白了，付霞这是要和她谈刘小芸说的事了。

付霞把公文包往办公桌上一放，人往椅子上一坐，长长地吁了口气，说道："这叫人怎么办呢?"

心怡小心地往前凑了凑："付姐，怎么啦?"

付霞坐直了身子，缓缓开口说道："你说咱们郑庭长，怎么老是拿着自己的身体不当回事呢?"

心怡也有些着急："付姐，到底怎么回事?"

付霞于是向心怡讲了刘小芸向她反映的事。

听完这些，心怡也有些犯难了："这样的事，除了他自己，唯一的知情人就是小芸，他呢，还给人家下了那样的禁令，这也真的是难为人家小芸了。"

付霞："更难能可贵的是，小芸作为一个保姆，她体现出的那种关心善良，那种替主人担忧焦虑的真情，真真是令人感动。咱们得好好商议商议，既不能透露是小芸告知我们的事，又要想想如何劝郑庭长上医院好好查查，该养要养，该防咋防，千万不能再出任何问题。”

郑立峰正在电脑上写材料。

他写了一阵，突然觉得疲劳感袭了上来，他按在键盘上的手，酥软，乏力。他停下来，把手在空中甩了几下，心中想，这也太娇贵了，才写了两页，身体就开始报情况了，真是让人笑话。

想归这么想，其实他也是个明白人，他身上的这些毛病或者说症状，应该都与那个不争气的心脏有关系。常识道，伤筋动骨伤元气。自打做了那次手术后，他已明显地感觉到自己有时气发短，身乏力。包括前几天发生的那场症状，虽说客观上是有原因，但如果心脏没有毛病，是不是就不会因为生点气，就出那么大的洋相。老实说，那一天如果那种难受程度，再持续没有好转，他也许就坚持不住，上医院去了。但好在用上药，一歇息，症状就缓解了。那么第二天，自己也有必要去医院看一看，但他又想到，一到医院见了大夫。大夫的职业病便是；无病说成有病，小病说成大病，大病说成危病。像自己这种情况，大夫一听，非大惊小怪不可，非住院不可。想到此，他想到家中的老母，想到单位的工作，对了，他现在还有一件事是需要马上做，而且必须由自己来做的。

此刻，他在电脑上写着的，就是这件事——

他正写的是一份本庭再审的一批案件所暴露出问题的报告，他准备向院党组呈送。半年多来，审监庭已对以前积压、重新立案的近二十起案件进行了审理，结果部分纠错的过半，其中有两三起案件根本就是错案。透过这些案件，以案追责自然不用说，更重要的是，应回溯这些案件错误的形成，发现各个环节的薄弱点，发现案件审理过程中，监督不到位，甚至监督缺位的情况。

针对这些情况，他要向院党组提出关于强化监督的建议。这样一份材料，交由别人来完成行吗？当然也行。但郑立峰想到，在这批案件审理落实中，好几位同志都考虑照顾他的身体，把棘手的案件扛了过去，就像苏长福同志抢去张王两家案件一样。现在，这批案件审理已近尾声，根据这些案件形成的这份材料，不可回避地要涉及从中院到基层法院的一些法官，涉及对他们追责的建议，这也势必会使被追责人对提供材料和建议者耿耿于怀，甚至怀恨在心。自己身为审监庭的庭长，也是这批案件得以浮出水面，进入审监程序的推动者，这种时候，责无旁贷。

担当，担当。空喊是对担当的玷污。

敲门声响起来。

"请进。"他头也没抬。

推门进来的是付霞。

付霞："郑庭长，这么专注呀？"

郑立峰听出来是付霞，赶紧起身："哟，是付霞庭长，请进请进。这位是……"他看到了付霞身后还有一位陌生的男同志，心怡则跟在最后。

付霞笑了笑："我来给您介绍一下，这位是咱们市中西医结合医院的辛大夫，是心怡的中学同学。"

郑立峰赶忙伸手："噢，欢迎欢迎，辛大夫请坐。"

辛大夫也连忙握住郑立峰的手："郑庭长，你好，久闻大名，今日得见，幸会，幸会。"

付霞及时抢过了话头："郑庭长，我先说，我那儿正好来了位律师，我还得回去接待呢。是这样，今天辛大夫来找心怡，谈话中说到了您的身体情况。辛大夫对您的病症和术后情况非常感兴趣，辛大夫就是大内科的，还是搞中西医结合治疗的，心怡一听，这不是送上门来的大夫吗，何不与您聊聊，或许，辛大夫会有好的建议呢。我一听，这是好事啊，这不，我就陪他们一块来了。"

"噢，是这样，谢谢，谢谢。"

付霞："那我先回了，心怡，聊完后你再领辛大夫到我那坐坐。"

心怡应了一声："好的。"两人相视而笑，传递了一个不易察觉的眼神。

郑立峰给辛大夫冲上一杯茶。辛大夫边接茶，边审视着郑立峰的脸色，他接过茶杯，便开始了询问："郑庭长，您在那次犯病以前，有没有什么征兆？"

这时候，董心怡的手机"懂事"地响了起来，她借故溜了出去。

辛大夫和郑立峰会心地笑了。

心怡那通电话是付霞打的，好让辛大夫和郑庭长单独聊聊，免得郑立峰不好开口。

心怡回来了，两人一见面，不禁哑然而笑。

付霞问："没露出破绽吧？"

心怡："没有，严丝合缝。"

付霞："咱们做这种事，总有些不大习惯。这还是第一次对郑庭长演戏说谎呢，以后他要知道了，真不知会怎么看咱呢！"

心怡："反正这是为他好，也是叫他逼得呗。"

付霞："对，对，心中无愧，心安理得。"

心怡："下一步咱们怎么办呢？"

付霞："刚才我凑巧看到了郑庭长在写的材料，说什么'通过这些改判的案件，看出我们法院监督环节上的漏洞……'看样子，像是总结或者分析报告。说不准，这就是他顾不上看病，要急着赶的工作呢。"

心怡："你分析得有道理，郑庭长这个人哪，只要什么工作被他列上日程，他就非做完不可。人们说这痴那痴，我看咱郑庭长就是个名副其实的工作痴。"

付霞接上："我完全同意你的看法。"

心怡："如果辛大夫今天问出了病情，有必要的话咱们就明天去逼宫，非把他撵到医院去不行。"

付霞："我就是这么想的。"

两人相视而笑，击掌鼓劲。

第二十一章
人间正道

郑立峰度过了一个难眠之夜。

昨天，付霞和心怡领来的那位大夫，真不愧是专家，人家对自己发病的原因，手术的必要性，术后的注意事项，一一讲得那么清楚，那么透彻，尤其是最近这次犯病的诱发原因和危险性，分析得更是头头是道，让他听得又信服，又有点后怕。

他又联想到了付霞和心怡。

这两位女同事，心地那么的善良，心思那么的细密，就像自己的亲妹妹，甚至更胜自己的亲妹妹。明天一上班，就去告诉这两位一声，自己忙完手头这份材料，就去医院查查，好叫二位放心。人家惦念半天，得给人家个交代。

第二天。郑立峰刚刚走到办公室，却发现付霞和心怡已等在门口。他赶紧急赶了几步："你们来得这么早，找我有事？"

付霞绷着脸："我们的郑庭长，您说呢！"

郑立峰边听边开门："请进，请进，有事慢慢说。"

心怡："郑庭长，您让人太不放心啦。"说着，她的眼圈泛起了红。

至此，郑立峰也悟出了这两位上门的目的，他故作轻松地笑道："谢谢，谢谢。没什么问题，没那么严重。"

付霞："能多么严重！人生不过一口气，难道您要那口气……"她意识到要说的话太不吉利，赶紧刹住了车。

郑立峰笑了笑："没那么严重，没那么严重。但是，我对你们两位的关心，真是由衷地感谢。"

心怡："感谢人不能光说空话，要见之于行动。"

付霞："空头的感谢，其实是对被感谢者最大的不敬。"

郑立峰这回无语了："这，这……不是故意的。也是事出有因，请二位妹妹体谅。"

付霞抓住了话头："那你说，是什么事，身体这么大的事都置之一旁？"

郑立峰有些无奈，他并不想把自己正在做的事说得多么重要，但若不说，看来这两位是不依不饶。他拍了一下自己的额头："好吧，好吧。今天，我就如实向两位汇报一下。"

付霞和心怡对视一笑，目的达到。

于是，郑立峰把自己的一些感受，想法，以及昨夜考虑的打算一一向两位道来。

听着郑立峰的诉说，付霞和董心怡不停颔首默认。应该承认，对这位曾经的直属领导，心目中敬佩的兄长，她们是了解的，但毕竟是人心隔肚皮，郑立峰心中的想法，她们无法完全知晓。今天，郑立峰这么一说，两位才彻底了解了。

郑立峰讲完了，也像卸去了一个包袱："怎么样，二位，完全坦白，无一遗漏，满意吗？"

心怡："只要领导坦诚相待，我们怎么能不满意呢！"

付霞仍在回味着他的话，问道："郑庭长，你正在写的那个报告，有那么重要吗？"

郑立峰略一思索："付霞庭长，你如果想听我内心的真话，我告诉你，我认为，很重要。"他看了一眼直视着自己神情专注的付霞，继续说下去："当案子已经将暴露出来的问题一览无遗地呈现在你面前时，当你发现了法律公正、法律的权威正在被侵蚀时，一个有良知，有责任感，有使命感的法务人员，能无动于衷，听之任之吗？无视罪责和放纵作恶，与施罪者又有多大的区别呢!”

付霞和心怡都对郑的发问陷入了深深的沉思。

郑立峰:“是的,我也经常问自己是不是有点自命不凡,动不动就以责任、使命这样的大题目来难为自己。但古人云,国家兴亡,匹夫有责。况且我们都是法官,律法在我们这里失了信,老百姓那还谈何公平?法官失职,如同犯罪,难道不是吗?”

付霞和心怡,听着郑立峰这发自肺腑的感叹,仿佛受到了感染。她们感悟到,这些话,这些认知,和血脉和肌肉一样,紧密地融为一体,构成了活生生的他。此刻,眼前这位兄长在她们心中,陡然又高大了不少。

付霞看了一眼表,已过了正式上班时间。于是她说:“我和心怡今天专门来堵你,就是两件事:一、你的身体出现了这么严重的状况,你为什么瞒着所有的人?如果说,我们是你原单位的,那么,你告诉审监庭的同志或者分管领导、办公室都行,总之,有人知道,就好组织帮忙。你倒好,谁也不说,单凭自己扛着,人家辛大夫说了,你这是万幸,一旦扛不过去,我们连最后跟你说句话都来不及,你知道吗!”

郑立峰只是嘻嘻着讪笑了,忆及当时的情况,付霞说的还真不假。

付霞接着说下去:“这二嘛,就是出了啥问题,就面对啥问题,你这次犯病虽然缓过来了,但是,必须得去医院检查,找找原因,好采取防患措施。你说吧,什么时候去医院?”

郑立峰这回认真起来:“请你们放心,昨天晚上我想了半宿,特别是辛大夫那些关于健康和工作关系的一段话,令我受益匪浅。这样吧,今天我就能把给党组的报告写完,然后打印出来报过去,明天,我就去医院,查一查,找专家给看一看。怎么样,这回两个妹子放心了吧!”

付霞:“这还差不多。不敢面对现实的人,不是唯物主义者,也不是强者。这话也不知谁对我们说过多次。”

郑立峰笑了,他知道这是付霞在揶揄自己:“好好,付霞庭长厉害。”

付霞:“明天去医院,一言为定。我们回去就给你挂上号,还找给你主刀的那位大夫怎么样?”

郑立峰:“好好好,不过挂好号告诉我就行了,明天从审监庭叫上个人陪着。”

付霞和心怡知道郑这么安排的用意，便放心地告辞，回民一庭去了。

成志坚、成志强的案件宣判了。

二成因遗弃年迈生病的老父亲，致其死亡，后果严重，已构成遗弃罪。两人分别获刑三年半。因遗弃老人构成犯罪，两人也丧失了继承权，再加老人去世前的遗嘱，所以，老人所遗房产，全部由其女儿成志芳所有。

这消息传到成家村，无异于平地一声炸雷，成了家家户户，街头巷尾热议的一个话题。

成志坚家，自从开庭后，就像被一团阴云笼罩，再也没有见到一丝阳光。

以前他们一家，天天欢欢乐乐，不愁吃，不愁穿，女儿幸福美满，儿子也马上要成家立业。老两口眼看就到了安享晚年的阶段。

谁想到，一下子出了这么一档子事。

嫁鸡随鸡，嫁狗随狗。嫁到成家的志坚老伴，这种意识早已深深融入她的血液。多年来对丈夫言听计从已成了习惯。

她也知道，丈夫的脾气不太好，好发脾气。伺候完老太爷，也时常有抱怨。她心想，久病床前无孝子，这是普遍现象，有抱怨也能理解。自己去伺候吧，毕竟是公公，吃喝拉撒多有不便，有些事自己也确实办不了，再说志坚也不让她去。

但是他兄弟俩，怎么能办出这样的事！让老人走的难以合眼，让自己也落得罪名，这个家庭也从此背上不孝的恶名。

一夜之间，天差地别，等待成家人的是久久难逝的耻辱和人们的冷眼。

这天，她机械似的简单料理完家里的活计，就一腚蹲在沙发上，两眼发直，浑身上下一点劲也没有。

儿子开门进来了，看得出，情绪非常低落。

她问道：“小颖呢，怎么不上来?”刚才，儿子的恋爱对象打来电话，说有事找儿子，儿子这就下去了。从儿子的情绪看，消息不妙，但不问个究竟，毕竟心中不实落，所以，她才这样追了儿子一句。

儿子阴沉着脸，向他居住的卧室走去。听见妈的追问，他略停了一下脚步，扔下一句："人家再也不来咱家了。"

"那……"她本来是想问一句为什么，但话到口边却又咽了下去。这还不是明摆着吗，再问，不也是明知故问吗！

"哎……"她只得长叹一声，把无尽的懊恼咽回肚中。

立荣家，此时也笼罩在一种复杂的情绪之中。

作为教师的成志凯，是在学校听到的对二成的判决。他的脑海中顿时翻江倒海似的，很不是个滋味。

对自己家族中的这两位兄弟，他平时也很少去联系，觉得秉性不投，敬而远之。但前些日子两位族兄摊上事，求到他的门下，这种事，若说谁愿意管，那叫胡扯，但两人一口一个本家本族地念叨，让他无法回绝。

没承想，大舅哥铁面无私，这两个族兄又翻脸不认闹上门来，他和立荣倒里外不是人了。

但今天听到判决结果，他似蒙似晕，听在耳里，也闹在心里。原来理直气壮让他找人求人的两位族兄，竟遗弃大爷不管，致他老人家提前归天，犯了遗弃罪。换言之，他是替两名罪犯向大舅哥求情。这事要是传出去，特别是传到学校去，领导、老师们、同学们会怎么看他，会怎么评价他呢。

还有，自打摊上这档子事，他和立荣之间，也像隔了一层雾霾一样，有一种说不清道不白的隔阂。这回二成被判了刑，立荣又会咋想呢。

此时的立荣因休班正在家呢。她听到这个消息，心里也是五味杂陈。

上次和大哥闹了一场，立荣担心了半天大哥的身体。后来确定身体无碍了，她自己的面子问题又升为第一位：大哥这样对待小妹的求助，你不向我道歉，我才懒得理你。所以，兄妹两个自上次事后，既没碰面，也没电话联系过。

但是现在，二成的事以这样的结论终结，立荣的心中翻起了浪花，天哪，自己这是在帮两个不孝的人求情说话呢。这么说来，大哥之所以有那么个建议，是正义之举了，而自己对大哥的那一通怨愤之火，也是错火邪火了。

立荣啊立荣，你这个爆竹脾气，什么时候能改掉呢。

成志强的媳妇是从电视里得知判决结果的。

那令人扎眼的一个题目被推到她眼前：遗弃老父，致老人衰竭辞世，两不孝儿分别被判有期徒刑三年半。

眼前的影像渐渐模糊了。

她蒙了，但很快手机的响声把她惊醒了。她一看，是闺女的电话，赶紧用一只手用力揉搓了揉搓脸，清了一下嗓子，以避免让闺女听出异样。“喂，是小菲吗?”她问道。

闺女没有马上说话，而是稍一顿：“妈……咱家是不是出事了?”

她猝不及防，顺口搪塞：“没，没有……”

闺女显然生气了：“妈，你编吧，那你叫他……我爸接电话!”

她明白了，看来闺女已知道了。

她只得实话实说：“小菲，你，你是怎么知道的?”

闺女：“这都上了本地新闻了，我怎么不知道。妈，我爸和大伯他们怎么能办出这种事呢，我爷爷他怎么能合上眼呢?”

娘俩连哭带说，互相倾诉着心中的无奈和愤懑。但是，事已至此，她们愿意也罢，不愿意也罢，都得面对现实生活下去。

贾志雄办公室。

此时，郑立峰写的那份报告正摆在他的桌子上。

报告的题目是《从我院审理再审案件，看我市法院监督机制的缺失及对策建议》。贾志雄一看到这题目，就预测到了这份报告的分量。

在贾志雄的心目中，关于郑立峰的印象，实事求是讲，可以用这么几个字归纳：干才、正派、勇于担当。作为从基层做起，摸爬滚打走到今天这个位置的贾志雄来说，他非常赞同这样一句话：领导干部，特别是一把手，如果想把工作做好，身边必须有一帮能干、会干、敢干的人才。这样工作才能出成绩，单位职能才能发挥好，领导本人才能有地位，组织和社会才能认可，也才有升迁的可能。反之，围在身边的全是溜须拍马，只会空谈，不尚实干的家伙，凡事斤斤计较，拈轻怕重，互相推诿，相互扯皮，成事不足，败事有余。那么，纵然领导本身再有能力再有水平，单位工作也难有起色。正所谓，蚂蚁虽小可移山，独龙再能难起海。所以，他来到海州中院后，特别是他被组织正式任命为院长后，心中也在留意要发现和重用一批人才。郑立峰自然也很快就进入了他的视野。但是去年郑立峰突然犯病，有关班子成员提出，应该酌情考虑给郑立峰调换一个相对轻松一点的岗位，他从实际考虑同意了，并很快落实。而郑立峰到了新岗位后，实际上也没有轻松下来，反而像撕开了一块大幕的一角一样，把个审监工作搞得风生水起。光从省院领导那里，他已不止一次听到对郑立峰的赞赏。可见有心做事，到哪个岗位都能出成绩。

如果没有那天小保姆的现身，郑立峰必定是他可信赖和重用的人才。他也相信，像郑立峰这样一位庭长，在海州中院，一定是个为这个单位，也为他这个一把手院长增光添彩的人。

但今天他看着这份报告，耳边又回响起分管副院长向他反映郑立峰前几天在家犯病的情况。

那么剧烈的疼痛，家中除了八十岁的老母，便是那位年轻的小保姆了。他是怎么挺过来的，他和那个小保姆平时是怎么相处的？

这些似乎不该去想的问题，却像开闸放水一样，汹涌而出，止也止不住。那位保姆，自打春节前走访时不期巧遇后，他反复挖掘脑海中的记忆，确认她是不是那个春宵梦里人。但那脸上的小痣，她目光触及他的目光时，那瞬间刺激出的慌乱、惊讶，已经印证无疑。他好长一段时间心情平静不下来，甚至有时候梦到上级纪检委的调查人员站在面前，他只得乖乖就范，随传而去。

但是，一天，两天，十天，二十天，时间就这么平静地过去了，什么事情也没发生。

也许是她对那桩事不愿再提起。她毕竟还那么年轻，这种事过去就过去了，就权当没发生一样。但愿如此，那便谢天谢地了。

但昨天他听到郑立峰发病的消息，他总有一种莫名其妙的不安和惆怅。

试想，郑立峰这样的地位、相貌、才气，又值中年丧偶，对单身女性是有吸引力的。在家中突犯急病，靠谁照顾呢？除了那位年轻的异性保姆，还能有谁呢？

那么，这件事，会不会促成什么呢？

郑立峰和这位小保姆有没有生出情感的可能？那再往后呢，他和她会不会走到一起？

到了那个时候，她心中的秘密还能不能隐藏得住呢？假若隐藏不住，让郑立峰知道了这事，以郑立峰的秉性为人，天哪，后果不堪设想。

贾志雄陷入一种纠结而又难以自拔的窘态之中。

立荣自打和大哥置气后，来看老母亲都是故意和大哥在家的时间错开，以此表明她对大哥的不满未消，气还不顺。

立荣为啥这样，刘小芸一时摸不着头脑，以为是自己哪里做得不对，所以试探性地询问了一下郑立峰。

郑立峰一听，少见地笑了："这事与你无关，是我惹着她了。我这个妹妹呀，从小吃不得一点委屈，谁惹着她呀，点火上楼的事她也能干出来。你别管她，待几天火消了就行了。"

刘小芸知道了原委，心中顿时轻松了不少，她便打圆场道："立荣姐耿直，心正，火来得快，消得也快。"

郑立峰回了一句："哟，小芸，你这看人还挺准的，我这个妹妹，正像你说的一样。"

刘小芸第一次听到郑立峰对她的赞扬，心中滚过一层热浪，但她赶快一转身，掩饰过去，以免让郑立峰察觉，怪不好意思的。

今天，立荣又来了，手里提了些为家中买的菜。

刘小芸观察着，立荣这两天来时有些变化，气好像消了，有时还故意和小芸聊两句，问问老人的有关情况，还顺带着问句哥哥的事。

刘小芸也挺高兴的，心想，亲兄妹闹别扭，哪有时间长的，事过气一消，便烟消云散，重归于好了。

但她不知道的是，立荣气消脾气好转的原因，其实是二成被判刑入狱，她反思自己的作为，开始后悔和内疚了，所以，她得寻着台阶下来。

立荣主动和小芸搭话："小芸，洗菜呢？"

小芸赶紧答："是，抽空洗好，到晚上炒时就不带水了。大娘说，不带水的菜炒出来好吃。"

立荣："是吗，我妈怎么没和我这么说呀？"

小芸："那大娘准是认为你知道呗。"

立荣："小芸，你真会说话。哎，我问你，我哥这几天没说我什么吧？"

刘小芸欲言又止，似有难言之隐。

立荣紧盯着小芸，当然没有放过这疑点。她马上追问："怎么了，小芸，有什么事吗？快告诉我！"

刘小芸："这，这，郑大哥不让告诉你。"

立荣："唉，我这个哥，还和我记仇了。"

刘小芸连连摆手，同时她伸长脖子，向老太太住的屋子望了一眼："声音低点，别让大娘听见。"

立荣立刻领悟了："哦，哦。"她又向小芸面前凑了凑，"小芸妹妹，我哥什么事不让你和我说？"

刘小芸还有点为难。立荣又有点沉不住气了："你，你，快说吧……"

小芸见她真急了，便说道："前几天，郑大哥突然病了一场，而且病来得很急，他头上的汗都冒出一层，我差点打了120。"

立荣："嘿，那你为啥不给我打电话？"

小芸："一是过了一阵，他就明显好多了；二是他特别嘱咐我，不让告诉任何人。"

立荣："哎哟，我这个傻哥来，他从来就是怕给单位、给别人添麻烦。那他今晚几点回来，我说说他。"

小芸："你来以前，他单位刚有人打来电话，说他今天去医院了，可能要住三两天，叫我向大娘说他去开会了，得几天才回来。"

立荣："他又得什么病了，怎么又上医院了？"

小芸："不是什么新病，我听说是因为前几天他犯病后没有仔细检查，单位有人知道了，陪他去检查检查。"

立荣这时突然反应过来，大哥的病是不是与自己有关，她急切问道："大哥犯病是哪一天？"

小芸："就是上个星期天，他去买菜回来，一进门，人就难受得站不住了。"

立荣的头一下子炸了："俺那天哪，我，我的大哥！"说完，她转身就向外冲去，走到门口又折回来：“他去的哪家医院？”

刘小芸：“是市人民医院。”

听完，她又一转身匆匆离去。

郑立峰在同事小沙的陪同下，到市人民医院，挂了专家号。

专家一听病情，责备就马上跟过来了：“你们这些人，总是把医生的话当耳旁风，以为是小题大做。像你这种做过手术的人，再次发病，就应该马上到医院就诊，拖，扛都是大忌。”说着，一串检查单子开了出来，“先做检查，再来找我。”

等大部分检查做完，已是下午三点多了。两人带着一摞检查单再次回到专家诊室，专家看后说：“总体情况还不错，这可能得益于患者的身体素质和用药及时。”但预约的造影还没出结果，为稳妥安全起见，专家建议必须住院治疗几天，不然再犯，后果难料。

小沙马上帮郑立峰办理了住院手续，同时抽空给保姆打了个电话，按郑立峰的要求通知了小芸。

郑立峰在小沙的陪同下，走进了病房。

郑立峰刚坐下，突然，门被推开，立荣一步闯了进来。

郑立峰：“立荣，你怎么来啦？”

立荣没有马上应答哥哥的问话，只是双目怔怔地盯着郑立峰，好像不认识一样。

郑立峰愕然。

小沙也看着她，甚至有点惊诧。

就这么对视着，足足有半分钟。

郑立荣突然像委屈的孩子苏醒过来一样：“哥，我，你妹妹不是人！”说罢，她哇的一声哭了起来，扑通跪在了郑立峰面前。

郑立峰赶紧上前，扶住立荣的双臂：“立荣，起来，起来。”

郑立荣抽泣着被扶起，一下子扑在哥哥的怀中，搂得很紧很紧。

第二十二章
人心难测

成志坚的老伴有气无力地打扫着卫生。

自打成志坚进了监狱后，她的精神就垮了，天天魂不守舍，有气无力。

这两天，她和志强的媳妇通过两次电话。这妯娌俩在电话中，除了相互问候安慰几句外，便是唉声叹气互诉命运不济。今天，志强媳妇要过来和她说说话。

家里好几天没有打扫了，布满了一层灰尘。

以前干家务活，多年来已成习惯，并不感觉累。今天，她却觉得扫地的笤帚沉甸甸的，扫完换上拖把，那拖把更是又沉又涩，拖上几下子，浑身就酥软，甚至喘起粗气来。

她这次信了俗语说的：馊事一件催人老，一夜白头胜十秋。

想到这，她放下手中的拖把，到卫生间的镜子前，她要看一看，自己的白头发是否真的多了。

当她看到镜子中的面容时，她发现，白头发好像是多了，脸上难掩阴云，皱纹也明显多了。

有人敲门。志强媳妇可能到了。

她应答着："听到了，就来。"赶紧用双手在脸上搓了几下，便去开门。

门一开，志强媳妇站在门口，手里还提着些应时菜蔬和馒头。

志坚老伴："来了，小菲妈。"

志强媳妇则只叫了声："嫂子。"便也再没说下文。

听得出，两人语音中都有些哽咽。

两人不由自主地相拥在一起。

这也是两成被带走后妯娌俩的首次相见。

相拥一阵后，两人慢慢松开。

志坚老伴："小菲妈，咱们坐下吧。"

志强媳妇点点头，俩人手拉手来到沙发上坐下。

志坚老伴："小菲妈，你说十多天前，谁不羡慕咱们这两个家庭啊，可一眨眼，怎么就这样了呢？"

志强媳妇："谁说不是。可他们兄弟俩，谁知道是哪根筋不对了，竟做出这样的事！"

就在这妯娌俩唠心里话的同时，志坚的儿子新阳，接到了妹妹小菲的电话。

新阳一看是叔伯妹妹的电话，不由惊了一下，因为此时他尚不知，妹妹对家中的事知不知情。

他犹豫着接通了电话："喂，是小菲吗？有事吗？"对方没有马上应答，但能隐隐听到抽噎的声音。他又问了一句："小菲妹妹，听见了吗，我是新阳，说话呀！"

手机中终于传来了妹妹的声音："呜呜，哥，我爸和大伯他们俩，怎么能做出这样的事来？"

新阳："我也想不通啊！爷爷……"兄妹俩对着电话，都哭出了声。

新阳毕竟是兄长，他开始劝妹妹："小菲，事已出，说什么都没有用了，你一定要坚强，不要让同学知道，不要影响学习。"

小菲回应："哥，你别光劝我，你也要坚强。大妈，我妈，她们摊上这事，也够伤心的，你可要多关照一下她们。哥，下一步你打算怎么办呢？"

新阳实话实说："这几天，我还没顾得上考虑呢，你有什么想法吗？"

小菲："我也正在考虑，不管怎么说，他们是咱们的生身父亲，这是无法改变的。我初步想法是，我们都已长大成人，我们有这个责任，也有这个能力尽可能地挽救他们，让他老兄弟俩认错改过，用实际行动在乡邻乡亲中，慢慢消除这个恶名的影响。”

新阳一听妹妹的想法，他打心眼里赞同：“小菲妹妹，不愧是大学生，你想得比我远，想得比我好，咱们就按你想的去做。对了，现在这事咱俩已经知道，但是我姐还不知道，我想，她很快也会知道的。你不是离放假不远了吗，到时候你回来，我再把我姐叫上，咱姊妹三个到监狱去探望探望他俩，同时，也展开一场晚辈挽救长辈的战斗，怎么样?”

小菲难得地笑了一下：“好，你也多考虑考虑。不过，不能说是晚辈对长辈的战斗，咱们是以理服人，以情服人，争取让大伯和我爸从心里服气。”

新阳也笑了：“对，对，对。还是你的水平高，哥听你的。”

小菲最后嘱咐：“哥，我不在家，咱姐已远嫁他乡，家中年轻人就你一个了。大妈和我妈，这事对她们俩人的打击肯定很大，你要多多费心，多多关照她们，可千万不要再出任何意外。”

新阳：“放心吧妹妹，好孬你哥也是一米八的男子汉，这点打击还放不倒我。有你这么好的高参，我相信，咱们姊妹三个，会把事办好的。盼你放假快快回来。”

小菲也深情地道了句：“有个哥哥真好，再见。”

在成志坚家，妯娌俩聊了半天，也达成了共识，发生这样的事，气也该气，恨也该恨，然而，他们毕竟是和自己风雨同舟了几十年的夫妻。俗话不是说，一日夫妻百日恩。一夜之间，兄弟俩双双进了监狱了，那是什么地方，怎么能不让她们牵挂呢。

所以，妯娌两个决定，为他们准备点东西，明天或者后天，探监去。

探监，一个多么刺耳的说法。所以，她们俩准备不声张，悄悄去，悄悄回。

中院党组会。

这次党组会，除去常规的几件事情外，中心议题便是讨论郑立峰向院党组写的那份报告。贾志雄介绍完情况，让大家发言。

按照不成文的惯例，一般是党组内排名靠前的先发言。

坐在贾志雄右侧的于如石，位列各副院长之首，这时自然轮到他了。于略做思考，随后说："我先说几句吧。郑立峰庭长，就是这么个人才，走到哪里都能发挥他的责任心、使命感。他写的这份报告，就展示了他的这些特点，我为我们拥有这样的庭长而感到欣慰和骄傲。关于这份报告，就报告中提出的应对措施和建议，我个人认为，提得很好，很有针对性和必要性，也很具操作性。我建议，今天党组会讨论后，以我们党组的名义，形成一个决议，马上印发执行。"

坐于如石下手的是郝瑞景，他既位列党组的第三位，眼下也正是郑立峰的分管院长。

郝瑞景一笑，说道："轮到我了，好，我说几句。"他特别侧目看了一眼于如石，"郑立峰庭长到审监庭任庭长，工作干得大家有目共睹，我作为分管院长，感到特别放心。这也得感谢于院长培养了这么一位好庭长，忍痛割爱，输送给了我们，是不是于院长?"

于如石："唉，唉，唉，扯远了，再说，金子就是金子，这是由郑立峰同志的素质决定的。要说忍痛割爱，那更不敢当，要不是考虑他身体情况，党组给他换个相对较轻松的岗位，我才不会同意呢。"

郝瑞景："可不是吗，郑立峰庭长到了审监庭，也真的没有轻松，不用扬鞭自奋蹄啊。"

贾志雄手微微一扬："打住，打住，说正题。"

众人会意一笑。

郝瑞景点点头，说道："这个报告在送贾院长之前，郑立峰庭长就先让我看过。我的看法是，他基于所审理的案件发现的我们工作和制度上存在的不足和缺失，都很准确，所提出的建议意见，也很有针对性，我完全赞同。"

下一个发言的，是党组成员、纪检委组长兼主任阎连峻。

这是一位几年前从部队师政委位置上转业下来的干部，现已迈上知天命的门槛。近三十年部队的熔炼，使他具备一身的正气，转业后被安排到了纪检工作岗位上，也正应了量才适用那句话了。今天，他听着这个报告，特别是报告中以案追人追责的思路，有茅塞顿开之感，对报告中指出的监督的薄弱环节和监督不到位等问题，又觉得这就是纪检委的工作失误，心中隐隐有失职和内疚的感觉。

该他发言了，他腰板一挺，极严肃和认真地说道："今天，听了郑庭长的这个报告，除了和于院长、郝院长有共同感受，我更深切的感受是，好像被人扇了好几个耳光，脸上热辣辣的。"说到这，他还真的双手在脸上抹了一下，好像验证脸上是不是真的发烫。

在座的一听阎连峻这话，都有点意外，大家都把目光投向他。

阎连峻讪然一笑："我说的可是真心话。你看郑庭长点到的这些监督不到位、制度有缺乏等问题，这不都是我们纪检委应该考虑到、应该把工作做到位的吗。结果我们没有考虑到，工作自然也没做到，这难道不是我们的失职吗！"

阎连峻略顿了顿，又继续说道："不多说了，表个态，请各位党组成员把好的意见建议都提出来，由咱们党组形成个意见。我们回去后好好研究，马上开展工作。"

几位主要成员发言完毕，贾志雄重新主持发言："那好，今天大家对郑立峰庭长呈报的这份报告进行了讨论，发表了很好的意见。现在我根据大家的讨论，安排一下：一，会后由纪检委负责，对案件涉及的有关人员，该约谈的约谈，该查实的查实，依据事实，分别依纪依规妥善处理；二，由纪检委负责，对我们监督制度和工作上的缺失，该完善的抓紧完善，该弥补的抓紧弥补，力求我们的纪检工作，确实发挥好保障队伍安全、案件少出或最好不出错案的作用；三，今天涉及的工作部门主要是纪检 委，但我要强调，我们每一位党组成员，都负有对法官和全部诉讼活动及相关工作监督的职责，有在分管的工作中及时发现问题、解决问题的职责，要各负其责，各尽其责，失职也要追责。怎么样，大家谁还有补充没有？"

大家都表示没意见。会议到此，大家都意识到今天的会议该散了。

有的成员已开始起身。

但贾志雄却未动身，说道："各位不要心急，我还有几句话要说。"

各位哑然失笑，尔后都稳下身来，等贾志雄讲话。

贾志雄说道："今天这个会，让我产生了两个感想。其一，我们现在司法改革的方向是，进一步放权给合议庭，进一步扩大法官裁量的权力，这就提出了我们的监督保障机制如何适应、如何跟上的问题。对法官来讲，权力越来越大，责任自然也越来越重，但是任何职权的行使，缺乏相应的监督都是不保险的。所以，在这个问题上，我们当领导的，必须有一个清醒的认识，下放权力，不是放任权力，我们的责任不是轻了，而是越来越重了，对我们工作的要求，不是低了，而且是越来越高了。"

贾志雄一顿，接着说："其二，我今天要发自内心地感谢一个人，赞赏一个人——郑立峰庭长。"

他故意把话拖长了一下，目光在各成员脸上扫过。

各成员均凝神看着他。

贾志雄说下去："郑立峰庭长，你们应该都比我更了解他，这个同志在哪个岗位，哪个岗位的工作就面貌一新，生气勃勃。在民一庭任庭长是这样，到了审监庭任庭长，又是如此，不但改变了我院审监工作多年来疲沓萎靡的状态，改判了好几件当事人久访不结的案件，化解了社会对我院的诟病，同时，从审理的案件中，发现了诸多涉及制度、工作及有关法官的问题，提出了很好的建议。同志们试想一下，如果不是有郑立峰同志这样的庭长，这些错案、瑕疵案能得到纠正吗。我们的制度缺失，我们的工作缺位，我们有关人员身上所发现的问题能暴露出来吗。所以，容我说一句不客气的话，郑立峰庭长所做的，远远超出了我们对审监工作的要求和期望，而他所看到的问题，提出的对策措施，也都赶在了我们党组每一名成员的前头。这说明了一个什么问题，这能不能说，郑立峰庭长的责任感和水平，已远超我们在座的每一位党组成员？"

贾志雄的话停了停，他端起水杯轻轻呒了一小口，好像在给大家一个思考的时间。随后又接着说下去："所以我想说，我们要感谢郑立峰庭长，要虚心向郑立峰庭长学习，要大力提倡全院向郑立峰同志学习。不知诸位对此赞成否？"

贾志雄对郑立峰评价如此之高，让大家出乎意料。但如此的高姿态，如此的虚怀若谷，其他的党组成员能说什么呢。

贾志雄自信地一笑："怎么样，大家都没意见吧。那好，今天的党组会就到这里。"

鲁旦运专门做好了几个菜，已全端到了桌子上。此刻，他坐在桌子前，眼瞅着做好的几个菜，正在等待一个人的到来。

现在的人，都精得跟猴一样。

海州中院党组会研究决定的问题，已经传到了他的耳中。

关于院党组会要研究决定相关问题，早在鲁旦运的预料之中，但是，院党组会正式研究决定了，说明悬在头顶的那把达摩克利斯之剑，要落下来了。

今天，他的媳妇出差去了，孩子上中学住校，家中只有他一人，他决定再邀张超民来聊聊。

面对桌上的几个菜，他的感慨也很多。想想几年前，不管大事小事，公事私事，酒店或者休闲场所，他都是随时可去。买单也不用自己费心。现在再想请客吃饭，那可真是一分一厘都得掏自家的腰包了。

他和张超民的交情，始于几年前，老仲任审监庭长时。

张超民这个人，对仕途特别痴迷。老仲到任后，张超民便一头扎入其怀抱，磕头作揖，鞍前马后，把老仲伺候得挺舒服的。后来由于老仲力荐，这小子得了个副庭长的职务，从此，他便在老仲面前更俯首帖耳了。这期间，根据老仲的授意，张超民便和鲁旦运频繁接触，一起出谋划策，操弄案件。

鲁旦运其实打心眼里瞧不起张超民，认为他只有官瘾，却缺少为官的才能与胆识，但张超民身后站着老仲，所以还得买他的账。

不过，无能的人有时也有无能的运气，就说张超民，老仲希望尽量搪塞一些老上访户的要求，他只管转述，怎么达到目的，则完全由他鲁旦运来操作。当然，这中间张超民也会不断给他带来好处，单说吃喝休闲买单这件事，一年费用也不少。

但现在追究起来，这小子顶多也就是个纵容教唆之类的过错，而自己则是具体操作一些案件的直接责任人，肯定要负主要责任。

鲁旦运今天约他来，一则听听他的想法，二则也是再做一次感情投资，让他向组织介绍情况时，不要为了洗脱自己，一股脑儿把屎盆子往他鲁旦运头上扣。

他对贾志雄最后那段点名道姓赞扬郑立峰的话，反复玩味好几遍。郑的到来，郑的动作，郑的顺风顺水，总和他的际遇像跷跷板一样，有一升则有一降，有一高必有一低。难道真像俗话说的那样，泥鳅钻豆腐，一物降一物，郑立峰就是他的克星不成。

张超民应约而来，还特意买了些时鲜水果，提了两瓶酒。

两人一见面，似有事先约定一样，只是扬手打了个招呼，谁也没有高声说话。

入座后，张超民看了一眼桌上摆好的菜，说道："鲁庭长，这是您亲自做的?"

鲁旦运："对呀，怎么啦?"

张超民："我以为这是嫂子的手艺呢!"

鲁旦运："还你嫂子，你侄子也不在，今天哪，就是咱们兄弟俩。"

张超民："是吗?"他真的扫视了一眼房子里，确实没看到人影，也没听见动静。

他疑惑地问："他们都不在家?"

鲁旦运："这还有假？你嫂子出差了，你侄子住校，今天咱兄弟俩这叫亲兄弟，叙真情，其他人一概避嫌。"

张超民似有所悟："好，好。"

鲁旦运倒上两杯酒："兄弟，来。"两人一饮而尽。

张超民无话找话："鲁庭长，今天党组会定的事你听说了?"

鲁旦运："听说了，兄弟，看来咱们要有一波华盖运啦。"

张超民："鲁庭长有何指教?"

鲁旦运："患难见真情啊，兄弟，咱们可都要好自为之呀。"他说完故意盯视着张超民的眼睛。

张超民回避着鲁旦运的目光。

鲁旦运："我估计，最近我们可能要被约谈，到时候兄弟一场，可都要相互守护，谁也不能落井下石啊!"

张超民："那是，那是，不然那还叫人吗？"

鲁旦运："你们那位郑庭长写那份报告，事先你一点风声也没听到？"

张超民赶紧解释："不知道，一点信息也不知道。据说他写这个报告时，关门谢客，谁也不见，整整忙了两天。"

鲁旦运不无揶揄地："听说今天党组会上，一把手可是对他大加赞扬了一番。郑庭长，郑立峰。厉害呀！"

张超民："厉害什么呀，就是那么个秉性，走到哪里都好出风头罢了。"

鲁旦运又看了张超民一眼，眼角流露出一种不易察觉的笑。他突然话题一转："张庭长，你在郑立峰手下感受如何？"

这一下触到了张超民伤感之处："不瞒鲁庭长你说，我是从天上掉到地下啦！"

这倒令鲁旦运很感兴趣："是吗，哪能啊，你老弟不是配合意识很强嘛！"

张超民："那得看配合谁！"

鲁旦运："人家郑庭长，不是在哪都很会干，很能干，干得很好吗？这可是今天党组会上，一把手说的啊。"

张超民脱口而出："还不是踩着别人的身子爬高台。"

鲁旦运："嗯，这话……"

张超民也意识到了此话欠妥，连忙遮掩："哦，我只是随便那么一说。"

鲁旦运："哈哈哈，无所谓。看来张老弟现在干得不太舒心哪！"

张超民："还舒心，我现在是可有可无，被边缘化了。"

鲁旦运心中溢出一种幸灾乐祸的窃喜，他又给两人斟满酒："张老弟，干一口。好酒解千愁。"

张超民端起酒，瞥了鲁旦运一眼："鲁老哥，怕是借酒浇愁愁更愁啊！"一仰头，又干了。

鲁旦运："吃菜吃菜，压一压。"说着，又把酒杯斟满。

三杯酒落肚，两个人都有了酒意，脸颊泛红，浑身热乎乎的。

鲁旦运哼起了小调："哼……神仙无恙……小鬼难宁……神仙无恙，小鬼难宁……"

张超民眯着双眼："什么神，什么鬼的？"

鲁旦运含糊着："随便哼的，神仙无恙……小鬼难宁……哼……"

是夜，躺在床上的贾志雄仍无睡意，他双眼直视着卧室的屋顶，久久地出神。

这时候，他的脑海中又浮现出党组会最后他那一段夸奖郑立峰的饱含深情的话。

"郑立峰庭长的责任感和水平，已远超我们在座的每一位党组成员。"多么令人震动的一句评价。

他相信，此时这话已被全院大多数干警所知晓，他也相信，不少人会反复咀嚼，反复解悟。

想到这，他心中自语，由他们去吧，作为一把手，我难道会肤浅到所有话都直白如纸吗。

此时，他的脑海深处又突然跳出了另一句话：木秀于林，风必摧之。

他窃笑了一下，尔后慢慢有了睡意。

第二十三章
苍天可鉴

海州市第一监狱，坐落在距主城区一百公里的一个小山坡上。

两成就关押在这里。他们兄弟两人被安排在一个生产拖把的车间。

两成都是干体力活出身的，加上人高马大，这里的活计对他们两位来说，其实算得上轻松，只是没了自由，又在父老乡亲面前颜面尽失，心情轻松不起来。

“成志坚、成志强，家中来人探监，请由监管人员带领，分别到一二号会见室会见。”

两成听着麦克风里的广播，都停下了手中的活。

这时，已有管教人员在不远处向他们打招呼。

两人都呆在原处，好像没有反应过来。

管教人员喊：“你们哪，快过来！”两人这才开始挪步。

他们不是没有听到，而是在想：是谁来了，这怎么见面？

他俩本来离得不远，成志强瞟了瞟成志坚。成志坚迈出第一步后，成志强也跟着迈开了脚步。

俩人低着头，一语未发，在两位狱警的陪同下，各自走向一间会见室。

监狱会见室探监有统一的要求。犯人从内门由狱警监护进入，而房间的中间，有固定的铁棂隔开。探监的人则从外门进入，铁棂的两边，便是探监人和犯人。

成志坚身躯彪悍，素日一打眼，便给人一种力大无穷的感觉。但今日的他，走起路来缺少了平日的力量，头深深地低着，显得背都驼了起来。

到了会见室门口，他竟迟疑不动了。

狱警在身后催促：“快进去吧，看你的人在外边等着呢!”他只得抬起沉重如铅的腿，走了进去。

和这间房子一墙之隔的，就是二号会见室。

成志强被安排在这间房内会见。

他媳妇已被安排在铁棂外边等候。人到中年的她，来到了这么一个地方，感到浑身不自在，周边像有无数双眼睛盯着她发出嘲笑。她浑身瑟瑟发抖。

她强装镇定，静静等待着。

成志坚低着头，来到了铁棂前。

老伴见走来的成志坚似乎比那个相处了几十年的熟悉身影矮了半截。她本来准备的一见面就要发的火瞬间消失了。她看着他，等他一步步靠近铁棂。

他靠得越近，头低得越低。

老伴看清他那张阔大的脸了，她也看清了那脸上突然多出的皱纹。

毕竟，老夫老妻几十年了，一种复杂的情感涌上心头。来之前要说的话一下都忘了，她突然冒出一句：“你，你瘦了，你受了很多苦吗?”

成志坚低沉地吼出一句：“胡说!”

老伴嗫嚅无语。她已依附于这个人几十年了。

尔后，你沉默，我无语。老两口好像谁也不知怎么开口。

还是成志坚先说：“这么远，你来干啥?”

老伴：“我不来看看，能放心吗?”

成志坚这回微微一抬头：“行啦，看也看啦。我再告诉你，吃、穿、住都有人管，你就省省心，看好咱们的家就行了。”

其实，这时的他，是想引着老伴说说儿子和闺女知道这件事后的情况和态度。但大男子主义的虚荣心作祟，他故意不主动问起。

老伴并没有领悟到他的真正用意，一听他的话，也没好气地回他：“你打算在这待一辈子？再说，家里缺了一个顶大梁的，那还能叫个家吗？”

成志坚知道老伴没明白他的用心，只好有气无力地应下去：“好了，好了，我死不了。你回吧！”

会见的时间也到了。

老两口各自回头，离开了会见室。

志强媳妇也从那一个会见室里走了出来。

两个女人一起慢慢向外走去。二人离开监狱大门后，不约而同又回头望了一眼，好像还在挂念。

志强媳妇往前一指：“嫂子，到车站有三里地呢，咱歇歇吗？”

志坚老伴：“不用，也不累，咱们边走边说说话吧。我这心里堵得慌。”

志强媳妇：“嫂子，大哥说什么了？”

志坚老伴：“老倔头一个，没有好话。”

志强媳妇：“怎么，都到了这一步了，大哥还不认账！”

志坚老伴：“那倒不是，我看他那样子，直低着头，倒是觉得很没脸似的。”

志强媳妇：“那怎么说大哥没有好话呢？”

志坚老伴叹了口气：“唉，我好心问他有没有受苦，他竟说，在里边吃、穿、住都有人管，不用我操心，叫我把家守好就行了。你听听，他这是说了些啥。好像到了这里，比待哪里都享福似的，吃穿住行全不愁。他这是自认为考上了状元进了京啦？家他也不管了，全甩给我了，他成了自管自一身轻了。老东西，老倔头！”

听了这些，志强媳妇笑了：“嫂子，你原来是为了这呀？”

志坚老伴：“这还不够？他干了那样的事，咱们厚着脸皮来看他，他连一句中听的话都没有，咋了，他还有功了？”

志强媳妇：“嫂子，不是我说，你没看透大哥的心哪。”

志坚老伴：“什么，哟哟哟，我说小菲妈，你今天这是咋了？我和你大哥结婚都快三十年了，同吃同住同过日子，我看不透他？扒了他的皮，骨头我都能认出来！”

志强媳妇见嫂子生气了，她赶紧拍了拍志坚老伴的肩膀：“嫂子，我是说，大哥今天的心情，你没看透。”

志坚老伴：“这话怎么说，我和你大哥见面，你在那边和志强见面，你咋知道我就没看透他的心了？”

志强媳妇：“大嫂你别急，你听我说。”

志坚老伴：“中中中，俺听你说。”

志强媳妇问道：“你说大哥从出来到会见结束，都一直低着头，没看你是吧？”

志坚老伴：“可不，是啊！”

志强媳妇：“嫂子，那我再问一句，大哥这是为什么呢？”

志坚老伴：“为什么，感到丢人，没脸见我呗。”

志强媳妇：“对了，这说明大哥内心有愧，良心受责，所以，他好意思昂首挺胸吗，他好意思在你面前趾高气扬吗？”

志坚老伴：“那倒也是。”

志强媳妇：“这不就是了，大哥和志强好胜好强惯了，一下子叫他们在咱们面前认错，那还不等于扇他们的耳光啊。是不是，嫂子？”

志坚老伴：“你这么说有道理。”

志强媳妇：“嫂子，再有一层，咱可有言在先，您爱听不爱听，不带说气话的。”

志坚老伴扭头瞅了志强媳妇一眼：“小菲妈，还得打下埋伏呀！”

志强媳妇：“不是不是。反正我的看法万一不对，或者您不爱听，别怨我骂我就行。”

志坚老伴：“咱们妯娌有二十年了吧，我怨过你，骂过你吗？”

志强媳妇：“那倒没有。”

志坚老伴：“那你闲担什么心哪，快说吧！”

志强媳妇：“好，那我说。这一层意思呢，是你说话不合时宜。”

志坚媳妇：“等等，等等，你这话是从哪来的？”

志强媳妇：“从你的话里。”

志坚老伴不解了：“从我的话里，我说啥了？”

志强媳妇：“你说，你看大哥瘦了，问大哥是不是受苦了，对不对？”

志坚老伴：“对呀，这话有错吗？”

志强媳妇：“我说大嫂啊，你想想看，大哥这是在哪里，他这是在监狱服刑，劳动改造呢！”

志坚老伴：“对呀，这我还能不知道。”

志强媳妇：“可你问大哥那话，大哥如果说生活不大好，你能在家做上饭菜，带上补品给他送去吗？你要真去了，监狱会让你进吗，不但不让，人家监狱的人是不是会笑你，把你老头子蹲监狱想成住疗养院了。”

志坚老伴：“这，这，这我还真的没想到。”

志强媳妇：“再说了，监狱里头真的是吃、住、行、干，事事有人管着，家人是插不上嘴，更插不上手的。我估计大哥那么没好气地拦住，也是担心你干出关心过度的事，成了人家的笑话。”

志坚老伴：“嗨，这老东西的话里还有这么多道道。”

志强媳妇：“还有一层意思，我觉得，他们弟兄俩可能是一致的。”

志坚老伴：“对啦，你和志强说得咋样？”

志强媳妇：“其实一见面，和大哥差不多，他也耷拉个头，爱答不理的，我上去就刺了他几句，他急出了一身汗，这才开始掏心里话和我说。”

志坚老伴：“他怎么说了？”

志强媳妇：“他说呀，他压根没想到会出这样的事，没想到会是这种结果，肠子也悔青了。毕竟是亲爹，真没想到会让他提前走。他还说，放风时他有机会和大哥说上话，大哥心情和他一样。”

志坚老伴：“哎哟哟，早干什么啦，不见棺材不落泪。”

志强媳妇：“不仅如此，他俩最惦记的还是孩子。”

志坚老伴：“孩子，孩子怎么啦？”

志强媳妇：“嫂子，你感觉到没，实际上，他们现在心里最想见又最怵见的是孩子。”

志坚老伴：“这，这……”

志强媳妇：“志强心心念念的是他的闺女小菲。小菲知道这事没有，假若知道了，她会怎么想，她不能干出什么傻事吧？”

志坚老伴：“想不到志强还这么心细？”

志强媳妇：“嫂子，你觉得大哥就不这么想吗？”

志坚老伴：“他反正连孩子的一句话也没问。”

志强媳妇有点无奈：“嫂子，你怎么连大哥话里的意思也听不出来呢？”

志坚老伴：“我又没听出啥了？”

志强媳妇：“大哥不是说，让你守好家吗？”

志坚老伴：“是啊，我和他说了，他那是甩包袱给我，他不想再对家负责啦！”

志强媳妇：“嫂子，我敢说，这不是大哥的本意。他实际上是挂着他的两个孩子呢；他是引你说说两个孩子的事，但你却没说。他想知道孩子们的态度。”

志坚老伴：“那他明里和我说不就得了，还藏头露尾的，这是捉迷藏呢！”

志强媳妇：“嫂子，理解他吧，你没听出来吗，让你守好家，这就是最大的信任，这就是托付了。他的意思就是，你一定要挺起来，把孩子们照顾好，安抚好，千万别出事。你想，他们办了这样的事，在自己的孩子们面前，哪还有资格管这管那。”

志坚老伴：“哎呀，我那亲娘，这个老东西还话里有话，藏了这么些东西。”听完志强媳妇的解读，志坚老伴恍然大悟。

志强媳妇：“下一步，咱们要发挥这些孩子们的作用，敦促他俩，刺激他俩，让他俩好好知罪认罪，重新做人，挽回给孩子们和咱两个家庭的影响。”

志坚老伴：“哎呀，今天幸亏妹妹你来了，要不好多事我都吃不透，看不清呢。下回再来，我还得跟着你。”

志强媳妇：“嫂子，咱们互相帮扶吧！”

志坚老伴：“好，好。哦，快，来车了，我们走吧。”

于是两人疾步向车站走去。

郑立峰的全部检查做完了，专家给出的结论是，没有发现新的病灶，置入的两个支架也状态完好。至于那天出现的情况，专家判断主要还是那天突然的外界刺激，引起了心脏及血管的骤然收缩所致。虽无大碍，但这也是向患者发出的明确信号，今后必须注意，不能工作压力太大，不能激动生气，注意休息和适度锻炼。

拿到这个医嘱，郑立峰脑海里已开始整理这两三天没上班，可能积压下的工作，所以一离开医院，他就直接到单位上班了。

正是上班时间，整个大院都静悄悄的。郑立峰把车停到大院一侧的停车场后，便匆匆奔向了办公楼。在楼内，他先后碰到了几位同事，有的给了他一个笑脸，有的打了个招呼，有的微笑着向他点点头。开始，他并没在意，但接连碰到几位同事，脸上的热情怎么感觉有点不同寻常？难道他们都知道了自己去医院检查，并且结果不错？不对，那也太神奇了吧，自己去时只带了小沙一个人，昨天在医院等结果，他硬是把小沙撵回来了。至于检查结果，自己知情满打满算还不超过两个小时，别人怎么会知道呢？

别的……他一时没有找出答案，只得怀着一肚子疑惑进了自己的办公室。

两天多没进办公室，他放下手提包，开始打扫卫生。

有人敲门。

“请进。”郑立峰头也没抬。

转瞬间，门开了，鱼贯而入三四个人。小沙在最前面，一见面就埋怨上了：“郑庭长，您，怎么不打个招呼就自己跑回来了？”

郑立峰：“我能跑能跳，大夫结论又说我无大碍，我吆三喝四的，那不是装模作样，无病呻吟吗。”

小沙：“可咱们不是说好，你出院时我去给您办手续，这跑腿的活，不就是我陪您的任务吗。”

后面的苏长福往前凑了凑：“听出来了吧，郑庭长，小沙这是说，你影响人家的职责了，这叫越权，对不对？”

大家哄地一笑：“对，对，郑庭长该道歉。”

郑立峰这时也停下了手中的活，笑道：“好，好，好。小沙同志，我抢了你的活，对不起！”

众人笑了，小沙的委屈模样也消了。

机灵的小沙一把从郑立峰手里抢过抹布：“来，我给您打扫，你快和同志们说说您病情吧。”

苏长福和跟来的几个同志都说:“对，对，郑庭长，大夫怎么说的?”

郑立峰一笑:“好，好，好。你们都进来坐，我如实向你们汇报，怎么样?”

众人便都进来，找到合适位置坐了下来。

郑立峰这时挠了挠头，倒真的有点不好意思起来：“怎么说好呢?”他似乎在斟酌用词,“我非常感谢大家对我的关心，但这次检查，完全是因为前几天我有点症状，被几名同事知道，非赶我到医院去的。我理解大家的一番好意，但一查怎么样，说真的，结果一出，我的脑海中就跳出一个成语。”

众人都好奇地睁大了眼睛，等待下文。

郑立峰自嘲地:“无病呻吟。”

众人不由释然而笑，但还是追问:“那大夫到底怎么说的?”

郑立峰无奈，只得把结论说出来。

这回大家相信了。

苏长福这时好像还在等待什么:“完了，就这些?”

郑立峰:“就这些。毫无保留。”

苏长福笑而不语，他慢慢把目光投向郑立峰的公文包，随后他走过去轻轻把公文包打开，从里面抽出了一本病历。

大家都凝神看着苏长福。

他翻开病历，找到诊断结论和注意事项，看了看，说道：“诊断结论说得对，但医嘱注意事项，你一项也没说。你看，一，注意休息，避免压力过大；二……”

郑立峰站起夺回了病历：“这都是职业习惯，当大夫的不给你提上这几条，那就是失职。别信他的。”

苏长福：“我不同意你说的，这叫科学，不尊重科学，那叫什么……”

有人接茬:“愚昧。”

众人又齐声笑出来。

苏长福：“好了，不管怎么说，我们郑庭长这次又是有惊无险，虚惊一场。但我认为，只有会保护身体的人，才能谈得上好好工作，大家说对不对?”

有人接话：“不错，前辈们不是早就说过吗，身体是革命的本钱。假若本钱都保不住或者说没有了，那再美好的梦想，再光荣的使命也要完全落空。”

又有人接上：“那叫无源之水，无本之木。”

更有人接上：“那叫徒有雄心壮志，实则朽木难支。”

苏长福笑了：“好了好了，咱们庭里皆是才子，不要再说了。最后就一句话，郑庭长，包括我们，都要保重好各自的身体，有一个健康的身体，我们才能谈得上工作。对吧！”

郑立峰这时站起：“我再次感谢兄弟姐妹们的深情，我真诚接受大家的意见，注意保重身体，同时我也要求你们，都要保重好身体。”

众人齐声：“好的，共勉共勉。”

众人离开，苏长福在最后，看众人谈笑着走远了，他放慢脚步，一转身又走了回来。

郑立峰刚关上门，见苏长福推门进来，料定有事，便问：“苏兄，有事？”

苏长福欲言又止，好像在琢磨说还是不说。

郑立峰看出苏长福有顾虑。

他故意避开苏的目光，免得让人紧张或者尴尬。他回到办公桌前，倒了一杯茶，递给苏长福。

苏长福接过水，好像也坚定了开口的信心：“郑庭长，你写的那个报告，提交党组研究了。”

郑立峰还不知道这事。前天他一上班把报告呈上就去医院了，这才刚从医院出来。

苏长福一说，他赶紧竖起了耳朵：“噢，你听到什么了？”

苏长福：“报告写得很好，得到了院党组的高度评价。”

一种兴奋的情绪也打郑立峰心底升腾而起：“是吗？”

苏长福：“据说，你提出的对策建议，党组一致通过，责成相关部门马上落实。”

郑立峰：“好哇，好哇。工作不怕有问题，及时发现问题，敢于直面问题、解决问题，工作就没有干不好的。”

苏长福再次被郑立峰以工作和事业为先的责任心所感动。他目视着郑立峰那有些兴奋的面容，在一瞬间，他甚至犹豫要告诫他的话说还是不说。

郑立峰似有察觉，他平抑了一下情绪："苏兄，喝水，咱慢慢聊聊。"

苏长福端起茶杯，喝了一小口，抬头说道："郑庭长，郑老弟，老兄有几句话想提醒你，但愿我的担心是多余的，是错的，但我心中的这几句话，不说给你，我的良心难安。"

郑立峰严肃起来，他深知苏长福是个心底耿正，不轻言是非的人，他说道："苏兄，请有话直言。"

苏长福："你还得答应我一条，我的话，仅供你参考，不可做依据，尤其是不能作为唯一的依据。"

郑立峰非常理解苏长福此时的心情，他缓缓从椅上站起，郑重地说："苏兄请放心，我郑立峰承诺，能做一个让您信得过的人。"

苏长福点了点头："昨天，党组会研究内容传出来后，实事求是讲，绝大多数干警对你是佩服的，是认可的，而且，你已经被有的同志戏称为郑超党组。"

郑立峰一时没听清楚："你说什么，郑超党组？这是什么意思？"

苏长福："据说，讨论了你的报告之后，贾院长在总结中，除了对你写的报告的赞扬和肯定外，直接说，你写的这个报告，远远超出了党组对审监工作的要求和期望，说你的责任感和水平，已远超每一位党组成员，因此他号召，全院干警都要向你学习。"

郑立峰有点懵，这真出乎了他的预料："怎么，贾院长能……"他也一时找不到恰当的词来表达他的感受。

苏长福往前凑了凑："你感觉，贾院长这个人和你的关系怎么样？"

郑立峰："挺好的。为了让我轻松点，调整我的工作，节前走访，他还专门去我家看望了老人，这些事都挺令我感动的。至于工作，他是一把手，咱们都有分管院长，我很少找他，不过，从平时听到看到的，我觉得贾院长各方面都挺好的。"

苏长福十分老到地说："那排除了特殊因素，我们只能说，这是贾院长的一个工作方法问题。领导的工作方法，有时产生的结果未必是想要的。"

郑立峰听出来了："苏兄，出现了什么结果，请明说。"

苏长福："这两天，我已听到好几种说法，有的说你成了院党组的红人啦，这为你下一步再升一个台阶铺了路；还有的说，你被一把手点名道姓表扬，这说明你在一把手那里，也点了卯，挂了号了，未来的前程不可限量。”

郑立峰一脸的无奈：“这，这些人怎么这么会捕风捉影，牵强附会呢!”

苏长福：“这就是现实。”

郑立峰：“真是让人哭笑不得。我说刚才进院办大楼，碰上几个人，笑容都有点和往常不一样呢。”

苏长福：“今天老兄还要说另外两句话，可能你不爱听，但是我觉得，我还是该说。”

郑立峰：“老兄请说，不管你说什么，我都爱听。”

苏长福：“这第一句话是，人怕出名猪怕壮。你能理解这句话的意思吗?”

郑立峰：“能理解。”

苏长福一笑：“那我就不多做解释了。还有一句。”

郑立峰：“苏兄请讲，我认真听着。”

苏长福：“为下无数好人，只能落下一些谢谢而已；结下几个仇家，就有可能背后挨上刀子。这句意思你也应明白。”

郑立峰：“明白。”

苏长福：“你想想，这样一来，你的竞争对手，他们会怎么想？因为你这篇报告，可能从中院到基层法院，甚至与我们工作有关联单位的有关人员很快要被约谈，被调查，他们又会怎么想？老兄我真的不愿像你这样的好人出现任何闪失。”

郑立峰也明白了苏长福的这一片深情厚谊。他离开办公桌，走到苏长福面前，紧握住苏长福的双手：“苏老兄，谢谢，谢谢。”

苏长福：“如有不妥，你要见谅。”

郑立峰：“苏兄，得你仁兄，是我一生的荣幸。谢谢，谢谢。”

张超民很快也知道了郑立峰上班的消息。余淑娟刚和大办公室的人一道去了郑立峰办公室问候，回来便向曹继荣和张超民说了此事。

曹继荣看张超民说：“张副庭长，咱们是不是去见一下郑庭长?”

张超民：“当然，应该，应该。”

两人一前一后，走进了郑立峰的办公室，寒暄几句，终觉再无啥可说，便匆匆告辞退了出来。

曹继荣回到办公室落座后说道：“我看郑庭长的精神状态和气色都挺好的，应该没有大问题。”

张超民便赶紧附和道：“是的，是的，我也是这种感觉。”

但他的脑海中，突然反复回响起了鲁旦运酒后的那句话：神仙无恙，小鬼难宁……

第二十四章
纷攘人间

鲁旦运和张超民，正式被纪检委约谈了。

根据郑立峰所写报告，纪检委以案追人，开始对涉案人员进行约谈。本着重事实、重证据和慎重的原则，纪检委对两人提出了明确的要求，希望他们端正态度，如实向组织交代办案中存在的问题，并要求他们写出书面材料。

按照有关规定，二人在这期间暂停行使职务。二人可以脱岗在家，用两天的时间，完成书面交代材料交纪检委。尔后，等候处理。

虽然这在二人的预料之中，但约谈真的到来，还是让两人实实在在感受到了一种压力。他们各自整理，准备离开办公室。

鲁旦运有单独的办公室，他坐在他不知坐了多少次的座位上，两眼发呆地看着这间他熟悉的办公室，心中五味杂陈。人们常说，撑死胆大的，饿死胆小的。但真正遇到事，胆大的人心里也发毛。

鲁旦运庭长就是一位公认的胆大的人，几年前，在一些人，甚至一些领导干部的观念中，胆大等于有魄力，胆大才能有开创精神。这便让一些无所不敢、无所不为的人歪曲解读，大行其是，忘记了对纪律和法律的敬畏。

鲁旦运庭长就是这类人中的一分子。

此刻，他开始考虑，自己这一关如何过，能否过得去。作为在法院工作了近二十年的资深法官，他深知，他做的那些手脚，组织一认真查，那是不可能不暴露出来的。若吞吞吐吐，半遮半掩，能否混得过去不说，落个态度不好是铁定的了。态度不好，研究处理的时候必然会有影响，这一点，他是心知肚明的。

办公室的一角，养着一盆仙客来。常言道：什么人玩什么鸟，什么君养什么花。鲁旦运喜欢大红大绿的植物，也象征着他的旺盛与火爆、不甘于平淡。

仙客来尤其得他所爱。它的颈叶饱满、稠密，而一旦酝酿出了花蕾，它又硬生生顶开枝叶的遮盖，蹭蹭拔高花颈，而后，方舒展开它那艳丽无比的花瓣，数朵花瓣再簇拥在一起，如一团红红的火焰，委实令人欣喜。

在鲁旦运的心目中，他的一生，就要像这仙客来一样，活得蓬勃、红红火火。

他这近二十年，确实像这仙客来，蓬勃旺盛、深扎根基。他是上个世纪末走出学校门就走进了法院门。因为专业对口，头脑灵活，他在单位很快就崭露头角。工作五年，他就当上了副庭长，十年，他就晋升为正庭长，成为该院三十年来最年轻的中层正职。鸿运当头的鲁旦运很快便了解了权利交易的门道，如鱼得水地弄起权来。

那时多么得意，可惜他现在走得太远了。

他慢慢走近那盆花。

仙客来始终如一地迎着他。

但此时在他的眼中，这花却透出了一种难舍的神态。他拿起浇水的喷壶，给仙客来喷起水来。一会儿，仙客来的叶片上便挂满了晶莹的水珠。他俯下身，把脸凑到花前，慢慢嗅了嗅那仙客来溢出的清雅淡香，心中念道：“仙客来呀仙客来，你的主人要与你分别几天了，至于……”下面的话，他不想说了。

他扭转过身来，对自己说道：“走吧，别再磨蹭了，说不定一会儿，院里就有人来宣布停职的决定了，那时岂不尴尬。”他最后环视了一下这个他用了五六年的办公室，亲切中似又多了几分陌生。

他把笔记本之类的一股脑儿塞进公文包，走出了办公室。

张超民一推开办公室的门，曹继荣和余淑娟就感觉出了异样。他耷拉着头，脸色如同锈铁，步履沉重，缓缓走到他的椅子前一屁股坐了下去。

曹继荣纳闷地问道：“张副庭长，你，是不舒服还是有什么事？”

张超民叹了一口气，把头埋得更深了。

曹继荣见张超民没有说话，又向前凑了凑，问道：“张副庭长，有什么难事说出来，说不定，我和小余还能帮上忙呢。”

张超民抬了抬头，又长叹一声：“曹哥，谢了，不过，这事你们谁也帮不上忙。”

曹继荣和余淑娟对视了一眼，余淑娟颔首表示让他问下去，曹继荣信心徒增：“张副庭长，不管啥事，说出来总比憋在肚子里好。”

张超民终于憋出一句：“我已经不是你们的副庭长了！”

这消息来得有点突然。曹继荣和余淑娟没有思想准备，惊得睁大了眼睛。

张超民憋出了这句话，反倒好像轻松了许多，他开始整理桌子上散乱的东西。

曹继荣缓了缓，放低声音，再次问道：“张副庭长，这到底怎么回事？”

张超民听出老曹并无恶意，便停下手中活，抬头面对着两位：“我被纪检委约谈了。从明天开始，我要在家写材料，我的副庭长职务也被暂停了。”

曹继荣这回真的不知说什么了：“这……这……”

余淑娟也睁大着双眼，想插话，却没找到适当的切入话题。

倒是张超民，话说明了，压抑感也减轻了。他简单拾掇完后，对两人苦笑了一下：“我走了，祝你们好好工作。”

曹继荣：“哎——张副庭长，你不和郑庭长说一声？”

这一句，仿佛火星点燃了爆竹，张超民拿起桌上的一本书“啪”地摔下：“用不着了，人家早就盼着这一天哪！”说完，他气呼呼走了出去，门被重重地带上。

曹继荣和余淑娟又对视了一眼。

曹继荣说：“这是终于出事了，又想把屎盆扣给别人！”

余淑娟则掩口窃笑。

郑立荣昨天知道了大哥已出院，本想立即来看大哥，却一时走不开。大哥虽然电话中再三拒辞不让她来，但是，想到大哥一向对她关爱，大哥这次犯病的根源还是在自己身上，她就觉得一千个一万个对不住大哥。她今天向单位请了个假，又去农贸市场，精选了五六种新鲜的时令菜蔬和两种大哥喜爱的海鲜，还去割了块肉。她要赶去亲自为大哥做上一顿丰盛的饭菜，既为大哥调养身体，也为他出院祝贺，另外她还想以这种方式，表达一下自己的歉意。

当推开家门时，她却没有看到大哥的身影。于是她一边往外拿东西，一边问小芸："小芸，大哥呢?"

小芸回答："大哥上班去了。"

立荣以为没听清楚："什么，上班去啦?"

小芸："是啊，一早就走了。"

立荣又急又气顿时火气上来了："上班，上班，上班！上班怎么比啥都重要?"

小芸有点怯怯的："大哥就这么个脾气，把工作看得比啥都重，我也挡不住。"

立荣刚把买的东西拾掇完，仍气呼呼的："不是说你，你没责任，我是说我这个大哥，他难道不知道自己……"她把已冲到嘴边的"身体有病"几个字，又硬生生咽了回去。

小芸知道她要说什么，赶紧连连向她摆手，让她不要在老人面前说漏了嘴。

立荣只得缓了缓气，平抑了一下情绪，顺着之前骗老太太，大哥不在家是出差了的谎说道："我是说，大哥这个年纪了，工作又那么累，出发好几天，回来咋不休息一下，就又急着去上班啦。"

小芸冲着她微微一笑，又向老人的卧室望了一眼："可不是吗，不过大哥这个人，就是对工作认真，这是他有责任心、事业心。"

立荣有点惊讶，两眼紧盯了小芸一会儿，那意思是说，嘿，你个小妮子，倒很通情达理，心胸宽阔，显得我反不如你似的。

当然，这是立荣的心里话，她没有说出来。

刘小芸看了一眼立荣买来的一大堆食材，问道："立荣姐，你买了这么些东西，咱们怎么办呢？”

立荣：“怎么办？该怎么办还怎么办。我现在就给我哥打电话，叫他中午回来吃饭，我就不信他不回来！”

小芸：“大哥可从来都是在单位吃午饭的。”

立荣非常自信地一摆手：“这不用你管，我来打电话！”

说着，她便拨通了立峰的电话：“喂，大哥吗，我是立荣啊！”

电话中是立峰的声音：“哦，是立荣，有什么事吗？”

立荣蛮横地说：“没事就不能给您打个电话啦！”

听到这，立峰笑了一声：“妹妹，你不知道大哥正在上班吗？”

立荣：“知道知道，可你知道吗？你妹妹专门去买了一堆好吃的，要请你回家来吃午饭。”

立峰：“不过年不过节的，怎么突然想起要请我吃饭，可我中午不回家吃饭，这你又不是不知道。”

立荣：“正因为知道，我才提前打电话告诉你，你今天中午必须回来吃午饭。”

立峰：“这是又要哪门子脾气了？”

立荣：“我不管，我就看我哥怎么好意思负了妹妹这一片盛情！”

立峰拗不过：“好，好，我中午回家吃饭，行了吧！”

立荣得意了：“这还差不多，这才像我哥。”电话一挂断，立荣立刻给小芸展示了一个胜利者的笑容。

刘小芸其实一直侧耳听着两人的对话，她感受到一种久违的求之不得的亲情。

立荣原地转了个圈，像是宣泄一下高兴的情绪，随后对小芸说：“小芸，来，今天我做主厨，你当助手，准备午饭。”

小芸点头应诺：“好，好。”于是两人走向厨房。

望山街道正在开全委会。

今天，他们研究的主要议题便是在全街道开展“弘扬中华民族优良传统，营造风清气正社会风尚”活动的实施方案。

街道委商书记主持会议。

综治办是这项活动的具体负责单位，周为明主任首先向全委宣读了实施方案。

商书记听完后首先表态："这项工作，是街道委主抓的，综治委具体负责，但其他单位，一个也不能置身事外，一个也不能脱责脱位，引导社会风尚，本身就是社会系统工程，因此，我们也必须以社会系统工程、综合工程来对待。"

商书记的这段话给这项工作定了调子。

商书记目光在全体与会人员脸上扫视了一圈："这个方案，是综治办前段时间在做了大量调研的基础上做出来的。我认为，这个方案符合我们街道的实际情况，符合上级要求的精神，适应我们街道居民的呼应和期待，是可行的，是一个不错的方案。像教育引导，典型事例警示，评优奖先，悬挂道德和谐门牌等，都很有创意。希望这次活动能使我们望山街道的社会风尚有一个全新的面貌。"

与会者都露出赞同的笑意。

商书记顿了顿，似有所感，他直言道："今天，我们在讨论这个问题的时候，我的脑海中浮现出一句古话，叫'仓廪实而知礼节，衣食足而知荣辱'。这句话的意思我想大家都明白，但是，现在有些现象却令人深思。大家应该知道，新中国成立前我们国家积弱积贫了几百年，遭受了列强们的蹂躏掠夺和军阀混战，当共产党人带领全国人民推翻了旧政权，建立了一个新国家的时候，那真是百废待兴，满目荒凉，人们的物质贫乏，衣食难足，但是，那时的社会风气却鲜被人们诟病。而今，我们的经济有了巨大的发展，我们的物质生活有了极大的改善，按说，人们的精神风貌，人们的荣辱之心，也应该有极大的提升才是。遗憾的是，如今的社会风气并不令人满意。那么，怎么办?"

商书记的这一段话，大家感同身受。听得出，这是商书记酝酿已久的问题了。

商书记见大家都听得认真，便接着说道："我们工作在最基层，我们没有过高的理论水平和研究能力可以对这个现象做出多么高深的解读，但要我说，就两个字：教育。"

商书记说："我记得，毛主席说过，人们的思想阵地，如果正确的理论不去占领，错误的就一定会去占领。这个占领靠什么，靠教育。若干年来，我们只强调了抓经济，却忽视了用我们优秀的民族传统和现代的文明去占领思想阵地，使人们的思想意识，道德情操发生了畸变。也就是物质生活富裕了，而精神生活却显得病态和苍白。拿起筷子吃肉，扔下筷子骂娘，就很典型地说明了这个问题。"

与会的委员们，频频点头表示理解商书记的说法。

商书记一笑："我扯远了，现在回到我们马上要开展的这项活动上来。方案提出要自始至终把正面教育和引导，把典型事例的警示教育作为工作重点。这是非常好的，是非常对的！我们所有在座的领导，我们街道的各个部门，都要理直气壮地，持之以恒地坚持宣传和弘扬我们中华民族的优良传统，提倡践行现代的文明礼仪。希望我们望山街道在不久的将来，成为远近闻名的文明街道。"

大家被感染了，齐声说："好，好。"随后会场响起了掌声。

商书记："我再提醒一件事。在我们开始考虑进行这次教育活动之初，在成家村，发生了一件两兄弟抛下年迈生病的老父不管不问，致使老人两天水米未进，衰竭离世的事，相信这事大家都听说了。据我了解，这成家两兄弟并不是什么不可救药之人。但因遗弃老父构成犯罪，现已被判刑入狱，受到了应有的惩罚。法庭就在咱街道上开的，教育效果不错，不光对两成家是一个很大的震撼，对成家村，甚至对咱们街道的三十多个社区的居民都有一个很大的震动。现在教育目的达到了，我们还要善于把坏事变好事，对两成家的工作要跟上，如果通过我们的工作，这个两兄弟能幡然悔悟，重新做人，回归两个完整和睦的家庭，那才是我们的目的，大家说对不对？"

大家齐声赞成。

望山街道全委会的第二天，周为明主任，便带着综治办的一名年轻同事，来到了关押两成的监狱。

他们呈上了介绍信，简单说明了来意。监狱值班人员马上联系了有关领导，一会儿工夫，一位副监狱长就匆匆迎了出来。

监狱里监管着众多的犯人，在监管的同时，也对罪犯进行教育和改造。而犯人家属和犯人所在的居住地或单位，对犯人的教育改造往往会有巨大的作用。因此，对给犯人做工作的事监狱方总是予以积极配合，甚至可以说衷心欢迎。

双方一见面，便表现出了真诚。

副监狱长主动介绍："我叫崔善巨，是这里的副监狱长，热烈欢迎望山街道的周主任一行。请二位到接待室，咱们坐下谈。"

周为明和那位年轻同事，跟随在崔监狱长的后面，来到了办公楼的一楼接待室。

他们刚刚落座，便有内勤人员进来送水。

周为明主任多少有点不好意思："崔监狱长，不好意思，来打扰你们的工作。"

崔监狱长是个爽快人："周主任言重了，不是打扰，是支持，任何犯人的家人，有关单位来看望他们，都是帮助和支持我们的工作，我们欢迎和感谢还来不及呢，哪里说得上打扰。"

周为明一听这话，便也不再客套："好，好，那既然这样，我就把我们这次来的目的和想法，向监狱长介绍一下。希望得到你的支持。"

崔监狱长："没问题，尽管开口。"

郑立峰中午下班回到了家中。

他一出现，郑立荣和刘小芸一前一后迎候在客厅。这让郑立峰心生疑惑："你们两个这是干什么呢？"

立荣："欢迎大哥践约回家吃饭呗！"

立峰："小妹呀，你净弄些这莫名其妙的事。"

立荣嘴一撇："我净弄什么了，大哥，你真是……不识好人心。"她本来想用那句"狗咬吕洞宾"，但她马上反应过来，用这个歇后语来说大哥不妥，一着急把前半句省去了。

立峰看了她一眼，笑了。

立荣自己也笑了。

刘小芸也掩面而笑起来。

老太太听到立峰回来了，也在屋里待不住了，她慢慢起来，双臂拄拐，慢慢挪了出来：“你们这是说啥呢，那么欢喜。”

刘小芸闻声，赶紧迎上去扶住老人：“大娘，你叫我呀，你自己这样万一摔倒怎么办。”

立峰娘拍拍小芸扶着她的手：“不要紧，我慢慢走就是。”

立峰和立荣这时也迎向老娘：“娘，你要小心。”

立峰又追上一句：“人老了最怕摔倒。”

老太太一笑：“娘知道，人老骨糠吗，不禁事了，我注意就是。”

立荣：“娘是光嘴上明白，但是……”

立峰娘白了她一眼：“又编排娘什么呢？是不是又得说娘不听话了。”

这话又把大家说乐了。

老太太慢慢挪到他们三人中间说道：“刚才说的啥来，接着说吧，别让我打断了你们的兴致。”

立荣这时慢慢抱扶住老妈，撒娇地说：“娘，你主持个公道，我和小芸忙活了半天，我大哥一进门，竟说我净弄些莫名其妙的事？哼。”

老太太笑了：“说你净弄些什么事呀？”

这回立荣噎住了，是啊，大哥说的是什么事，她也没弄清楚。

老太太：“说呀，你哥说你净弄什么事啊？”

立荣岂能轻易认输：“这，这你得问我哥，他知道。”

老太太：“连人家说的你什么都不知道，就告状，这叫什么呀，叫无理取闹。”

立荣放开了扶老妈的双手，嘴一噘：“娘，您就总是向着我哥。”

老太太也故意一认真：“我呀，是谁对向着谁。”

立峰这时插上话：“好啦，我的妹妹，我是说呀，你想起一出是一出。今天，我本来是在单位用餐，饭后还准备约两名同事商量点事。这不，叫你一个电话调回来了。”

立荣这回又找到了理由：“你，你不在家好几天，回来妹妹心疼你，专门要做顿好饭，给你补补，怎么啦，不应该吗？你应该感谢我和小芸才是。”

大家这才把目光聚集到餐桌上。餐桌上摆满了菜，那色、香、味，确实挺诱人的。

立峰这时赶紧圆场："好好好。是大哥冤枉你们了，对不起，大哥谢谢你们。"

老太太接上："行啦行啦，看这一桌子菜，再不吃就凉了，快坐吧。"

全家人就座，老太太没忘拉一把小芸："闺女，挨着我坐。"小芸顺从地坐在老人的身边。

老太太这时看了看桌上的菜，问道："这些菜是谁做的?"小芸赶紧回答："是立荣姐做的，我打的下手。"

老太太笑笑，转眼对着立荣："荣，是这样吗?"

立荣理直气壮："是这样，老娘不信?"

老娘又一笑："要真是你做的，嗯，我们的荣啊，有长进喽。"

立峰："听出来了吧，妹妹，娘在夸你哪!"

立荣得意地晃晃头："娘光小瞧人。嗯，不对呀，娘这是变着法说我以前啥也不会呗。"

一家人都笑了。

立荣瞅着老娘："娘，您是不是这个意思?"

老太太反问："你说呢?"

立峰打断娘俩儿的斗嘴："来来，吃饭，别光说话忘了吃饭呢。"

众人响应，纷纷拿起筷子来。

立荣仍是嘴不饶人："娘，我那时不会也是您没教我，责任在您。"

老太太笑了："当然责任在我，不过不是我没教你，是啥事娘都替你干了。"

立荣又高兴了："是吧，这叫不知者不罪。"

老太太接上说："俗话不是说吗，勤娘使唤懒孩子，懒娘支使勤孩子，这话说得一点不假。"

她吃了口菜，又慢悠悠地说下去："你想啊，一个家庭里头，也就是缝缝补补，洗洗涮涮，烧火做饭。当娘的要勤快，谁忍心去支使自己的孩子们哪，只有那懒于做家务的主妇，才吆三喝四地赶着孩子们干活。在咱们家呀，你们老娘算不上最勤快，可也是个眼中有活闲不住的人，再加上，立荣又是我和你爸老来得子，所以这活也都让我和你爸，再后来还有你哥干了。”

立荣骄傲地：“这叫福气，是天生带下来的。”

老太太：“这话我信。她的年龄越来越大，我们越来越老，有时候干一天也觉得很累，这时我想这个家谁来打理，嘿，她嫂子进门啦。那人，嗨，比我还能干，还细心，顺带把她伺候的，舒舒服服。再后来，要找对象嫁人啦，我这时候有些担心，也有些后悔。这么个大闺女，啥也不会做，到了婆家怎么办呢？嘿，不承想，人家荣找的这个对象，有文化，当老师，回家来还啥也会做，一点也没难为着她，你说，这不真是有福气吗。”

这一席话，把在座的人都说服了。

立荣这时站起来：“别光说话了，我用这杯酒，先敬老娘，对啦，哥，咱们一块吧！”

立峰赶紧站起响应：“好，我们一块。”

立荣抢过去：“敬娘为我们付出的一切。”

老太太也高兴了：“荣真是越来越长进了。”

说着，她接过小芸递来的饮料，喝了一口。

立荣这时又转向立峰：“哥，这杯敬你，也感谢你对我所做的一切。”她特别强调了“一切”两字。

她的用意立峰和小芸都明白。

今天老太太显然格外高兴，她的话也多起来。她看了小芸一眼，又引起了话头：“小芸这孩子，一来咱们家，我就感到顺眼，接下来对我的照顾是无微不至，处处贴心。所以有时候我就想啊，父母娇惯太多，可能也不是什么好事，如果父母严一点，心狠一点，让孩子多学点本事，以后不管走到哪里，不管干什么，就都难不住了。你看咱们小芸闺女，我想，人家的妈妈准不像我娇生惯养小荣一样。”听到这里，小芸突然起身离开了座位，向着卫生间走去。

老人显然没发现异常，但立峰和立荣却发现了不对劲。

走进卫生间的刘小芸，把门轻轻关上。她那极力控制着的眼泪，像断线的珠子一样滴落下来。她浑身像被用松紧带绷紧而又突然放开一样，抽搐了起来。刚才老人的那些话，勾起了她对双亲的深深思恋。老人哪里知道，她的父母视她亦如掌上明珠，热怕烫着，冷怕冻着，干活怕她累着，也是一样的娇宠哇！只是命运的作弄，让她从天上瞬间掉到了地下。她现在的这些技能，都是前几年她给人家打工，逼自己学会的。因此，当她听了老人的那些话后，就再也抑制不住内心的悲伤了。

她赶紧把水龙头拧开，双手撩起水，一捧又一捧地洗着脸。这毕竟不是她可以姿意宣泄的地方。她要尽快把脸上的痕迹消除掉。

第二十五章
良知常青

墙上的时钟指向八点半。

郑立峰一进办公室门，抬头看了一眼钟表，马上掏出手机，拨通了妹妹的电话。

今天，他故意提前走了几分钟，目的就是八点半以前赶到单位，抓紧给妹妹打个电话。他知道，妹妹上班一般八点四十左右离家，他要赶在妹妹上班前，和妹妹通上话。

电话通了。

郑立峰："喂，立荣吗?"

话筒中："我是立荣，是大哥吗?"

郑立峰："我是你哥。"

立荣："哥，有事吗?"

郑立峰："我，我是想……"

立荣没等他的话说完，便接了过去："你是想问刘小芸的事吗?"

郑立峰："是，是，你也想到了?"

立荣："我又不傻，我又不瞎，我怎么能想不到呢!"

郑立峰："那是怎么回事呢?"

立荣："我也不知道是怎么回事?"

郑立峰："这人不是你找的吗？"

立荣又委屈了，她的声音已明显听得出变调："那，那，不是因为你忙，我才主动应下这个活的吗，这真是，谁出力，谁讨不是。"立荣又要开了娇小姐脾气。

郑立峰一听，知道妹妹又恼了，他只得耐着性子："好好好，妹妹别委屈，哥没有怨你的意思。妹妹主动为哥分忧，哥再不识趣，那哥岂不是个糊涂虫吗，对不对？"

这一招还真灵，立荣听哥这么一说，反倒破涕为笑了："哥，俺也没怨你，只是……"

立峰打断了她的话："好啦，哥永远也不会怪你，我只是想问问你，下一步，我们该怎么办？得问清她的情况才行。"

郑立荣这才向哥吐露了雇保姆时的情况："当时我的一个要好同学在中介公司上班，我向她说了我们的想法，她很快就向我推荐了刘小芸。我一听条件，非常符合我们的要求，后来就和小芸见了面，我感觉，方方面面都很好，非常中意。但在签合同时，我那个同学说刘小芸不愿用户打听她的家庭和个人情况。我当时也问过，那可靠吗，我那同学拍着胸脯让我们放心。再说，我也看了她的身份证，一点疑问也没有。当时我想，咱是雇保姆，又不是选国家干部，只要对妈好，妈满意，这就一百个成了，你说不是吗，哥。"

郑立峰听了，也觉得妹妹办的这事也没有不妥。但当下，需要赶快再进一步了解一下刘小芸的有关情况，以免有预想不到的麻烦。

他婉转地向立荣说出了这个意见。

立荣倒干脆爽快，她回答："这还用你提醒，我已想到了。今天我就找我那个同学把事弄清楚，你放心就是。"

郑立峰只得说："好，好，那就只能再辛苦你了。"

小荣回道："好了哥，再客气就虚了。"

郑立峰："好，好。但哥还得提醒你一句，要注意方式方法，不要声张，以免造成伤害。"

立荣："这提醒得还差不多，放心吧。"

周为明他们到监狱一行，可以说取得了令人满意的效果。对望山街道办研究的意见，监狱方表达了积极配合的态度。

这使周为明对做好这项工作，有了十足的信心。而且，监狱方毕竟是专门管教的机构，他们对犯人思想的分析，工作如何做，也有丰富的经验。

周为明和看管两成的狱警进行了交流，应该说，狱警对两成的想法摸得非常准。

据他们介绍，两成是背负着很沉重的压力来的。两人言语不多，时常唉声叹气，放风休息也不愿凑近他人。狱警注意到他们这些特点，因此，也安排了有针对性的谈心活动。据初步了解，两成属于最基层的群众，文化程度不高，在近些年城市扩张下，靠着拆迁，日子一下子从地上飞到天上。

两成经济条件好了，受周围一起拆迁富起来的狐朋狗友影响，个人享受的要求也高了；孝敬长辈，这种劳心劳力的事，日子久了便心生厌烦。终于，兄弟俩人谁也不愿多伺候一天年迈体弱的老父亲，从而导致了悲剧的发生。老父亲的离世，加上被判遗弃罪，终究让他们背负上了负罪感、内疚感和羞耻感。

前些天，两成的老伴来看他们，但见面后话也不多，表情也极为复杂而又微妙。他们只是用低头寡语，来掩盖他们那复杂的感情。

谈到下一步的工作，狱方又提供信息，现在两成最大的担心和忧虑都在他们的孩子身上。孩子们会不会原谅他俩，会不会来看望他们，如果孩子们来，他们怎么面对。

基于此，狱方建议，周为明可以先接触接触他们的孩子，摸摸底，做做孩子们的工作。如果两成的孩子们能来看看他俩，好好沟通，也许，两成就能心里一块石头落地，安心改造，争取早日出狱。

狱警还谈到，两成劳动技能和身体素质都很好，完全可以超额完成规定的劳动任务，所以，只要他俩放下包袱，好好努力，减刑还是很有希望的。

成新阳正在单位上班。

他所在的这个企业，是一家城市建设投资公司投资设立的花卉苗木基地。因为城市的发展和建设，花卉苗木的需求越来越大，公司这几年效益相当不错。

新阳正在花棚中工作，突然办公室打来电话，说有人找，让他到办公室一趟。

新阳停下手中活，拍打着衣服，向外走去。

新阳边走边在忖度，是谁找我呢，有什么事呢？

花卉苗木基地离城市有二十多里，所以，平时很少有人来找来这里。

他来到了办公室门前。

正想敲门，门已开。办公室值班的小田迎着他："新阳，进来吧，有人找你。"

成新阳便犹犹豫豫地走进了办公室。

一位看上去比他大几岁的年轻人站起来："成新阳同志你好。"

成新阳也赶紧伸出手，与对方握了一下："你好，你是？"

那位年轻人一笑："我是咱们街道综治办的小项，你就叫我小项就行。"

成新阳这时仔细审视了一下对方，他判断，对方肯定比自己大几岁，便说道："好的，项哥。"

小项这时也反应过来了，哈哈一笑："好，好，我应该比你大些。这样，如果你愿意，你喊我为哥，我称你为弟，咱们兄弟相称，也可以，也可以。"

男孩子有这个特点，只要双方互认了兄弟，感情马上就不一样了，这距离马上就拉近了。

成新阳看眼前这位项哥，这么爽快、豁达，他的拘谨和犹豫也一扫而光："好，好。项哥，你也请坐。"

两人各拉了一把椅子，相对而坐。

小项先开口："你在这儿工作挺好吧！"

成新阳："挺好的，工资也不低，而且，我也喜欢侍弄这些花花草草的。"

小项："是吗，那真不错。"

成新阳一笑："反正，我觉得我在这挺适应的。"

小项："难得，真是难得。现在好多人干的工作自己并不喜欢，当然也就说不上享受工作了。"

项哥聊起天来头头是道，挺入耳的，成新阳对这位项哥有点佩服和喜欢了。

他知道，这位小项哥来找自己肯定有事，而且从他的单位看可能与老爸有关。人家既然已来，早晚得挑明，但他不想别人知道，毕竟家丑不可外扬。

办公室的小田倒是有眼力，给他俩一人倒上一杯水后，不见了人影。

成新阳的目光和小项的目光碰撞了一下。

他抓住机会，主动发问："项哥，你找我啥事？"

小项好像也在斟酌，这种话总是不好轻易开口的，成新阳这主动一问，他顺口接了过来："新阳弟，前两天综治委周主任带着我到市第一监狱走了一趟。"

项哥果然是为这事来的。

成新阳像早有思想准备一样，不惊不奇："哦。"

小项："发生在你们家的事，街道领导们都很重视，也很关心你们，包括你爸和你叔叔。"

成新阳只是听着，仍不发声。

小项："我们去的目的，也是想了解他们两人的情况，帮他们好好改造，早日出来。"

成新阳认真地听着小项的介绍。

小项注意到了成新阳的表情，知道他也想了解老爸的情况，却故意把话顿住，端起茶杯，喝了口水。

成新阳终于问道："你们，你们了解到了什么？"

小项有备而来："有忧也有喜。"

成新阳眼睛明显睁大，脸上写着期待疑惑，也有关切。

小项关注着新阳情绪的变化，慢慢说下去："说忧呢，是他们两人进去后，思想压力很大，他们对自己做的事，追悔莫及。人要是长时间处在这种内心的压力下，无论精神还是身体，都容易出问题的。"

成新阳长叹了一口气。

小项又小心翼翼地往下说："前几天，你妈和你婶婶去探望过他们。狱警同志们向我们介绍说，这次探望让他们意识到，家人并没有不管不问他们，这让他们的思想压力减轻了一些。但是，据狱警同志观察，两人的心结还是很重。"

新阳又叹了口气。

小项觉得是时候了，他直视着新阳，问道："新阳老弟，你们这辈应该是叔伯姊妹三人吧？你们有没有商量，去看看他们？"

新阳看了小项一眼，欲言又止。

小项趁热打铁："不管怎么说，他们可是你们的生身父亲哪！"

话音刚落，新阳的话也按捺不住了："可那也是我们的亲爷爷呀！"

小项一时语塞。

是啊，对他们姊妹三个来讲，两边都是至亲啊！

小项待新阳宣泄完情绪，又说道："是啊，但眼下悲剧已成事实。我们下一步的最好选择，只能是让悲剧的余波最小化……"

他停住话头，站起来，给新阳和自己的水杯都续了续水，也给新阳必要的缓冲时间。

新阳见项哥给自己续水，多少有些不好意思，他用双手接了水杯，微微点了点头，以示谢意。

稍倾，他抬起头，对小项说："谢谢街道的领导，谢谢项哥，对我们一家这么关心，谢谢你对我的指教帮助。"

小项："指教可不敢当，我这只是按照周主任的意见，来了解一下你的情况，我们好一起努力，帮助你的爸爸和叔叔，放下思想包袱，好好改造，争取早日回来，重新挑起家庭的重担。"

这些话说得贴心贴肺，听了令人心热乎乎的。

新阳此时面对项哥不但心生佩服，甚至有了几分尊敬和亲热。

他看着小项对他期待和信任的目光，坦言道："这事，我们姊妹三人，也商量了好几遍了。我们约定好不告诉任何人的。但是，街道领导对我家这么关心，项哥又和我说了这么多，我觉得不如实告诉你，这心里也说不过去。"

小项抓住机遇："非常感谢新阳老弟对我的信任，我也会如实转达你对街道领导的谢意。对了，你们形成意见没有？"

成新阳："有个想法。再有不长时间，我叔家小妹小菲就要回来了。我们计划，到时再通知我姐赶过来，我们一块去一趟。"

小项："很好，很好，我相信，你们姊妹三人一去，把话说透，该怪罪的怪罪，该原谅的原谅，翻过这一页，共同向前看，将来还是我们街道的两户好人家。”

成新阳：“我们也是这么想的，不过我们也准备了一道题。我们一见面，首先问他们，再过三十来年，当他们也和爷爷年龄一样大的时候，我们也和他俩一样，对他们不管不问，他们也在病痛中不幸辞世，那时候，他们的亡灵会怎么想？如果他们答得让我们能够接受，我们就原谅他们；如果他们仍拒绝回答，或回答得我们不满意，那慢慢再说。”

小项听了新阳的计划，不由打心里欣喜，这也正是周主任和自己所期盼的。相信他们姊妹三人这一行，必将带来良好的效果。

这时他没忘了提醒一句：“新阳老弟，容我再提醒一句，假如他们一时接受不了，你们也不能逼得太急，要留有一定的缓冲余地。”

新阳欣然一笑：“项哥，实话相告，我们有高参。”

这倒出乎小项预料了：“是吗？是谁？”

新阳：“一位不到二十岁的女孩。”

小项也笑了：“新阳老弟，你还很幽默。”

新阳严肃起来：“什么幽默，此时此刻，是我幽默的时候吗？是真的。”

小项一想，也对。在谈论这个话题的时候，新阳哪能有心情幽默！

新阳向小项解释：“我叔叔家小妹小菲。比我小两三岁，现在是大二的学生，非常聪明。我这个小妹看事总比我看得远，想得周全。这事出了后，我们姊妹三人痛苦了一阵，之后开始考虑下一步怎么办。我这位妹妹把这件事的社会的、环境的、心理的原因，必然性、偶然性分析得头头是道。把我们下一步能做的事的优势、不足、后果也分析得入情入理。所以，我干脆说，妹妹，我们一切听你的。不几天，我这位妹妹就拿出了好几套方案，并且每个方案都有备案。顺利怎么往下走，不顺利怎么挽救，都有准备。所以项哥放心。还是我妹妹的话，他们毕竟是我们的生身父亲，对他们的工作，如同一场仗，速胜最好，不能速胜还得继续打，直到打赢为止。”

小项这回真的没啥好说了，他的心中，不由为这三位和自己差不多年龄的兄弟姐妹由衷叫好。同时，他对小菲，那位女大学生，留下了深刻的印象，甚至生出一种发自内心的敬意。

他突然问道："新阳，你这位小妹是00后？"

新阳："对呀，我和我姐都是上一个世纪出生的人，是90后，而我这位小妹则赶上了二十一世纪的头班车，就是00后。只差了几岁，我们姊妹三人却成了两个世纪的人。"

小项这时也有感而发："我和你，还有你大姐，都是90后的人；而你小妹则是00后的人。这说明一些偏见真的不值一驳。"

成新阳："什么偏见？"

小项："现在很多人说90后和00后，都是在娇生惯养中成长起来的，难当大任。"

成新阳："胡扯。"

小项："老辈人还觉得寒门出贵子，现在条件好了，年轻人吃不了苦，但时代变了，我们也是能担历史大任的人。"

新阳："项哥，你说得对，绝对没问题。"

小项觉得任务完成，该回单位了，起身准备告辞："今天我们就谈这些，我还有别的事，我先回了。"

成新阳也赶忙起身相送："项哥，盼我们以后常见面。"

小项："好的，一定一定。对啦，如无不妥，你们去时告知我一声怎么样？"

成新阳："没问题，到时我一定告知你。咱们及时联系。"

妹妹反馈的信息，大出郑立峰的预料。

原来，这位刘小芸是生活中的不幸者，而且是从幸福中瞬间跌落的人。

真是天有不测风云，人有旦夕祸福。

可这样的际遇，有什么好隐瞒的呢？

妹妹解释说，小芸开始并没有隐瞒自己的遭遇，但后来发觉她的身世和遭遇给她带来了太多预想不到的不便和干扰。有同情，有帮助，也有不怀好意的骚扰。而她并不想生活在别人怜悯的目光中，所以她和中介约定，不要把自己的身世透露给雇主。

好一个命运坎坷而又刚强善良的女性。

郑立峰从妹妹的介绍中，又捕捉到一条信息："怎么，小芸还有个弟弟？"

立荣："对，是，我同学是说有个弟弟。"

郑立峰："怎么从来没听她提过呢？"

立荣："她家的事她从来都不提，又怎么会特别说起这个弟弟？咱们用的是保姆，既然小芸一直干得不错，也不必多问了。"

郑立峰也笑了："也是，也是。只要小芸把咱娘照顾好，咱娘满意，也就行了。"

立荣："可不是吗。哥，现在让咱娘在咱们三人中，选一个照顾她最好的，我估计，咱娘选的不是你，也不是我。"

郑立峰又被这位直率有趣的妹妹逗笑了："这不等于说，咱兄妹俩做的都够呛吗！"

立荣："你以为呢？"

郑立峰不由说道："既然这样，咱们要像家人一样，好好待小芸。"

立荣听此，心中也莫名欣喜："其实哥，我和咱娘早就是这种感觉了，咱娘动不动就闺女闺女地叫小芸，我呢，也从心里想有这么个妹妹，真好。"

郑立峰："这就对了，人与人最难得的，就是能以诚相待。"

立荣说道："哥，这我可得说你了，人家小芸，来咱们家快一年了吧，可您老是端着个架，一共和人家说过几句话，大概掐着指头能数得出来吧！"

郑立峰："小妹，你不要动不动拿我说事，再说，男女有别。"

立荣岂是个服输的人："哟哟哟，刚才你还说，让我们像家人一样待人家，现在又摆出大哥的架势。这算什么呀，双重标准吗？"

立荣的嘴是够厉害的，郑立峰赶紧告饶："好啦，好啦，我的妹妹。"

立荣："那我瞅机会把小芸的事告诉咱娘。这下，咱娘更得把小芸当闺女疼了。"

郑立峰："不急，要再想想，不要鲁莽。小芸那儿还不知道咱们了解了她这些情况，如果她知道，又会怎么想呢？我的想法是应该先和小芸聊聊。再告诉娘，怎么样？"

立荣乐了："哥，还是你考虑周到，听你的。"

第二十六章 以心换心

立荣向来风风火火，有事说办就办。

同时，她粗中还有细，对与小芸沟通这件事，与小芸何时交谈，怎么开始交谈，她都费了不少心思。

她选了个周三，这是她正常轮休的时间，也是她应该去看老妈的时间。午饭后，老人家一般要午休一个小时至一个半小时，这时间正好，足够用的。

她按时赶到了老妈家。

她有家中的钥匙，所以进家没有任何障碍，要想不出动静，轻手轻脚点便是了。她进门后和静坐在客厅的小芸微微一笑，扬了一下手，就算是打了招呼。

她换上拖鞋，悄悄走到沙发前，低声问道："我娘睡了？"

小芸："睡了，大娘这个午睡习惯，雷打不动呢。"

立荣："养成习惯了。"

小芸："其实挺好，有规律的生活习惯对老人很重要。"

立荣深情地注视了小芸一眼："小芸，你真善解人意。"

小芸不好意思地一笑："哪里，我也是从报纸上看到的。"

立荣这时注意到，小芸手中正拿着一份老年生活类的报纸。她问道："小芸，你在看老年人的报纸？"

小芸："是的。"

立荣："你还喜欢看什么？我给你专门订一份。"

立荣以为是家中没订适合小芸喜欢的读物，她才看这个，所以有点歉意地问。

小芸笑了："不用不用，这不是叫干一行，爱一行，学一行吗。我现在既然照顾老人，看点这样的报纸挺好的。再说，这报纸上内容也挺全的，有健身的、养老的、饮食的、娱乐的，还有心理的、法律的等等。"看来小芸真是认真读了。

立荣认真地听着，此时她脑海中甚至对要不要说破小芸隐藏身世经历的事产生了犹豫，万一她反应强烈，会不会影响她这种平和而善良的心境？但转而又一想，她是抱着诚意的，再说这事不可能一直瞒下去，这层窗户纸早晚要捅破。

她首先探问小芸："小芸妹妹，你觉得在我们家干得舒心吗？"

小芸坦诚地回答："舒心，很舒心。"

立荣又问一句："是吗，这是真的？"

小芸立刻郑重地说："立荣姐，我说的可全是真话。"小芸认真地看了一眼立荣，深有感触地说下去，"我已在四五家做过保姆啦。虽然合同上也写着，甲乙双方应相互理解，相互尊重，但是，好多时候不是那么回事。当然啦，人家雇主可能认为自己掏了钱，被雇来的人便要接纳一切。但我觉得保姆是一份工作。我们是在用我们的劳动，换取应得的报酬，这和千千万万种工作一样，并不低贱，你说对不对，立荣姐？"

立荣有点惊了，她没有想到，眼前这个年龄比她小十来岁，学历也不高的女孩，竟说出这么一番不卑不亢的话。在她心中甚至承认，如果换位一下，她也未必能这么通透和淡定。她有点吃惊，又有点佩服："小芸妹妹，你说得好深刻呀！"

小芸含羞地一笑："立荣姐，见笑了，也许是因为我做这一行好几年了，感受多一些。在咱们这个家中，我期盼和奢望的一切，尤其是尊重，都得到了满足。所以，我才说了这些，若咱家不是这样通情达理，我是不会说这些的呢！"小芸的语气仍然很真诚。

立荣又看了看小芸，仿佛对这位小妹妹重新认识了一样，但她一时又没有寻找到开口的话头，不由自主地微微笑了笑。

小芸这时倒像又勾起了什么心事一样，脸色也慢慢凝重起来，她看了立荣一眼，声调有点异样地说道："立荣姐，我看出来了，您今天可能有话问我。但容我在您问话前，先向你及你们全家，诉说一下我的歉意、我的内疚，然后您再问，好吗？"

这话来得太突然，让立荣感倒有点手足无措了："这……小芸，你这是什么意思？"

小芸凄然一笑："立荣姐，一个人如果找到一份称心如意的工作，他会怎样？"

立荣懵懵懂懂："那，那肯定是很高兴，很满足呗。"

小芸："还有呢？"

立荣："还有，很珍惜呗。"

小芸："对。作为保姆，我来到你们家，就是找到一份好工作。你们这一家人，从大娘到郑大哥，到你，包括义轩，你们都是好人。你们家的氛围，那么和谐，那么温馨，让身在其中的人都能感受到舒心如意。"她说到这略停了一下，像在品尝幸福味道的空气一样深呼吸了一下，"我到你们家，这是我莫大的荣幸，这也是我十余年来，最值得珍惜的福气，你说，我能不知足，不满意吗？"

这回立荣明白了，小芸这是向自己表露心迹呢。她坦然一乐："哪里哪里，你能来我们家，这真的是缘分。你来到我们家后，对我妈的照顾那么贴心，比我哥和我做得都好，我们也很感谢你呢。"

但小芸听着这话，好像没有高兴和激动起来，反而略显沉重地说："但是，我却很对不住你们全家！"

立荣也一下子收紧了心弦："什么，你对不起我们，你，你做了什么事？"

小芸："我隐瞒了我的家庭和我的经历。"

哦，原来如此。小荣心想，这位小妹还真是神了，她难道知道了我已了解了她的情况？不对呀，哪有这么快，我那位同学，也承诺不会马上告知她。但为什么这么巧呢，我今天来正想问她这件事，她却抢先一步，表示了歉意，又主动透露出了这个问题。

巧合，只能说巧合，立荣转念一想，也好，正可以顺着话题追根刨底一下。

立荣缓和了一下表情，若无其事地："哦，这不是什么大不了的事，谁没有点隐私嘛。再说，我们让你来，为的是照顾老人，只要这活干好了，我们也别无所求。你说是不是，小芸？"

小芸对立荣的体谅更是感激。她莞尔一笑，问道："立荣姐，你说找到一份称心如意的工作的人，最担心的是什么？"

这问题令立荣多少有点意外："既然找到的是称心如意的工作，那，那当然是怕失去呗。"

小芸的表情很认真："立荣姐，你听我说心里话。到你们家来，对我来说，就是找到了一份称心如意的工作。我也从内心里珍惜这份工作，担心失去这份工作，我这样说，立荣姐，你能理解吗？"

已了解了小芸的身世的立荣，对小芸这样的发问打心底里理解，于是她也很真诚地回应小芸："理解，我很理解，小芸妹妹。"

小芸又接过话茬："但随着时日的延长，我内心的一种歉意和不安却也与日俱增。"

立荣："为什么呢？"

小芸笑了，虽然她笑得有点凄苦："我的立荣姐，你是真不明白呢，还是假装不明白？"

这一问，倒真的令立荣无言以答："这……这……"

小芸的情绪慢慢舒缓过来："立荣姐，你想啊，你们这样诚实、友善、讲礼仪，我却隐瞒了自己的情况，这是不是有点说不过去呢？"

立荣听明白了，她也对小芸的诚实由衷赞赏："小芸，别想那么多了，再说，你也是有你的难处，事出有因，我们不会怪你的。"

小芸也听出来了："立荣姐，我的事你已经知道了？"

事到如今，立荣便也坦言相告："是的，小芸，我也是最近才知道的。"

小芸长长地吁了一口气："妈呀，幸亏……"

立荣："嗯，幸亏什么？"

小芸不由得握起拳头：“我的立荣姐，我今天要是没鼓足勇气主动说出来，等你问到我的面前，我不得找个地缝赶紧钻进去？不然，我还怎么面对你们哪！”

立荣被小芸的善良和可爱感动了，她一把把小芸紧紧搂在怀中：“傻妮子，你为什么不早说出来？”

小芸从立荣怀中挣出身来：“俺的姐，饱汉哪知饿汉饥。你不知道，这事让我多纠结多担忧。”

立荣：“真的？你纠结、担忧什么呢？”

小芸也看出立荣确实不理解了，她整了一下衣服，坐端正了些，说道：“我纠结什么时候，什么节点，用什么方式，说出这件事；我纠结，我自感这件事办得不地道，不诚实，愧对于你们这么好的一家人。我在心中不断地埋怨自己，谴责自己，折磨自己。我担忧，这事一旦暴露，你们会受到刺激，特别是大娘，她老人家那么大年纪，对我又那么好，那么信任。我还担忧，你们不再用我，使我失去这份称心如意的工作，呜……”小芸说着竟哭起来。

立荣这时倒真像大姐样了：“行了行了，哭什么，我们不会不用你的。”

小芸擦了擦眼泪：“立荣姐，让你笑话了。”

立荣：“哪有大姐笑话小妹的，好了，好了。这事我知道了。不过，小芸妹妹，实话实说，我知道了你的身世和遭遇后，只感到同情怜惜，并没有想到责怪你。你怎么和自己过不去呢？”

小芸：“姐，这是你人好心善，我以前遇到的雇主，就有嫌我不吉利的呢。”

立荣：“那是他愚昧，瞎了眼！你放心，小芸，我们家可不信这些封建糟粕。”这时又一个好奇的念头，涌上立荣的心头，她就是这么个打破砂锅问到底的主：“你为啥偏偏今天和我说开这事，难道说，你知道我知道这事了？”

小芸急了：“姐，你这样想我，那可冤死俺了。”

立荣：“那，那，今天是个巧合了？”

小芸：“那俺不知道，俺只是因为时间越长，俺压力越大，也总想找个合适的机会把事说开。今日俺看你来的这个时间正好，所以俺就牙一咬，心一横，索性把这事说开，俺也好去了一块心病。”

立荣一拍大腿："嘿，这叫心有灵犀啊，我想问你的事，你抢先一步告诉我了。嗨，绝了。"

小芸示意动静不要太大，以免惊醒尚在午休的老太太。

也正是小芸的这一暗示，提醒了立荣，如何向老太太解释这件事，她该和小芸商量一下了。她问小芸："这事既然公开了，我想，也该及时向我娘说一下，我娘是个通情达理的人，尤其是心地特别善良，她不会怪你的。"

小芸："是的，我信，我听你的。"

中院的人几乎都在单位集体午餐。午饭后，还有一个小时左右的时间午休。

在这个时间里，有人伏在桌几上小憩，有人则冲杯茶，细细品茗，也有人凑到一块聊天，总之，这是个自由安排的时间。

董心怡刚吃完饭，就接到付霞的电话，让她到办公室一坐，有事相告。

董心怡来到付霞办公室前，敲了敲门。

"请进。"里面传出付霞的声音。

董心怡推门而入。两人相见，微微一笑，算是打了招呼。

董心怡："付姐叫我有什么事吗？"

付霞："没事叫你来坐坐不行吗？"

董心怡："行，太行了，庭长传召，陪着坐坐，荣幸啊！"

付霞："贫嘴。"

董心怡："论嘴上功夫，那可是我的长项。"

付霞："说的也是。"

董心怡："别逗乐子啦，啥事，吩咐吧！"

付霞："我觉得，你最近也应该有话跟我说。"

董心怡眼睛一亮："付姐，神奇啊，连我有话想说你都能知道？"

付霞乐了："说吧，有什么话想和我说？"

董心怡心中的话刚冲到嘴边，又反应过来，今天是付霞传她过来的，论说，也得她先开口才对，怎么一下子转到自己这儿了呢？于是她恢复一本正经的表情："付庭长，不对吧，明明是你传我来，怎么成了我先交代了呢，是你有什么话要对我说吧？”

付霞又笑了：“我想咱俩想说的，可能是一回事！”

董心怡一下玩兴大发：“付姐，咱们每人在手心写一个字，同时亮出来，看是不是真的要说同一件事。”

付霞痛快应诺：“好，一言为定。”

于是两人各寻得一支笔，准备在手心写字。

付霞瞅了一眼董心怡，脸上溢出一抹孩子似的微笑。

董心怡准备写的手又停下，她怕再次被付霞算计：“付姐，咱们不能耍赖，谁不守诺谁就是输了。”

付霞再次承诺：“一定，一定，言而必信。”两人互送了个狡黠的笑脸，开始在手心写字。

只有一个字，很快便写好。

两人各自握拳，凑到一起，两人再一次对视笑着。

付霞：“开。”

两手伸开，两人的手心同时显露出一个字：郑。

董心怡露出惊讶：“呀，天哪，咱们俩个真是……”

付霞则自信地微笑着：“怎么样，我说得没错吧！”

言归正传。

付霞平静下来：“你说说，你有什么想法？”

董心怡见付霞切入正题，便也不再玩闹：“付霞姐，你不觉得咱们郑庭长，解决下半辈子个人问题的机遇出现了吗？”

付霞：“谁说不是，看来咱姐妹俩所见完全一致。”

话又说到了一起，这两位热心姐妹被某种责任感和助人为乐的情绪所浸染，显得兴奋而又激动。

董心怡：“前两天咱们及时逼宫，郑庭长乖乖地去检查了一下身体。所幸没啥大碍。但这事过去之后，我的心里老是不踏实，你说以后他毛病再犯怎么办？”

付霞：“我和你想的一样，郑庭长对工作比命还上心，要是再有个三长两短，不管他那个家庭还是单位，都是无法想象的损失。”

董心怡："怎样才算万全之策呢？"

付霞："你说呢？"

董心怡："让郑庭长和那位小保姆走到一起。"

付霞："这是最理想的选择。"

两人相视而笑，自觉地压低了说话的声音。

董心怡："不知那位小保姆，有没有这样的想法？"

付霞："我告诉你，我看这位保姆，对郑庭长看法不错？"

董心怡："怎么见得？"

付霞："你还记得，她向我透露郑庭长犯病的事吧？"

董心怡："当然记得，要不是她告诉我们，我们哪里知道郑庭长犯病的事。"

付霞："你可知道，郑庭长是不允许她告诉任何人的。"

董心怡："对，这她也说过。"

付霞："作为一个保姆，明明没有义务，不顾雇主的要求，抓住机会向我们透露信息，这说明了什么？"

董心怡："这说明了什么？"

付霞又浅浅一笑："说明她对郑庭长极为关心呗。当她叫过我去要和我说郑庭长的病情时，她的表情给我的印象是什么，你知道吗？"

董心怡："是什么？"

付霞："是一种坚毅，是一种义无反顾，以及急切地关心。当我承诺我们将会妥善处置此事时，她又马上流露出，如释重负和幸福满满的样子。"

董心怡："是吗。我之所以把他们两个联系到一起，仅仅是觉得他俩合适。至于别的，我还真了解不多。"

付霞对董心怡的话，似听进又似没听进，继续着她思绪的飞驰："心怡，你说一个女人，什么时候才能有这种情感呢？"

董心怡："那当然是为心中挚爱之人。"

付霞："这就是了。"

董心怡："能到这个程度吗？"

付霞："当然。不过，郑庭长是个非常传统、非常正派的人，他和嫂子感情又好，因此，在这么短的时间内，他会不会接受还不好说。”

董心怡：“那按你这么说，关键是咱们郑庭长，只要做通他的工作，就大功告成。”

付霞看了一眼董心怡：“你呀，总有武断的毛病。保姆的想法咱们也是推测，人家咋想，人家什么条件咱都不知道。这只能随着我们工作的开展，慢慢向前推进，遇到什么问题，解决什么问题就是。”

董心怡：“那你刚才分析的那么言辞凿凿的，我以为……”

付霞：“我那只是依据她的表现推测，并不等于人家的意见。”

董心怡：“那我们先从哪里入手呢？咱们俩对她都不熟，总不能约人家，一见面就说，你嫁给我们郑庭长吧！”

付霞看了率直的董心怡一眼，觉得这位略小自己几岁的小妹，身上有着一种坦率单纯而又有点简单的可爱。

付霞：“我倒有一个办法。”

董心怡：“什么办法？”

付霞：“这事，有一个最理想的人选，让她出马最合适。”

董心怡的脑筋急速转了一下，马上捕捉到了那个对象：“付姐，你是说，让郑庭长的妹妹郑立荣来做这件事？”

付霞：“你觉得呢？”

董心怡手一拍：“太好了，她是真正的不二人选。”

两人击掌庆贺。

立峰娘从睡梦中醒来。

她揉了揉眼，活动了活动，随后侧耳听了一下外面，似有悄悄交谈声，于是她开始喊：“芸儿，小芸哪，我醒了。”

小芸闻声道：“大娘，我来了。”

立峰娘直言：“小芸哪，我怎么听着你好像和谁说话呢？”

小芸一笑：“大娘，你的耳朵还真好使。”

立峰娘：“可不是嘛。不过人家说，人老了，聋点瞎点比腿和胳膊不能动要好，听不着，看不见，心不烦。可我，正反着，腿和胳膊不大行了，眼睛和耳朵还倒好使。”

小芸：“大娘，那是说儿女不孝的老人，你看郑大哥和立荣姐对你多好，你有啥可烦哪？”

立峰娘知足地笑道：“那倒也是。小芸哪，你这孩子就是会说话。”

小芸：“这是实事嘛。”

立荣也来到跟前：“娘，睡醒了，我正在和小芸说悄悄话呢？”

立峰娘悟过来了：“哦，刚才是你和小芸在说悄悄话吧？”

立荣：“怎么？不行啊？”

立峰娘：“小芸，你听听，我这个闺女打小让我惯的，天不怕，地不怕的，现在她知道老娘不行了，也开始欺负我啦。”

三人同时笑起来。

立荣：“娘，俗话说啊，疼惯疼惯，有疼才有惯，当年您是心疼我，溺爱我的，对吧？”

立峰娘：“那你说呢？”

立荣话也不饶人:“我怎么感觉，你现在疼我爱我还不如小芸呢？”

这话说得，倒令老人家噎了一下。

小芸听这话也激灵了一下，她用复杂的眼神瞟了立荣一眼。

立荣倒是气定神闲。

立峰娘很快回过神来：“咋了，嫉妒了，埋怨娘了？天下的父母都向着小的。小芸比你小，还比你懂事，娘就是打心眼里喜欢她，向着她，怎么啦？”

这几句话，发自老太太的心底，如山间瀑布响彻空谷，瞬间，说者、听者各有所悟。

老太太说这话，饱含幸福。

立荣听这话，觉得她的用心达到，有一种获胜的满足感；

小芸听这话，也悟到了立荣的用意，被这母女俩掏心掏肺的对话深深打动，真切地感动和感激。

果然，立荣又开始套话：“这么说，娘，你把小芸当成你的小闺女喽？”

娘：“不行啊？其实我心里早就把小芸当我小闺女啦，只是不知道，小芸同意不同意。”

小芸此时鼻子一酸，双眼潮红，她扑通跪下，双手握住老人的手："大娘，我同意，我同意。能做您的闺女，我一百个同意。"

老人显得有点局促："你看看，荣，这叫你话赶话赶的，就是认小芸为闺女，也得有个仪式，我这没受苦没受累的捡了个娘当，我咋的也该给闺女个礼物吧!"

小芸起身："不用不用，娘，有您刚才的话，就什么都有了。"

小芸脱口而出的"娘"，让立荣一震，但她随即得意地笑了："娘，小芸在咱们家又不是就一天两天，你有什么好东西有的是机会给。但今日容我说句话，您既然认了小芸为闺女，您可真要拿着当闺女待，闺女说话做事对或不对，您可都得担待点。"

娘不假思索地说："那还用你说，娘是怎么待你和你哥的，我待小芸只能比待你们俩好，不能比待你们俩差。"

立荣高兴地拍手："好好，娘，这可是您亲口说的，不能不认账。"

小芸却流露出复杂而激动的表情。

娘好像慢慢醒过神来："荣，你这话里有话呀?"

立荣感觉时机已到，便往前凑了凑："娘，其实也没啥。小芸有件事，来咱们家以前没有先说开，她总觉得有点后悔，也有点愧疚，又不好开口，挺纠结的。但我听了以后，不觉得是个什么事，今个我鼓励她，尽早和您说开，不就卸去了这个包袱吗!"

娘严肃起来："是什么事啊?"

小芸再一次蹲下，抓住老人的手："娘，我是个不幸的人。"她咽了口唾沫，开始向立峰娘讲述自己那不幸的身世。

老人神情专注地听着，她苍老的脸上，伴着小芸的叙述，时而惊愕，时而蹙眉，时而惋惜，时而愠怒，时而同情。

老人听完小芸的讲述，把苍老的手从小芸手中抽出来，反把小芸的双手紧紧握在手中，用颤巍巍的声音说道："闺女，你的命好苦哇!"

小芸也抑制不住，抽噎起来。

立荣这时插话："小芸不愿再提这件事，所以就对谁也不说。这在咱家时间长了，又觉得不和咱说开良心不忍，所以才感到为难。"

老人这时松开握小芸的手，抬起头，面对立荣和小芸："孩子们，人要以己度人，以心换心。小芸遇到这样的事，叫谁摊上谁愿意提起呢。娘不会怨你，只会更疼你。"

老人的表态，令两位既放下心，又感慨老人的宽怀大度。

立荣凑到跟前将娘和小芸揽在怀中："娘，您真好。小芸，妹妹，从今往后，你将成为一个幸福的人。"

小芸动情地说："谢谢娘，谢谢姐姐。"

老人这时像想起了什么："荣，把我的首饰盒给我拿来。"

立荣遵命，赶紧把老娘的首饰盒拿过来。老人慢慢打开，从那个已变成紫黑色的盒子里，拿出一摞崭新的百元人民币。

老人慢慢数出十张，递到小芸面前："小芸，这是为娘的一点心意，如果早知道你这么苦，我该多关心你些。这些钱，让你姐陪你买点可心的东西。今后，有你姐的，就有你的。"

小芸怎么也止不住的眼泪，已流满了双颊。她连忙双手拒推："娘，不，不，我不要，我有钱。"

大娘："你不要，就是不认我这个娘了。"

小芸仍想推拒，立荣把钱拿过："娘，给我吧，我陪她去买。"

娘把钱递给立荣："好，好，要当好姐姐。"

立荣点头承诺："娘，你放心吧，我们会做好姊妹的。"

第二十七章
血比水浓

海州市第一监狱。

成志坚和成志强所在的劳动车间，已开始上班。

情景和往常一样，繁忙而又沉闷，服刑犯们埋头干着手头的工作，很少交流，更无喧闹。

人，一旦被剥夺了自由，精气神便难提得起来了。

突然，管理人员喊道："成志坚，成志强，有人来看你们，出来。"

两成似乎听到了，又似没有听到，呆愣了一下，没有停下手中的活。

管理人员又喊了一遍："两成兄弟，叫你们哪！"

两成这才对望了一下，好像是确认一样，随后，两人放下手中活计，慢慢向车间门口走来。

两个月了，这是一段不算太长，但也不算短的时间。两成在这个环境中，干活虽不累，但精神消磨严重。

他们二人的面容，既没瘦，也没黑，反而比进来时白净了，只是这白净给人一种虚弱病态的感觉。

两个月来，他们自己干得那件事，发展会如何，像一个驱赶不走的魔影，一直晃荡在眼前，折磨着他们，拷打着他们做人的良知。

孩子们迟迟不露面，他们心理上的压力也越来越大，他们在心底一遍一遍期盼，事情到了这个地步，自己还有什么资格和脸面要求孩子们呢，省省吧，活该。

管教人员将他们两人交给两名负责监督的狱警，狱警陪同他们向会见室走去。

一个多月前，两成进过这两间会见室，那是他们入狱后的第一次会见，是老伴来看他们。看来，还是老伴贴心哪。

今天，还会是她们吗，他们既有点期待，又有点害怕，如果还是她们妯娌俩，那说明孩子们还是不能原谅他们哪。

两位狱警分别把他们领到会见室的门口，把门打开："进吧，会见你们的人在等你们哪。"

成志坚和成志强，各自走进会见室。

当两成迈进房门，他们的目光急切向前望去。这一望，二人便在瞬间像被电击一样，感受到了巨大的震颤。

隔着栅栏窗口，他们看到了孩子们。

此时此刻，他们已不知，是激动还是惊喜，是羞愧还是内疚，他们的脑中一下子仿佛被海水灌顶，浊浪满满，又似被风卷残云，剩下了空壳。

他们慢慢向铁栅窗走去。孩子们和他们目光相遇了，但是谁也没有发出声音。

与成志坚隔窗相望的是他的女儿和儿子。

女儿此时已是泪水涟涟，表情激动；儿子新阳则两眼直视，如锥如火。

成志坚走到栅窗前，面若凝固，看着两个孩子，直直呆了有几秒钟，突然，他粗壮的身体，扑通一声向下一沉，双膝跪地，头深深地垂了下去。

这一幕，令隔窗的两个孩子吓了一跳，呼地一下子站了起来。

此时，门外值守的狱警推门而入："成志坚，怎么啦?"

成志坚伸出一只手，示意不碍事，随后发出沉闷的一句："我向孩子们谢罪。"

听到这话，大女儿哇的一声大哭起来:"爸，你这是干啥呀?"

新阳似乎也怒气尽泄，他紧紧咬了咬牙关，右手握起的拳头，重重砸在铁栅窗上，硬硬实实地说道："爸，你早知今日，何必当初?"

成志坚听到两个孩子都喊出了爸，心中的一把大锁好像咔嗒打开。他慢慢抬起头："孩子们，我和你叔都悔死啦，羞死了，世上没有后悔药，我们算是尝到滋味了。"

听了这些话，两个孩子知道，他们的老爸彻底懊悔了，彻底醒悟了。来前，他们姊妹三人的多种担心，都可以放下。

但是，老爸以这种方式承认错误，还是大大超出了他们的预想。男儿膝下有黄金，更何况，身为老子的，给自己的亲生儿女下跪，这是何等的屈尊，这是何等的勇气。

大女儿这时带着哭腔说道："爸，一听到这件事，我就哭晕过去了，这些天，我经常做噩梦，又恨你又想你，还想爷爷。"

成志坚两行热泪滚了出来："闺女，啥也别说了，都是你爸不是人。"

新阳插话道："既然认识到了错误，我们也就原谅你了，你以后在爷爷灵位前也好好认错，好让爷爷也原谅你吧！"

成志坚孩子般顺从地应道："你提得对，我和你叔也是这么想的。"

狱警提醒会见时间已到，新阳仰天长叹一声："爸，好好改造，你也多保重。"

成志坚对着孩子，第一次道出了感谢的话："妮子，新阳，谢谢你们来看我。"听得出，他的语调比刚才轻松了不少。

新阳姐弟俩也起身往外退。

两代人隔窗相望着，那眼神中，饱含着复杂的情感。

快到门口了，女儿带着哭腔喊道："爸，过些日子，我们还来看你。"

新阳则追上一句："你一定要好好表现！"

回去的路上，新阳驾车，大菲、小菲坐在后边。

大菲握住小菲的手："妹妹，叔怎么说的？"

小菲的浑身抽搐了一下："姐，真没想到。"

大菲："没想到什么？"

小菲："他会用这种方式认错。"

大菲悟到了："你是说，叔也给你下……"

小菲也感悟出来了："姐，哥，大爷他也……"姊妹两个点点头。

车内又陷入了沉默。直到新阳的手机铃声响起，才打破了沉闷的气氛。

听新阳接完电话，小菲问道："哥，我刚才听你接的电话，好像与我们的这一行有关系，是不是？"

新阳："哎呀，小菲妹妹，你真是个精灵鬼，啥也叫你听出来。"

小菲没接新阳的话，直接发问："哥，你这个项哥好像和你关系不错，他是谁呀，干什么的？"

新阳一笑："是我刚认识的一个哥们，他是街道办综治委的工作人员。"

小菲有点好奇，但她听说是街道工作人员，心中便没了戒备："哥行啊，人脉越来越广了。"

新阳坦陈："不是我主动结识，是这位项哥主动找上门来，结果一聊，哎，还挺投缘，所以我们就兄弟相称了。"

小菲："人家主动找你，啥事呀？"

新阳哑了一阵："嗨，还不是为了老爸和叔他们嘛。"

这话又引起了坐在后排姊妹俩的不安。

大菲急切地："新阳，咱爸和叔在街道上还有什么事吗？"

新阳知道姊妹俩可能想多了，回头一笑："没啥事，看把你们俩吓得。"

于是，他把小项找他的过程，他们的谈话内容，及最后的约定，一五一十地向两位姐妹做了汇报。

姐妹两人听了事情的原委，没了担忧和顾虑，松了一口气。

小菲对此更为欣喜，她对新阳说道："哥，这是个好消息。综治委就是抓社会综合治理的，他们这么做，也算是应当应分。另外，他们是负责社会治理的专门机构，他们做这方面的工作，不管在资源上、力度上、经验上、权威上、效果上都会比我们更有优势，因此，我们要欢迎和配合他们的工作，这样一来，对咱家老哥俩的教育上、促进改造上，都会有助力，也许，这样能让他们俩尽早出来呢。"

大菲："哎呀，那可太好了。"

小菲："哥，既然这样，你到咱们家附近一停车，我和姐下去，你就快去找你项哥好好汇报汇报吧。"

新阳一听，姐妹都这么支持，便也痛快地应下来。

综治委小项，听了成新阳的讲述，对两成的工作充满了信心。他及时将这些情况，向周主任做了汇报。周主任也很高兴，他计划再和监狱方联系一下，沟通一下信息，研究下一步的工作。他们的一些想法和计划，伴随着信息的反馈，也渐渐明晰起来，于是，关于在全街道进行的，“弘扬传承优良传统，营造风清气正社会风气”活动的又一场重头戏，在综治委的牵头下准备上演了。

成家村的活动广场，一幕精彩的大戏将在这里开场。

一大清早，一辆大车，拉着满满当当的桌椅板凳和幕布等东西，来到了成家村的广场上，停下了。

不多会儿，一幅巨大的横幅拉开。

横幅上写的是：望山街道“传承发扬民族优良传统，营造风清气正社会风气”教育活动现场会。

半个多小时的工夫，一个像模像样、庄重大气的会场便搭建完成。

九点整，按照街道委的通知要求，参会人员全部到齐。包括驻地中小学的学生代表，街道直属部门的工作人员，还有辖区内各社区组织的员工及居民。整个会场安排得井井有条，人员不下一千人。

今天主持会议的是综治委的周主任。街道委和办事处的与会领导，被安排在台下前排。

会场的一侧，架着一部摄像机，机器上贴着几个小字：现场直播。今天的会将向临海区辖区内的所有受众现场直播。

会议按时开始。

周为明主任首先讲话：“同志们，现在开会。我们这个会，是以街道委的名义召开的，我们街道委的书记及多位领导，都出席了今天这个大会，这足见我们这个会议的重要性。另外，临海区委也很重视，安排区电视台来现场直播，也就是说，参与今天大会的，除了现场各位，还有电视机前的观众。”

台下响起一阵议论的浪潮。

周为明：“因此，我们要通过今天的会，把我们的教育活动，推向高潮，推向深入，取得实实在在的成效。”

周为明：“我们安排了三户和睦家庭，他们老爱小，小敬老，幸福美满，首先请他们做报告，现在开始。”

成志坚家。

家中的气氛有点压抑。

此时，新阳坐在沙发上，手里拿着电视遥控器，似在意又似不在意地把玩着。

电视画面上播放的，正是今天在成家村广场上召开的现场会。

志坚老伴，一会儿从里屋走出，去了厨房，打了个旋又转回来，走进卧室，摸摸这，扯扯那，似干活又似没干活，尔后，又慢慢地走出来，一幅神不守舍、心神不定的样子。

今天的这个现场会，他们已被告知，两成要在会上现身说法，表示忏悔。考虑到会场就在家门口，台下坐着的是他们的四邻八舍，乡里乡亲，作为亲属，肯定脸面上和情感上都难以承受，所以街道综治委的周主任，事先专门派小项到两家做过解释安抚工作。

新阳今天是专门请假在家的。一来，他也想及时了解会场的情况；二来，他还担心老妈一人在家，看电视太受刺激。

人，真是奇怪的动物，家里出了这个事后，新阳好像一下子长大了不少。几个月前，他还一身的皮孩子劲儿，一夜之间，不仅成了家里的主心骨，还对老妈贴心地关心照顾。这令当妈的既感到温暖，又感到欣慰。

会议开始了，荧屏上出现了周主任主持的画面。

新阳：“妈，开始了，咱们听听。”

志坚老伴应了一声，稍停，她又站起身向卧室走去。

现场会会场。

周为明起身，走到舞台中心发言桌前：“刚才，三户代表，分别介绍了他们各自的情况，这三户家庭，各有不同，但他们都有着令人羡慕的一点，这便是和睦，温暖，幸福。那么，一个这样的家庭，是怎么来的呢，是天上掉下来的吗？不是，是家庭成员共同打造出来的，是他们互敬、互尊、互让，大度、宽容、谦让，是他们人人争做奉献，真心付出，携手同心，从而形成了一个幸福美满的家庭。大家说对不对?”

台下“对”的声浪轰的涌起，又扩散开去。

周主任稳定了一下情绪，继续说道：“当然了，现实中，也有令人扼腕叹息的人和事。前段时间，我们成家村就出了这样的事。两成兄弟就酿成一出既是个人的也是两个家庭的悲剧。”

台下又涌起一阵声浪的波涛，显然，这话题太易触动台下了解这事情的人们的神经了。

周主任适时提高了嗓门：“有句话说，人非圣贤，孰能无过。今天，我高兴地告诉大家，两成受到惩罚后，幡然悔悟，后悔不已，他们深感对不起自己的老人，对不起自己的家庭，对不起四邻八舍和老少爷们。因此，他们两人有个心愿，如果有一个合适的机会，他们要面对家乡的父老乡亲，兄弟姐妹，表示他们深深的忏悔。当我们通过监狱转告我们今天的会的时候，两成表示他们愿意回来，对家乡人说出悔悟的话，以了却他们的心愿，也让家里人见证他们悔过的决心和行动。”

台下人群明显发生躁动。

周主任：“今天，监狱专门派出了管教人员，陪着两成，来到了咱们现场，下面，就由两成上台，表示他们的态度。”

直到这时，人们才注意到，在会场后侧的树荫下，停着一辆警车。警车门打开，两成先后从警车中走出来，两位管教干部就跟在他们的身后。

他们从主席台一侧，走上主席台。

瞬间，台下的一千多人，无不瞪大了双眼，审视着两成。不认识的，想认识一下的，早认识的，都想看一下两成有没有变化。

周主任：“下面就由成志坚做代表，向大家表态吧!”

台下躁动和声浪中，两成一直微微垂头，他们好像也在听那种声浪，但公正讲，他们两人，此时对这一切，又仿佛一点也听不见，这就犹如一个不会水的人，站在悬崖边，一下子跌入深不见底的水中，被呛懵了，只得任凭水浪的冲洗掀打。

周主任的话，还是把他们唤醒了。

成志坚用胳膊搡了一下成志强，成志强低着的头又点了一下。

这时成志坚低沉地喊道："跪!"两成齐刷刷扑通跪了下来。

随后，两人便实实在在地连磕三个响头。

这一幕，来得有点突然，台下不但发出轰响，而且不少人还不由自主地站了起来。

周主任，包括台下坐着的街道领导，也露出了诧异的表情。

但未等人们的各种反应平静下来，两成却又调转了一下方向，连磕了三个头。

人们惊愕未息，两成又分别向东西两个方向，重复了同样的姿势。

头磕完了，成志坚慢慢抬起头，开口说话了："老少爷们，兄弟姐妹，今日我们两兄弟是谢罪来的。俺弟兄俩都没大有文化，话也不大会说，但俺听老人说过，人犯大逆，当四方磕头谢罪。刚才这一圈，就是我们兄弟俩的谢罪。"

台下哗然。

成志坚又继续说下去："刚才那第一跪，是向天地和父老乡亲的，我们的丑行，让你们蒙羞了；这第二跪，是向我们的老父亲的，我们两个不是人，让他老人家提前归天，请老父在天之灵原谅我们；这第三跪，是向我们的家人，事出后，他们都去看望我们，可我们给他们带来的是啥呢，是羞耻，是痛苦，是折磨，我们希望用这一跪向他们谢罪，也希望他们能原谅；这第四跪，是向我们敲警钟的，我弟妹的娘家大哥，海州中级法院郑庭长。说真话，我们求到郑庭长门下，本来是想走走他的后门，没想到，这位郑庭长让他下边的法院该咋判咋判，还建议到咱们村来开庭，当场把我们俩带走。当时，真的，我们真觉得把郑庭长活活掐死才解恨。但判刑后，进了监狱，经过法官和管教干部们多次的教育，我们才慢慢明白，郑庭长的这些做法是向我们的一声断喝，是对我们的及时挽救。所以，今天这一跪，是向郑庭长这样正义的人的感谢。"

成志坚说到这，好像发现了什么，他几无表情的脸似乎抽动了一下，他稍微一抬手，像是和谁打招呼，接着说："最后这一跪，我们本来是想让来开会的人转告郑庭长的，想不到，想不到，郑庭长也来参加这个会啦。"

他这话一落，会场上不少好奇的人又站了起来，他们要认识一下这位庭长。

成志坚说完了，他拽了志强一把，躹着躬退了下去。

这时周主任赶紧走到台中央，打着手势让台下静下来。

台下嚷声一小，他马上宣布："同志们，我向大家介绍一下，刚才成志坚提到的这位郑庭长，他的妹妹现在就是成家村人，他的妹夫叫成志凯，是咱们区中学的一位教师，也是两成的同宗同祖的兄弟。两成事发之后，就想到了这门亲戚，本来是想走走后门，争取点好处，但令他们没想到的是，我们这位郑庭长了解了案情后，对两成的这种逆行义愤填膺。同时，郑庭长由此联想到，当今社会上还有不少这样的现象，所以，他果断建议区法院到案发地开庭，以此警示有类似行为的人，从而营造风正气清的优良社会风气。郑庭长的这一想法，正和街道委研究开展的教育活动不谋而合。区法院按郑庭长的建议，在咱们村公开审理了两成一案，这可以说，非常及时而又适时地为我们开展的教育活动，送来了经典而又有震撼力的事例。决定召开这个现场会后，我们就想到，请郑庭长拨冗来参加一下，让咱们成家村的乡亲们认识一下这位郑庭长，这位成家村的好亲戚；同时，也让我们街道的领导和抓这项工作的职能部门，当面对支持我们工作的郑庭长表示感谢。现在，海州中级法院的郑庭长，就在台下和街道的领导们坐在一起，我们用掌声请郑庭长起身，让大家认识一下。"

台下响起了雷鸣般的掌声，而且有不少人站了起来，引颈瞭望。

郑立峰这时也站起，向众人挥手致意。

人群中有人喊："请郑庭长上台，让大家认识认识！"

众人齐声支持："对，对，请郑庭长上台！"

众人情盛，周为明主任赶紧伸手邀请。

郑立峰只得走上主席台。

这时，台下热烈的声浪又掀起了一个高峰。

郑立峰抱拳致谢："大家好，谢谢大家的厚爱，我只是履行了一名法官应尽的职责，谢谢，谢谢。"说罢，他又回到了台下的座位上。

周为明脸带笑容，继续主持会议："今天这个会，注定是个内容丰富、效果显著的大会。我现在再向大家宣布一个消息。"

台下窃窃私语声又起。

周为明扫了会场一眼，拉长了腔调说道："大家可能都知道了，成老人留下的那套房产，因为两成失去继承权，所以法院就把房子判归两成的妹妹成志芳所有。对于这件事，我听到了，有人说闲话，受男尊女卑思想的影响，认为女儿无权继承娘家的财产，成志芳继承了父母的房产，是不仗义，不地道。今天，我只强调一句，男女平等早已写进我国的法律，已是社会主流价值。成老人房产判归成志芳后，志芳并没有高兴起来，她更没有迅速变卖，因为得到这套房产，既不是她的初衷，更不是她的目的。她是因为老父亲离世前的交代，才要让两个哥付出代价，承担责任，否则她这个当闺女的也良心难安，所以才走进了法院的大门。而现在，案子已结，两成也受到法律的惩处。成志芳也为父亲讨回了公道。这个会之前，成志芳正式找到我，向我表达了一种意愿。大家知道，成志芳夫妇都是人民教师，他们有稳定的收入，有自己的住房，生活无忧。更重要的是，成志芳老师认为，自己生在成家，长大在成家，对成家村，她有着血脉相连的情感。经夫妻商议，他们准备将这套房的十年使用权，无偿让渡给成家村居委会，由居委会安排使用，用作弘扬优良社会风气的宣传室，或用作老年人的娱乐休闲场所。十年后，这套房产的产权再移交给两成，由他们来分割处置。志芳老师的内心想用这套房子和它承载的故事警示人们，发挥这套房子特有的功能。今天，成志芳老师也应邀来到了现场，并带来了拟好的合同，下面，我们有请成志芳老师和成家村居委会主任共同上台，在所有与会者的见证下，签署合同。”

这时，已等候在主席台后侧的成志芳和村主任走上主席台。

成志芳把拟好的合同展开，向众人展示。

台下爆发出雷鸣般的掌声。

成志芳和村主任郑重签字。

第二十八章
纠结亦彩

付霞与董心怡第一次找郑立峰摸底，可以用一败涂地和一头雾水来形容。

郑立峰只听了她们开头几句话，就意识到她们要谈的话题，他立刻竖起了一道厚厚的防火墙："你们两位有什么事就说事，没事请你们回去，我这儿还有好多事要干。"停了一下，他也自感这话太不客气，就又补充道，"两位小妹对我的关心我心领了，谢谢。"

付霞和董心怡自然不会轻易退下阵来，付霞又把话题切进了一步："郑庭长，我们的老领导，你现在就这么不待见我们?"

郑立峰："那倒不是，只是……"他在斟酌措辞。

董心怡敲边鼓："我们郑庭长啊，好人一个，走到哪里，哪里便有朋友，你这是有了新朋友，忘了老朋友啦。"

董心怡这一句半开玩笑半调侃的话，倒令郑立峰按捺不住笑了："这是什么跟什么，幼稚。"

三个人都笑了。

付霞又认真起来："郑庭长，我们想给你提条建议，欢迎不欢迎?"

郑立峰看了一眼她们俩，他略一思索："属于工作方面的，可以提，随时欢迎，若属于……"本来他想说"个人方面的"，但他担心自己主动引起这个话题，于是他改口，"其他方面，那要另当别论。"

付霞和心怡交换了个眼神，心中暗笑：好一位思维缜密的老兄，话说得滴水不漏。

付霞直切主题："郑庭长，郑兄，我们就是想听一下你对个人生活，下一步有什么打算?"

郑立峰也验证了自己的判断，他认真地回答："谢谢两位同事、两位小妹的关心。我如实地回答你们，没有什么打算。"

付霞不由笑道："郑庭长，过去你不是经常嘱咐我们，工作和家庭，一定要做到长计划短安排，立足眼下，看到未来，这才能做到有备无患，这才能保证工作家庭两成功。您这话，我们至今仍作为座右铭呢。怎么您现在对自己的未来，没有什么打算呢?"

这确实是，郑立峰在任民庭庭长时常说的话。今日付霞搬出来，以其人之道还治其人之身。

郑立峰深知这两位同事和昔日的下属的良苦用心。他深深地长吁了一口气："付霞，心怡。我由衷谢谢你们，话到此，我再说一句，时间未到，条件也不具备，所以，你们的好心我领了，但希望你们现在就这个问题，就不要再提了!"

这个话题彻底被关上了大门。

付霞和心怡都有点不甘心，还想说些什么。

郑立峰连连摆手："免开尊口，免开尊口。至少，你们得给我点时间，让我考虑考虑。怎么样?"

付霞见郑立峰话中留了台阶，只得见好就收："心怡，郑庭长说了，让我们给他点时间考虑考虑，既然如此，我们就等一段时间再说，咱们走吧!"

心怡也觉无话再说，只得答应："那好吧，我们回了。"

立荣也按付霞和心怡的想法，开始试探小芸。

立荣对于这个任务，她是一百个高兴，也有一百个信心。

这一两年间，大哥接连丧父丧偶，身心受到巨大打击。自己作为妹妹，看在眼里疼在心里。而自从小芸进了家，无论是生活还是家庭氛围都日渐好起来。特别是小芸灵透，会体贴人，会照顾人，让老太太啧啧称赞，大哥也好，自己也好，总算是一块石头落地，再也不用对老人家牵肠挂肚了。这难道不是上天对郑家的护佑？这个小芸，虽然是个保姆，但她的出现，对郑家来说，简直不亚于一颗福星降临。她想，小芸要能成为郑家家庭中的一员，那又该是多么令人向往，令人期盼的事情呢。她在观察，她在思考，她也私下和老娘流露过这种想法。老娘人虽老了，但并不糊涂，看得出，她也很期盼，只是觉得这话由郑家人直接提出，小芸一旦无此想法，难免就尴尬了。

老人此话，不无道理。

立荣也就暂时没提起。心怡给她电话的时候她满心欢喜，立刻应承下来，连付庭长和心怡，这些昔日大哥的同事都想到了这里，这不说明这事真的可行吗？

再说，她们主动承诺作大哥的工作，这相当于她们二人主动撮合，自己万一被小芸拒绝，也不至于太难看。

她对取得理想结果，信心满满。

立荣安排了个合适的时间和机会，但她刚一提起，小芸好像久酝于心似的，连忙摆手制止她："不合适，姐，你别说了，不合适。"

不合适？是什么意思？

若说年龄，他们是差十多岁，但他们都不是少男少女了，这个年龄差并不是绝对障碍。大哥论相貌，论人才，论地位，论品行，那都是上品，虽然结过婚，丧偶，也有孩子，但放在当前的婚恋市场上，还算得上钻石王老五呢。

小芸年轻，人长得也标致，为人处事周全贴心，但毕竟收入、社会地位和大哥还是有阶层差距。

她自认为，这些条件都掂量过了，而且是不止一遍地掂量过了，她的结论是可以撮合。而今，付霞和心怡又和自己想到了一起，她想，既然大家都这么想，那应该是有眉目的。谁知刚开口就碰了钉子。

对鲁旦运、欧苏洛、张超民三人的处分决定，中院纪检委将文件正式下发到各庭、处、室：

鲁旦运撤销正庭长职务，其决定呈报人大履行法律手续；

欧苏洛撤销法官任职资格，其决定呈报人大履行法律手续；

张超民撤销副庭长职务，其决定呈人大履行法律手续。

和这个决定同时发布的，还有一个关于进一步强化监督，堵塞漏洞，确保法官权责落到实处的意见。具体讲，就是通过纠正一批案件，根据发现问题的环节、方式、特点等，归纳出查漏补缺的措施，共十二条。后来干警统称为追责十二条。

海州市中院的这一着棋，既打了“苍蝇”又震动了“老虎”，在海州中院中掀起不小的波澜，极为有效地警示和教育了全体干警，整个中院廉政勤政之风为之一振。

董心怡收到了郑立荣的反馈，她听得出来，立荣的语调中，有一种明显的无可奈何和挫败的情绪。而立荣听了董心怡和大哥交谈的情况，也感到出乎预料。若以两役作比，这就是两支先头部队双双出师不利。她们合计着坐在一起聊聊，好好沟通情况，分析分析，梳理梳理。立荣邀付霞和心怡到她家附近，她坐东，她的考虑是，人家付庭长和董心怡为大哥操心，这客理应由她来请。而付霞和心怡呢，自然理解立荣的这番心意，但她们两人心里更清楚，她们办这件事完全是发自内心，把郑立峰当作兄长般的诚挚朋友来帮忙，再说这主意是她俩提的，请客商议理所应当。最后，付霞拍板决定，心怡安排，她买单。理由是工资高的请工资低的，这叫吃大户。

董心怡一听，高兴地落实去了。

下班后，付霞和董心怡来到了附近一家酒店，因为她们预订了房间，人一到，酒店大厅服务员便把她们引领进一间精致的小雅间。

这个小雅间，空间不大，但装修还是挺讲究的，也显得整洁而干净。六把座椅，面上全用红色平绒作套，坐上挺舒服，看上去也挺高档红火，给人一种宽敞坦荡之感。有一个小窗户，是临街的，站在这里，便可尽览酒店门前和侧面另一条街上的情景。现在，正是下班后不久的时间，路上的车流明显拥挤，周边几家酒店的门前，同样也人进人出，络绎不绝，一派盛世繁华之景象。

付霞一进房间，就相中了小窗户前的位置，她伫立窗前，欣赏着窗外的景象，仿佛有无限的遐思。

董心怡则在忙着点餐，点了几个菜后，她抬头一看付霞还在观赏窗外景致，有点心理不平衡地调侃道："付庭长，好兴致，来看看还点什么菜。"

付霞回头一笑："授权不打折，我说了，除了买单，我一概不管，全部授权给你，怎么，反悔了。"

董心怡无话可说了："好，好，好。俺的庭长，你可真会，但有一条，我点什么，你们吃什么，不准嫌好嫌孬的。"

付霞："请放心，享受别人的劳动成果，我向来是只说好不说孬。"

董心怡："是，你是有这个特点，不过今天，我要多点几个硬菜，大硬菜，你就准备买单吧。"

付霞又笑了："没问题，放心吧，俗话不是说，没有金刚钻，哪敢揽瓷器活。"

董心怡叹口气："我是服了，为什么你能当庭长，我就当不了，看来这水平就是有差距，我堵不住你，认输。"

付霞也被董心怡逗的来了兴致："你以为呢？你难道觉得，是不是乌龟，垫到桌子腿底下都能驮得住？"

董心怡刚觉无话应对，但她突然悟到了什么，扑哧笑了起来："庭长，我的姐姐，不不不，我不能和你论姐妹了。"

付霞早就料了她要说什么，故而不语，只是微笑相对。

董心怡："付庭长，你，你这不是以，以……作比吗？"

付霞波澜不惊："是啊，怎么啦。你没听说还有一句话吗，叫乌龟虽小驮千斤。这以乌龟自比是高攀，而不是贬义啊！"

这回又让董心怡无话可说，心服口服了。

付霞："赶紧点菜下单吧，一会儿，你还要去迎迎立荣呢。"

董心怡："我知道，这叫老总员工心难通啊，今天哪，我算是小试了一回当打工仔的滋味。"

付霞笑出了声。

立荣本想请人反被人请，心里头除了感激外，总觉得不是那么回事。

下班后，她一边琢磨一边往车站走，但她的心里却像打小鼓似的，一直怦怦跳个不停。

如果是男人们，这时可以提上两瓶酒，或者买上条烟都行，又好看，又得体。而这女人们的聚会，你去提上那样的东西，不叫人当傻瓜看才怪。

那女性交往就没有得体的礼物啦？当然不是，比如说，服装啦，围巾啦，化妆品了等等，当然都可以，但这些东西你得会买，你买的得合适，那得有时间挑，还得有眼光，有鉴赏水平才行。想到这，她也由衷地感叹，老天在为男人和女人搭配物件上，用心不公。男人需要的，既方便又得体，女人需要的，却不是那么容易选择。对了，她还想到，哥哥多次说到，现在法院对法官的要求越来越严，不准参与任何与职务身份有关的宴请，不准收取任何外人馈赠的任何钱财礼物。既如此，自己纵然买上礼物，这两位也不会收，一旦如此，钱花了，礼物却送不出去，那岂不是双手捧上热豆腐，扔不得，留不得。

罢罢罢，就这样双手空空，白吃白喝吧，这才叫无本万利呢。

想到这，公交车也到站了。

由此下来，一抬头，就能望见心怡告知她的那家酒店了。她穿过马路，向那酒店门厅走去。

她未到酒店大厅，心怡就认出了她，迎了出来："立荣妹妹，欢迎你。"

立荣赶紧抢前一步："心怡姐，还劳你在这等我，真不好意思。"

董心怡："有什么不好意思的，两位姐姐请小妹吃顿饭，就应该迎到门口。快进来走吧，付庭长在房间等你呢。"

立荣有点诚惶诚恐了："付庭长已早到了，这，这怎么好意思呢？"

董心怡顺到她的背后，手搭在立荣的肩上："走吧，姐妹聚聚，哪有那么多好意思不好意思。"

雅间里，付霞已听到她们的谈话声，她便起身，迎到门口。

在门口，一里一外，三人聚齐了。

付霞："立荣妹妹，你好！"

立荣趋前一步："付庭长，您好。"两手相握，笑靥相对。

董心怡："咱们就座吧，千言万语，坐下慢慢叙来。"

付霞和立荣松开手响应："好好好。"

说罢，三人便就近依次落座。

郑立峰家。

郑立峰在单位用完晚餐，又回办公室加了一会儿班才回家。

打开门，他换上拖鞋，抬头一望，墙上挂钟显示八点多。这也是他平常到家的时间。

小芸从老太太屋里出来迎他："回来了，郑大哥。"

郑立峰："噢，我回来了。"

小芸略显慌乱："那，那，那您快回屋休息吧。"

郑立峰："谢谢小芸。"他挂好外套，先走进老人床前报个到，"娘，我回来了，你好吗。"

老人已躺下，她向着立峰微微一摆手："我很好，你忙了一天，累了吧，快去歇着吧！"

郑立峰边点头边往后退："那好，娘，我走了。"他退到门口，一转身，正与站在门外的小芸碰了个对面，他再次面对小芸连连点头："你也歇着吧。"

小芸无语，默默点了点头。

两人错肩而过，各回各处了。

郑立峰回到他的卧室，把门轻轻关上。临休息前，他的目光习惯性地扫向爱妻的遗像。她始终那么温柔、善良地微笑着。离别一年半了，他每天在这个时间，神交似的在心中和她进行着沟通。今日，不知为什么，他看她的目光没有马上离开，她也好似对他送来一个调皮的眨眼。

他意识到今日的心情有些不同寻常，想起前两天付霞、心怡和自己的那次交谈。

她们两人被他略不客气地堵了回去，但她们提出的问题却总是不时萦绕在他脑中。他尽量克制着，让自己不去想，但念头这个东西有时实在不受控制。

此时此刻，他清楚地感觉到，那个头脑中被他几次按下的念头又起来了。

人非草木，孰能无情。

对于两位女同事，他非常感谢和理解她们的用心。只是他在自己心上设置了一道坚固的屏障，至于这种做法对与不对，他没有去想过。对清雅，他总觉得有一腔的愧疚，有不尽的自责。

清雅走进郑家这二十多年，任劳任怨，无怨无悔，默默奉献。她突然走了，郑立峰在内心中发下誓言：清雅，以前我陪你太少，从现在起，我每天来陪你，至少三年。算是我对你的补偿和最后的浪漫。

现在，时间刚刚过去了一半，大家竟替他张罗起了新生活，他第一反应当然是拒绝。至于她们说的对象，他知道是刘小芸。对这个保姆，他是满意的。她自进门来，把老妈伺候得服服帖帖，逢人便夸。做家务一把好手，和立荣，甚至儿子都相处得不错，公平地说确实是一个理想对象。但是人家小芸未婚，岁数上也和自己差着十四五岁，进门就当后妈，怕是不容易接受。所以，郑立峰自己也打消了这个念头。

然而，他今天一进家门，就意识到自己应诺小芸的方式不同往常。近一年来，他天天早起上班，临走只有三个字："我走了。"算是和小芸打招呼。回到家，回答小芸问候，也只有一个字："嗯。"他有意与小芸保持距离。免得瓜田李下，让家里再添波澜。

但是。

他不得不承认，自己意识的深处，正有一股不可抗的东西在涌动。

情感，真是一个令人捉摸不透的精灵；情感，又是一个令人难以驾驭的精灵。

今天，面对小芸同往常一样的问候，他的回答，似乎热络了一些。而小芸显然也感觉出了异样，她的回应也有变化，语气中透着慌乱。

刘小芸这边，立荣找她谈的事，可以说并不出乎她的意料，甚至有些期待。但是，当这个话题真的来到面前，她却不得不挡了回去，她的内心也满是挣扎和自我折磨。

她走进郑家不久，就对这家人有了一种带着羡慕的亲近感。老人虽年事已高，但那么明理而又慈祥；郑大哥，论相貌，论人品，论工作，方方面面都那么优秀；立荣，脾气风风火火，有正义感，办事麻利果断，虽早已做了母亲，但在老母亲面前，还能撒娇使性；义轩，风华正茂的大学生，虽然之前和爸爸有龃龉，但事出有因，而且很快和家里和解，是个通情达理的孩子；就连未曾谋面的大嫂，她的贤惠，她的宽容，她的奉献，都让人钦羡而仰视。

为人一生，要能够融入这样一个家庭之中，夫复何求？

可是，机遇来了，然而，自己身后还有一个十年前的决定留下的代价，一个无论如何无法出口的秘密。

命运哪，命运。为什么如此苛待我呢？

付霞这边三个人的交流进行了一晚上，针对郑立峰，得出的结论是：一来还未从丧妻之痛中走出来，暂时心里容不下别人；二是顾及儿子义轩，父子俩之前因为大嫂心生隔阂，好不容易相互谅解了，现在另娶新妇怕儿子接受不了。针对刘小芸，三人则拿不定小芸“不合适”的意思：是刘小芸嫌郑立峰年龄大了？毕竟相差十几岁呢。还是刘小芸觉得，自己的身份地位和郑立峰相比，差距很大，所以不够般配？总之，只能继续观察，从长计议。

聊透了，也该结束了，三个人都站起来，伸懒腰的伸懒腰，扭腰身的扭腰身。

心怡发自内心地说道：“好难猜呀，这比研究疑难案件还难。”

立荣也由衷地说道：“让两位操心了，但愿此事能有个美满的结果，也不枉了你们的一片心意。到时候，我让我哥好好谢谢你们。”

心怡：“那是当然，他也应该好好谢谢你这个妹妹。”

立荣也兴奋起来，好像充满了信心。

付霞突然心有感叹，脱口说道：“知天知地容易，知人知情太难。”

立荣心怡一听，齐声道：“付庭长厉害呀，总结出名言了。”

付霞也兴致大增，又来了一句：“纠结是十月怀胎，结果是一朝分娩，这叫什么，这叫纠结有彩。”

三人开心畅笑。

第二十九章
魔踪魔掌

对鲁旦运来说，这将是一个难熬的昼夜。

正巧媳妇又出差了，孩子住校，这两天也不回来。这倒也好，免得一家人陪他一块难过。

职务被撤这事，早在他的预料之中，因为他那几桩事事发后，他自己也不止一遍地翻阅有关规定，只是这达摩克利斯之剑真正落下时，他才真真切切地感受到疼痛。

下达的文件，他是立案庭里第一个看到的。当时文件拿在手，他没哭出来更笑不出来。男儿有泪不轻弹，不管怎么说，咱鲁旦运也是近一米八的个头，眼看迈进不惑门槛的人啦。今天这事又透着一丝可笑。按程序，文件肯定要先送主要领导过目，尔后或批、或转、或传。在立案庭，鲁旦运就是主要领导，在这种事上，鲁旦运不但管理有方，也十分在意。

但今天文件中受到处分的人，正是首先会看到文件的人，真是滑稽。

可是，今天这文件又该怎么批怎么转怎么传呢。鲁旦运哭笑不得。

鲁旦运回到家中，不再去想其他人看到文件会有何感受，会说什么。他自我解嘲，人不望我好，我偏偏要不孬。他索性炒了两个小菜，开了一个深海鱼罐头，找出一瓶珍藏的好酒，他要自斟自酌喝上一顿酒。

斟好一杯酒，他慢慢伏在桌上，两眼瞅着那清澈透明的液体似在杯中微微涌动，偶尔还有一两个晶莹的小气泡翻上滚下，好不惬意，他想，人生如酒哇，纵有万般滋味，难逃被人吞下肚。

他慢慢将酒杯举至齐眉，又将酒杯慢慢移至嘴边，略一顿，他那硕大的舌头仅仅伸出一个小尖，那烈酒的香醇便染上了舌尖，呀，好美，好香，好辣。随后他手一扬，那杯酒便顺畅地冲入他的口中，拖着一股悠长的辣辣的尾巴，将温润的热浪传遍了全身。

一杯酒落肚，他感到一阵难得的舒服，但是，这远不尽兴。鲁旦运的酒量在海州中院是名列前茅的，当年他曾荣获“三不倒”美誉。何谓“三不倒”？半小时一顿一斤六十度白酒不倒；一次五瓶七百毫升红酒不倒；啤酒一箱不倒。

有人说，酒量是天生的，也有人说，酒量是练出来。鲁旦运同时符合这两个条件。据他自己说，鲁家上溯三代，酒量都相当可以。到了他这，酒局文化盛行，给了他发挥基因优势的机会。尤其是二十年前，从国家到百姓刚刚开始富裕，公务、私事几乎夜夜笙歌。

他刚走上工作岗位就遇上这个时候。当时稚气未退的他，凭着酒量很快崭露头角。他能替领导挡酒、能劝酒、有眼色，在酒桌上如鱼得水，很快名声就出去了。

当时的立案庭老庭长，是个不胜酒力的人，他这一来，如同老将坐上了新战车，所向披靡。再到后来，院里的领导们有时也要点名借他陪酒局。鲁旦运因此得以和领导们走得越来越近，助审员，审判员，副庭长，庭长，他一路顺顺利利地走了过来。而自打十年前他走上副庭长的位置，迎来送往，会议接待，各种宴请，正庭长基本上就全委托给他了。他自然也就拥有了立案庭里公款消费的权力。

他的酒局越来越多，经常多到连续一周不回家吃午晚饭。

从一定意义上说，鲁旦运工作的近二十年，是拼酒拼来的，酒场的常胜将军，让他的仕途一路顺风，直到几年前。

反腐败开始动真格的，由上而下，“老虎”“苍蝇”都现了形。但是，自以为深谙官场之道的鲁旦运，虽收敛了公款消费，对以前动过手脚的案子也并没放在心上，觉得已是时过境迁的往事。直到现在，他对自己所做的好多事仍不以为然，要不是来了个较真的郑立峰，这些事也暴露不出来，他的庭长职务自然也不会被撤去。

郑立峰啊郑立峰，咱们前世无仇，今生无怨的，你为什么偏偏就盯上我了呢？

他转念又一想，是不是天意？常言道，三十年河东，三十年河西，也许是前半世太顺了，老天要给咱设点坎，历练历练呢？

他又倒满一杯酒，一扬头，一饮而尽。

这一天，和鲁旦运有相同心情的，当然还有欧苏洛和张超民。

欧苏洛对这个结果，已近乎麻木，因为他是最先被审查，也是最先传出处罚结果的。

文件既然到了，那也就意味着处罚开始生效。欧苏洛便暂时无工作可做，他的法官资格已被冻结，他再无权接触任何案件了；调换新的工作，那也得等法官资格被取消后，由院里重新给他安排工作。所以，他只得离开单位，溜达一圈后，回到家中。

他躺在床上，双眼直视着天花板，好像要透过天花板寻求某种答案。

欧苏洛这人，属于那种胆不大，心气也不算高的人。要不是基层院的那位伙计，大包大揽，说一切皆被摆平，自己又一时贪恋那点输送到自己门前的好处，本不会出这档子事。

时至今日，公正讲，他后悔极了，后悔自己守了大半辈子的谨慎原则，竟毁在这侥幸的一念之差上。

张超民这边，处分文件是先到郑立峰手上的。郑立峰略做思考，决定立马找张超民谈谈。郑立峰让他看了文件，只说了句：“人没有不摔跤的，摔倒要赶紧爬起来，往后的路还很长，也很宽，希望你，超民同志，要尽快站起来，往前走。”

张超民从郑庭长那里回来，耳畔反复回响着郑立峰刚才说的那些话，似乎在慢慢品味其中的深意。

夜幕降临，透过窗口，满城的灯光渐次亮了起来。

鲁旦运一瓶酒已喝干，桌上的几个小菜，也被他吃得所剩不多。不知是情绪所致，还是酒劲所致，桌上到处是洒的菜，用杯盘狼藉来形容再合适不过。

他站起来，头似有点发涨，但仍清醒，不愧是“三不倒”。他好像也想起了自己的这一雅号，这才喝了一种酒，算个鸟。于是，他又走进书房，打开酒柜，一手抓住一瓶红酒，一手抓住一瓶啤酒，返回到酒桌上。

鲁旦运重新往桌前一坐，打开两瓶酒，似喝茶水般，一杯接着一杯，用了不长时间，就把两瓶酒灌进去了。

“这才叫三不倒，这才叫‘三中全会’。”他自言自语说道。

鲁旦运头开始发飘，浑身似有把火在烧。他站起来，在屋中走了两圈，站到了晾台的窗前。

此时，夜幕已浓，满城的灯火显得格外灿烂，各种光源把大地照得雪亮。今日没有月亮，更看不见星星的身影，倒是灯光反衬得天幕像大篷布一样，黑黝黝的。

一阵轻柔的凉风从窗外吹来，吹在鲁旦运的身上，哟，好舒服，好清爽。他突然萌生了一个念头，他一转身，更衣，出门，来到了公路边上。

这是城区内很繁忙的一条路，路不宽，让车流格外拥挤。此时是八九点钟，还是车流的高峰期。鲁旦运迎着车流的方向望去，无数只车灯闪着刺眼的光，慢慢移动，时不时还振动一下，好像在打招呼一样；顺着车流望去，是另一番景象，鲜亮的红色尾灯，一盏连着一盏，织成了一条涌动的红色彩带，煞是好看。

鲁旦运等了一阵子，才看见一辆亮着空车灯的出租车，他摆了摆手，出租车来到他面停下了。

他拉开车门，一屁股坐了上去。

“你好……哟，喝酒了?”

一位中年司机，一见他上车的动作和随即飘来的浓烈的酒味，便知道遇到醉汉了。

车慢慢启动了，司机放低声问道：“请问到哪里去呀?”

鲁旦运此时眼皮都感觉沉，他努力往上抬了抬头，稍后，沉闷地回道：“桃花浴。”

司机问："就是那个有按摩的洗浴中心的健身楼吗？"

鲁旦运："你知道的还不少。"

司机一笑："干我们这一行的，不想知道都不行啊。"

鲁旦运："这倒也是。"

司机一听这位仁兄，酒看来喝了不少，但人还不糊涂，这就万幸。司机的担心少了，心情也好了，话也多起来："师傅，你去的那地方，可得小心啊。"

鲁旦运："怎么啦？"

司机知道这个话题不好往下续，便一笑："噢，其实也没啥，我只是觉得，你孤身一人，又喝了点酒，万一……"

鲁旦运："咸吃萝卜淡操心。"

司机讨了个没趣，便打了个哈哈过去了。

到了，出租车开走了，鲁旦运向那零星霓虹灯装点的大楼走去。

快到门口时，一位打扮入时的值勤姑娘迎了出来："先生，欢迎光临桃花浴。"

鲁旦运点了点头。

姑娘一脸笑容，柔声问道："先生，请问您需要什么服务？"

鲁旦运对姑娘的这一问，感到既陌生，又亲切。时光倒回去几年，日日在酒局中游走的他，对类似的询问早已习以为常，但近几年，随着反腐力度的不断加大，他出入酒店已是很少了。

他醉眼蒙眬，瞅了一眼那姑娘，一拍胸脯："给我安排个按摩间。"

那姑娘又试探地问了一句："先生，你是选多人间还是单人间？"

鲁旦运干脆："当然是单人间了，而且要好的。"

那姑娘会意一笑："好，先生，您随我来。"

姑娘在前，鲁旦运在后，向里走去。

这是一栋六层楼房，但里面的布局却颇不一般。

一二三层，是营业场所；四五六层，则是办公室和员工餐厅、员工宿舍。但是，它最大的特点在于进口出口颇多，有几部小电梯，只通几间客房，美其名曰最大限度地保护消费者的隐私。

鲁旦运跟在那姑娘后边，曲曲拐拐地转了好几个弯，又坐了一部小电梯，到了一个房间门口，姑娘敲了敲门，门开了，她和里面另一位姑娘交接好，回头坐电梯走了。

门里的姑娘满脸灿烂的笑容，声音却柔柔绵绵，十分优雅动听：“先生，感谢您选择我为您服务。我是今晚您的按摩师小白，欢迎您的光临。”

这种场景，这种待遇，对鲁旦运来讲，倒不新鲜，也不陌生。几年前，这种消费他也常有。只是最近这几年，商务接待越来越严格，他手中公款消费的审核也越来越紧，所以不再来了。

但今天，鲁旦运是自己掏钱来放松的，这就什么也不用担忧了吧。

鲁旦运四下瞅了一眼，这确实是个很私密的房间，唯一通道，便是那部小电梯了。他迈入房间，任由那位自称小白的按摩师，温柔地扶着他的胳膊向里走去。

这是个不大的房间，估计也就十几平方米的样子，摆设也没有太多奇异之处，一张按摩床，摆在房间的正中间。

有一扇临街的窗户，被厚厚的窗帘挡住。窗户下面，摆设一对红木精雕的沙发，这是供客人稍坐的地方了。房内的灯光设置，极富匠心，不见一处刺眼的灯源，但整个房间又到处清清楚楚。柔和的光晕，在整个房间营造出了一种如梦如幻的效果。人居其中，有一种非常奇异，又无法形容的感觉。

小白做好了按摩前的准备，来到鲁旦运面前，做了一个优雅的手势：“先生，请更衣。”

鲁旦运对按摩的程序并不陌生。他从沙发上站起，但却没有看到更衣的地方，他略一愣，姑娘笑了：“找不到更衣间，是吧?”

说着，墙上传来轻微的一声咔嚓声，鲁旦运本能地循声一望，刚才看去完整无隙的墙壁一角，一扇小门缓缓向里打开，里面透出同样柔和的光。

鲁旦运有点好奇，也有点兴奋：“用上高科技了。”

姑娘笑而不语。

鲁旦运好像酒劲已消了不少，他回头向姑娘微微点头。

柔和光晕中姑娘那倩影，那一笑一颦，突然间定格成一幅绝妙无比的画卷，留在了鲁旦运的心中。

换好衣服出来，鲁旦运躺到了按摩床上。

小白凑到床前，开始按摩。

小白那一双柔滑小手，触到鲁旦运的周身，他便有一种难以名状的舒服感，涌遍了全身。鲁旦运把眼微微闭上，享受这个过程。此时，房中还播放起轻柔悠扬的乐曲，声音仿佛从远处飘来，又似从地下某处冒出，听到耳里，让人飘飘欲仙。

小白这时开始找话说："先生好像不是第一次按摩吧。"

鲁旦运眼睁开条缝："嗯，你能看得出来？"

小白嫣然一笑："也许吧。"

鲁旦运："说说看，凭什么？"

小白娇嗔中有几分自负："你一进来的眼神就说明你对这里熟悉，你配合也很自然。"

鲁旦运眼睛睁大了不少，顿时对小白有一种刮目相看的感觉。

鲁旦运："你干这一行几年了？"

小白："也不长，六七年吧。"

鲁旦运："噢，六七年，这么说和小靓干的时间差不多。"

小白跟上问："小靓是谁？"

鲁旦运知道失言，但话到这里，又不能不接："哦，你同行的小妹妹。"

小白干这一行数年，一听鲁旦运以妹妹称呼，便悟到几分深意。

小白见鲁旦运无意多说，便另找话题："你认识我们老板吗？"

鲁旦运："叫什么名字？"

小白："叫栾隐石。"

鲁旦运一听，惊诧道："老栾，栾经理，你们老板是他？"

小白道："先生，您真认识我们老板？"

鲁旦运："岂止认识，我们很熟，前些年，我经常去他的店，对了，小靓就是他的员工。"

小白也明白了："噢，是这样。"

鲁旦运自语："这个老栾，开新店也不告诉我一声，怕沾他光呢！"

小白赶紧为老板打圆场："不可能，我们老板可注重广迎宾客了。对了，请问先生的大名，我给老板发个微信。"

说完她调皮地一笑："我们员工有事，只能给老板发微信，不能直接打电话，这是规矩。"

鲁旦运本不想暴露自己的名字，但话赶到这了，他只得说："中级法院，鲁旦运。"

小白一惊，笑道："哟，我一看您就气宇轩昂，原来您是当大官的。"

这话鲁旦运今天听来有点刺痛感："什么官不官的，就是工作单位而已。"

小白把微信发出，又开始按摩。

鲁旦运再次合上眼享受服务。时间在慢慢流失，鲁旦运在小白的按摩下，困意渐渐升了起来。他昏昏沉沉地进入了梦乡。

房间的灯光似乎变暗了一些，音乐也由悠扬舒缓渐渐变得缠缠绵绵，甚而还有那么点调情的味道。

鲁旦运半梦半醒，但那缠绵悱恻的音乐，还是让他的身体有了一些反应。但他意识到，此时不能醒来，不然未免太过尴尬。于是他继续装睡，甚至还发出了匀称的细鼾声。

小白窃笑了笑，她的手法越来越到位；她那白皙丰腴富有弹性的胸部、腰部、臀部，时不时地和鲁旦运的身体发生着摩擦。

突然，她的手机震动了一下，来微信了。

她打开一看，顿时人从床边站了起来，好想在思考什么。她突然躺到了鲁旦运的身边，并将一条腿搭在了鲁旦运的身上，而后，鲁旦运突然感觉房间的灯光闪了一下。

鲁旦运虽眼睛没有睁开，但刚才发生的这些异常，他也感到奇怪。没容他想明白。小白却抢先掩容哭泣起来。

鲁旦运一惊，他忽地站了起来："你，你怎么啦?"

小白只哭不语。

有人敲门。

小白去开门，门开后，两个保安出现在门口。

鲁旦运也不是吃素的："你们是干什么的，谁让你们进来的?"

一个保安摆手止住了鲁旦运的话："这位先生息怒，对遵守规矩的客人，我们当然尊为上宾，但是，对于行为不轨的来客，我们有权保护我们的员工不受侵犯。”

鲁旦运：“你说的没错，那我做错什么了吗？”

那保安一扬手中的一张照片：“你自己看吧！”鲁旦运瞟了一下惊呆了，从照片上看，两人半裸身体，一起躺在床上勾肩搭腿。

鲁旦运顿时惊醒，自己被人下套了，一股怒火从胸中迸出：“小，你这个妖精！”说着，他一把从小白手中抢过了手机，“我要给姓栾的打电话，我要……”

话音未落就看到了手机上刚才的微信内容：此人已是暴跌股，分文不值，赶紧打发他走。

鲁旦运一切都明白了。

他仰天长叹，老天哪，这是怎么啦。无奈，他耸耸肩，压下满腔的怒火：“好吧，结账，我走。”

另一个保安说道：“今晚贵客单间按摩房消费总计 899 元。请买单。”

鲁旦运知道，再计较一点用也没有了，于是掏出手机，准备交费走人。

那位手持照片的保安又说话了：“小白，你这事咋办呢？”

小白这时虽止住了哭，但还是显得一脸的委屈：“能，能怎么办？他，他占我的便宜，你们帮我说吧！”

两位保安相互看了一眼，其中一个说道：“怎么办，是公了还是私了？”

鲁旦运此时心如死灰，只想赶紧逃离。

那保安：“要公了呢，报警，或者小白明天直接去法院，告你性侵。要私了呢，这位先生，你该明白。怎么样？”

鲁旦运此时也不想再和这些人打嘴仗了：“随便。”

保安：“还是这位先生痛快。公了呢，费时费事还丢人，破财免灾嘛，这样吧，这位先生再掏 3000 元钱，这事咱就这样过去。怎么样？”

无人表态。

那保安：“那好，沉默就是认可。好了好了，这事过了今晚，谁也不知道。交钱吧。”

鲁旦运像木头人一样，机械地打开手机，交了钱。他抬起头，看着并不算高的天花板，好像那里头有什么秘密一样。此刻，他真正地品尝了一回欲哭无泪的味道。

电梯来了，他走进了电梯。保安嘲讽道："先生，我们这个地方，来的客人非富即贵，你现在的身份不合适了。"

鲁旦运几乎要爆炸，他浑身涌动的激流，差一点让他蹦起来。

保安又把手中的照片扬了一下，挡住了电梯门："我们希望，此事以后谁也不要声张，不然，请不要怪我们不留情面。"他再次展示了一下手中的照片。

此时此刻，鲁旦运几乎被陷害和嘲弄摧毁了。

他的大脑一片空白。

第三十章
啼笑人事（一）

每天午饭后，小芸洗涮干净中午用过的碗筷，尔后照顾老太太吃药，扶老太太到床上躺好，她便到楼下报箱中取回当天的老年报。

老太太如果想看，当然先由她看，如果她不看，那就随便由小芸翻阅了。

这天，前面的工作都已做完。

她带上钥匙，到楼下拿报纸去了。

小芸找到自己房号对应的报箱，打开箱盖，准备拿报。但她突然发现，今天报箱中多了一个信封，她略一迟疑，心想，哪里来的信，投递员投错了吧。

但当她的目光，锁定在收信人的名字上时，她惊奇地张开了嘴巴。收信人处赫然写着：刘小芸。这是谁呢？谁认识自己呢，而且是知名知姓知地址。她往下看，寄信人的地址，更神秘了：原址。原址是哪里？这人似乎和自己非常熟悉，这地址也是自己熟记在心的。这岂不是天方夜谭吗。在这座城市，除去郑家和与之有关联的寥寥数人，再加上中介那两三个人，自己再无熟人啦，不夸张地说，就是举目无亲，孤身一人。

她有一种不祥的念头。她不由自主地前后左右看了看，但，一个人影也没有，也没有发现与以往有什么不同。她只得带着一肚子的疑问回到家中来。她放下报纸，拿着信，走向厨房。

家中没有一点动静，此时此刻，是安全的。

她小心翼翼地打开了信封，里面，只有薄薄的一页纸，她慢慢地抽了出来。是一张普通的 A4 纸，她展开，只有一行字：你要尽快离开郑家，这对你，对郑家都好。

这是什么人？这话是什么意思？小芸慌乱的同时陷入了纷乱的沉思。

贾志雄也收到了一封信，而且是实名举报。欧苏洛举报郑立峰。

贾志雄看着这封信，觉得有诸多疑问。欧苏洛和郑立峰，从来没在一个庭共过事，也没听说过他们二人有什么个人恩怨，而这一次的举报，如果欧苏洛所说的是事实，那郑立峰近乎索贿了。数额说大不大，可也不小，六千块。

贾志雄的心病，其实还是在刘小芸身上，只要她存在他的视野中，他就放心不下，谁能保证将来那件丑事不被揭发出来？那他的名声，他的仕途岂不一败涂地，不可收拾。尤其是她给郑立峰家当保姆，而郑立峰偏偏失去了妻子，郑立峰还偏偏是中院的一员。这一切，简直太危险，让人思之心悸。

好在春节走访时，他们邂逅后，刘小芸再无任何动静，时间一久他的心平稳了不少，但最近风传，有人要撺掇把他们两人弄到一块，这可是一件足以挑动贾志雄神经的消息。

贾志雄对郑立峰这个人，从内心讲他是比较佩服的，也是乐见其存在的。一个单位，没有几个这样的顶梁柱，无论其在系统内还是地方上，知名度和分量都会打折扣。而一个单位的知名度和分量，又与一把手关联密切。可一旦郑立峰和刘小芸走到一起，成为夫妻，那双方的陈芝麻烂谷子，难说会隐瞒一辈子。基于此，贾志雄对郑立峰，便也有着一份特殊的复杂的感情。从单位，从私人感情上，他希望郑立峰顺顺当当，健健康康的，只有这样，他才能更好地发挥作用，产生更好的效果。就说中院处理的这几个人，中院起到了示范效应，近一段时间，十余家基层法院的工作都有促进，纠正了数十起案件，有二十多名法官被追责，由此受到当地党委和社会的广泛赞誉。尤其是中院制定的追责十二条，已产生了巨大的震慑效应；省高院对此也给予充分肯定，称这是在全省中级法院中，强化监督触角，真正做到横到边纵到底，又便于操作的一个范本。

但另一方面，他潜意识又认为，不能让郑立峰太顺了，要让他费点神，在他前行的路上有点坑坑洼洼，尤其是在他与刘小芸的关系上，就维持在现在这种水平和状态上。他甚至期望郑立峰的老母早一点归天，那样刘小芸便不想走也没有留的理由了。

是不是自己的这个心愿，上天已感知，前来帮忙来了，要不，怎么早没有，晚没有，这时候突然送来了举报信呢！

他欣慰地一笑，在那封信上，签下了自己的意见：请纪委认真调查核实，酌处。贾志雄。

刘小芸自打收到那封信，不，确切说是一句话后，思绪怎么也无法平静。这是谁呢？其用意又是什么呢？善良而又本分的刘小芸，怎么也寻找不到合理的答案。她在想，自己得罪过谁吗，没有。一年前，自己只身投奔这座城市，既无亲朋，也无挚友。在这里，她严格地遵循着职业道德，不该问的不问，不该管的不管，坚守岗位，尽职尽责，她从内心深处珍惜这一份工作。也正因如此，郑家老太太，经常夸奖自己。

那么，是谁，凭什么认为我在这再待下去，就会对郑家不好，也会对自己也不好呢？

这个人，既知自己的姓名，也知郑家的地址，是什么人有这个条件呢？想来想去，无非两条渠道，一是中介机构，二可能就是郑哥的朋友、同事。

中介可能性不大。中介的人和她并没见过几次，没什么交集，而且已经来郑家一年多了，并没有发生什么。况且，她后来还了解了中介的介绍人和立荣姐是同学，关系很好。

那是来自郑哥那个方面的？

那么，这张纸条是好意呢，还是恶意呢？如果是好意，那背后的原因是什么呢？如果是恶意，那又是什么目的呢？

刘小芸想得好累。她心一横，不行，这事得和立荣说一下，看看她有什么看法，要不然自己会被压疯的。

贾志雄批转的那封举报信，很快便到了纪委书记阎连峻的办公桌上。

阎连峻拿起材料，边看边皱眉头，不时微微摇头。看完了，他放下材料，闭目仰头，既像在思考，又像是休息。

坐他对面的是纪委三成员中的另一成员，中院纪检组的副组长、监督委的主任晋秉直。他比阎连峻小几岁，但名如其人，尽职尽责，秉公行事。

阎连峻直起腰：“老晋，你看看这份材料。”

晋秉直应道：“哦，好的。”他起身拿去了那份材料。

晋秉直目光刚落到那材料上，就露出了惊疑的表情。

他回头看了一眼阎连峻，阎连峻脸上一抹不知何意的笑意，但没有什么明确的表示。

晋秉直只得收回目光，再往下看。材料只有一张纸，一会儿便看完了。晋秉直闷头思索，好像要给这不正常找出个理由。

阎连峻见老晋看完，问道：“有何看法?”

晋秉直：“有点意外?”

阎连峻：“意外什么?”

晋秉直：“郑立峰庭长要能办出这样的事，那咱中院还有干净人吗?”

阎连峻：“哎哎哎，咱们最忌讳什么呢?”

晋秉直笑了：“明白，明白。不能先入为主，不能凭印象定人，不能凭经验定事。一切结论产生在调查核实之后。”

阎连峻：“这就是了嘛。”

晋秉直：“那好，服从你安排，咱调查核实呗。”

阎连峻：“好吧，容我略做考虑，咱们明天开始工作，怎么样?对了，也通知欧苏洛一声，叫他在办公室等候，若有需要，咱们也得找他。”

晋秉直：“好的，这事我负责。”

立荣按惯例，又来到了娘家。

小芸一见着立荣，就有一股酸楚和冤屈在胸中涌动，两眼按捺不住地涌出了热泪，她怕立荣发现，所以没敢在客厅停留，便悄悄到了厨房。

这时她刚刚把眼泪擦干，就见立荣从老人的房间出来了。

小芸强作笑脸，急忙从厨房出来。

立荣发觉不对劲，紧盯着小芸的脸，那上面有着明显的泪痕。

立荣："小芸，妹妹，受委屈了？"

听到立荣这句问候，她这两天蓄积的委屈像晃荡后打开的啤酒一样喷涌而出。她深情地喊了一声："立荣姐。"接着便呜呜抽泣着，扑到立荣的怀中。

立荣也顺势把小芸抱住。

一对没有血缘关系却如同亲人的姐妹，紧紧地拥抱在一起，足足有数分钟，才慢慢松开。

两人相依相扶，坐到沙发上，

立荣："小芸，有什么事和姐姐说说，姐姐帮你。"

小芸点了点头，慢慢从贴身口袋中，掏出了那张纸。

立荣接过纸，打开一看，一下从沙发上跳起来："这是哪来的？这是谁家的瘸腿狗，来挑拨咱们的关系……"

立荣的火气一上来，那是谁都按不住。

小芸也紧跟着站起来："立荣姐，你别这样，别让大娘受惊了，你再这样，俺，俺不求你帮忙啦。"

立荣压了压火："好，好，我不发火，小芸，你说，这是谁写给你的？"

小芸："不知道。"

立荣："那你这张纸是哪来的？"

小芸："是拿报纸时收到的。"她又走进屋，从被褥底下把信封拿来。

立荣接过信封一看，太普通了，就是随处可买到的一种信封。

立荣没招了："这是谁，这么没有人心肝，干这种损人又不利己的事。"

小芸见立荣也想不出好招，慢慢吐出了心底的一种推测："也许，有人了解什么情况，也许，人家是出于好心，感到我在这个家里不合适。"

又是"不合适"，这三个字立荣记忆可深刻了，因为前些天，小芸就是用这三个字，封住自己的口的。

小芸之所以吐出这么句话，实际上是她在苦苦琢磨信上这句话时，不可避免地联想到了自己的身世，自己的命运坎坷，以及之前被人中伤命硬克人之类的风言风语。俗话说，家中无病人，不信鬼和神，人不遇磨难，谁信命天定。遭遇这么多天灾人祸的她，难免有时候从命上找原因。

那么现在，是不是有人了解到自己是个命运不济的人，在郑家，也会给这个家庭带来麻烦呢？这是她不愿想，也不愿相信的事。但在善良的刘小芸心底，这种可能性就算只有万分之一，她也会毅然决然离开郑家。郑家这么好的一家人，如果被自己拖累，那自己在良心上，是无法容忍的。

但立荣一听这话，又急又气："小芸，你竟然这么想？如果是你愿意离开我们家，我无话可说，如果不是这样，那你，你就这么容易上歹人的当，算我对你这个小妹高估了。"

小芸知道立荣曲解了自己的本意了，于是她赶紧解释："姐，我的话不一定对，那不过是我的一种推测，也是担心万一……"

立荣挥手打断小芸的话："什么万一，十万一也没有。一眼就能看出来，这就是不怀好意的人的挑拨离间。"

小芸："那谁会这么不盼我们好呢？"

立荣这时脑子转得倒挺快："嗨，这好理解，你想啊，法院天天审案子，天天判案子，谁被判输了会满意呢，有的赢了还不满意呢，因为没有满足他的全部要求！林子大了，什么鸟也有，一个人当上几年、十几年、几十年法官，最不缺的就是背后骂他、恨他的人了。"

小芸被这位直率的大姐说笑了："立荣姐，按你这么说，还没人愿当法官了呢。"

立荣很认真："那倒不至于。这世界上，就没有个一点不招惹人的工作。当官的，是大是小，都管人管事，既然管人管事，就难免会得罪人。普普通通的工作，比如，清洁工，够简单了吧，但是天天扫街，难免不划拉到过路人，过路人不高兴了；哪个地方没有打扫到，恰恰影响了谁，谁就埋怨上了。所以，这世界呀，你来我往，摩肩接踵，不可避免地你踩到我，我碰到你，谁想独善其身，不碰着别人，别人也不碰着自己，这是不现实的，也是不可能的。"

冷静多了的刘小芸试探着问道："这么说，难道是郑大哥办案中得罪过的人，在使坏？"

立荣："也不光办案中，日常交往的人中也有可能。你还没看出来，我那个大哥，正得像钢板，一根筋，谁触及他的原则，亲娘老子也不行。"

小芸又被立荣逗乐了："立荣姐，你原来这样评价郑大哥？"

立荣继续说道："我哥进法院，当法官，那真是包黑子进了开封府，六亲不认，不管谁找他求他，徇私情的事，门也没有。"

小芸："那不才是清官吗！"

立荣："你看，你来我们家一年多了吧，也经历了过年过节，家里也有个八十岁的老太太，也这个生日，那个忌日的，你看到过上门祝贺慰问的吗？"

小芸："没有。"

立荣的语气中带了点炫耀："这就对了。你可知道，咱哥可是中级法院的正庭长，论级别，是副县级。虽然上头还有副院长、院长几位领导，但他们都不直接审理案件，也就是说，我哥他们为数不多的业务庭长们，才是中级法院裁判案件的实权派。你想想，这会有多少案件的当事人会有求于他们，而现实呢，却鲜有人求到咱家门前。这说明什么呢？"

小芸："说明……"

立荣一笑："说明咱哥名声在外哪！"

小芸："名声在外……"

立荣："对呀，说他六亲不认，不徇私情，谁的面子也不给。"

立荣意识到似乎有点跑题，赶紧收回思绪："哎，我这说到哪儿去了，说的正事呢？"

小芸："正事，正事就是那封信是什么意思？"

立荣也觉得猜不出什么了，突然灵机一动，想问点她想知道的："小芸妹妹，咱这么着吧。我问你几个问题，你如实回答，回答完了，我再想想？"

小芸一听，有些狐疑，也有些好奇，她回答："那好，你问吧！"

立荣："一言为定。"

小芸："一言为定。"

立荣："你听好，郑立峰，我们的大哥，在你的心目中，是个什么形象？"

她略做思考，回答道："一个优秀的法官，相貌堂堂，为人耿直，事业有成，家庭幸福。"

立荣："那我哥在你心目中，这不几乎是一个完人吗？"

小芸没有隐瞒："是的，我确实是这么看的。"

立荣紧追不舍："那我再问你一句，你觉得我们这一家人怎么样？"

小芸："我觉得，你们家是一个很好的家庭。"

立荣："很好的家庭，这也太笼统了吧！具体点，具体点。"

小芸笑了，她被这位直爽而又性急的大姐引逗的情绪也好了起来："具体点，比如说大娘，人这么大年纪，通情达理，是一位让人敬重又佩服的老人，伺候这样的老人，不但不令人产生厌烦和嫌弃，反而觉得在陪一位良师益友似的。"

立荣这时倒有点惊奇了："行啊，小芸，你对老妈的评价，比我这个亲闺女都高。接着说。"

小芸："再说你吧，你是俺打心里喜欢的一位大姐。你性格豪爽，办事麻利，心直口快，不拘小节，特别是很孝敬老人，很会逗老人高兴。不孝敬老人的人不可交，无责任心的人不可靠。我和你虽然性格不一样，但却能处得来，谈得投缘。"

立荣觉得对这位比自己小十岁的妹妹，当另眼相看了。

她见小芸停下了话，便接上说："小芸妹妹，我真得佩服你了。好啦，我们家就这么几口人，只剩我那侄子你没评价了，不过自打你来我们家，他就上学去了，今年暑假，他还和同学去搞调研，社会实践，我看主要是旅游，结果只在开学前三几天，才来家扎了一头。现在的大学生啊，心可都野着呢。你对他评价，就谈不上了，免了吧！"

小芸点着头："也是。不过我看，义轩将来也绝对是个好孩子。"

立荣："你怎么看出来的？"

小芸："子肖其父，我看现在义轩说话办事都有点像郑大哥，所以，我觉得他将来肯定错不了。"

立荣："这么说，你对我们这个家，从老人到孩子，从我到我哥，评价都很好呀？"

小芸："是呀，你看你们这个家庭，老人理解孩子，年轻人孝敬老人，遇事有商有量，这不就是标准的和睦和谐的幸福人家吗。"

立荣听到此，压在她心底的那句话也终于冲了出来："小芸，容姐问句你心里话。你也对姐有评价了，我是心直口快，不拘小节的人，如有不对，姐收回就是。"

小芸："姐，你问吧！"

立荣："你作为一个女人，也这么个岁数了，如果，姐是说如果，能融入到这么一个家庭中，你难道不愿意吗？"

立荣的话未完，小芸已难以控制自己的情感，一股复杂的感情激流直冲脑门，令她鼻子发酸，双眼涌泪。

她站了起来，把脸背过去，掩盖自己的窘态。

立荣怔怔地等待着小芸的回答，见小芸背过脸去，有点着急，又有点不理解："小芸，我要是你，既然眼前有这么中意的家庭，既然有不安好心的人想挑拨我们，离间我们，我们就更要坚定地、勇敢地走到一起，来创造属于我们的幸福。"

小芸扭头看了一眼立荣，随即，一头扑到立荣的怀里哭起来。

立荣有点懵，难道自己的话刺激着小芸了？她赶紧安慰："别，别。是不是姐的话让你受委屈了？哦，你是不是觉得，我哥岁数比你大得多，你感到委屈？"

小芸从她的怀中一下子挣了出来："不是，不是，立荣姐，俺不是因为这个。"

立荣不解了："那你是因为什么呢？"

小芸平静了一下自己的情绪，缓缓对立荣说："姐，在俺心里，你就是俺亲姐。前几天，你向俺提这个事时，俺说了，不合适。我收到这封信后，我更觉得，这也许就是命，我索性离开你们，远走他乡，人间蒸发，难道这天底下真的没有我的容身之地？你刚才说，既然不安好心的人想挑拨我们，离间我们，我们就更要坚定地、勇敢地走到一起，来创造属于我们的幸福。这一句话，深深地触动了我，也惊醒了我，是啊，人生一世，哪有一帆风顺的呢，只有迎难而上，勇敢面对的人，才有未来，才能赢得幸福。您说对吧，姐。"

立荣慨然回应："对，对呀，小芸妹妹，你终于想通了。"

小芸："想通了。但是，我今天给您的话还是不合适，我……配不上郑大哥。"

立荣这回急得要跳起来了："哎呀，小芸，你这是说啥呢，你要不是摊上了意外，现在也大学毕业好几年了，说不定现在在哪高就呢！要是那样，你还看不上我哥呢！"

小芸再次扬手止住了立荣的话："姐，请您谅解小妹，小妹有难言的苦衷。但是今天我给您个话，您再容我一些时间，到时候，我会给您一个明确的答复，好吗？"

立荣又高兴，又有点不尽兴，这留点时间，是多少时间呢。但她只能追上一句："好，好，我等你话，但不能时间太长了。"

第三十一章
啼笑人事（二）

阎连峻和晋秉直，正在为怎么和郑立峰谈话犯愁呢。

作为纪检干部，铁面无私，查核被举报人的问题，是他们的职责，但也并不是件容易事。要知道，他们面对的对象，论职务，有的比他们还高上好几级；论资历，有的工作时间比他们的年龄还长；论能力，论水平，确实，有些也在他们之上。还有一种情况是被举报人是坚持原则，刚正不阿的好干部，但因得罪了人，于是被恶意举报，甚至诬陷，这也是常有的事。遇到这样的情况，查吧，唯恐刺伤了好干部的积极性；不查吧，没有结论，又不好交代。唯一的办法，就是慎之又慎，注意工作的方式方法，力求把可能产生的消极后果降到最小。

此时此刻，阎连峻和晋秉直遇到的，就是这样的情况。他们所纠结的，便是用什么方式谈，由什么内容引入交谈，如何才能确保效果良好。

最后他们议定，交谈可先从由于郑立峰的建议促成了纪检委追责十二条说起，表达从纪检委角度对郑立峰建议的充分认可，通报一下追责十二条产生的良好效应，感谢他对纪检工作的促进和支持。尔后，再慢慢提及举报信事，力求他能心平气和地把事情存在不存在、事情的来龙去脉说清楚。至于在什么地方谈，纪检委有专门的会谈室，公正地讲，如果谁被郑重其事请到会谈室谈话，大都要出事，而今，被约谈的是郑立峰，纪检委的三成员均打心眼里认为该举报信肯定与事实有出入，也本能地不愿意看到这样的一位庭长真的出事。所以，阎连峻说了一句，要不到郑立峰办公室和他谈。但晋秉直否了，一是他们一工作，按规定要求他们三人必须全部到场，才能称其为工作组，才能形成有效的材料。而郑立峰办公室，有点挤，不合适；更有一层，阎连峻是中院党组成员，纪检组组长，这可是正儿八经的院领导，为了核实这么点情况，让他到一位庭长办公室屈就一下，他，也许无所谓，但那被谈话的对象，是谁也不能坦坦然然地接受的。

所以，最后，三人商量的意见是，由晋秉直出面，用邀请的方式把郑立峰请来，尔后以人多便于就座为由，让到会谈室去。

华州大学。

郑义轩又收到一封信。当他目光落到那信的开头时，不由得笑了："又是这两位阿姨。"

义轩同学你好：

当你收到我们这封信的时候，你一定会笑，这两位阿姨，怎么这么喜欢写信呢？是的，我们自己也这样问自己，如今还有几个人，愿意写信交流呢。但是，我们还是觉得用这样一种方式最为妥当，所以还是决定给你写这封信。

我们的话还是与你们家有关，与你爸爸有关。

义轩，你的妈妈离开你们，有一年半了吧。我们可以想象得到，你和爸爸克服这种伤痛有多难。好在你们都熬过来了。你们是不屈不挠的勇士，天地间顶天立地的丈夫。

现在，我们来说说你爸爸。

你也知道，你爸爸卸去民一庭庭长职务，去就任审监庭庭长了吧。这是院领导出于对他身体的考虑，给他换一个工作压力小一点的岗位。而我院审监庭一直立审案件较少，所以调配他到审监庭去。

可你爸爸到任不久，就发现审监庭案子所以少，原来是当时主政审监的领导对审监工作的指导思想有偏差，所谓的稳，是对当立之案件拒之门外。久而久之，审监案件看上去保持了立案少、审理少、纠错少的所谓良好局面。但实则上诉上访案件数量居高不下，应纠当纠的冤假错案没有得到及时的纠正。

你爸爸到任不久，便亮出了他掷地有声的承诺，所有当立案件，要全部立案，全部当审案件，要全部依法进行审理。这样一来，虚假平稳的局面被打破。审监工作呈现出新局面。多起问题案、瑕疵案、错案均被纠正，受到了社会的广泛赞誉。

更令人称道的是，你爸爸对审理纠正案件进行了分析总结，形成了一个报告，提出了堵塞漏洞，完善监督机制的若干条建议对策。中院党组非常重视，专门召开党组会研究，并在此基础上，责成我院纪委制定了十二条追责措施，下发全市法院执行，收到了很好的效果。相信，这会对我市两级法院的司法水平和质量，形成一个有力的保障。

义轩，可以为自己有这样一位爸爸而骄傲和自豪吗，你的爸爸，在创造着不平凡的业绩。

这些成绩的取得，融汇着你爸爸辛勤的付出和心血。他还是老样子，天天加班加点。

然而，人的精神和追求是一回事，身体状况是另一回事。前几天，你爸爸又闹了一场虚惊。他的身体状况大不如前了，我们真的为他担心，他这么超负荷的运转，身体已经报警了。

说到这，我们不得不和你说一件可能要刺痛你的事。义轩，你爸爸太需要一个人照顾他了。你的妈妈在时，是如何关心照顾他的，你是见证者，我们不必赘言。但你爸呢，工作还得工作，生活还得生活，身体却不似从前了，长此以往，会被压垮的。我们姐妹两个外人都看不下去了，前几天主动找你爸聊了聊。

但是，他十分敏感，把我们挡回来了。

他为什么提都不让提呢？我们分析半天，觉得你爸可能在顾及你的态度。你对这事是怎么想的呢？你是不支持呢还是支持？你的态度，我们想，对你爸来讲可能是至关重要的，甚至有决定性作用。

至此你可能要问，我们准备为你爸介绍什么人？其实，这个人你也认识。她就是正在你们家照顾你奶奶的那位刘小芸阿姨。关于她，我们想，你虽然认识，但可能对她并不了解。

刘小芸出生在一个普通的农民家庭，她还有一个弟弟。她小时候拥有一个幸福美满的家庭，父母身体健康，勤劳和睦，她和弟弟都很聪慧，

十年前，刘小芸以优异的成绩被一所知名高校录取。然而，就在父母高高兴兴陪她去报道的路上，不幸发生了车祸，她的父母双双辞世。悲痛欲绝的她却必须马上面对家庭的债务，姐弟俩的生活支出以及学费。她擦干眼泪把录取通知书撕碎，咬牙挑起了生活的重担。

她开始打工挣钱，还账，供弟弟上学。去年，她来到了咱们市，成了你们家的保姆。

那么，她的品格如何呢？

为此，我们了解了你的姑姑。因为你的姑姑是除了你奶奶之外，和刘小芸见面最多，沟通最多的人了。再说了，你的姑姑和奶奶，肯定也会经常交流有关对刘小芸的看法和评价。这些条件加在一起，我们自信，我们获得的信息不但是真实的，甚至可以说是精准的。

刘小芸是一位知书达理，心地善良，聪慧贤淑，既有知识，又具备中华民族传统优良美德的姑娘。她也是一位少见而难得的家庭主妇的合适人选。

还有一件事，可以佐证她的品格。不久前，我们去看望你奶奶。你奶奶的状况非常好，她老人家，脸泛红光，精神矍铄，声音朗朗。我们要离开时，刘小芸执意要把我们送到楼下。电梯到了一楼，小芸面有难色地悄悄告诉了我们一件事。

原来，你爸爸一天前因受到点外界的刺激，导致他旧疾复发，幸好有刘小芸，及时帮他找到应急药才缓了过来。事后，他严令刘小芸对他犯病的事保密，谁也不能说，连你的奶奶也不能告诉。你可能知道，自打刘小芸进你们家门，你的爸爸就扮演了一个不苟言笑，不怒自威的男主人角色，当然，我们理解他的苦心。但意味着保姆把他视作不可挑战的权威，意味着一旦违逆，可能会丢了工作。

我们想，这便是刘小芸向我们反映这个事时有些慌乱和为难的原因

吧。当时，刘小芸的心中还有哪些挣扎我们不得而知，但她毅然向我们讲述了事情的经过，毫不掩饰地表露了她的忧虑和担心。特别是你爸爸忍着不适去上班，刘小芸一整天心都提到了嗓子眼，直到晚上你爸爸拖着疲惫的身体又回到家，她的心才稍稍放下。

义轩，不知你听到这里，感受是什么？我们俩被深深感动了。如果不是有一颗善良之心的人，如果不是拥有纯洁心灵和情感的人，又怎会如此义无反顾？刘小芸非常珍惜，也非常需要在你们家的这一份工作，但她宁愿冒被辞退的风险，也不愿看到你爸爸有身体上的危险，这是多么可贵的品质。

义轩，这样一位女性，如果融入到你们的家庭中来，如果能名正言顺地成为你们家的一分子，我们相信，她对你爸的照顾会体贴入微。而你爸爸也太需要一个知冷暖的人了。

义轩，对我们的建议，不管你是什么态度，什么心情，我们都能理解。因为，没有人能真正体会你的感受，也没有人能代替你忍受挣扎和痛苦。

我们想说的话终于都说完了。可能有些唠叨，但你也不得不已经看到这里了。阿姨是不是有点小刁滑？开个玩笑。但我们是真诚与你交流，也想知道你的态度。

我们期待着你的回复。

我们固执地相信，比起不接受，你更可能给我们一个满意的答复。

祝你的学习生活一切如意。

你的两位阿姨：付霞，董心怡

郑义轩读完信，胸中翻滚着无法形容的滔天巨浪，上下翻涌，如惊涛拍岸。

说悲伤吗，确实悲伤。这封信，再一次勾起了他对妈妈的怀念。作为一个男人，他已经接受了现实，但作为一个儿子，他永远无法抚平这道伤痕。

说感谢吗，确实应该感谢。两位阿姨与父亲仅仅是同事，没有半点义务和好处来给自己家调节家务。但她们不辞辛苦、不避嫌隙地一次次帮助自己。上次的信，至今思来胸涌热浪。如果面对如此的关心不知感谢，无动于衷，那简直是衣冠禽兽。

说纠结吗，确实纠结。这个家即将有新的女主人，而他慈爱的妈妈，在家中的位置将被取代。从此之后，生他养他的那个人，他只能默默地纪念了。

当然，他也想到了自己的爸爸。正如阿姨信中所说，爸爸视工作如生命，重视责任胜过关注自己身体，加上现在身体又做过手术，没有人分担压力，没有人照顾起居，确实后果不敢想象。若爸爸再出问题，那自己真是追悔莫及，生无可恋了。

他已过了弱冠之年，论身高，论身板，也是顶天立地的男子汉了，他应该做出理智的选择。

晋秉直到了郑立峰办公室后，郑立峰就感觉到了有点异常。

他一边赶紧起身让座，一边给晋秉直添茶倒水。因为这位仁兄论年龄和自己相仿，他所从事的工作也和这些业务人员少有交集。再加上这位仁兄的性格也是少言寡语，所以，像这样一头扎到谁那里坐坐，便少而又少了。

正因如此，他的不请自到，令郑立峰也不免心有狐疑。

郑立峰看晋秉直接过水，一直脸呈微笑，便主动搭话："晋主任今天大驾光临，必有贵干，对不对？"

晋秉直笑了："其实也没啥大事，怎么，来你这坐坐不欢迎啊！"

郑立峰："欢迎，欢迎。只是晋主任这监督大员，所到之处，必定有事。"

晋秉直双眼直视着郑立峰："哈哈，这么说，郑庭长意识到有事了？"

郑立峰已察觉刚才那话说得有点欠妥，这一下被晋主任抓住，来了个火力侦察。

但郑立峰毕竟是身正影子不歪的人，他也不太在意："我有什么事，俗话不是说，不做亏心事，不怕……"他的话又噎住了，自嘲地干笑起来。

晋主任："我给你接上，不怕鬼叫门。不就是把我比喻为鬼吗，没事，没事。"

二人仰天大笑。

晋秉直通过这一斗一笑，也看出了郑立峰的心态和情绪不错，他便开始切题："郑庭长，还真得劳你大驾，我们阎书记请你到我们那一坐，有件事核实一下。"

郑立峰心中也咯噔一下，但马上平息："好好，配合支持你们的工作。什么时候去？"

晋秉直："你若时间方便，咱们现在走就可以。"

郑立峰立马起身："好，咱们走。"

董心怡正在埋头阅卷，突然收到了义轩发来的信息：

两位阿姨：

你们好！

来信已收到，我是怀着一种极为复杂的心情读完的。如实向你们汇报我的感觉，有感动和感激，也有纠结和伤痛，有巨石压身般的窒息，也有如释重负的轻松。你们这封信，对我来说犹如被猛力一推，推过了一道人生路上的迷障。现在的我如凤凰涅槃，如获重生。我向你们表态，感谢你们，感谢你们对我爸和我们家庭的关爱。我无任何保留地支持你们的想法。我会给我爸发信息，表明我的态度。

日后有需要我的，请二位阿姨吩咐。

祝二位阿姨工作顺利，事事如意。

郑义轩 敬上

看完义轩的信息，董心怡差点跳起来。这个结果，超乎她们的期待。

她的眼睛都潮润了，是激动吗，是，是感动吗，也是。她在心中默默道："义轩哪义轩，好小子，你真是长大了。"

她决定马上把这个好消息告诉付霞。

纪检委谈话室。

郑立峰被晋秉直客客气气地请了来。

阎书记一落座便说道："郑庭长，我们纪委，非常感谢你对我们工作的支持和促进哪。”

郑立峰刚听到要谈话时的惊愕已消退，此时十分地冷静，他微微一笑：“阎书记，这话怎么讲呢？”

阎书记：“这话可不是恭维。这是我们纪委一致的感受。”他说到这，不由得看了看晋秉直，晋秉直轻轻点头微笑认可。阎书记又说：“如果没有你那份报告，如果不是你分析出问题案件的原因，如果不是你提出那么好的有针对性的措施建议，咱们那个十二条就根本出不来，这是不是事实？”

郑立峰表情严肃认真起来：“阎书记，如果今天你们是专为这事让我来，那我该回去了。一个职能部门出台的文件也好，意见也罢，以哪个部门的名义出的，就代表这个部门的意见，而不是提供基础材料的某些个人的意见啦，阎书记，你说对吗？”

郑立峰的回答无懈可击，阎连峻只好自嘲地笑了笑：“对对对，还是郑庭长站位高。那咱们有话直说。今天确实有件事想找你核实一下。”

郑立峰：“核实什么？”

阎连峻：“你是不是收过一件价值比较高的礼物？”阎连峻斟酌着措辞，他把“索要”两字换成了“收过”，免得让人脸面上过不去。

这一问，让郑立峰头脑“嗡”的一下：“价值比较高的礼物？”他在大脑中急速搜索着。他想起了欧苏洛送的那包茶：“对，是有这么件事。”

这一回答，让阎连峻不由心中咯噔一下。按说，他们的工作进展顺利，应该高兴才对。但他们更期待郑立峰能果断地否认此事，给出一个合理的解释。没想到平日刚正不阿的郑立峰上来就认账了。这令他们有些惋惜，又有些意外。

阎连峻：“能具体说一下吗？”

郑立峰的思绪回到了欧苏洛送茶的那一幕，他如实讲述了当时的情景。

阎连峻听出了端倪。郑立峰一讲完，他便接着问：“这么说，他送你这一斤茶的目的，是向你求情，希望你对涉及他的那件案子，给予关照？”

郑立峰：“我是这么推测的，但我要先声明，老欧确实没明确说。但我们两人素无往来，他送我茶时，涉及他的那个案子又刚刚立案，不容我不这么想？”

纪委的人点着头，认真听，认真记。

阎连峻："这么说，他这一斤茶是主动送你的，而不是你向他索要的？"

郑立峰听到这话，差点笑喷："什么？我向他索要？我，我是那样的人吗？这是谁说的？"

至此，阎连峻对本案已有了数，他示意晋秉直："把那封信给郑庭长看看吧！"

晋秉直随即把一封信递到了郑立峰的手里。

郑立峰怀着狐疑的心情，接过那封信，看了起来。

他很快看完了，也明白了今天纪委找他的缘由。他抬起头，说道："阎书记，你们履行职责，我表示支持，我也会配合。但对老欧如此歪曲事实，诬告陷害，我感到不齿，也无话可说。但我有两点要求，希望你们能理解和应允。"

阎连峻："郑庭长你提，只要不违反原则和规定，只要我们能办到，我们会同意。"

郑立峰："谢谢。第一点，关于这一斤茶，请我们庭的佳佳来说明一下有关情况。第二点，我希望把欧苏洛叫来，我可以当面和他对质，以澄清事实。"

阎连峻坦然一笑："好，这两点都没有难处。老晋，你给老欧打个电话，让他来一下。还有审监庭佳佳，向她说明情况，请她来一下。"

欧苏洛上午一直忐忑不安，昨天纪委老晋通知他，不要外出，可能会找他，他就开始心神不宁。

关于那封信，实在说，他也是几经折腾，翻来覆去思考后决定写的。

因办错案受到处分，欧苏洛自然对郑立峰心生嫉恨。心想，你新官上任三把火，拿我当典型抓住不放。处理了我们一串人，你倒露了脸，立了功。每当想到这里，他就有一种不报复一下于心难平的感觉。想来想去，他想到了自己曾送给郑立峰的那斤茶。郑立峰毕竟收下茶，就等于昧下东西，自己手脚不干净，还查别人，凭什么？

于是，他决定写一封检举信，纵然不会有实质影响，至少给他个污点，别让他老觉得自己独善其身。对纪委要问的，他已编好了剧本，不知默记多少次了，保证一点破绽也没有。

但当他推开谈话室的门的时候，却一下子感到空气像凝固了一样。怎么，怎么郑立峰坐在那里，而且还谈笑风生的样子，这是要干什么？

郑立峰抢先打招呼：“老欧，我正在等你呢，快来坐吧！”

欧苏洛：“这，这，这……”他一连说了好几个这，却没这出什么来。

晋秉直：“来吧，来吧，这儿没一个你不认识的。”

欧苏洛只得勉强移步进来，就近在一把椅子上坐下。

阎连峻见欧苏洛一坐定，便直截了当地问道：“老欧啊，你写的那封信中的有些情况，和郑立峰同志的说法差别很大，考虑到你们俩都是咱院里的老同志了，干脆今天叫到一块核对一下，我们也好确认事实，明确责任。怎么样，你没意见吧？”

欧苏洛：“没，没意见。”

阎连峻：“那好，我先问第一个问题，那一斤茶，是因为你有所求，主动送给郑立峰庭长的呢，还是郑立峰庭长向你索要的？”

欧苏洛马上回答：“是他向我索要的，当时我还想，传闻这郑立峰不好烟酒，但偏爱品茶，果然是真的。”

阎连峻：“那他怎么突然想起跟你要茶呢？”

欧苏洛：“那我不知道。反正，我有几个战友是黄山的，能买到好的真的茶，这事院里不少人都知道。”

阎连峻：“那你给他茶后，他没付钱给你？”

欧苏洛：“没有，压根就再没提钱的事。”

这解释，听来合情合理。

阎连峻把目光转向郑立峰。

郑立峰听了欧苏洛的话，气不打一处来，这时他甚至有些失控地指着欧苏洛：“老欧，想不到你还是编故事高手，作为年龄差不多的同事，我为你感到羞耻。”

欧苏洛见初战胜算有望，他委屈似的对阎连峻：“阎书记，你看这。”

阎连峻点了下头，表示注意到了郑立峰的情绪，他也平缓了一下语气：“郑庭长，咱说事实。”

正在这时，审监庭的佳佳手中抓着个本子，推开了会谈室的门。

欧苏洛一见，又一阵狐疑，这是干啥？做贼心虚，佳佳的到来令他浑身不自在，额头上明显地渗出了一层汗珠。

阎连峻："佳佳同志，关于郑立峰庭长收受一斤茶的事，你知道多少情况，请如实向我们介绍。"

佳佳把手中的本子扬了扬："各位领导，事情是这样，郑庭长到我们庭后不久，就交给我一项任务，让我准备一个备忘录，专门记录他不好退回的礼品，并由我保管全部礼品。前段时间，郑庭长交给了我一盒包装十分精致的茶。这盒茶，现在还锁在我的柜子里呢。"

阎连峻："郑庭长，事情是这样的吗？"

郑立峰："是的。"

阎连峻："那你为什么把礼品寄存在佳佳那里呢？"

郑立峰："这也是无奈之策吧，平日总会有些礼尚往来，但作为法官，有时我也不知哪件礼物是裹着糖衣的炮弹，于是我想了这么个办法，由专人负责登记保管这些有疑问的礼品。原来在民一庭，我就是这个办法。"

阎连峻："那既然觉得有疑问，这盒茶为什么不退回去呢？"

郑立峰仰起头，长叹了一口气："这也是我的为难之处。我当时就不想收，但老欧叙情道谊地说了那么多，不收似乎不近人情。案结后，老欧又受到了处分，我这时给他退茶，怕他大受刺激，所以直到今天还没了结。"

大家都听明白了，目光也自然汇聚到欧苏洛的脸上。欧苏洛知道瞒不住了，但他还是狡辩了一把："那，那是他的一面之词。"

老晋忍不住了："老欧同志，你就实事求是说吧。郑庭长如果出于好茶，张口向你要来这么一斤好茶，又为什么原封不动交给佳佳保存，而且，还主动让佳佳做记录呢。这怎么解释呢？"

这一问，问到点子上了，大家都不语，但等欧苏洛的解释。

欧苏洛慌了："这，这我怎么没想到？"他本来是想说"我怎么能知道"，但此刻他的思绪已乱，竟冒出这么一句话来。

大家轰得笑出来。

阎连峻："老欧啊，你可想好。如果你坚持你的说法，我们就得好好查一查。如果查实的结果不像你说的那样，是你另有所求，才送的礼，那和你在这里交代实情，性质可不一样了。”

这段话，把欧苏洛彻底击垮了，真查下去，不露馅才怪呢。想到这，他一下子从座位上站起来，面对着在座的人便连连鞠躬：“各位领导，郑庭长，是我不对，是我心胸狭窄。这事，全是我的错。”

说完，他扭头蹿了出去。

阎连峻忍俊不禁说道：“什么叫偷鸡不成蚀把米！”

大家笑了起来。

第三十二章
天鉴真情

一件窝囊事，折磨大半年。这话用来形容鲁旦运，再恰当不过了。他在那次按摩店遭遇诬陷之辱，堵在心中的这口恶气，不但久久排解不出来，反而有越积越重的苗头。

他现在在一个三人的办公室里上班。他的位置比较尴尬，立案庭的同事们也都顾及面子，没有太多交流。上班，无非就是在那闷闷地坐着，晚点来，早点走，暂时也无人过问，更无人干预。

但他知道，这是同事们暂时的客气，时间长了是不可能的，又不是功臣，谁会永远平白敬着你呢。

今天，临时主持立案庭工作的一位副庭长，就表面看来恭恭敬敬地交给他一个活，让他整理一下档案橱，那里存放着窗口工作人员不断积累的一些材料，按惯例，过上一阵，就得有人整理一下。

这种活，过去都是自己一句话的事，甚至连一句话也不用说，直接指定某位副庭长负责就是了。今天自己被安排这个活，他明白，副庭长也肯定花心思考虑了。这些活，属于内勤范围的工作，没什么技术水平要求，认真就行，把材料归类，放乱的码齐，废纸挑出，仅此而已。自己现在这种境况，干这种活正合适。叫谁当庭长，这恐怕都是优先考虑的选项。

对此，他认了，这意味着，从今往后，他的清闲日子也该结束了。至于干什么，虎落平原被犬欺，人家安排什么就干什么呗。

下班了，他萎靡不振地回到了家。

媳妇和孩子又不在家。好一个清冷孤独的夜晚。

外边的天阴得很厉害，时而有一阵风掠过窗户，给人一种近乎阴森的感觉。终归是大城市，亮化工程映照出城市清晰的轮廓，但黑压压的云还是让人感到沉闷和压抑。

杯酒解千愁。他端上两个小菜，起开一瓶白酒，自斟自饮起来。

一杯，又一杯。半个小时，一斤白酒便落肚了。

他浑身热乎乎的，两眼有点迷离。但公正讲，他没醉，他的大脑，还很清醒，突然，几句打油诗涌上他的心头，他干脆拿出手机记下来。

自 嘲

运交华盖遭人辱，
虎落平阳被犬欺。
有苦难言肚中咽，
怨天怨地怨自己。

一旦授柄在人手，
站立躺坐不自己。
心有不甘又奈何，
行尸走肉枉人皮。

写罢，他苦笑起来。

是夜，郑立峰忙完了一天的事务，又躺到自己那睡惯了的床上。每到这样的时候，他都有一种要散架似的疲劳感。岁月不饶人，身体也不饶人，与以前相比，同样的工作，现在吃力多了。这有什么办法呢，没有办法。郑立峰每每勉励自己，谁干一天工作不累呢，睡一宿觉，明天就好了。他慢慢静下心来，正准备入眠，但手机呜呜地响了起来，来微信了。他抓过手机，手机屏上“义轩”两个字跳出来。嗯？是儿子。这么晚了有什么事，他的心本能地收紧了一下。他忽地坐了起来，看起了微信：

爸，你近来好吗？今天，我又收到了付董两位阿姨的来信。

我再一次被两位阿姨的那种真情，那种执着，那种急人所急的无私深深地感动了，震撼了。爸，今天，我想向您表明我的态度：我今年已过二十周岁了，我已经能够理智地理解生活了。关于您的未来，您人生的安排，您不必过多顾及我，作为您的儿子，只要有利于您的生活，有利于您的身体，有利于咱们的家庭，我都会接受，都会支持。

祝您工作顺利，事事如意。

儿子　义轩

郑立峰拿手机的手，在微微颤抖。此刻捧在手中的，俨然是儿子那颗滚烫的心。儿子大了，懂事了，他被儿子的胸怀，深深地感动了，两眼不由被涌出的热泪模糊了。

他重新躺下。眼前却浮现出儿子成长路上的一幕幕。

付霞与心怡，读了义轩的来信，兴奋劲还没过，就赶快把消息告诉了立荣。立荣一听也十分高兴。这三位为了一个目标又达成了共识，二度攻坚，不信没有攻不下的山头。

立荣马上安排再给小芸做一次工作。

郑立峰和苏长福面前放着厚厚的一摞卷宗，看上去是个分量很重的案子。

郑立峰："老苏，我知道你的好意，但这个案子我不能再让你审。"

苏长福："那你让谁审？"

郑立峰："我想自己审。"

苏长福："拉倒吧，我的庭长老弟。你呀，还是多用点心忙忙你自己的事，保重好身体吧！"

郑立峰："不行，你比我年龄还大，难案、大案、棘手案、风险案，都推给别的同志，我这个庭长坐享其成怎么行？"

苏长福拍了拍他的肩膀："郑庭长，郑老弟，古语说，士为知己者死。我呀，看中你的人品，你的为人，所以就愿意为你多分担点压力，仅此而已。"

郑立峰："可是你一个人办这个案子太辛苦了。"

苏长福抢过卷宗："谢谢领导体谅。我呀，离退休的车站已望见牌子啦，没什么顾忌，正好利用这段时间，我要好好审理几个大案，过过瘾，留个念想。"说罢，他抱着卷宗拉开了门。

苏长福前脚离开，付霞心怡后腿走进了郑立峰的办公室。

郑立峰照旧客气地对两位说："请坐，请坐。"

付霞和心怡落座后，都没有急于开口，而是满脸笑容地看着郑立峰。

郑立峰心中也犯着嘀咕，他隐约意识到这二位找他是什么事。

还是付霞最先打破了这种局面："郑庭长，你的闭门羹该收了吧？"

郑立峰佯装不解："什么闭门羹？"

心怡："领导，郑兄，你就别装糊涂了。最大的障碍不存在了，你还是那态度吗？"

这问题问得太直接，郑立峰一下不知怎么回答："这，对了，我首先对你们二位，对我的持续关心，衷心地感谢。"

心怡穷追不舍："郑兄，别回避问题，正面回答。"

郑立峰无奈地挠起头来。

付霞也知道这问题让郑立峰有些难为情，于是她解围道："上一次聊这个问题，你一口三个不可能，把我们挡了回去。我们非常理解你，你和嫂子的感情那么好，得有个转变的过程。义轩的态度也很关键，他和嫂子的感情最亲近，他不同意的话，以后家庭矛盾很难解决。我们之前也猜测你是出于这个原因回绝。但你们养了个好儿子，一个明事达理的好儿子。所以你考虑个人问题的条件已经成熟。你说呢，郑庭长？"

付霞说话的时候，郑立峰的大脑也在飞转，猛然间，他有一个想法。

郑立峰端正了一下身子，认真地说："二位，我再次感谢你们的良苦用心。请容我说一句，好不好？"

付霞连忙表态："好好好。"

郑立峰一字一句地说："小芸是何意见？"

二人扑哧笑了："郑庭长，你可终于开窍了。"

郑立峰佯怪道："怎么，我是个不开窍的人吗？"

心怡："那倒没有，只是在这个问题上，你总和我们躲猫猫。"

郑立峰点头："位置不同，心境难同。"

付霞接上："刘小芸的想法，立荣姐正在试探，相信很快就会有结果。再说了，你先表态，我们才好做下一步工作。"

话已到此，郑立峰觉得，再不坦诚就不识好歹了，于是他亮出了自己的想法："如果，人家有这个意思，我申请，我们单独坐在一起，聊一聊，怎么样？"

这个进展，出乎了付霞和心怡的想象。

付霞悟出了郑的用心，暗暗佩服："好，郑庭长这个想法我支持。"

心怡似也悟到了："那我也同意。"

郑立峰："谢谢二位理解。"

付霞："那郑庭长，你还得听我们安排，我们做好了工作你们再单独聊聊怎么样？"

郑立峰："悉听尊命。"

二人起身，欢乐离去。

郑立峰家。

立荣得了义轩支持的消息，就来再探小芸的心思。

立荣和小芸并肩而坐，不咸不淡地聊着，你来一句，我回一句，两人似乎都心不在焉，实则两人都各怀心思。

立荣在想：刘小芸哪刘小芸，你说你要给我回话，难道还没想好吗？你的心中到底是怎么想的，为什么不能告诉我呢？我可是把你当成亲妹妹啊。

刘小芸在想：姐呀姐，你怎么能知道妹妹的苦衷呢？那天，我是承诺给你个答复，但是，我左思右想，实在下不了这个决心哪！

还是立荣沉不住气了："小芸，你，你还不给我个话吗？"

刘小芸的浑身一震，仿佛被电击了一下。

立荣一脸的期待，甚或有点焦虑。

刘小芸把头一下子伏在立荣的肩上："姐，我好难。"

立荣有点不解了："难，难在哪呢？"

刘小芸："我开不了口。"

立荣："你是说……"

刘小芸接过了立荣的话："我是说，我配不上郑大哥。"

立荣的心再一次放下："你别太自卑了，我们都觉得你们合适，不然也不会撮合了。"

刘小芸："姐，谢谢你，但是，郑大哥要是全面了解了我，也许……"

立荣听出了小芸的话中之意，她是有怕立峰哥接受不了的问题。这倒是个事，纵然心直口快的立荣，这时也不敢造次了，终身大事，毕竟不能代为做主的。

立荣有点为难："这……"

立荣鼓足勇气："要不，你和我哥单独聊聊？"

这显然正符合了刘小芸的想法，她低下了头，露出羞涩。

这等于答应了，立荣一阵兴奋之情冲上头顶，但她马上又被自己想到的另一种可能吓傻，天哪，假若他们两人谈不到一块，这事却挑开了，那小芸还能在这里待下去吗？妈呀，这时的立荣，再一次后悔和自责自己的行事莽撞和考虑不周。收回约定，那不是闹着玩吗，泼出去的水，岂能收回！她强力控制着自己的情感，免得让小芸看出来。好在，小芸没有注意，她好像已沉浸在刚才的约定中，正若有所思呢。

是不谋而合，还是心有灵犀？

当心怡和立荣交流情况时，她们遇到的问题和最终结果，却让两位在电话的两头，产生了共同的感慨。

既然如此，宜速不宜迟，趁热打铁，心怡和立荣马上开始商量时间和地点。

心怡建议："这个周末，明天就到，来不及了，就定在下一个周末，如何？"

立荣一考虑："行，正好周末志凯回家陪孩子，我啥事没有。就那天。"

心怡争取立荣的意见："地址，你看定哪里合适？"

立荣一拍胸脯："这事算我的，就在离我哥家不远的一条街上，有不少临街酒店，有些条件设施都不错，前几年，我常光顾那些地方，我负责来安排。"

尔后，两人又就如何和立峰和小芸，落实安排等细节进行了沟通，达成了一致。

周末，终于姗姗来迟。各方约好，郑立峰和小芸这晚单独聊聊。

立荣为他们两人的第一次约会特意挑选了一个既安静又优雅的酒店。

按立荣的要求，郑立峰从单位下班后，直接过来。

小芸则由立荣送到酒店。

"真是个不错的地方。"郑立峰在心中说，"小荣还真是个会办事的。"脱下外套，把公文包挂到衣架上，他在一把椅子上坐了下来。

紧张吗？是有点。论年龄，他已是奔知天命的人啦，到了这个年龄，人生的一切，什么寿长寿短，什么富贵贫贱，都已定型。所以，对谈情说爱也没有太多的激情浪漫了。

这几天晚上回家，快到家门时，他便心跳加快，进屋后，他的目光也故意回避着小芸，生怕露出什么破绽，令小芸笑话。

此时，离约好的时间还有几分钟，他又有意识地整理了整理衣服，看了看桌上还有什么不妥。

餐桌得体、干净，显然无啥可做。他只能重新坐端正，头微微后倚，慢慢眯上了双眼。

立荣陪着，不，准确说是领着小芸来了。

立荣进门前对小芸窃笑道："别紧张，又不是不认识，再说，我哥可能比咱们还紧张呢。"

小芸无语，只是默默点头。

立荣轻轻把门推开："哥——"

这一声把立峰吓了一跳，差点站起来："立荣，一惊一乍的，吓我一跳。"

立荣娇嗔道：“哥，你也太大男子主义了吧，也不出来迎迎我们。”她特意用眼光示意大哥，迎接跟在自己身后的小芸。

郑立峰自然明白小妹的意思，赶紧站起来：“是我失礼，是我失礼，二位快请!”

立荣把小芸推进房间：“今天，这里是你们俩人独有的空间，我就不在这当刺眼的灯泡了。菜我已为你们点好，单我买，你们聊好、吃好就行。”说完她做了个鬼脸，留了个飞吻，带上门走了。

屋内，成了名副其实的二人世界。

相对而坐的两人，虽相识已有一年多，但以此种身份，以此种心态坐在一起，却是第一次。

倒是小芸最先打破了沉寂，她缓缓站起，为郑立峰的杯中续了点水。

郑立峰表现出了少有的拘束和不好意思：“谢谢小…小芸。”

一年多来，他一直以“小刘”称呼刘小芸，今天第一次像家人一样呼唤了小芸的名字。

刘小芸敏感地注意到了，她略显羞涩地微微一笑：“谢什么，郑哥，请喝点水。”

平日她一直以“郑大哥”称呼郑立峰，听到郑立峰称呼自己时的变化，她也把“大”字省掉，让人听了感觉更亲近了。

菜很快上齐了。

郑立峰拿起一双公筷，夹了一点菜，轻轻送到小芸面前的小盘中：“请吃点菜。”

小芸微微点头，拿起自己面前的筷子，夹了一小口，送入嘴中。

这一口菜，她是和着泪水咽下去的。双亲去世后，十年来，从没有人给她夹过菜。今天，郑立峰给自己夹菜，那菜的味道如何，她没在意，但一种温热而又幸福的味道从她的心底升起。

郑立峰见刘小芸没有开口的意思，于是决定切入正题：“小芸，你我之间的事，我想有些话先说到前头为好。”

小芸点着头：“俺也是这么想的。”

郑立峰：“首先我们得感谢我那两位热心的同事，她俩不遗余力地促成我们走到一起。”

刘小芸：“嗯，还有立荣姐，她为你我的事，操了那么多的心，着了那么多的急。”

郑立峰：“正因为这样，不管咱俩是个什么结果，咱们都要把这份感激牢牢地记在心底，受人之助，永不相忘。你说对不对？”

小芸抬起头，很郑重地说道：“郑哥，俺完全同意您的意见。”

郑立峰：“那好。那我先谈谈，咱们俩的事，付霞刚跟我提起的时候，我是拒绝的。”

小芸一惊。

郑立峰解释道：“主要基于四点考虑。第一，感情问题。你可能也看出来了，我和义轩的妈妈感情一直很好。这些年来，她一直承担着全部的家务，任劳任怨，也正因这样，她久劳成疾，突然离我而去。她走后，我方如梦初醒，后悔这些年来对她关心太少，我内心的愧疚和自责压得我好长时间喘不过气来。我曾面对她的遗像承诺，我至少陪她三年，这三年不作他想，权当我弥补对她的亏欠。”

郑立峰停了停，呼出了长长的一口气，无奈地摇了摇头：“我明白，这更像是给我自己一个交代，其实对于逝者，什么也听不到感受不到了。”

刘小芸被郑立峰这种真挚所感动：“郑哥，嫂子有你这样一位情深意笃的伴侣，九泉之下，她也会得到安慰的。”

郑立峰：“第二，是我儿子。他的感受，他的态度，我是无法不顾及的。但我非常幸运，儿子长大了，也成熟了，也懂事了，知道疼惜我了。义轩还专门给我发微信，表态支持我自主安排好后半辈子的生活。如果没有儿子的这个态度，也许，我们今天不会这样坐在一起。第三是年龄。我长你十五个年头，这意味着什么？我会比你早很多走向衰老，甚至成为你的拖累，这对你，是不是太不公平了？”

刘小芸意欲接话，但郑立峰微微一扬手，制止了：“第四是我的身体。我的心脏里已安放了两个支架，精力体力都不如前了，你也见过我病情复发。谁知道，这个病下次会在什么时候，怎么来折磨我呢。”

郑立峰说完，长出了一口气，像完成了一件重大任务。

刘小芸也认真地听完了，她感受到的是郑立峰那磊落的胸襟，他那滚烫真挚的情怀，以及他替人着想的境界。她没有正面回应郑立峰的话，而是由衷地倾诉："郑哥，你说一个人，一开始就想不付出辛苦，不做出贡献，只希望坐享其成，只盼着天上掉下馅饼，这样的人，可交吗，能交吗？"

她的回答，同样令郑立峰刮目相看。

刘小芸："郑哥，我也说说我的情况。"

郑立峰："好的。"

刘小芸："前些日子，立荣姐找我，提到这事的时候，其实我也是用不合适来回应她的。我也是考虑到了我自身的三个条件。"

郑立峰凝神听着。

刘小芸："第一是我的家庭。"说到这，她凄然一笑，"其实我已没什么家了，你们家有社会地位，经济条件好，家人都见过世面，而我出身普通庄户人家，又一无所有。第二个是我本身，虽然我考上过大学，可惜，我没有上大学的命。又出来打了这么多年工，更谈不上什么文化水平了。"

郑立峰笑了，因为他觉得，小芸说的这些，并不影响两人的结合。他说："要我说一句，你这是多虑了，这些情况我早就知道，并不是问题。"

刘小芸也在笑，但她的笑意似乎有点勉强。她的双眼开始直视着郑立峰。

郑立峰："还有第三条呢？"

小芸的脸色变得很难看，阴沉、压抑。

郑立峰看出了端倪，小心问道："小芸，怎么啦？"

刘小芸："郑哥，我好难开口。"

郑立峰："若实在为难，就不说。"

刘小芸："那，那我会一辈子对不起你。"她紧绷嘴唇，像是下定了决心，"郑哥，我把实情告诉你，不管我们怎么样，请您为我保守秘密。"

郑立峰果决表态："小芸，我以我的人格担保，绝不向任何人泄露。"

刘小芸终于松口："郑哥，我已不是姑娘之身。"

郑立峰确实有些意外，但他马上坦然："怎么，你结过婚？"

刘小芸摇摇头。

郑立峰疑惑地等待着小芸的下文。

刘小芸："而且，我还有个孩子。"

郑立峰："没结婚，有孩子，那……"他这下是真愣住了。

刘小芸："郑哥，你听我跟你说完，请你慎重考虑后，再表态。无论你态度如何，我都不会有怨言。甚至，你们如果还愿意用我，我会和以前一样伺候好老人。"

郑立峰首次在小芸面前语无伦次："好，好吧，你说，你说。"

第三十三章 缘分天定

立荣在家守护老娘，但她的心绪却难平静。

今晚大哥和小芸的单聊将会是一种什么结果，他们聊得顺利吗？如果一切如愿，那当然皆大欢喜，如果聊得不好，那么，这层窗户纸已捅破，大哥会有啥感受和想法，小芸又会是什么心态？一旦到了那个地步，小芸还能在这里待下去吗，两人再次天天见面，那又是一种多么尴尬多么别扭的状态？如果小芸离去，那老娘又让谁来照顾呢？再找一个，只能如此，但那得要时间，关键是，能否找到像小芸这么好的保姆，能否让老娘接受？天哪，这真是个无解之谜呀。想到这一切，立荣根本就坐不下，她在屋中走来走去，心神不定。她只得时不时看看时间，既怕那两位谈崩匆匆而归，又觉得时间走得太慢，结果迟迟不来。

老人知道今晚正在发生的事，老人的心愿自然也是不言而喻。也许是老人的大度，也许是老人对事情反应的难免迟钝些，她也着急，但明显不像立荣那样神不守舍的。时间差不多九点了，也到了老人准备入眠的时间了。老人主动提议：“荣啊，你该去接接小芸了，你不能光管送不管接呀！”

郑立荣心中既是惊喜又是委屈：我的老娘呀，不是因为您，俺才不敢离开吗？但她没有把这话说出来，而是变了一句话：“娘，你行吗？”

老娘一笑：“有什么不行的，我现在就要睡觉了，你快去接接他们吧！”

郑立荣赶紧应道："好，娘，你睡觉，千万别下床，我去接接他们。"

老人挥着手："去吧去吧。"

郑立峰和刘小芸，陷入静静的沉默中。

刘小芸终于把自己的那一段不堪回首的事，和盘向郑立峰托出了。她像卸去了一块千斤巨石，心中反而轻松了。

郑立峰听完刘小芸的叙述，大脑瞬间空白，天哪，怎么会有这种事？他也陷入了沉默。

刘小芸双手搓了搓脸，首先表态："郑哥，事情我说完了，您不管是什么态度，我都能理解和接受。"

郑立峰这时像从梦魇中醒来，他缓缓站起，面向刘小芸："小芸，假若你是我的亲妹妹，你说，我此时应该是什么态度？"

刘小芸一时张口结舌答不上来："这……"

郑立峰："我会说，苦命的妹妹，你没错，但是，你好糊涂。真令人作呕的，是那藏身阴暗角落的魔手。"刘小芸似悟似醒，脸上微微有些动容。

刘小芸的思绪又回到孩子身上："但是，郑哥，单单就是那么一个夜晚，孩子这个小生命却附在了我的身上。你知道，孩子是无辜的呀！"

郑立峰："我理解，我也明白。"

刘小芸："你知道吗，这个孩子，从另一个角度讲，也是我的救命恩人！"

郑立峰一时无解："怎么说……"

刘小芸："父母双亡后，我对人生早已绝望，我唯一的心愿是挣钱把父母欠的账还上，供弟弟上完大学。到那时，我也再无牵挂了，我想两眼一闭，找我父母去。但是，这个小东西的到来，却令我陡然增加了一份责任。我不能走，我走了他怎么办？所以，也正是他的到来，才令我又留在了这个世上。"

刘小芸叙述着自己的那段经历和心路历程，她的语气那么平静，那么淡然。

郑立峰听着小芸的叙述，他的心绪却怎么也平静不下来。他的眼前浮现出一个豆蔻年华的女孩，眼神透出无助和绝望。生活的重担那么无情地压在一个女孩纤弱的肩上，这是何等的残酷。郑立峰听得揪心，他不由得站起身，向刘小芸走去。

刘小芸以一种木然的表情，对视着缓缓走近的郑立峰。

郑立峰下意识慢慢舒展开双臂，把刘小芸的身躯拥入自己的怀抱。

刘小芸顺从地依偎向立峰那宽广的胸膛。

郑立峰像是揽住了一个受尽了委屈和磨难的女儿。

他突然意识到了自己的莽撞和冒昧，他浑身一惊，松开了双臂。但他马上发觉，小芸的双臂不知不觉中已扣住了他的腰，此时，她的双臂收紧一下，好像不想让他放开怀抱。

郑立峰再次抱紧了小芸的身躯。

两人相拥相偎，越来越紧。

郑立峰："小芸，造化弄人，命运对你太不公平了。"

这句普通的话，在刘小芸听来，却似一缕久违的春风，融化了她淤积心底的坚冰。

她双眼顿时涌出了滚烫的泪水。她哽咽着："郑哥，谢谢!"她的全身，滚过一波明显的颤抖。

郑立峰："小芸，让我和你一起，抗起未来生活的重担吧。"

刘小芸："谢谢你，可是，我还有孩子。"

郑立峰："如果我们走到了一起，两个孩子就是咱们共同的孩子。"

刘小芸抬起头，她惊异地望着郑立峰："你真的想好了?"

郑立峰："我以我的人格担保。你相信吗?"

刘小芸："我信，我信。"

郑立峰松开了双臂，直视着刘小芸的双眼："小芸，你还有什么要说的?"

刘小芸略犹豫一阵："没有，没有了。"她没有说出贾志雄的名字。今天的事已足够令郑立峰震惊了。且把这个名字压在心底，容日后慢慢再说吧。

郑立峰："那……你还觉得不合适吗?"

刘小芸轻轻地摇了摇头。

两人对视了足足一分钟，突然，像约定好了似的，喷笑出来。

刘小芸看了一眼墙上的钟表，时间已过了八点半。她平静了一下情绪，主动说："郑哥，时间不早了，咱们回吧，大娘还在家等着咱们哪。"

郑立峰也恢复了一贯的情绪："是的，咱们该回啦。"他又看了一眼刘小芸，"她们还都等咱们的信儿呢，这事，就由我来告诉她们吧！"

刘小芸顺下眼睑，默默表示了认可。

二人各自穿戴好，拉开了雅间的房门。

迫不及待想知道结果的立荣，按捺不住好奇，早已从家中赶回酒店，此刻正在酒店大堂焦急地等待。立荣看到二人出来，她立马起身，想从二人的举止和表情上，得出结论。

但两人一前一后，坦然地走了出来。

不妙。立荣在心中嘀咕，你看这两人，客客气气，不紧不慢，不远不近。没有半点亲密的样子。

她迎上去："你们俩吃好了？"

刘小芸走在前面，她对立荣的出现略感意外："立荣姐，你怎么一直等在这里？大娘她……"

立荣回答："就是她撵我来的呢。说我不能光管送，不管接，让小芸自己回来。"

这时郑立峰赶上来："不是还有我吗，咱娘真是。"

立荣从哥哥的语气中听出了喜讯，她的精神为之一振："谁知道你管不管人家小芸？"

郑立峰认真地说："哪能不管呢。"

刘小芸也接上一句："是的，郑哥哪能不管呢？"

立荣这回更有数了，她的话也调皮起来："呀，谈了一个晚上，这口气都一样了，我呀，看来不能多管了。"说罢，她哈哈笑了起来。

刘小芸见立荣打趣，脸上浮出羞赧的表情，一分神，脚下一滑，差点跌倒。

立荣一把扶住了小芸。

跟在小芸身后的郑立峰，自然没有料到这种事，幸好妹妹眼疾手快。他只能讪笑着："小心点，小心点。"

立荣又抓住了机遇："哥，帮个忙，你也太没有风度了吧，眼见小芸跌倒，也不扶住人家。"

郑立峰看出了妹妹的用意，笑着接受："你说得对，说得对。"说罢，他也顺势趋前一步，扶住了小芸。

立荣放开了扶小芸的手，身子一挺："说吧，小芸是坐我的车还是坐你的车?"

郑立峰："就坐我的车吧。"立荣高兴地说："那好，我先走了。"说完一挥手，喜气洋洋地走了。

当夜，郑立峰和小芸谈拢的消息，便传给了付霞和心怡。两位女性为此激动和高兴了一夜，就好像她们自己年轻时，见过心仪的对象后的心情差不多。

第二天一上班，心怡一到岗，放下包包，便冲到付霞的办公室。

两人碰面，谁也没说什么，只是你瞅着我，我看着你，满脸的激奋，满脸的高兴，相互传递的，却是满满的成就感。

心怡："付姐，庭长，苍天不负有心人哪，这话真对呀!"

付霞："这也叫好人终有好报。这两个人的结合，将延续和传承郑庭长这个家庭，优良的家风，和睦的家庭，幸福的人家。"

心怡："庭长就是庭长，你总结的就是有高度。再往下说，那就是，社会上又多了一个和谐温馨正能量的细胞。"

付霞嗔怒道："别耍贫嘴了，这一些，我们还不都是从咱们郑庭长那里听来的、学来的，这不也是我们从心里佩服他的原因吗。"

心怡承认："谁说不是，这也叫什么将，带什么兵，什么老师，培养什么学生。"

付霞："好啦，说说我们下一步该干什么吧!"

心怡："我这不是来听你的吩咐吗。"

付霞略一想忖："咱先去闹闹咱们的庭长，听听他的想法吧!"

心怡："好嘞，咱们现在就去吗?"

付霞："你手头可没有预先安排的工作吧?"

心怡："正好没有。你是什么时候也忘不了工作。"

付霞："我一个当庭长的，不把工作放在第一位，那叫什么?那叫失职。今天我才知道，你为什么当不上庭长呢。"说罢，付霞也忍不住笑出声来。

心怡这回受到刺激了："好哇，庭长，你原来这样看我，我好委屈呀。"

付霞这时已准备好了动身："好啦，好啦。姐逗你玩呢。走吧，参拜咱们兄长去。"

心怡一把挎起付霞的胳膊："走，谁怕谁呀！"

郑立峰第二天按时上班了。

昨晚，他度过了一个不眠之夜。

直到现在，他也说不清自己是一种什么心情。激动、感伤、纠结、无奈……都无法形容他此时此刻的心境。

他倒上一杯茶，双手捧着水杯，感触着那水杯的温热，浑身的疲倦感才稍微缓和了一些。

付霞和心怡推门走了进来。

她俩昨晚就得到了立荣的喜报，已经兴奋了好一阵。

付霞揣着明白装糊涂，主动打破了这沉寂的局面："郑庭长，昨天的见面可顺利？"

郑立峰也缓过劲来："顺利，一切都顺利。衷心感谢你们二位的良苦用心。"

心怡终于抓住了开口的机会："郑庭长，你可知道，为了这个结果，我们耗费了多少脑细胞吗？"

郑立峰："我能想象得到，谢谢，谢谢。"

付霞："我们可不是盼你这句谢谢。我们想明确听听你的感想。"

郑立峰也认真起来："我郑重地向两位小妹汇报，你们的良苦用心没有白费。刘小芸确实是一位善良、朴实、正直、豁达、优秀的人。"

心怡扑哧笑起来："哟，我的郑庭长，这才正式单独谈了一次，就总结出人家这么多特点。"

郑立峰认真中，又有了几分严肃："我这可是实话实说，也是我的真实感受和印象。"

付霞看郑立峰又严肃起来，笑道："郑庭长，既然如此，我们什么时候吃喜糖啊？"

郑立峰却连连摆手："不急不急。"

心怡："为什么？"

郑立峰：“还有好多事要办，不宜操之过急。”

付霞：“那你向我们说一下理由。”

郑立峰微微抬起头，长舒了一口气：“怎么向你们二位说呢？”像在自问，又像是在征询她们二人的意见。

付霞：“郑庭长，很为难吗？若实在不便出口的，我们也不为难你。”

郑立峰像是下了决心，坦白道：“我是这么想的，我和小刘虽然话都说开了，但是我们两人，还都需要个慢慢适应的过程。不瞒你们，我对你们嫂子有个三年相守的承诺，我想完成这个承诺，对她对我自己都有个交代。所以，我的想法是明年再办这事，比较合适。”

心怡掐着指头算：“呀，这么说还早呢，这么久，人家小刘不会有想法吧？”

郑立峰：“不会，不会。而且她也希望时间从容些，春节期间，她要到她姑姑家看看，她还有个八九岁的儿子，她也需要慢慢做些解释工作。”

付霞和心怡突然被郑立峰的话惊呆了。二人同时睁大了眼睛，你看着我，我看着你，谁也没有说出话来。

郑立峰也意识到了她们惊诧的原因，他一笑：“哦，这件事你们不知情，我也是刚知道。”

心怡：“小芸她，怎么，怎么还出来了个这么大的儿子？这，这也太不可思议了。”

郑立峰重新缓步走回椅子前坐下：“刘小芸是个十分不幸的人，命运对她太不公平。如果谁了解了她的遭遇却无动于衷，谁了解了她的不幸却唯恐避之不及，那简直是冷血动物。”

付霞：“那你对她带着这么个儿子，不介意？”

郑立峰：“我不也有个孩子吗？人家就不能带孩子？再说，当她如实向我诉说了她的那一段昏暗的人生经历，我既心疼她一个小姑娘要独自面对这样的命运，又钦佩她的坚强。我只恨知道得太晚，我愿用我的肩膀，分担一些她肩上的重量。”

至此，付霞和心怡明了了郑立峰的心迹。

二人有一种发自内心的肃然起敬，她们注视着眼前这位她们熟悉的领导、同事、兄长，他的形象陡然又高大了不少。

郑立峰特别嘱咐道："我提醒一句，刘小芸有个孩子的事，请你们注意保密，至于以后，顺其自然吧！"

二人表示理解，同时点了点头。

付霞："既然这样，我们尊重你的意见，有什么需要帮忙的，请你及时告知我们，我们会竭尽全力，把事情办好。"

郑立峰："好，不敢不告诉二位。"

心怡调侃道："领导知道就行，到时如果不告诉我们，我们可要翻脸。"

三人同声笑出声来。

贾志雄坐在办公桌前，两眼直勾勾地看着前方，似有所思，又似有所忧。

郑立峰要续弦小保姆的消息，这两天成了海州中院舆论的热点。

当然，贾志雄也听到了这个消息。

也难怪啊，贾志雄自打邂逅了刘小芸，他的脑子中的那个噩梦，就再也没有消失过。

过一段时间，这阴影便浮现出来显显身，或因某人某事，他也会想起这件事，每每搅得他心神不宁，烦躁难安。

而这次的消息，是真实的，是他以前脑海中浮现出的虚幻情景的现实化。这怎么能不令他忧虑，这怎么能不令他忐忑。

但话又说回来，忧虑也罢，忐忑也罢，又能如何呢？

贾志雄明白，这种情况下，他不好采取任何行动，再说，任何行动的失误，也只会招致麻烦上身，属于无事找事，欲盖弥彰。

想了半天，他也没有找到理想的选择，最后还是落脚在不动为好上，且静观其发展，听天由命吧。

当他确定了这种选择，按下其他种种非非之想后，他对扭曲了他人生轨迹和追求的那个迷怔之夜，再一次感到可憎可恶。

事后，他就找那个同学理论过，但他那个同学一口咬定并无恶意；再说，那一晚上究竟发生了什么，他也不知道，而且，他还一个劲地追问，到底发生了什么事，令他这么惊惧而又不依不饶。

第三十四章
多色芸生

付霞、心怡和胡小军同坐在一辆法院的警车中。胡小军坐副驾驶位，付霞和心怡坐在后边。

车子一启动，三个人便都闭上眼睛，昏昏欲睡。

司机是一位二十来岁的年轻人。他一边开着车，一边瞅了瞅坐在副座上的胡小军，不明白几个人怎么困成这样。

年轻司机不知道，他们三人开庭的这个案子，是起合伙纠纷，光涉及的合伙人就有十余个。这样的案子，就算是天天办案的法官都怵头，俗称“马蜂窝”案。涉及当事人多，头绪乱，矛盾点多，梳理难度大，有时审理这么一件案子，光形成的各种材料就有十几斤，令人抓狂。

今天这个案子，付霞他们三人来之前已阅卷阅了两三天，今天的开庭，从八点开始，一口气审到午后一点，才得以闭庭。所以，当他们三人走出法庭时，已累得像被人打了一顿。

眯着眼的胡小军并没有睡着，年轻司机的动作，他似乎察觉到了。他睁开眼，看了一眼年轻司机：“小江啊，是不是有点寂寞啦?”

小江一笑：“没有，有什么好寂寞的。”

胡小军说：“其实啊，驾车这活，说话多了，不行，分心；但满车静悄悄的，对司机来说，也会感到寂寞，容易发困。你说是吧！”

小江一听这话，正符合他的感觉，他也笑了："胡法官，你说的还真是那么回事。"

胡小军："这，谁不知道，刚才呀，是因为我们连续开庭五六个小时，实在太累，也太困了，所以一上车，便想合上眼休息一下，但忘了陪你说个话了。抱歉抱歉。"

胡小军的这一知情知义的歉意，却令小江不好意思起来："胡法官，哪里哪里，开车是我的工作。您谦虚了。"

胡小军也笑了："什么谦虚不谦虚，咱们两个这么一说一笑，怎么样，你兴奋了吧，起码在半个小时内，你困意全消。"

小江也出声地笑了："胡法官，您真是老……"他本来是想说"老油子了"，不过觉得这话有点失敬，又咽了回去。

随后，则是两人开朗的笑声。

他们这一笑，坐在后排的付霞和心怡被吵醒了。

心怡发问："小军，你们笑什么呢?"

胡小军回头看了一眼心怡，说道："惊醒你了，怡姐。"

心怡："可不是吗，你不知道咱们开这么个庭有多累吗?"

胡小军："姐，俺可是和你一个合议庭，开庭和你坐了同样长的时间的。"

心怡卡了一下："那你还不合上眼，好好歇歇，还忘不了侃大山。"

胡小军有些冤屈，但又不好表达："这……"他无奈地把头一低，无语了。

小江这时出来解围了："董法官，胡法官刚才和我说话，其实是好意，他是怕你们都睡了，我也发困，会不安全，所以才主动和我侃大山的。"

这一解释，心怡知道冤枉了胡小军了："是这样，对不起，对不起，小军老弟，抱歉了。"

胡小军也精神一振："没关系，男子汉大丈夫，这点小事，无所谓。"

付霞这时插上了话："哎哟，一个高姿态，一个肚量大，我看哪，这能臣良将都在咱民一庭了。"

心怡和小军一听这话，更是兴奋倍增。

小军说："庭长，这叫强将手下无弱兵。"

心怡："不错，我们在你这么一位英明庭长领导下，怎能全无姿态，不然，那岂不给你丢脸。”

付霞见火反而引到自身上，嗔怪道：“去，去，去。年龄不大，都学油滑了。”

车颠簸了一下，拐上了一条小路。

小江：“三位领导坐好，咱们这就上了乡间小路了。”

小军：“小江，为啥要走这乡间小路？”

小江：“胡法官，你要知道，走大道比走这小道，远着五十里地呢，叫你开车，你选走哪？”

这倒是一个再简单不过的问题，但是答案可能却因人而异了。

三人都笑了，因为谁给出的答案都可能对，也可能不对，问题是从哪个角度去说。

小江倒来了兴致：“这叫便利意识。你看，到达某一个目标已有修好的路，但是，路有个小弯，于是便有不少人，为了少走这个弯，硬是取直从草丛中踩出另一条路，能省多少呢，也许就是十几米，或者几米。”

这确实是司空见惯的现象。

但是，在这个简单常见的现象背后，也许蕴含着更为复杂和丰富的内涵。

付霞似乎悟到了什么：“你别说，小江师傅发现和提出的这个问题，确实有着看似简单，实则值得人们思考的问题。”

胡小军：“这么说，小江师傅又创造了名言了。”

小江笑了：“什么呀，胡法官，你别作弄人了吧！”

胡小军倒是认真的：“别别，小江师傅，你听我说。在上个世纪我们中国文化战线上，有一名旗手式的人物，你知道是谁吗？”

小江还真的一口说不出来：“谁？”

胡小军：“不知道了吧，我告诉你，这个人叫鲁迅。”

小江：“听说过。”

胡小军：“鲁迅先生说过一句话，最简单明了啦，但因为这句话，蕴含了深刻的哲学含义，所以，便成了一句名言。”

小江：“哪句？”

胡小军边晃着头，边吟道：“世上本来没有路，走的人多了，也便成了路。”

小江:“好像在书上读到过这么句话，但是，但是它有那么高深和玄妙吗?”

胡小军:“有，特别是用哲学的理论观点来解读。你看，它就非常形象地说明了事物的原因和结果、事物的发生与存在这样一些基本的规律，同时，通过这样一些规律，又延伸到世界上所有人、所有事都存在的这么一种规律。在这些规律面前，人们应怎么认知，怎么改变客观世界，怎么接受和应对客观事实，一连串的问题，都会通过这样一种现象给人以启迪。这是不是令人遐思不止，浮想联翩哪?”

小江惊愕了:“胡法官，深奥啊，你这一说，弄得我可是云里雾里，不辨东西南北了。”

胡小军:“打住打住，我不说了，你别不辨方向，把车开到沟里去。”

全车上的人都笑起来。

心怡插话了:“小军，你说小江师傅创造的名言是什么呀?”

胡小军:“我说董姐，你没听见吗，叫便利意识，人为了少走几米或者十几米，便舍大路不走，硬是开辟出最近距离的路。其实这现象我们琢磨琢磨，也是蕴含着丰富而又深刻的道理，人们为了追求便利，绞尽脑汁，而且前赴后继，不乏后来人，这是不是人类，作为智慧高级动物的一种不断进化的内在本能呢?”

心怡也笑了:“小军，我也服了，你怎么一会儿哲学推论，一会儿进化本能。看不出，你还有一肚子学问哪!”

胡小军用上一句流行语:“那必须的。”

全车人又笑了起来。

此时他们走的这条路，总长不过十几里，这是连接着两条大道的横向小路，依附着一座不大不高的小山，绕过这座小山，便走上另一条宽阔的大路。车子已走到小山的向阳一侧。

突然，掩映在半山腰的一间民房冒出的浓烟，一下子吸引了车中几人的注意。

胡小军:“付庭长，那处房子好像失火了。”

付霞也在专注地盯着那冒烟的民房。她在判断是不是失火。民房冒出的浓烟虽不是很大，但也不像是有控制的焚烧。

付霞以近乎命令的口吻："小江，走慢点。"

车速慢了下来。透过树隙，付霞看清了那烟的确是从民房中冒出来的，而且烟越来越大。此时她断定，是失火。

她毅然喊道："停车，上去看看，应该是失火。"

车应声刹住。

司机小江提上了车用的小型灭火器，四人向那农户的房子奔去。

农户房上的浓烟还在继续冒着。

小江和胡小军跑在前面，付霞和心怡紧跟其后。

那掩映在树林中的民房，渐渐清晰。这是一座三间的房屋，看上去，已颇有年头了。

他们几人循着烟，追到了房子的背面，那里有一个后窗，看上去透风撒气的，浓烟正是从那里冒出来的。

情况基本判明，火是从屋内燃起的。于是几个人一边呼喊一边又转到屋前："有人吗？屋里边有人吗？"

屋内没人响应。

付霞想了一下看到浓烟的时间，果断指挥胡小军："小军，破门，咱们进去看看。"

胡小军猛踹一脚，木门开了，一股浓烟从屋中翻滚着涌了出来。胡小军猫下腰，探头往里一看，蒙蒙眬眬中，地上是好像有一个人影。他惊呼一声："庭长，好像有人！"

付霞听到有人，大喊一声："赶快救人。"说着她冲了进去。

胡小军和心怡反应过来，他们也一齐跑到了屋门前。这时，司机小江提着灭火器也冲了上来："让一下，我先灭火。"

但付霞这时已匍匐在地，爬向屋里的那个人影，她用手拽了一把躺在地上的人："你怎么啦，听见了吗？动一下！"

那人没有回应，但那腿动了。

付霞意识到此人还有救。于是她一边往外拽，一边喊："小军，快来。"

胡小军这时已爬了过来："我来了。"

付霞："先拉出去再说。"

胡小军："好，我拽这条腿，你拽那条腿。一块使劲，一二三！"

两人一齐用力，躺在地上的人被往外拖了一截。

他们二人也往后退着。

胡小军："一二三！"他们再一次拖了一下。

几次拖动后，他们二人的脚已触到了门槛。

两人抽身出来透了口气。

突然，那人发出了一声沉闷的喘息声。

胡小军最先听到了："庭长，他醒过来了……"

付霞此时已精疲力尽，瘫坐在地上，闻此，她推开正在为自己扇风拍背的心怡："快，去帮忙，把人弄出来。"

心怡刚要进屋，司机小江从烟雾中冲了出来，刚才他在屋内找到了起火点，向着火源喷了下去。因为车载灭火器容量有限，一会儿便喷完了，但烟也明显小了下来。他把灭火器一把塞给心怡："我来。"

两个小伙子一起连拖带拽，把那人移到门外。

大家这才看清，这是一位六七十岁模样的老人。老人这时已恢复了微弱的意识。

付霞指挥心怡："快，打120。"

心怡摸出手机，拨打120。

老人虽有了意识，但仍无力说话。小军让小江拿来一瓶矿泉水，送到老人嘴边，让他慢慢喝了两口。

老人喝下水后，一下子清醒了不少，他像突然想起了什么，扭头看了一眼浓烟已明显减弱的屋子喊道："我的孙子，快救我的孙子！"

"你的孙子！在哪里？"几个人被老人这一句话震惊了。

他无力地用手一指屋内："在里间炕上，他在睡觉呢。"

小军、小江两人再次猫腰冲进屋中。

屋内，烟也小了不少。他们两人冲进屋子后，果然发现墙上还有个门，推开门，里边是一单间，依墙盘着一个土炕。这是民居中最常见的布局。屋顶上漂浮着烟雾，显然是外间的烟雾渗漏进来的，所幸门倒密封得挺好，屋内烟浓度不算太大，而且离炕还有点距离。炕上确实躺着一个男孩，看样子有六七岁，长得白白胖胖，委实喜人。此时，这孩子还啥事不知，仍在梦乡中。

小军和小江相视一笑，赶紧把孩子叫醒："小朋友，醒醒吧！"小家伙用手划拉了划拉脸，但没醒。

小江调高声调："小朋友，醒醒吧，爷爷叫你呢！"

这一声果然管用，小家伙一下子睁开眼，一骨碌爬起来："爷爷，爷爷。"但当他看清了站在身边两个男人不是爷爷时，他的小脸立马变了天，露出一副惊恐疑惑的表情："你们是谁，我爷爷呢，我要找爷爷。"

胡小军赶紧解释："小朋友，不要害怕，你爷爷就在屋外头呢。"

小家伙一听这解释，脑海中陡然浮出了坏人的形象："不，你们，你们是坏人。"小家伙边说边往后紧缩着身子。

胡小军和小江对付孩子没经验，一时束手无策。

胡小军一低头，看到自己身着法官服："小朋友，你的警惕性真高，这是好事，叔叔给你点赞。不过，我是法官，你看我戴的这徽章，哪有坏人能戴这个呀，是不是？"

小家伙一听，有道理，放松下来问："那我爷爷呢？"

小江接上："你爷爷就在屋外躺着呢，咱们出去就……"

话未完，小家伙反应更快："我爷爷他怎么啦？"说罢，小家伙就急三火四地穿衣穿鞋。

胡小军和小江赶紧抓住他的胳膊，一起往外走。

来到堂屋，小家伙也发现了变化："这是怎么啦，我家怎么这样了？"

胡小军向他解释："你们家失火了，这是我们赶来救火，灭火器喷的泡沫。"

小家伙似明白又似不明白："那我爷爷呢？"

这时，爷爷在付霞和心怡的帮扶下，已坐了起来。

爷爷见到孙子，热泪涌流："嘎嘎，嘎嘎。爷爷在这呢。"

小嘎嘎见爷爷招呼，也挣着手往外跑："爷爷，爷爷，你怎么啦？"

此时，双手搀扶着老人的付霞，听到了屋顶部一声不太明显的断裂声，她一抬头，透过尚未散尽的烟尘，看到了屋顶一根檩条正在半空中晃悠，摇摇欲坠，随时有掉落的可能。

说时迟，那时快，付霞一步跃起，同时大声喊：“危险，注意！”话音刚落，她一把紧紧护住了正往外跑的嘎嘎。

嘎嘎被她压在身下，正在这时屋上的那根檩条掉了下来，重重砸在付霞的腿上。

其他几人惊呆了，然后一齐拥向付霞和她身下的嘎嘎。

嘎嘎从付霞的身下爬出来了，小家伙没事。但是，付霞却趴在哪里，起不来了。

心怡伏到付霞身上：“付姐，你怎么样？”

付霞坚强地笑了笑：“没事，没事。”但看得出，她疼得牙关紧咬，脸都变了形。

心怡看出来了：“不对，庭长，你哪里疼啊？”

付霞只得承认：“砸着腿了。”说着，她试着挪动左腿，顿时，一股钻心的疼痛袭满了全身，她疼得差点呼吸都凝固了。

小军和小江，这时已把那根掉落的檩条移到一边，凑了上来。大家见状，都倒抽了一口凉气，看来付霞的左腿砸得不轻。

天意相助，这时远处传来救护车的鸣笛声。

“来了，来了，救护车来了。”大家像盼到了救星。

小江机灵：“我到路上接应他们。”说完，他向着山腰上的那条小道奔去。

又是一个沉闷的夜晚。

又是独自在家的鲁旦运，仍然少不了酒。他端出了中午的剩菜，突然窃笑了一声，眼下的自己，多么像这剩菜，弃之，不可，留之，又有几人待见呢？

鲁旦运走向酒柜。

嗜酒之人自爱藏酒，当年一搬进这套房子，鲁旦运就专门打制了两个倚墙而立的酒柜，专门用来收藏和存放周转各种美酒。前几年那种社会风气之下，请客送礼几乎成了常态。鲁旦运作为一庭之长，虽算不上达官显贵，但在中级法院，也是实权在握。

上诉的人，不利的想行个方便，有利的，想图个顺利，所以，求到他门上的人真是不少。

鲁旦运喜欢喝酒，爱好收藏酒这名声不胫而走，因此，上门之人，必提上两瓶好酒。就这样，鲁旦运的两个大酒柜，很快便摆满了琳琅满目的各种美酒。

今天，他又来到了酒柜前，但是，他却高兴不起来了。酒柜上已有半数的酒架空了出来，零零散散的摆放的一部分，一看便知也是些普通货。

鲁旦运挑酒品酒，那可近乎专业的水平。但是现在，都无用武之地了。

他随便抓起一瓶酒，灰心丧气地往回走，他亦不忍心再看那酒柜的惨状，看多了，他仿佛觉得那两个酒柜在轮番向他诉苦，心酸难耐。

老人和付霞同时上了救护车，急急赶往医院。

中院分管民事审判工作的副院长，带着民一庭和政工部门的有关人员很快赶到了医院；

付霞庭长的爱人赶到了；

老人的儿子儿媳也赶到了。

大家也慢慢了解了事情的起因。

老人家姓华，今年已六十六岁。这是一位一辈子忠厚老实，勤奋能干的劳动者。从上个世纪末开始，他担任了那座小山的护林员，由此，他也和这座小山，和这个小山上的数千棵树木，结下了不解之缘。

老人有一儿一女，都在城里工作。儿女也曾多次劝过老人，让其随二人一块到城里去住，但老人对树林有感情，坚决不同意。孩子们无奈，便只得由了他。好在从城里到这里，也不过二十分钟的车程，儿子与女儿便每周轮流来看望老人。老人家的小日子也挺平静而惬意。这天儿子儿媳说有点事，把儿子嘎嘎放在他这里。儿子和儿媳走后，老人便领着小孙子开始巡视他的管辖领地。虽然已是初冬季节，满眼树木已是黄叶飘飘，绿叶了了，但好奇的小家伙还是感到很新鲜，很好奇，这里瞅瞅，那里抠抠，跑前跑后，玩得好不开心。

中午，爷孙俩吃完饭，稍做休息，爷爷便按照孩子爸妈的嘱咐，让小家伙午休。

老人无事可做，沏上茶之后，似觉屋中有些阴冷。于是，他决定把炉子生起来，暖暖屋子，也免得待会孙子起来嫌冷。

他折了些树枝，从灶火台一侧掏了些煤块，开始点火生炉。

火点起来了，但燃烧的火苗却挺弱，似着似灭的。老人意识到，这是树枝没有干透的缘故，这时如果一放煤块，火苗可能就压死了，应多烧一会儿，把炉膛烧热，这样，烧旺也就容易了。

老人耐心地守护着炉子，不断往里添加树枝和少量的煤块。炉子半年多没用了，烟囱不大通畅，加上柴煤都不太干爽，炉子一直往外冒着烟，且有一种很浓的烟味。过了一段时间，老人觉得头昏脑涨，再一会儿，他便像身上压了重重的东西似的，躺了下去。

后来，无人看管的炉子中，迸出了火苗，又引燃了灶火边的一堆柴草碎屑，火苗虽然不大，但浓烟却源源不断地制造了出来。而老人的晕倒，正是一氧化碳中毒所致。若不是付霞他们及时赶到，后果还真的不敢想象。

一场危机总算过去，老人脱离了危险；付霞左小腿的胫骨骨折，需要固定处理，行动要受约束好长时间了。

桃花浴。

鲁旦运又站在了离桃花浴门厅不远的地方，正专注地盯着那个大厅，像是在看什么。

今天晚上，他是带着一个酝酿已久的计划来的。

他走向大厅。

他一进门就有一位着装华丽、相貌娇媚的姑娘迎上来：“先生，请问您有预约吗?”

鲁旦运：“有。”他已观察出，这迎宾姑娘已不是几个月前的那位了。“这正好。”他在心中说。

姑娘跟上问：“知道房间吗?”

鲁旦运：“知道。”

姑娘：“请问是哪间?”

鲁旦运：“四楼东南角，单间按摩间。”

姑娘一惊："请问请您的人是……"

鲁旦运："栾经理，我们是老朋友了。"

姑娘马上满脸堆笑："哦，我马上送您过去。"

说罢，回身在前，迈开款款细步，引领着鲁旦运往里走。

跟在后面的鲁旦运，一边注意观察，一边在心中讽嘲：姑娘啊姑娘，你们总是把年轻和姿色当作资本，博取好感，换取利益，但是今天，你的这一切在我这里都将失效。你无过，但愿给你带来的不是灾难就好。

和上一次一样，他被引领到那个房间，交予另一位所谓的按摩师后，那位姑娘走了。

这里的按摩师也换了人，但同样那么年轻，那么漂亮，那么妩媚。鲁旦运知道，他可用的时间不多，此时，送他的那位姑娘肯定给栾打电话，通报情况去了。

他对这位按摩师说道："姑娘，麻烦你一件事。"

姑娘说："先生不客气，请吩咐。"

鲁旦运故意两手摸着口袋："不好意思，刚才在大厅一坐，把眼镜落在沙发上了。"

姑娘一笑："这好说，我给前台打个电话，叫他们送上来。"

鲁旦运："不不不，姑娘，我不想让人知道这件事，麻烦你跑一趟，这副眼镜好几千块钱呢，你找回来，我奖励你。"

那姑娘一听，再无拒绝理由："那好吧，我去去就来。"

鲁旦运赶忙表示谢意："谢谢。"

那姑娘拉开门，出去了。

栾隐石接到大厅迎宾姑娘电话时，正在和两位贵宾品茶。开始，他并未在意，因为以他名义邀请贵客上门，也是家常便饭，但当他听到那姑娘的描述后，开始不淡定了，一种不祥的预感袭上他的心头。他恶狠狠对那位姑娘发话："怎么不一开始就汇报，马上通知保安，抓紧上楼看看，就说这是我说的，要快!"

大约五六分钟后，三名保安跑步赶到那个房间。但房间门紧闭。一名保安上前敲门，屋内无人响应，正在这时，那位被鲁旦运支下去找眼镜的姑娘恰巧也回来了。

保安：“你服务的客人呢?”

那姑娘一怔：“在，在屋里呢?”

保安：“你干什么去了?”

姑娘：“这位先生说，他一副很贵的眼镜落在大厅沙发上了，他非要我去帮他找回来，可我找了一圈也没找到。”

这时，另一个保安突然喊了一句：“不好，有烟味。”

这时在场的人也都闻到了一味浓烈的烟味，正从那门缝中溢出来。

门撞不开，一个保安：“我去拿破门斧！你们快打119。”

两分钟后，那保安扛着一把破门用的斧头赶来，几个保安轮番上阵，这才把门砸开。

只见鲁旦运已仰躺在地上，奄奄一息。

门一开，外边的空气瞬间扑入，屋内已在懒洋洋燃烧的几处着火点，忽地升腾起来，把临街的那扇窗户冲开，喷出了一个烟火团。

一位保安喊道：“快打120，救人。”有人应着，开始拨打120。

另一位保安又补上：“快打110，这是刑事案件。”

又有人应着，打电话去了。

一会儿，119、120、110先后赶到了桃花浴。

整个桃花浴大楼，顿时乱成了一锅粥。

第三十五章
压力山大

这注定是个难眠之夜。

付霞做完各种检查后，采取了固定措施，等她进了病房，送走了围在她身边的同事领导后，这时身边只留了他的爱人了。

两口子刚刚松了一口气，准备休息，却不料又有人敲门。

“谁?”两人都感意外。

门开了，一位三十来岁帅哥，满脸笑容地走了进来：“康行长，付庭长，不好意思打扰你们啦。”付霞的爱人姓康，是市某银行的副行长。

来人略一停顿，又接着介绍：“我是咱们市电视台新闻部的记者，外边，还有几家报社的记者。我们听闻付庭长舍己救人的事，都匆匆赶过来，想第一时间采访付庭长，新闻嘛，失去了快和新，也就不叫新闻了。付庭长骨折部位刚固定住，不打扰你们，我们叫没完成任务，或者叫失职，这么晚了打扰，又有些于心不忍。最后大家商议推举我代表他们，先来争取一下二位领导的意见，看能不能给一点时间，让我们做个集体采访，这样，对你们的打扰会时间短一些，二位看可好。”

这话说得，既人情入理，又有点可怜巴巴的味道，叫人不答应都不行。

看来这当记者的消息真是灵通，来之前功课做得也挺到位。再说，付霞和爱人也都是有一定的职务在身，非常理解和支持这样的工作需要。两人互相交换了个眼色，那意思是，这怎么好拒绝呢。

于是康行长把病房的门打开，道了声：“各位记者，请。”

门外候着的三四位记者，如愿进了病房。

第二天，与海州中院有关的两条新闻登上了《海州晚报》的重要位置。

一条标题是“民房失火，幸遇法官扑救，爷孙无恙；法官真棒，奋不顾身救人，骨折住院。”一段洋洋洒洒的近千字报道，记述了付霞他们昨天灭火救人的过程。

另一条新闻标题曰：“桃花浴高级雅间神秘失火，纵火者目的不明谜底待解。”报道文字不多，信息量却很大。比如，对桃花浴经营内容闪烁其词的介绍；比如对纵火动机的种种猜测；比如现场昏迷人士的种种推论；等等等等。

总之，这则消息好像不是告知人们什么，而是提示人们思考什么。疑点重重，谜底多多。而且更吸引人的是，消息的最后说，现场昏迷的可能是一位法院人士。公安局刑侦人员已开始侦察，实情容后公布。

就这最后一句，便足以让天生具有好奇心的群众谈论推测个滔滔不绝，更别说再加上一些专事八卦的人士的添油加醋了。

这样的消息犹如狂风卷到哪里，哪里都会扬起波澜。此时此刻，波澜最大的莫过于海州中院了。

海州中院知道纵火案的第一人，是贾志雄。法院和公安局平日来往不少，嫌犯是法院的人，自然早有公安局相熟的人告诉了贾志雄这个消息。

据说，当天夜里公安人员勘查现场，发现了纵火者留下的一张纸条。纸条上写的是一首打油诗：

遗 言

鲁旦运

我本一法官，
因错被罢官，
酒后寻潇洒，
误入魔手间。

今付一凡命，
要讨公道还，
一把火烧尽，
是非但有辨。
留世两句话，
愿君记心间，
得意莫放纵，
失意人莫陷。

看来，他是决意一死。

鲁旦运啊，鲁旦运。你，你真的破罐子破摔，不计后果了吗？

贾志雄决定先不告知任何人，也决定暂不召开党组会。毕竟，这不是什么好事，再说，他获得信息的渠道也是私人渠道，并非堂堂正正的官方渠道，且挨一时算一时吧！

立案庭的那些同事一上班见到了消息，自然也引起了注意。而这时，鲁旦运却没来上班，而且也没和任何人打招呼，再加上，他受处分后表现出明显的压抑情绪，这一切，都让立案庭的人不约而同地联想到了他。但这种事不到最终公布，是谁也不便也不敢说出口的，大家有想法，也只是藏在心里罢了。

贾志雄就那么静静地躺在高背转椅上，两眼似睁似眯。但他的脑海中，却如乱云飞渡，一刻也没有平静下来。

慢慢地，他紊乱的思绪开始梳理出个头绪来，是好是孬，都同时摆在你的面前，正所谓，天要下雨，娘要嫁人，你能奈何？利害相权，取其利呗。这种时候，这种境况，取利，怎么取，只能以付霞他们挣得的正面影响，来对冲和抵消鲁旦运事件带来的负面影响了。

舍此之外，还有什么好的选择吗？

贾志雄抓起了电话，拨通了政治部主任的办公室：“包主任吗，我是贾志雄。”

包主任：“我是包士杰，院长，有什么吩咐？”

贾志雄：“付霞庭长他们几位舍身灭火救人的事，你知道了吗？”

包主任："知道了，是刚刚知道的，我正想去向您汇报一下，看您有什么指示呢！"

贾志雄："这能有什么指示，你们作为管理队伍的职能部门，你们应该拿出意见，有哪些工作可做！"

包主任听出贾的语气似有责怪之意，连忙表态："当然，对这样的人和事，我们要及时总结，大力宣传，该记功的记功，该……"

贾志雄打断了包主任的话："好，好，好。这些该做的工作，你们抓紧去做。"

包主任："好好，我马上安排，开始工作。"

贾志雄又追了一句："要做好，做大，需要提交党组研究的，及时提报。"

包主任："好，好，坚决照办。"

贾志雄放下电话："机械，我说什么了，就照办，哎……"

此时的鲁旦运，正在医院的病房里。

这次鲁旦运确实是抱着一死了之的心态，去桃花浴的。上次在那受到的无端羞辱，令他无论如何也难以下咽，思来想去，总觉这口气不出，无颜活下去了。所以昨天，他借着酒劲，带上一瓶早已备好的汽油，拿着一瓶安眠药，去了桃花浴。

支走服务小姐之后，他把门一关，心想，这里，将是我的生命的终点，再过不了多长时间，这间房子将随着一团火焰，化为灰烬，再也难以上演那肮脏的勾当。他站在房子的中间，缓缓旋转一圈，好像一个角落不落地看了一遍，他自语：还是那个老样子。好哇，就让这老样子陪着我鲁旦运一同升天吧！想到这，他牙关紧咬，从身上掏出那瓶汽油，尔后又摸出那瓶安眠药，走到饮水机前，接了一杯水，深深吸了一口气，一仰头把一整小瓶安眠药倒进了嘴里，用水冲下肚去。

他知道时间不多了，他急转身，冲到写字桌前，拿起那瓶汽油，打开盖，向着四周泼洒出去，顿时，汽油的味道充满了房间。他又掏出了备好的火柴，刺啦，火着了。

咚，整个房间闪过一个火团。鲁旦运被这个火团扑倒在地，昏迷了过去。

直到天将放亮，鲁旦运才被抢救过来，终于有了知觉。

朦胧中，他仿佛在空旷的田野中听到了似有似无的说话声，那么遥远，又那么缥缈，时断时现，时隐时现。他想动一下，却无法实现，他的整个身子好像被一块巨石压住，动弹不得。他又仿佛有了感知，但那神经传导而来的感觉，却似万爪挠心，又痛又痒难以名状。

“悔……悔……”迷迷怔怔中，他的嘴中吐出了含糊不清的几个字。

监护的护士突然听到这声音，先是愣了一愣，接着凑近他的脸部观察了一下，表情突然一亮：“哎，有知觉了，这个病人有知觉了！”又有几名医护人员围了过来。

“他真的有知觉了？”几位围过来的医护人员也不乏惊喜和好奇。

那位护士说:“没错，我刚才真真切切听到了他说……水?”

昏迷中的鲁旦运再一次哼道：“悔……悔……”

这一次，先入为主的几位，都把这个“悔”听成了水。

“对，对，他是要水，他是要水。”

“水来了。”那位护士端着一杯水赶过来了。

护士用小勺舀了一勺水，送到了鲁旦运的嘴边。

但他的双唇紧闭，毫无反应。

但随着时间的推延，鲁旦运不但脱离了生命的危险，神志也好转了不少。但是，医护人员发现，这个病号在梦中时而还会吐出的那个字，人们听得越来越清楚了，他说的应该是“悔”。联想到这个人身上的际遇和故事，大家对他吐出这么个字倒也理解。至于他是后悔什么，只有鲁旦运自己知道了。但是，他却一直双眼紧闭，不想看什么，也不想说什么。只有沉默和等待。

他能等来什么呢？是长是短暂且不论，但未来的第一站是牢狱之门，这恐怕是错不了了，因为，他的行为已构成了犯罪。

不管是何人，犯了罪，总是要得到惩罚的。

郑立峰知道这两件引起海州中院地震式反应的两件事，竟比一般干警晚了半天多。

这正所谓，信息瞬达的时代，也有信息迟达的角落。

郑立峰去调研基层法院审监工作的情况。

等他得知消息，气喘吁吁找到付霞所住的病房时，已是晚上八点多。

他轻轻叩开了房门。

此时，病房内只有付霞和她丈夫老康。

见郑立峰这么晚了突然出现，二人都有些惊讶："郑庭长，你……"

郑立峰急趋前几步，来到付霞的病床边："付霞，怎么样？"

付霞笑了："骨折部位已固定好，没事了。"

郑立峰这才松了一口气："可吓死我了。"

站在一边没插上话的老康这时说话了："哎呀，郑庭长，平时就听付霞说你，不是亲哥哥，胜似亲哥哥，这一遇上事，真的像亲哥哥呀！"

郑立峰这时也赶紧握住付霞老公的手："老康，让你辛苦了。"

三人都笑了。

郑立峰略平静了一下情绪："康老弟，说实话，我能遇上付霞、心怡这样的两位小妹，真是我的福气，你可知道，这两个小妹对我的关爱，不是亲妹妹，胜似亲妹妹。"

老康："知道知道，并且我还理解，我还非常眼馋和珍惜你们这种情谊。如果不是这样，那我早就吃醋了。"

郑立峰对此却一时找不到恰当的应对词语了："这，真的吗，可不能那样，要是对我们这样亲如兄妹的情谊质疑，那，那可不对啦！"

老康有点严肃地："郑兄，容我说一句，在当今社会，像你们这几位的情感一样，这么真挚，这么纯洁，这么无私的，真的是凤毛麟角了。难得啊难得！"

郑立峰也认真起来："我承认你说的，但我同样坚信，真挚、纯洁、无私的情谊，是中华民族精神中不灭的基因，只要环境条件适宜，它便会发芽生长，直至成为参天的树林。"

老康拍起了手："郑庭长，郑兄，说得真好。实话说，我也观察到了，当前我们中华民族文化中的许多优良传统，正在恢复。我在想，只要这样坚持下去，在不远的未来，风清气正的社会氛围就真的会来了。"

郑立峰非常坚定地："一定，一定！"

老康："我坚信，也很期待。"

付霞这时插话："郑庭长，你是来看我呢，还是和你康老弟说经论道?"

郑立峰和老康都笑了："哈哈哈，这回付霞倒是真吃醋了。"

郑立峰重又面对付霞："这一回，你要安心休息，用你和心怡常劝我的话，工作再重要，没有身体健康等于零。所以呀，要耐心，不是说伤筋动骨一百天吗，一定不能由着性子来。"

付霞少有的露出一个小女人的笑容："郑庭长，我真的担心。"

郑立峰和老康都一愣。

郑立峰："你担心什么?"

付霞似不好开口，又有点忍俊不禁："我是担心，担心……"

老康有点着急："你担心什么？趁着郑庭长在这儿，他好帮你解决，你痛痛快快说出来。平时不是个黏糊人，今天怎么黏糊起来了。"

付霞向老公嗔怒："你知道啥，在这瞎掺和，一边去。"

两位男士有点摸不着头脑了。

付霞见郑立峰还没悟到正题上来，她忍不住笑了出来："我的郑庭长，郑大哥，你自己这么大的事怎么就忘了呢，到底是真忘还是假装忘了?"

至此，郑立峰猜到付霞说的什么事了。他长舒了一口气："哎哟，付霞妹子，这，这，这用你担什么心吗?"

付霞："郑庭长，你这话说得，这可是你的人生大事。我和心怡呀，一点也不能疏忽大意。"

老康这时也明白了是什么事，他也附和："对对对，这确实是大事，可疏忽不得。"

郑立峰有点急："你们小两口，这是合起伙来戏弄大哥哪?"

老康："哪敢，哪敢。付霞前些天回家一说，我就这个态度，不信你问付霞。"

付霞接着表态："不错不错，其实人家老康打心眼儿里就佩服你，敬仰你，早就盼你，重新组建和谐美满的家庭。"

郑立峰："谢谢，这我相信，不过，我都这把年纪了，走到这一步，也不必张扬，哎……所以，付霞，你们千万不要花费过多的精力和时间，到时候走个过场，越简单越好。”

付霞首先反对：“那不行。没必要铺张浪费，大张旗鼓，但是，这毕竟是人生一辈子的大事，尤其是人家小芸妹妹，那可是人生第一次，怎么能马马虎虎呢?”

郑立峰无语。

老康又说：“哎，付霞，刚才你称人家什么？妹妹?”

付霞：“怎么啦?”

老康：“以后得改，叫，起码叫小嫂子。你对郑庭长叫大哥，对人家叫妹妹，这合适吗?”

付霞一顿，这确实是个现实问题，不过，这难不倒付霞：“这呀，好办，各论各的。以前该怎么叫，以后还怎么叫，郑庭长，可以吗?”

郑立峰：“你们怎么论，我不干涉。”

付霞抓到了理：“怎么样，我就知道我们郑庭长比你开通。”

三人又都笑了起来。

付霞：“好了。郑大哥，我呢，你也看到了，和没事一样，只是这一打上夹板，行动有点受限，别的和往常一样，请郑庭长，我的领导，老大哥，放心好了。”

郑立峰：“好，好。看到你精神状态这么好，我真的很高兴。庭里的工作，让他们勤向你汇报就是。”

付霞：“说到这里，郑庭长，我可真的打心底佩服你，感谢你了。”

郑立峰：“又要扯远了。”

付霞：“不不不，这不是客气。你的正负人生观点，现在在民一庭，可是深深烙印在每个法官的心里，成为一种自觉自为的意识。所以呀，工作的事，我一点不用担心，一点不用着急。再说，张中凡副庭长，你是了解的，这位仁兄，言语不多，为人低调，但他的思路，他的责任心，那都是没说的。所以，在我能上班前，庭里的工作交他抓起来，保准啥工作也误不了，请你放心就是。”

郑立峰看了一眼时间，九点已过，于是他站起身，准备辞行：“那这样，时间不早了，不再叨扰，告辞。”

老康也连忙起身相送："感谢郑庭长对付霞的关心，容她行动不便，我代为送你吧！"

付霞躺在病床上，扬手致意，送了一个甜美的微笑。

城市的灯光，早已把满天的星辰掩藏得无影无踪。城市，以它特有的形式和魅力，尽情地展现着它夜间的姿色。

郑立峰回到家轻轻打开门，准备悄悄走进自己的卧室。但他开门的微小声音还是被刘小芸听到，她迎了出来："才回来，很累吧？"

郑立峰："从县里赶回来，我又去看了看付庭长，唉，凭空的祸端哪，一条腿骨折了。"

刘小芸刚想启齿，郑立峰突然意识到："哎，你，你听没听说付霞他们的事？"

刘小芸："听说了，付姐遭罪了。她的那条腿换来一个孩子的命。所以，付姐他们的举动，这叫义举，他们的行为，就是英雄行为。"

郑立峰在小灯微弱的光晕中，双眼紧盯刘小芸，有惊异，有佩服，从她的娓娓评说中，他感受到一位正义、正气女性的胸怀。

刘小芸似有察觉，但她像无事一样，转回身："你快换衣服吧，我给你倒盆水，泡泡脚，解解乏。"

水端过来了，郑立峰顺从地脱掉鞋袜，把双脚泡在那温热的水中。瞬间，一股令人惬意的轻松感传遍了全身，他对小芸说："你也去休息吧，待会儿我自己处理就行。"

刘小芸没有坚持，只是深情地看了他一眼，扭头走去了。

郑立峰望着刘小芸隐入卧室的身影，一股久违的暖流涌入心里……

第三十六章
凡人悟语

2019 年，一个非常有纪念意义的年份。

中华人民共和国诞生 70 周年了。

海州市开展了一系列活动，迎接这个非同寻常的年份。其中，评选三十名市级劳模，进行隆重的表彰，便是其中的重头活动之一。

郑立峰，层层筛选后荣膺这个称号，并作为劳模代表，在市里的表彰大会上发言。

郑立峰拿着市里下发的通知，头脑中想着电话中传达的“不拟框框，直抒感受，时长十五分钟”发言要求，审视了久久，好像非要读出里面的具体要求不可。可这份通知就那么简单，多余的字和要求一点也没有。

审视了半天，他自嘲地一笑，摇了摇头。

其实说心里话，他欣赏这种方式，不喜欢看人呆板地站在台上机械地念冗长乏味的台词。这次有机会演讲，又不用公式化表演，正合心意。

那么，又该说什么呢，他皱起了眉头，开始思考。

有人敲门，打断了郑立峰的思绪。

推门进来的是曹继荣。这位仁兄可是个不轻易串门的人，且他的年龄又长郑立峰几岁，所以郑立峰一见他来，赶紧坐直了身子，热情招呼：“老曹，曹兄，请坐请坐。”

曹继荣一脸的笑容，边坐边应答："不客气，不客气，庭长。"

郑立峰意识到，这位仁兄肯定是有事。

实事求是讲，郑立峰任审监庭庭长后，曹继荣是他直接接触比较少的人。他到任好几个月后，他们才真正面对面进行过一次交谈。

那么今天他来是什么事呢?

郑立峰见他笑而不语，像是难以启齿，就主动问："曹兄，今天是有什么事要找我吗?"

曹继荣仓促接话："没事，也没什么大事，来看看你忙不忙!"

没有什么大事，看来是有小事，那小事也是事啊。还要来看看我忙不忙，要是我忙，就不说了?郑立峰脑子中急速浮现这一连串的疑问判断。他只得再强调一句："曹兄，有什么事直说吧。"

曹继荣得这话鼓励，把身子一直，问道："郑庭长，你明天有空吗?"

郑立峰："明天，明天不是星期六吗，休息，没啥事。怎么，有事需要我帮忙吗?"

曹继荣站了起来，笑容中又多了些庆幸："太好了。"说着，他掏出一张印着大红喜字的请柬，双手呈到郑立峰面前。

至此，郑立峰也明白了曹继荣的来意了。

曹继荣的儿子要结婚了。这件事，庭里的同志早有议论。他也听到了，但具体是哪一天，他却没记准。

婚丧嫁娶，人之常情。原来他在民一庭，老曹在审监庭，平时并无这种习俗上的人情往来，庭上其他同事便没有联系他随份子。

今日，老曹亲自把请柬送来，以示隆重。想到这，郑立峰对自己在这件事上的不经意倒有几分过意不去。

怎么如此大意，让老曹这么大年纪的老同事，为这么件小事专门登门送请柬，还让人家如此为难，如此不好意思。

想到这，他赶忙起身接过请柬，关心地问道："噢噢噢，曹兄的公子要举行新婚大礼了?"

曹继荣："是是是。"

郑立峰："哪一天哪?"

曹继荣：“明天，明天中午在望海大酒店。”

郑立峰：“好好好，喜事，大事，祝贺庆贺。”

曹继荣：“谢谢，谢谢。”

郑立峰：“子女步入婚姻殿堂，是子女的终身大事，也是做父母的心事和夙愿。我衷心地祝福你们。”

曹继荣再次表示了谢意后，却仍未离去的意思，好像在给自己鼓劲，欲言又止。

郑立峰只得问：“老曹同志，是不是有什么事需要我帮忙？这种时候，你不能客气，我只要能办到，一定会尽力。”

曹继荣往前凑了一步，抓起郑立峰的双手：“郑庭长，你真是我曹继荣心底里佩服的好人。”

郑立峰：“曹兄，咱们都是一个庭里的同事，我曾经说过，人一辈子能同事一场，这是缘分。在一个小单位里，就要犹如一家人，要不是亲兄妹，胜似亲兄妹，有事齐帮，有喜共享，你说对不对?”

曹继荣：“对对，你这话我今天听来太温暖了，那我就直说了。”

郑立峰：“说吧，你该一进来就直说!”

曹继荣：“我和你嫂子，还有我那儿子和明天过门的儿媳，郑重地邀请你，做孩子们的证婚人。”

郑立峰感到意外：“这，这，我对你家公子和新媳都不认识，作证婚人，这，这合适吗?”

曹继荣似早有准备：“合适，那两个孩子，他们两个对你，可是早已熟悉在心啦。”

郑立峰有点懵：“你说什么，他们俩对我……”

曹继荣这时倒显得轻松了不少，因为他不好启齿的话终于出口了，而且郑立峰刚刚表了态，事情有眉目。

曹继荣看了眼郑立峰，有点得意地：“你可是表态在先，不准反悔。至于你的疑惑，你去了后，他们负责向你解释原因。”

郑立峰听此，一笑：“嗬，这两位年轻人还卖起关子了，好吧，我明天准时到场，我要亲口把对他们的祝福送到他们的面前。”

曹继荣的高兴之情溢于言表。他再一次握住郑立峰的手："郑庭长，我，也代表我的儿子和儿媳，再向你提一个要求。"

郑立峰痛快地："说吧，我说老曹啊，你怎么婆婆妈妈的啦。"

曹继荣嘿嘿地笑着："这不是，张口求人千般难吗，你可知道，为了完成今天这个任务，我一夜都没合眼哪！"

郑立峰这回被逗乐了："至于吗，我郑立峰有那么难说话吗？"

曹继荣连忙解释："不是，不是。是我这个人的秉性所致，一直万事不求人，所以，让我向人开口，哎哟，真比让我背着石头上山还难。"

郑立峰瞅着曹继荣认真的表情，相信曹继荣的话确实是出自真心。

郑立峰也认真地："让你受委屈了。说吧，有什么要求？"

曹继荣抓住机会："好好，你答应到场担任两个孩子的证婚人，就是我们最大的心愿了，因此，你明天去，不得破费一分钱，两个孩子说，郑叔叔能够到场，就是比千金都重的礼包。并再三嘱咐，你若不接受，那便是不相信他们的诚意了。"

郑立峰面对这样的条件，一时语塞。

曹继荣又补上一句："这是两个孩子的原话。我是照样传达。"

郑立峰略做思忖："好吧，我尊重两个孩子的意见！"

曹继荣的所有目的全达到，他满意地起身告辞了。

望海大酒店。位置上好，依山望海。是一家中高档酒店，天天宾客如云，一年四季，没有淡季。

曹继荣儿子的婚礼，便定在这家酒店的一楼宴会厅里举行。

郑立峰因被赋予了特殊的角色，他自然不能来晚，所以，在首批到达的宾客中，便出现了他的身影。

曹家安排的迎宾队伍中，有人一眼认出了他："呀，郑庭长来了！"

迎宾队伍中一阵兴奋和骚动，因为他们中有好几位中级法院的年轻人。一见郑立峰，自然别有一番亲热感。

有人主动上前，引领郑立峰，走进了离大厅不远预留给尊贵客人和长辈休息等候的包间里。

先到的几位客人见郑立峰被引进来，便知又是一位贵客，纷纷从座位上站起，寒暄一番。

郑立峰也一一回应着众人的招呼坐下来。

这时，曹继荣老两口进来了，一进门就直奔郑立峰，满心欢喜地道谢："郑庭长，你来了，欢迎，欢迎。"随即，曹继荣面向满屋的来客，抬高了声调："各位亲朋好友，我来介绍一下，这位，就是我法院工作的直接领导，也是我老曹，打心眼儿里敬佩的一位领导水平高、有人格魅力的领导。"

众人报以掌声。

曹继荣待大家掌声一落，又说道："我还要隆重地告知诸位，今天，郑庭长将作为我儿子和儿媳的证婚人，来见证两位年轻人的婚姻。对此，我们全家感到莫大的荣幸。"

贵客中有人窃窃私语：

"嚯，很少从老曹嘴里听到这么抬举人的。"

"儿子结婚，高兴了呗！"

"看来这位郑庭长确有服人之处。"

……

郑立峰倒是被弄得有点不好意思，他也只得站起，向众人不停地微微颔首致意。幸亏曹继荣儿子的到来打破了这有点尴尬的局面。

他来到郑立峰面前站住："郑叔叔，欢迎您来参加我们的婚礼，谢谢，衷心感谢。"

听罢这话，郑立峰便知道，这就是曹继荣的儿子，今天的主角了。

郑立峰一笑："哦，你就是小曹，今天的新郎官？"

小曹："是，郑叔叔，您果然谈吐不凡。今日有您给我和小马证婚，真是我们的荣幸。郑叔叔，时间不多，请借一步，小侄有话和您说。"

郑立峰随在小曹身后，向着另一房间走去。

推开房门，一位俏丽的身披婚纱的女子站在那里，笑迎着郑立峰。

两位新人并排站在一起："谢谢郑叔叔赏光，来做我们的证婚人，我们两人向您致意。"说着，两人深深鞠了一躬。

小曹："同时，在您给我证婚之前，请先接受我们的歉意。"

郑立峰："这，这话怎么讲？"

小曹："郑叔叔，在此之前，您认识我和小马吗？"

郑立峰："嗯，如实说，我不认识你们两位。"

小曹和小马一笑。

小曹："这就对了，咱们从来就没照过面，您怎么会认识我们呢？"

郑立峰释然，心想，这小两口看来不是来考我的。不料小曹的下一句话，却又令他迷惑起来。"那，郑叔叔，为什么您都不认识我们，我们却想邀您当证婚人呢？"

这问题把郑立峰噎住了。

"这是为什么呢？"郑立峰把球又踢了回去。

小曹和小马都笑了。

小曹说："郑叔叔，这也是今天，我们向您表示歉意的原因。此事说来话长，我就简单说。首先说明，这事的主谋是这位。"

小曹笑着指了指身边的新娘。

新娘含笑认领。

小曹："郑叔叔，不瞒您说，我爸爸这些年声名在外。我和小马谈恋爱后，她也知道。随着我们交往的时间长了，她对我们家的了解也越来越多，尤其是对我爸爸。我爸这个人，您知道，人本质不坏，就是年轻时养成一堆小毛病。我们有心帮他改正，他有个好名声，我们脸上有光，他自己心里也敞亮。"

郑立峰开始有点明白了。

小曹："自从你到审监庭，我爸变化很大。我们多次从他口中听到您，他对您赞扬，对您认可，对您佩服。您可知道，我爸爸这个人，眼光可高了，他看得上的人不多，他佩服的人更少。这使我们意识到，您在我爸心目中的分量以及您对他的影响。在促使我爸的进步上，您是无人替代的角色。"

好一对对长辈用心良苦的年轻人。

郑立峰在心底，流露出一种欣喜，一种对年轻人的赞许和期待。

郑立峰："所以你们选中了我？"

小曹："是的，这也是我们一定要当面向您解释的原因。"

小马见郑立峰直视着自己，动情地说道："郑叔叔，您不怪我们吧？"

这一句，让郑立峰不由为之动容。怪，自己有什么要怪的呢，这么难得的一对年轻人，表扬、赞许、欣赏还来不及呢。

想到这，他对两位年轻人郑重地说道："小曹、小马，郑叔叔今天，发自肺腑地告诉你们，我没有一点的埋怨和责怪，相反，我为我能给你们这么优秀的年轻人证婚，感到由衷的高兴和激动。真的。"

小曹释然了，激动了，他竟情不自禁地拥抱了郑立峰。

小马也很激动，她那粉妆红润的脸上，差一点滚出泪珠。

郑立峰安慰好新人起身欲走。

小曹又拦住了："郑叔叔，还得再耽误您几分钟。"

郑立峰："还有事吗？"

小曹和小马对视笑了一下："你总得对我们相识相恋的经过，还有我们的简单情况，了解一下吧。要不，您的证婚词真的……"

郑立峰笑了："对，对，做做情况介绍，不然，我这证婚词真的是老虎吃天，无从下口了。"

三人都大笑起来。

劳模表彰大会，在市政大厦会议厅召开。

此刻，与会人员已全部入座，他们来自全市各个系统、各个部门，足足有近千人。

主席台上，布置得花团锦簇，台下各路媒体布好长枪短炮。第一排座席上市委诸位领导的席签，说明了这场表彰大会的规格。

会议开始了。

流程一项接着一项，很快便轮到郑立峰发言了。

郑立峰在掌声中走上主席台。

郑立峰走到话筒前站住，他扫了一眼台下黑压压的人群，开始发言："各位领导，同志们，首先，我代表今天被授予劳模称号的三十位同志，道一声谢谢，感谢市领导和全市劳动队伍的兄弟姐妹，是你们用双手和肩膀把我们抬上了这个台阶。"

他略停了一下，换了一种风格："今天，我被安排在这里发表感言。实话实说，我代表不了台下的二十九名劳模。因为，每一位同志都有不同的岗位，不同的经历，感悟肯定也就不一样。今天我的感言也仅仅是我个人的一些感悟而已。实不相瞒，我从没觉得我和别人有什么区别。今天的我和昨天的相比，也没发觉有什么变化。我还是我，我只是平平常常、普普通通的一个平凡人。所以，我今天的感言，题目就叫凡人之悟！”

台下不少人窃窃私语。

郑立峰清了清嗓子：“我谈三点：第一，凡人定位。凡人，这是人世间最多最广的群体，一凡力微，但众凡则可移山填海。谁是凡人，谁就是这个最大最有能量的群体中的一员。那么，身为凡人，应有什么心态，什么胸怀，什么作为，什么追求，什么责任呢？”

他的设问引起了台下众人的好奇，都翘首期待他的下文。

郑立峰：“心态有好有坏，胸怀有阔有窄，作为有大有小，追求有高有低，责任有轻有重，一句话，凡人也有凡人的质量，凡人也要有凡人的档次。有这么一道数学题，全国人民十四亿，一人一份力，就是十四亿份力，加在一起，便可移山填海。如果每个人都忽视自己的这一份力，再多零相加，到最终还是零。名言说得好，天下兴亡，匹夫有责。当我们每个平凡人把我们的使命和责任履行好了，泱泱大国，岂有不盛不强之理？这是不是可以说，天下兴盛，匹夫有功。国强则民安，万千民众，怎么会不幸福和谐呢？”

“好，好，说得好！”与会人群中有人高声喝彩。

“幸福是奋斗出来的，谁奋斗谁幸福。”有人喊出了这样的话。

掌声如雷，说明了对郑立峰这段话的赞许。

郑立峰接着说：“我谈的第二点，正负人生。作为一个平凡人，意识到了自己的责任，怎么来践行自己的职责，把自己平凡的一生过得充实而又丰富，充满意义而不虚度呢？”

又是一个令人颇感兴趣的发问。

台下的与会者们有不少耸起了肩，凝神聚力，引颈前倾，等待下文。

郑立峰：“我算过这么一笔账，人的一生，去掉前头的成长阶段，减去衰老后的阶段，实际上能够创造价值，为家庭和社会承担责任的时间，一般不会超过四十年。四十年，不过一万多天，其中，三分之二得用于休息就餐休闲，真正能用到工作上的时间，只有三分之一左右，换言之，一个人一辈子的有效工作时间，大概也就相当于三四千天这么个概念，同志们，试想一下，这是多么短暂的时间哪，寸金难买寸光阴，是不是？

“由此，我得出一个结论，每一个有责任感的人，是浪费不起时间的。我们必须珍惜自己拥有并能掌控的分分秒秒，让生命变得有意义，不虚度。”

他顿了一下：“那么，怎么办呢？我自己归纳了一套自我约束法，供各位参考。这便是正负人生累积法。”

台下鸦雀无声。

郑立峰：“其实说来也很简单，就是每个人，一天结束，回头总结一下，自己的工作任务完成了没有，完成的质量如何？如果完成了，达标了，那么，这一天你就记作正数的一天。反之，时间过去了，工作没做完或者没做，又或者做了但没达到标准，那么，这一天你就记作负数的一天。日积月累，如果一个人最终的结果是正数，那么，你的人生就可以称为正数人生，它包含的意思是，你这一生，是成功的，是对单位工作、家庭，乃至社会做出贡献的人，是奉献多于索取的人。如果最终的结果是负数，那说明，你这一生，是不太成功或者说是失败的一生，它包含的意思是，你这一生，应尽之责没有尽到，至少是没有全部尽到，消耗多于你创造的财富，你是一位人生负债人。”

形象而又不乏幽默的话语，引起了与会者的笑声。

郑立峰：“我本人是这一方法的提出者，也是践行者。二十多年来，我没有让一天的时光虚度浪费，我身边的不少同事，也效仿我的做法。我想，我被评选为劳模，应该与此有关吧！”

台下又报以掌声表示赞同。

郑立峰：“我谈的第三点，阳光心态。何谓阳光心态？我的解释是，以乐观、友善、宽容为主调的一种心态。睁开眼满眼阳光的人，他的这一天肯定是心情舒畅的；睁开眼满眼阴云的人，这一天他必定是情绪抑郁的。时光如斯，高兴是一天，不高兴也是一天。若让我们选择，会选哪种呢？”

“选高兴的。”与会者中竟真有人回应。

引起笑声一片。

郑立峰也一笑：“那么，怎样才能保持阳光心态呢，简言之，看人不能小瞧，自视不能过高；凡事勿忘身上之责，凡论勿责他人之过。脚下莫忘走路，手中莫忘干活，眼中莫丢目标，心中莫忘本分。只要如此，便会保持阳光心态，便能做出不平凡的事业和成绩。相反，看天天不亮，看地地不平，看人人不顺，看事事不足，两眼一眯缝，一肚子怨天尤人的愤懑，唯独缺少扪心自问，反躬自省；唯独不具备从己做起，躬身亲行。其结果是，日复一日，年复一年，无所事事，一无所成。这样的人，这样的心态，怎么会有令人满意的人生呢?”

掌声如潮水般响起来。

郑立峰礼貌地鞠了个躬，以示对大家的谢意。接着，他看了一眼手表，进入了结尾的畅谈：“这次市里让我发表感言，既无具体要求，也没给画条条框框。思考之后，我便决定，直抒胸臆，实话实说，所以，我便就我的感受，我的见解，我的体悟，谈了谈作为一个平凡的人，怎么看待自己，怎么看待工作，怎么看待人生，说的是我个人的看法，不一定对，不一定全面，只能说一家之言，姑妄言之，请同志们姑妄听之，不足为教，一听了之。”他又看了一眼手表，“这次会议，给我的发言建议时间是十五分钟，现在，离十五分钟还有不到一分钟，也算是守时守约吧，谢谢。”

郑立峰结束了他的感言。

台下的掌声却足足有一分多钟。

狗尾续貂，余非多余；

补叙释念，了也未了。

人生如戏，历史如书。

既然是戏，自然当有人物，有事件，有发展，有高潮，有结局。然，既然为戏，当一幕接着一幕；有人在，戏则在，永远不会有戏尽幕终之日。

既然为书，一页写完，当翻开新的一页；历史不尽，书则不能算作写完。

发生在海州市中级法院这个平台上的大戏，还要一幕幕地演下去。关于他们的故事，他们的喜怒哀乐，他们的甜酸苦辣，他们的悲欢离合，他们的默默奉献，他们的家国情怀……

但本书，该打住了。

不过，读者都希望听到故事的结局那才满意，才过瘾；因此，作者如果不给出结果，似有对读者不爱不敬之嫌。虑及于此，作者把故事交代完，以释亲爱的读者朋友们的心中悬念。

其一，郑立峰和刘小芸的婚礼。

他们二人的婚礼，如期在第二年举行了。因为郑立峰的坚持，婚礼低调而温馨。付霞和心怡像是刘小芸的娘家人，把小芸装扮得脱胎换骨，令到场的亲朋瞠目结舌，惊叹连连。

婚礼上，有一位宾客让小芸激动不已。他就是她一别十余年，一直暗中资助的同胞弟弟刘小瑞。

原来义轩和爸爸尽释前嫌后，带着兴奋返回学校，他期望赶紧和刘老师见上一面，汇报他的情况。没想到，一项出国任务落到刘老师头上，他未能如愿。

而当他获知了爸爸和刘小芸阿姨的婚期后，心情既复杂，又微妙，既高兴，又有点伤感。毕竟，妈妈的位置将被人取代。他情感上接受，但心理上需要调节。

此时他多么想见到刘老师。

正在这时，刘老师回来了。

他马上与刘老师取得了联系。

两人迫切想见上对方一面，互相倾吐心中的思念和别后的诸多事情。

义轩一见到刘老师，就孩子般扑到刘老师的身上，给了刘老师一个深深的拥抱。

随后两人便打开了话匣。义轩说起爸爸将和刘阿姨成婚一事，刘老师发现了端倪：刘小芸？她的身份，她身上的不平凡的经历。难道是自己失联了十年的姐姐？

两人被揭开的秘密惊呆了。不过，二人议定，不过早捅破谜底，义轩以邀请刘老师一游的理由，领着刘老师登门，顺便参加爸爸和刘阿姨的婚礼，给刘阿姨一个惊喜，作为新婚贺礼。

同胞姐弟一见的场面，任何文字都显得苍白无力。十年的牵挂、思念，都融注在姐弟紧紧的拥抱中，融注在姐弟紧抱的抽搐和颤抖中，融注在幸福伴着激动的盈眶热泪中……

其二，贾志雄的结局。

郑立峰和刘小芸举行婚礼前的十多天，贾志雄收到了一封信。

信是刘小芸寄给他的。

这是刘小芸千思万虑后决定做的一件事。与贾志雄的丑恶交易，是她一生的梦魇。但她不恨贾志雄，是她自己决定的这场交易。

但是，孩子是无辜的。孩子不止一次追问自己的爸爸。他有知道生父的权利。

在和郑立峰确立了关系后，她已把几乎所有的身世、秘密和心里话坦露给了郑立峰。唯独她孩子生父的情况，她没有向郑立峰说明。为了郑立峰不容刺激的身体，为了不给郑立峰的工作带来麻烦，她决定永远保守这个秘密。

但和贾志雄，她要做一些解释和了断。

她写给贾志雄的信主要内容有三点：一是告知贾志雄，那个混沌之夜留下的后果，以及自己会在儿子十八岁以后告诉他真相；二是，此事只有他们二人知情，她会保守秘密，二人不必相互打扰，贾志雄也不必多费心思使任何手段；三是警告，她做好了多种防患的准备，如此后郑立峰、她本人及那个孩子出现了任何不测或意外，贾志雄将是第一嫌疑人。

贾志雄接到这封信，比听到晴天霹雳还要震惊，他倒抽一口凉气，足足有十多秒没有缓过气来。

待他缓过来，再一次认真地把那封信的每个字看了一遍，确认无疑，这才把信赶紧装了起来。

但很快，他便浑身发凉，心跳过速，头涨欲裂，像一摊泥一样，伏倒在办公桌上。

直到有人进来发现，才把他送往了医院。

但是，第二天医院传出一个令整个海州市法院，乃至全市震动的消息，海州中级法院院长在医院跳楼自尽了。

是恐惧，是内疚，是羞愧，是自责，是悔恨，是冲动……只有天知道了。

其三，世上鲜见的无私礼贤。

贾志雄去世后不久，省高级法院便派来了新的院长。半年后，新院长启动到任后的第一次班子和队伍调整，因中院一位副院长调离，需增配一名副院长，其人选，原则上从中院产生。按照现行干部选拔任用的规定程序，市委组织部、市委政法委专门组成了班子。民主推荐和考试均完毕后，郑立峰名列第一，付霞名列第二。

付震作为竞选对手，却对郑立峰有十足的信心。而且她笃信尊重对手，就要认认真真地迎战。她做了充分的竞选准备，也准备迎接郑立峰成为新任副院长。

但郑立峰，此时却主意已定。

他对组织的这次安排，心怀感激。

考察工作的进展十分顺利，考察组的领导流露出了十分满意的表情。考察组的意见基本一致，郑立峰将荣膺副院长之职。

还有最后一关，竞选演讲。

台下，前排为考察组成员；第二排，则是海州中院现任的领导层成员；再往后，则是海州中院的全部正式干警，不下三四百人。

在两人的演讲结束后，每个人将投出手中的一票。

全会场显得庄严而肃穆。

根据抽签，付霞先演讲，郑立峰后演讲。

这正合了郑立峰的意。

付霞的演讲完全按照考察组的要求，就个人的基本情况、竞选优势、履职目标及竞选态度，一一做了陈述。这是一场近乎完美的演讲，客观、实在、真诚，付霞充分发挥了自己的口才魅力，颇具感染力。

台下数百人响起了热烈的掌声。

轮到郑立峰了。

他走到演讲桌前，微笑看着台下熟悉的面孔，缓缓开口说道："首先，感谢市里和院领导对我的培养和信任，感谢全院同事们对我的关爱和支持。"

这开场白，不合常理，这样的演讲发言，都有严格的规范要求。别出心裁，是会适得其反的。

台下的众人感觉出了诧异。

郑立峰继续说："今天我的发言没有按照考察组规定的内容来讲，但等我说完，我希望能得到领导和同事们的谅解。

"我想向大家介绍的第一点，是我的身体现状。大家可能会说，你这不是很好吗？若仅从外表看，是的，我似乎和往常一样，但众所周知我做过支架手术，我的身体确实大不如前了。我不能受刺激，还有些时候，工作一累，就有一种气短神虚的感觉。领导们，同志们，如果把一份重要责任，加到这样一个人身上，能保证工作不受影响和耽误吗？"

整个台下的人都愣住了。

郑立峰觉得是时候了，于是他直率地亮出了自己的想法："所以，我认为，我不适宜担任这么责任重大的工作，因此，我宣布，我退出这次中院副院长职务的竞争，把这个机会和岗位，留给更适合的同志。"

"哇……"

台下哗然。

郑立峰一笑，这也许早在他的预料之中："大家可能会问我，这个位置是让给付霞吗？我说，这由考察组和有投票权的诸位决定。但我投付霞同志一票。因为我了解她，我们曾经作为工作搭档配合了多年。付霞同志专业知识丰厚，领导水平高，工作有魄力，责任感使命感很强，年轻而成熟，精力旺盛。还有大家都知道的，她在面对人民群众的生命受到威胁时，不顾个人安危，用自己的身体保护了一个孩子，因此，她被荣记个人一等功。这说明什么，说明我们的付霞庭长，真正把人民的生命安危装在了心中。这样的人如果走上副院长岗位，我相信，她会干得很好，她更能赢得群众的信任。这对我们海州市中院，乃至全市法院的工作和未来发展，都会有很大的好处。"

台下一片沉默。

继而，掌声响起，如暴风骤雨。

继而，全体人员站起，用掌声和目光向郑立峰送上钦佩，送上敬仰，送上赞誉……

一个月后，付霞走上了海州市中级法院副院长的岗位。

民一庭的庭长由张中凡继任。

董心怡调审监庭任副庭长。

再往后一段时间，消息传来，海州市市委薛副书记，被省委拟为提拔正厅职人选，但在公示期内，收到了群众来信，反映其有男女关系问题；尔后人被组织上约谈，再往后传来的便是他被停职的消息。

薛副书记倒了，柴胜男的问题便暴露出来，她的仕途之梦，自此破灭。

海州中级法院的人员架构和工作，又将开始一个新的开端。

当上一幕活剧告一段落后，新的一幕便紧锣密鼓地开启了。

这便是社会的常态，正所谓，了而未了，是也。

图书在版编目（CIP）数据

负法行者 / 徐兴邦，李乐新著. . —济南：山东文艺出版社，2022. 3（2024.1重印）
ISBN 978 - 7 - 5329 - 6455 - 0

Ⅰ. ①负… Ⅱ. ①徐… ②李… Ⅲ. ①长篇小说—中国—当代 Ⅳ. ①I247. 5

中国版本图书馆 CIP 数据核字(2021)第 200208 号

负法行者
徐兴邦　李乐新　著

主管单位　山东出版传媒股份有限公司
出版发行　山东文艺出版社
社　　址　山东省济南市英雄山路 189 号
邮　　编　250002
网　　址　www. sdwypress. com

读者服务　0531 - 82098776（总编室）
　　　　　0531 - 82098775（市场营销部）
电子邮箱　sdwy@sdpress. com. cn

印　　刷　盛大（天津）印刷有限公司
开　　本　710 毫米 ×1000 毫米　1/16
印　　张　26
字　　数　426 千
版　　次　2022 年 3 月第 1 版
印　　次　2024 年 1 月第 2 次印刷
书　　号　ISBN 978 - 7 - 5329 - 6455 - 0
定　　价　98.00 元